Karen Kliewe
Die Brandung
Leichenfischer

Karen Kliewe

DIE BRANDUNG

LEICHENFISCHER

Ostsee-Krimi

dtv

Von Karen Kliewe
ist bei dtv außerdem erschienen:
Moorengel

FSC
www.fsc.org
MIX
Papier | Fördert gute Waldnutzung
FSC® C014496

Originalausgabe 2025

Tumblingerstraße 21, 80337 München
produktsicherheit@dtv.de
Umschlaggestaltung: lichtung.com, München
Umschlagmotive: shutterstock.com / ricok; Julia Sidell
Satz: Fotosatz Amann, Memmingen
Gesetzt aus der Minion
Druck und Bindung: GGP Media GmbH, Pößneck
Printed in Germany · ISBN 978-3-423-26417-4

PROLOG

Lort!

Der Tag ging genauso mies weiter, wie er angefangen hatte. Erst der Streit mit seiner Frau – vor dem ersten Kaffee, das musste man sich mal vorstellen – und dann dieses Dreckswetter! Er war noch keine zwei Minuten raus aus der Kabine, da hätte er am liebsten hingeschmissen, sich in sein Auto gesetzt und auf den Weg nach Hause gemacht. Wobei – was hätte ihn da schon erwartet? Auch nur Astrids ständiges Gezeter.

Er schniefte. Seine Nase lief. Schlimmer war der Regen. Beinahe waagerecht peitschte er ihm entgegen, reagierte sich an seiner Gesichtshaut ab. Dünne Rinnsale flossen langsam und eisig seinen Rücken herunter. Gereizt vor sich hin brummend neigte er den Kopf und hob einen Arm, um sich gegen die nadelspitzen Tropfen zu schützen. Schuld war der verdammte Wind. Er kam direkt vom Meer. Die Böen schafften es sogar unter seine Kleidung und stahlen ihm das letzte bisschen Wohlfühlwärme.

Blindlings stapfte er weiter. Jeder Schritt verursachte einen eklig schmatzenden Laut, sobald er einen seiner dicken Arbeitsschuhe aus dem aufgeweichten Boden zog.

Angestrengt blinzelte er durch den Regenschleier. Egal, das musste jetzt echt reichen! Mit kalten, klammen Fingern tastete er nach dem Reißverschluss seiner Hose. Sekunden später folgte ein tiefer Seufzer der Erleichterung. Der Druck ließ nach. Urin vermischte sich mit Regenwasser.

Er blickte zurück. Der Bagger leuchtete orange auf der trostlosen Fläche. Eingerahmt von dem alten R4 der Chefin und der Karre der Grabungsassistentin. Bekloppte Archäologen! Freuten sich wie doof über irgendwelche Verfärbungen im Boden. Dafür ließen sie sich tagelang nass regnen und froren sich den Hintern ab. Zum Glück konnte er den ganzen Tag in seinem Bagger sitzen, Radio hören und brauchte nur ab und zu mal eine Schicht Erdreich abschieben. Bei diesem Skodvejr, *diesem miesen Wetter, war selbst das zu viel. Die Schönheit des wogenden, zarten Frühlingsgrüns von Sträuchern und Gräsern versank im Grau der Schlechtwetterfront. Baumkronen wurden hin und her geworfen. Das Rauschen ihrer Blätter war gewaltig. Wütend, wie das des Meeres.*

Fluchend drehte er den Rücken in den Wind. Beinahe hätte er sich das Hosenbein bepinkelt.

»For satan, *ist das kalt!« Zügig zog er sich wieder an und stampfte einmal kurz auf, um die Arbeitshose an die richtige Stelle rutschen zu lassen.*

Ein kaum wahrnehmbares Knacken. Dann verschwand sein linkes Bein in einem Loch. Schwerfällig und mit einem kurzen Laut der Überraschung sackte sein Oberkörper nach vorn und schlug dumpf auf, bevor der Boden unter ihm nachgab und er wie ein Stein in einen Hohlraum fiel. Gesplittertes Holz, das sich in seine Bauchdecke bohrte, ließ ihn aufstöhnen. Seine linke Hand rutschte durch etwas Kaltes, Schleimiges. Die Rechte sandte Signale, die er so schnell nicht deuten konnte. Auch der penetrante Geruch überforderte ihn. Ein intensives Gemisch aus feuchtem Erdreich, verschimmeltem Holz und … Was zum Teufel stank hier so? Wütend und mit schmerzverzerrtem Gesicht rappelte er sich auf. Er wollte gerade zu einer schallenden Schimpftirade ansetzen, als seine Augen erkannten, worauf er da gerade gelegen hatte.

Ein langer, qualvoll klingender Schrei kroch aus seiner Mundhöhle und zerriss die Stille der ländlichen Einöde.

EINS

Ein paar Stunden zuvor

Fria Svensson stopfte die letzten Strähnen ihres dicken, dunkelblonden Haars unter die gummierte, mit künstlichem Fell besetzte Mütze. Wie sie aussah! Ungläubig betrachtete sie ihr Spiegelbild. All die Lagen, in die sie sich reingepresst hatte! Sie fing bereits an zu glühen, ihre Wangen leuchteten tomatenrot. Die alte braune Outdoorhose spannte über ihren Schenkeln, als hätte sie Nilpferdbeine. Ob sie sich so überhaupt hinhocken konnte? Der Versuch brachte ein erstaunlich positives Ergebnis. Zweifelnd blickte sie auf das finale i-Tüpfelchen in ihren Händen: eine übergroße Regenhose. Zog sie die auch noch über, konnte man sie gleich als Boje in die Ostsee werfen. Die Form wäre in etwa die gleiche.

»Ah, wir kommen genau im richtigen Moment, meine Damen und Herren! Live und in Farbe werden wir Zeuge, wie die berühmte Entdeckerin Roaldine Amundsen zu ihrer mehrwöchigen Reise in die Arktis aufbricht. Frau Amundsen, auf ein Wort! Wie fühlt man sich vor einer derart gefährlichen Expedition? Sind Sie auf alle Eventualitäten vorbereitet?« Mit wirr abstehendem Haar, freiem Oberkörper und in Boxershorts war ihr zierlicher Mitbewohner Marten aus seinem Zimmer getreten, in der ausgestreckten Hand ein imaginäres Mikrofon. Seine schönen dunklen Augen musterten sie amüsiert. »Super Outfit, Fria! Sieht ein bisschen so aus, als hättest du einfach alles übereinandergezogen, was der Kleiderschrank hergegeben hat.«

»Statt Spott wäre Mitleid angebracht. Bølle und ich werden uns die nächsten Stunden durch eiskalten Wind und Regen kämpfen.« Insgeheim freute Fria sich über die gelöste Stimmung ihres Mitbewohners. Oft genug kämpften sie um jeden Lichtblick in der Dunkelheit seiner Trauer und Selbstzerstörung.

Ihr dreibeiniger Mischlingsrüde trippelte aufgeregt zwischen ihnen hin und her.

»Du meinst, du willst tatsächlich höchstselbst auf einer eurer Grabungen buddeln? Was ist los, sind euch die Studenten weggelaufen?«

»Alle krank! Ein nie da gewesener Totalausfall. Gerade mal eine Grabungsassistentin ist mir geblieben.«

»Und da willst du ausgerechnet bei dem Wetter raus?«

»Bekloppte Idee, ich weiß. Aber wir sind dermaßen im Verzug, das fällt uns alles auf die Füße! Außerdem ist Frühling.«

»Im Kalender.«

»Früher hat uns das auch nichts ausgemacht, oder, Bølle?«

Der Hund bellte, als er sah, wie sie eine große Thermoskanne in das seitliche Fach ihres Rucksacks schob, setzte sich daneben und blickte sie erwartungsvoll an.

»Ich denke, du kommst ganz gut ohne Lunchbox aus«, kommentierte sie sein Betteln.

Marten hob ihn hoch, hielt seinen eigenen Kopf neben den des Hundes und setzte einen Dackelblick auf. Bølles Rute zuckte euphorisch.

Fria gab sich geschlagen, ging zurück zum Kühlschrank und zog eine große Mohrrübe aus dem Gemüsefach. »Die gibt's aber erst heute Mittag.« Sie quetschte das Wurzelgemüse seitlich ins Gepäck. »So, und jetzt muss ich raus hier, bevor ich verdampfe! Vielleicht überkommt es dich ja und du überraschst mich heute Abend mit deinem genialen Chili!«, rief sie Marten noch zu, bevor sie ins Treppenhaus verschwand. Bølle schoss an ihr vorbei, hüpfte die Stufen hinunter und wartete, bis sie die Haustür öffnete. Der eisige Nordostwind hatte es bis in den Kern des kleinen Ortes geschafft. Er kam vom Kattegat über den Großen Belt, drückte in die Flensburger Förde und trieb Schleier von feinem, dichtem Regen vor sich her. Wahnsinn – vor ein paar Tagen noch hatten sie in der Frühlingssonne gesessen.

Geduckt rannte Fria zu ihrem alten Wagen, einem olivgrünen R4. Zügig ließ sie sich in den zerschlissenen Sitz fallen. Wie erwartet knarrte das Chassis, als wolle es kundtun, wie schwer es war, alle Schweißnähte und Dichtungen geschlossen zu halten. Ein paar Sekunden lang blieb die Archäologin sitzen und beobachtete den wilden Tanz der Tropfen. Die alten, eingeschossigen Häuser auf der anderen Straßenseite schienen sich unter dem Regen wegducken zu wollen. Ihre Mansardendächer hatten schon vielen Stürmen getrotzt. Fria mochte die verwitterten Holzlattenzäune und vom Wind zerzausten Vorgärten. Sie riss ihren Blick los. Hatte sie alles? Stiefel, Schaufel und Kelle lagen im Kofferraum, ebenso wie die *Trimble Robotic Station,* das Gerät zum Einmessen der Flächen.

»Gut, dann wollen wir mal!«

Von Klüfterhöft bis zur deutsch-dänischen Grenze waren es gute fünfzehn Minuten. Dann noch eine Dreiviertelstunde durch ihr skandinavisches Heimatland bis zur Grabungsfläche. Ihr Blick wanderte nach unten in den Fußraum. In diesem Rucksack steckte eine gigantische Ration Essen. Die Plackerei unter freiem Himmel machte irre hungrig. Eine Erinnerung, die auch nach Jahren nicht verblasst war.

*

JULIA

Die Zeit war stehengeblieben.

Seitdem Julia die Augen geöffnet hatte und der dumpfe Nebel aus ihrem Kopf gekrochen war.

Sie wusste sofort, dass nichts mehr so war wie bisher. Kein morgendliches Aus-dem-Bett-Quälen. Keine anzüglichen Blicke von dem widerlichen Typen aus der Nachbarwohnung. Keine Telefonate im Dreitagesrhythmus mit ihrer Mutter, die ihr immer wieder dieselben Fragen stellte. Kein Warten darauf, dass ihre älteren Geschwister sie endlich einmal besuchen kamen und sie ihnen stolz ihr neues Leben präsentieren konnte. Ihre kleine, unspektakuläre Welt – sie existierte nicht mehr.

Falsch! Sie ist da! Ich muss nur zu ihr zurückfinden!

Dabei hatte sie gerade erst ihren ganzen Mut zusammengenommen und war von zu Hause ausgezogen. Hatte die neue Stelle als Bäckereifachverkäuferin angetreten, nichts Besonderes. Nichts, womit die Familie sich brüsten konnte. Aber etwas Eigenes. Ein Anfang.

Gute Menschen verdienten Gutes.

Ich bin ein guter Mensch! Zumindest nicht so schlecht wie viele andere. Bin immer freundlich und zuvorkommend. Und hilfsbereit. Ich hab alles getan, worum man mich gebeten hat. Das muss doch was wert sein!

Zugegeben, das eine oder andere Mal hatte sie sich beschwert. Über die Launen ihrer Chefin, über nörgelnde Kunden, über das spärliche Gehalt. Jetzt schämte sie sich dafür. Sie würde alles – wirklich *alles* – dafür tun, in ihr altes Leben zurückzudürfen. Eine zweite Chance, war das zu viel verlangt?

Bitte, ich will … ich möchte nach Hause!

Wie lange sie schon mit hochgezogenen Knien auf dem blanken Fußboden saß, wusste sie nicht. Die Flecken auf ihrem Arm leuchteten dunkelrot. Sie hatte sich gekniffen, immer wieder, immer fester. Sie wollte aufwachen.

Bitte!

*

Fria sah die dänische Landschaft wie durch einen Schleier. Ihr warmer Atem. Ihr Körper. Die nasse Kleidung. Bølle. Die Scheiben des R4 waren beschlagen. Bei Bruna, ihrer Grabungsassistentin, sah es nicht anders aus. Auch sie hatte sich zur Mittagspause in ihren Wagen zurückgezogen. Sie hatte gemeint, sie müsse ein längeres Gespräch mit ihrer Mutter führen, das sie endlich hinter sich bringen wolle. Also saß nun jede für sich. Die Kälte war allgegenwärtig. Selbst hier in der Fahrgastzelle.

Fria Svensson rieb sich zum wiederholten Mal die tauben Finger. Bis heute Morgen hatte sie erfolgreich verdrängen können, was sie jahrelang, Tag für Tag, draußen auf den Ausgrabungen in Kauf genommen hatte. Sie war bis in die Eingeweide durchgefroren. Ihre Kleidung und ihr Haar stanken nach Bagger-Diesel und bis auf ein paar Pferdeknochen hatte die Voruntersuchung der abgeschobenen Fläche noch nichts ergeben. Und trotzdem liebte sie ihren Beruf. Die Polizeilaufbahn abzubrechen und auf Archäologie umzusatteln hatte in vielerlei Hinsicht Vorteile und ihr, was das Wichtigste war, emotionale Ruhe gebracht. Ermitteln, Spuren verfolgen, Thesen mit Beweisen stützen und Schlussfolgerungen ziehen konnte sie auch als Wissenschaftlerin. Im Grunde genommen arbeiteten die Fachleute beider Berufsgruppen recht ähnlich. Nur hatte sie als Historikerin den Vorteil, von den menschlichen Tragödien, die hinter den Knochenfunden lauerten, verschont zu bleiben. Ihre Toten waren schon so lange Geschichte, dass es möglich war, die Erkenntnisse, die sich um ihr Leben und Sterben rankten, mit einer professionellen Distanz zu bearbeiten. Keine trauernden Angehörigen, keine hilflosen Opfer, die es nicht schafften, der Gewaltspirale zu entkommen. Beeilen musste Fria sich nur, wenn ein Bauherr damit drohte, eine Ausgrabung für beendet zu erklären und die Fläche ihrer eigentlichen Nutzung zuzuführen. Oder wenn Fundstücke zu zerfallen drohten. Abgesehen davon hatte sie alle Zeit der Welt. Wenn die Mittel es hergaben.

Und sie nicht mit tausend anderen Dingen beschäftigt war. Und … Sie lächelte. Wenn das Wörtchen wenn nicht wäre. Der Lieblingssatz eines deutschen Professors, der sie während ihrer Auslandssemester sehr geprägt hatte.

Sie nahm einen Schluck heißen Kaffee und freute sich über die warme Spur, die er in ihrem Innern hinterließ. Bølle hatte sich auf dem Beifahrersitz eingekringelt.

Die Tür des Baggers wurde aufgestoßen. Oliver Skov sprang heraus, sah sich einmal um und kämpfte sich dann grimmig zu einer Ansammlung von Büschen durch. Der Arme! Fria konnte fast hören, dass er sich darüber beschwerte, wie ungünstig Bruna und sie geparkt hatten.

*

NETTIE

Nettie wünschte sich nur eins: in Ruhe gelassen zu werden. Sie hatte vieles bekommen. Nichts davon hatte sie für möglich gehalten. Nichts davon gewollt.

Ganz schön undankbar. Das war sie. Die Eltern würden sich für sie schämen. Und für ihre bösen Gedanken. Aber was sollte sie tun? Sie waren da, in ihrem Kopf. Sie dachten sich von ganz allein.

Sie wollte das gar nicht entschuldigen. Sie – die unterbelichtete Nettie – war schlecht. Durch und durch. Sie würde töten, immer und immer wieder. Nicht aus Lust. Nicht, weil sie das Sterben oder den Schmerz hübsch fand.

»Dumme Nettie! Hübsch ist nicht das richtige Wort!«, schalt sie sich. Ein anderes fiel ihr aber nicht ein. Also blieb das so. Das mit dem Töten auch. Obwohl es ihr keinen Spaß machte.

Sie schob die Schultern nach hinten und richtete sich auf. »Es ist die logische Konsequenz.« Ein leichtes Lächeln huschte über ihr rundes Puppengesicht. *Logische Konsequenz.* Lieblingsworte. Sie war sehr stolz auf sich, weil sie sie behalten hatte.

*

Frias Augen folgten Oliver Skov, der auf das Gebüsch zustapfte. Frische Triebe in leuchtendem Hellgrün klammerten sich trotzig an wogende Zweige. Vor all dem Grau wirkte es beinahe, als wären sie aus Plastik. Skov würde ihnen zu einer Extraportion Dünger verhelfen, so viel schien sicher. Hoffentlich hielt sie selbst bis zum Feierabend durch. Fria hatte wenig Lust, ihren Allerwertesten in die frostige Aprilbrise zu halten.

Ihr Handy klingelte.

»Villads! Was gibt's?«

»Außer dass ich finde, die Chefin des Ørerup-Museums sollte das Spielen im Dreck anderen überlassen?« Wie immer klang ihr Mitarbeiter eine Spur zu arrogant. Wie sagten die Deutschen? Leicht verschnupft. Er war Geschichtswissenschaftler. Einer, der nicht für zehn Goldschmiedewerkstätten der Kaiserzeit Dienst auf einer Grabung tun würde. Und – er war scharf auf ihren Posten.

Fria verdrehte die Augen. »Komm schon, ich muss wieder auf die Fläche. Was ist?«

»Ich habe hier einen ganzen Stapel von Leihanfragen. Die Pressestelle sitzt mir im Nacken. Die vier Kanonen müssen abgeholt werden und der Lkw ist noch nicht mal bestellt, geschweige denn, dass die Packmittel zusammengesucht wären. Was glaubst du, wie und wann ich das alles schaffen soll?«

In der Zeit, in der du mir die Ohren vollheulst?, hätte Fria gern geantwortet. Laut sagte sie: »Ich weiß, das ist viel verlangt. In ein paar Stunden ist Wochenende, dann kannst du dich ausruhen. Und am Montag ist bestimmt Alberte wieder da. War's das?«

»*Nej!*« Er dehnte den Vokal in die Länge. »Glaubst du, ich rufe dich an, um mich bei dir auszuheulen, oder was? Du könntest deinen Mitarbeitern ein wenig mehr Kompetenz und Professionalität zutrauen.«

Fria atmete tief und geräuschlos ein und wartete.

Pikiert fuhr er fort. »Einer muss zur Westküste raus. Irgendwelche Idioten haben da versehentlich einen Grabhügel angeschnitten. Und ich sag dir gleich: Ich werde es nicht sein. Ich hab hier echt genug zu tun!«

Sie hörte ihn schnauben.

»Einen Grabhügel angeschnitten? *Åh nej!* Okay, ich kümmere mich. Vielleicht kannst du …« Erschrocken hielt sie inne.

Ein langer, entsetzter Schrei wehte zu ihr herüber. Sie wischte über die beschlagenen Fenster und versuchte, etwas zu erkennen.

»Was war das?« Villads' Stimme kroch leise aus dem Handy.

Sie hielt es wieder an ihr Ohr. »Weiß nicht. Melde mich.« Fria drückte das Gespräch weg und sprang aus dem Wagen. Bølle spurtete voraus. Auch Bruna stieg aus ihrem Auto und blickte verstört zu ihr herüber.

Beide richteten ihre Aufmerksamkeit auf die Büsche, hinter denen zunächst der Baggerfahrer und jetzt auch der Mischlingsrüde verschwunden waren. Von Oliver Skov war nichts zu sehen.

*

JULIA

Warum?

Julia kämpfte sich durch die Zeit.

Durch die Fragen, die ins Leere liefen.

Durch kaum steuerbare Emotionen.

Panik, die wie eine Springflut aus ihrem Innern hervorquoll, bis sie meinte, ersticken zu müssen.

Angst. Verzweiflung. Selbstmitleid. Erschöpfung.

Angst trotz Erschöpfung.

Sie kam in Wellen.

Wo sollte sie hin mit ihren Gedanken?

Manchmal rannte sie wie irre schreiend durch den Raum, nur um sich danach unter selbst auferlegtem Schweigen in eine Ecke zu hocken.

Warum ich?

Wut. Aber nur kurz.

Böse Mädchen landen in der Hölle!

Aktionismus, getrieben von dem Gedanken, es aus eigener Kraft hier rauszuschaffen.

Sieh dich um! Prüf jede Ritze, jede Fuge! Gibt es Werkzeug – irgendwas, das sich nutzen lässt?

Der erste Gedanke an Selbstaufgabe. Nicht von Dauer. Dann siegte die Erkenntnis, dass es bis dahin noch ein weiter Weg sein würde.

Scheiß auf den Weg! Ich will das hier nicht! Ich will hier raus!

Verzweifelt riss und rüttelte sie an der Kette. Es musste sie geben, die Rettung, die Aktion, die all dies ungeschehen machte, die alles zum Guten wendete.

Und wenn nicht? Wenn's das war mit meinem Leben?

Tränen, die sich nicht aufhalten ließen. Ein Brustkorb, zu eng zum Atmen.

Das durfte nicht sein.

Nicht so.

*

Nahezu zeitgleich umrundeten Fria und Bruna das Gebüsch. Bølles aufgeregtes Bellen begleitete ihren Spurt. Viel beunruhigender jedoch waren die röchelnden und stöhnenden Laute, die an Intensität zunahmen, je näher sie dem Dickicht kamen. Und dann sahen sie ihn. Skov, wie er vornübergebeugt und scheinbar ohne Verstand hin und her lief. Die Arme seltsam von sich gestreckt.

Fria spürte eine erste Erleichterung. Der Baggerfahrer war zwar blass wie eine Wand, schien aber unverletzt.

»Skov, was ist los, was ist passi…?«

Bilder und Töne, die auf sie einstürzten. Skovs hilfloser, angeekelter Gesichtsausdruck. Die Heftigkeit, mit der er sich übergab. Brunas seltsame Vorwärtsbewegung, als wäre sie starr vor Angst. Dann ihr spitzer Schrei.

Fria trat neben sie. Ein Loch im Boden.

Bølles Bellen. Brunas Wimmern. Skovs Würgen. Aus dem Hintergrund angewehte Fetzen eines Schlagers aus dem Baggerradio.

Fria starrte auf die sterblichen Überreste zu ihren Füßen. Die Verwesung war weit fortgeschritten. Kein Wunder, dass es den Arbeiter umgehauen hatte. Sie zog Bruna mit sich, redete beruhigend auf den Baggerfahrer ein und schob beide in Richtung Grabungsfläche. »Bølle, Fuß!« Dann zog sie das Handy aus der Jackentasche, rief ihre Kontakte auf und scrollte zum Buchstaben O. Kurz bevor ihr Finger den Bildschirm berührte, schüttelte sie unmerklich den Kopf. Ohlsen! Wie kam sie nur auf ihn? Als ob der deutsche Ermittler in Dänemark zuständig wäre. Sie atmete tief durch und wählte die Nummer ihres Bruders. »Troels? Du musst sofort herkommen! Raus, zu uns, zur Grabung. Hier liegt eine Leiche.«

*

JULIA

»Du darfst nicht aufgeben!«, flüsterte Julia, doch ihre Stimme klang so fremd und mutlos, dass es ihr die Tränen in die Augen trieb.

Scheiße, jetzt reiß dich endlich zusammen!

Sie dachte an ihre Mutter, hörte ihre vorwurfsvolle Stimme. Mama hatte recht gehabt. Zu Hause wäre das nicht passiert. *Aber ich musste ja unbedingt ausziehen. Selbst schuld!* Jetzt würde Mama weinen. Auch daran war sie schuld.

Ein ziehender Schmerz im Unterleib. Sie musste so dringend aufs Klo! Den Oberkörper vor und zurück wiegend starrte sie auf das kurze Ende des Raumes. Da stand eines. Mit gesenktem Kopf fuhr Julias Blick die Wände entlang. Was, wenn man ihr zuschaute? Es gab ein paar seltsame Löcher da oben, wo die Zimmerdecke auf der Wand auflag. Ob sich Kameras in ihnen versteckten?

Ihre Augen wanderten weiter.

Raus hier! Es gibt eine Möglichkeit – du musst sie nur finden!

Der Raum war drei mal vier Meter groß. Sie hatte ihn abgeschritten. Irgendwann, als sie meinte, wieder etwas klarer bei Verstand zu sein. Keine Fenster, dafür eine Lüftungsanlage. Die brummte. Pünktlich, alle fünfzehn Minuten, wenn Julias Schätzung richtig war. Gerade war es still.

Was, wenn sie nicht wieder anspringt? Was, wenn sie das Ding abschalten?

Julias Schneidezähne gruben sich nervös in ihre Unterlippe. Gleichzeitig ertappte sie sich dabei, wie sie zappelnd dasaß und vollkommen wahllos Sekunden zählte. Wie ein Junkie, der seinem nächsten Schuss entgegenfieberte.

Fünfundvierzig, sechsundvierzig, siebenundvier–

»Sie wird wieder anspringen. Natürlich wird sie das. Alles andere macht keinen Sinn.«

Julia schloss die Lider …

Sinn. Nur vier Buchstaben. Für etwas so Großes.

… und riss sie wieder auf.

Hier machte nichts Sinn. Ein massives Türblatt ohne Klinke oder Knauf. Scheinbar der einzige Zugang zu diesem Raum.

Was für Räume haben keine Fenster?

Endlich – das ersehnte Surren! Die Lüftungsanlage! Beglückt lachte Julia auf. Sie würde kämpfen! Würde sich wehren! Sie würde das schaffen!

Euphorisch schloss sie erneut die Augen. Zum ersten Mal atmete sie tief und bewusst durch die Nase ein. Es roch nach Baumaterialien und Putzmitteln. Mit geöffnetem Mund ließ sie Luft durch ihren Rachen streichen. Kein Duft, keine Ausdünstung sollte ihr entgehen. Aber nein, da war nichts anderes. Kein Hinweis, der ihr helfen konnte. Das Brummen erstarb. Julia hielt den Atem an und lauschte angestrengt.

Absolute Stille. Schmerzhaft laut.

Wie der Gedanke, der sie erneut zum Weinen brachte. Wenn sie nichts und niemanden hören konnte, würde im Umkehrschluss auch niemand sie hören.

*

Polizeihauptkommissar Ohlsen freute sich auf das Wochenende. Auf eines, das er so verbringen konnte, wie es ihm gefiel. Mit mehr oder weniger erfolgreichen Handwerksarbeiten an seiner windschiefen Kate, stundenlangen Touren durch die naturbelassenen Gebiete der Flensburger Förde, einem guten Buch oder dem Besuch seines Lieblingsrestaurants. Es gab niemanden, der Erwartungen an ihn stellte oder Lösungen forderte. Keine zwischenmenschlichen Brennpunkte, die seine nordische Empathiefähigkeit auf die Probe stellten. Und – er durfte all die unausgesprochenen Worte für sich behalten, ohne dass sich jemand vor den Kopf gestoßen fühlte. Gekrönt wurde das Ganze von dem Umstand, dass er sich auch gedanklich ein Päuschen gönnen konnte. Kein Fall, der ihn nicht losließ, kein Gewaltverbrechen, das ihm den Schlaf raubte. Die Arbeit blieb in den vier Wänden der Polizeistation.

Die letzten Tage und Wochen war es angenehm geruhsam zugegangen in der Außenstelle Norgaard. Eine Vermisstensache, die sie innerhalb von vierundzwanzig Stunden hatten klären können. Ein Unfall mit Fahrerflucht. Ein Einbruch. Ein paar

Anzeigen wegen Nötigung, Körperverletzung und Sachbeschädigung. Er und sein Team hatten im Büro gesessen und Ermittlungsergebnisse für die Staatsanwaltschaft aufbereitet. Keine Überstunden. Keine Wochenendarbeit. Das Mutterschiff, die Kripo Flensburg, hielt die Füße still. Das durfte gern so bleiben. Er fuhr den Rechner herunter, trat aus seinem Büro und schlenderte den Flur entlang. Die hellgraue Farbe konnte nicht darüber hinwegtäuschen, dass der einen frischen Anstrich nötig hatte. Auf der Wache gab es einiges, das in die Jahre gekommen war. Ohlsen sollte sich demnächst mal Zeit nehmen und eine Bestandsaufnahme machen. Die Beschaffungsstelle würde sich sicher über seine Anträge freuen.

»Golla wird's schon richten!« Erst hörte er sie, dann sah er, wie Sinje Cassuben dem Kollegen Reepschläger, den alle hier nur Palle nannten, einen freundschaftlichen Stups in die Seite gab.

»Wenn nicht, ist da ja auch noch Gottfridsson!« Palle präsentierte ein paar sportliche Moves und deutete eine Finte an.

Ohlsen bezweifelte, dass dieser Gottfridsson eine Chance hätte, wäre er mit einem ebenso kurzgewachsenen, hageren Körper ausgestattet wie der hoch motiviert herumtänzelnde Kollege.

»Was glaubst du, Boss, wird Handewitt Melsungen schlagen?« Sinje strahlte den Hauptkommissar mit ihren hellgrünen Augen an.

»Ganz klar!« Ohlsen hob den Daumen und versuchte, begeistert auszusehen. Er interessierte sich nicht die Bohne für Handball, wusste aber mittlerweile, was er zu antworten hatte. Offiziell war er seit Kurzem leidenschaftlicher Fan der SG Flensburg-Handewitt.

»Chef?« Oltmann, der Älteste ihres Teams, lugte durch den Türrahmen. »Sie haben es geschafft. Die Leiche ist identifiziert.« Er wedelte mit ein paar Bögen Papier.

»Die Frau aus der Grube?«

Oltmann nickte.

Sinje und Palle rückten näher.

»Sie heißt Celine Schwarz. Sechsundzwanzig. Kommt aus Ingolstadt.«

»Ingolstadt?«

»Knappe neunhundert Kilometer von hier. 'ne ganz schöne Ecke! Wissen wir, was sie hier oben gemacht hat?« Palle blickte nachdenklich auf das Porträtfoto.

Braunes schulterlanges Haar, eng stehende Augen, Wangenpiercings … Viel zu jung zum Sterben.

Oltmann schüttelte den Kopf. »Flensburg ist dran.«

»Gut!« Ohlsen klopfte mit den Fingerknöcheln auf die Schreibtischplatte. »Ich bin weg! Schönes Wochenende!«

*

JULIA

An der Decke hing eine schlichte weiße Lampe. Die einzige im Raum. Sie leuchtete, seit Julia die Augen geöffnet hatte. Einen Schalter gab es auch. Niemals würde sie den drücken! Sie wagte nicht einmal daran zu denken, wie es sein würde – hier – in absoluter Dunkelheit.

An der langen Raumseite, auf dem Boden: eine Matratze mit Decke und Kopfkissen. Allein die Vorstellung, sich daraufzulegen, erzeugte einen Würgreflex.

Die Bauchkrämpfe wurden schlimmer. Sie krümmte sich. Sah wieder zur Toilette. Und wenn sie doch ganz schnell …?

Mitten im Raum standen ein Stuhl und ein Tisch. Darauf lagen ein paar Bögen Papier und ein Stift.

Papier und Stift? Wozu? Was wollt ihr von mir?

Die nächste heftige Krampfattacke in ihrem Unterbauch zwang sie zum Handeln. Gebückt spurtete sie los, riss im Vorbeirennen die Decke von der Matratze, hüllte sich so gut es ging darin ein, zog sich die Hose herunter und setzte sich mit hochgezogenem, unter den Achseln eingeklemmtem Oberbett auf die Kloschüssel. Der schnelle Blick beim Öffnen des Deckels hatte zu ihrer Beruhigung nichts Ekliges ergeben. Voller Scham verbarg sie den Kopf in den Händen. Sie beeilte sich. Unerträglich, wenn sie jetzt hereinkämen. Wieder angezogen ließ sie die Decke fallen. Auf einem kleinen Waschbecken fand sie Seife, Zahnputzzeug und eine Haarbürste. Sie schüttelte sich angewidert. Keine dieser Borsten würde je ihren Körper berühren.

Aber … halt!

Sprachen all diese Gegenstände nicht dafür, dass sie leben sollte? Aber wozu? Wofür sollte sie sauber und gepflegt sein?

Übelkeit stieg langsam in ihr hoch.

Dieser eine Gedanke. Er lauerte in ihrem Hinterkopf, seit der Nebel sich verzogen hatte. Sie wollte ihn nicht zulassen. Und doch … Vorsichtig horchte sie in sich hinein, befragte ihren Körper nach Anzeichen. Was hatten sie mit ihr gemacht? In der Zeit, an die sie keinerlei Erinnerung besaß?

Ist es nicht besser, das nicht zu wissen?

Ihr Leib war steif und unfähig zu antworten. Entschieden drängte sie den Gedanken zurück, konzentrierte sich stattdessen auf die Gegenstände im Raum.

Papier und Stift.

Mehrere Plastikflaschen mit Mineralwasser und Schachteln mit Butterkeksen. Kein Verhungern, kein Verdursten. Sie brauchten sie. Wozu?

Neuer Gedanke. Sie wollten Geld!

Nein, das kann nicht sein!

Eine Entführung, um Lösegeld zu erpressen? Würde man sie auffordern, eine Nachricht an ihre Eltern zu schreiben – mit diesem Stift, auf diesem Papier? Unmöglich! Sie waren nicht vermögend.

Eine Verwechselung!

Sie nickte entschieden. So musste es sein. Sie war die Falsche. Das würden sie bald merken und sie wieder laufen lassen. Sie hatte die Entführer nicht gesehen. Sie hatte keine Ahnung, wohin man sie gebracht hatte. Sie wusste nichts. Es gab also keinen Grund, sie nicht gehen zu lassen. Fast euphorisch ging sie zu ihrem Platz zurück, genau gegenüber der einzigen Tür. Sie würde warten! Bis sie kamen, um sie freizulassen.

*

NETTIE

Das große Fleischmesser in ihren Händen glänzte im Licht der Deckenlampe. Ein Stich hatte gereicht. Es war ganz leicht gewesen. Bis auf das zarte Schlecken, mit dem sie die Schneide aus seinem Rumpf herausgezogen hatte, sogar ziemlich geräuschlos. Weil sie genau gewusst hatte, wohin sie stechen musste. Sie hatte das alles hier tausendmal durchgespielt. Nettie stand ganz ruhig an seiner Seite. Beobachtete, wie sich die rote Pfütze unter ihm ausweitete. Wie das Blut Fugen füllte und Flächen aussparte. Wie es unerklärliche Muster auf den Boden malte. Und wie seine in einem überraschten Ausdruck eingefrorenen Augen sie anstarrten.

Man hat immer eine Wahl!

Allein für diese Erkenntnis hatte sie ihre Großmutter geliebt. Warum Nettie so lange gebraucht hatte, um ihren Rat zu befolgen? Was für eine Frage! Weil sie nie unüberlegt handelte. Weil sie es nicht gewohnt war, eigene Entscheidungen zu treffen. Weil sie ein sanfter und geduldiger Mensch war. Und so stand sie da. Abwartend. Beobachtend. Lernend.

*

Aufgrund von Frias Beschreibung hatten sie das große Besteck aufgefahren. Ermittler, Mitarbeiter der Spurensicherung, Kriminaltechniker und Rechtsmediziner. Dazu noch Einsatzkräfte, die den Fundort sicherten. Es wimmelte nur so von Polizisten. Alles konzentrierte sich auf das Loch im Boden und seinen brisanten Inhalt.

»Was denkst du?« Troels Svensson, leitender Ermittler bei der Kripo Granskov in Dänemark und zuständig für das dänisch-deutsche Grenzgebiet, wandte sich von seiner Schwester ab und beobachtete jeden Handgriff der Kollegen. Ihre weiße Schutzkleidung stach aus all dem Nassen, Organischen heraus.

Fria runzelte die Stirn und wartete, bis die Fotos der Fundsituation gemacht waren und der kleine Gegenstand vorsichtig aus dem Matsch befreit werden konnte. »Sieht aus wie eine Gewandnadel.« Ihre Augenbrauen schnellten überrascht in die Höhe. »Darf ich …?« Die Finger ihrer ausgestreckten Hand zappelten ungeduldig. »Ein Blick aus der Nähe und ich könnte dir sicher mehr erzählen.«

»Ich fürchte, da wirst du dich gedulden müssen.« Troels nickte dem Spusi-Mitarbeiter zu.

Fria musste mitansehen, wie der das Objekt der Begierde sorgsam verpackte und beschriftete.

»Wir werden hier noch einige Stunden beschäftigt sein. Schwer zu sagen, was sich unter der Schlammschicht alles verbirgt.« Eine starke Windböe riss die Worte des Kriminaltechnikers mit sich.

Die weiße Plane des Schutzzeltes flatterte bedenklich.

Ein Mann kam auf sie zu. Der leitende Rechtsmediziner. Er war groß, hatte breite Schultern und einen markanten Bart. Fria hatte ihn genau beobachtet, er schien außerordentlich gründlich vorzugehen und hatte sich trotz der schwierigen Wetterbedingungen viel Zeit mit der ersten Leichenschau gelassen.

»Wir können mit der Bergung beginnen.« Die feste Stimme unterstrich sein selbstbewusstes Auftreten.

Fria fühlte sich unwohl, als sie von seinen hellen Augen taxiert wurde.

»Haben wir schon ein Geschlecht? Also, der Haarlänge nach …« Troels ignorierte die Tropfen, die an seinen Schläfen herunterliefen.

»Weiblich. Das Schambein am Becken.« Der Rechtsmediziner deutete mit dem Kopf in Richtung Grube. Leuchtend weiß ragten einige blank gewaschene Skelettteile aus Matsch und Kleidungsresten.

»Alter?«

»Werden die Wachstumsfugen zeigen, wenn der Dreck runter ist.«

»Gib mir eine erste Einschätzung. Irgendwas, womit ich die Datenbank füttern kann.«

»Jung. Kein Kind.«

Fria verlagerte ihr Gewicht auf das andere Bein und beobachtete die Vorbereitungen zur Bergung der Leiche. Konnte der Kerl mal aufhören, sie so anzustarren?

»Also über sechzehn und unter dreißig?«

Das Brummen des Rechtsmediziners war nicht zu deuten.

»Mølgaard?«

»Warte, bis ich sie auf meinem Tisch liegen hab, dann weißt du's.« Endlich löste sich sein Blick von Frias Gesicht. Er drehte sich um und rief dem Bergungsteam zu: »Ich will jeden kleinen Schritt lückenlos dokumentiert haben, ist das klar?«

»Und die Liegezeit? Komm schon!« Troels ließ nicht locker.

»Ob du's glaubst oder nicht, ich kann immer noch nicht hellsehen, Svensson! Wie lange sie in der Grube liegt, ob der Fundort auch der Tatort ist oder sie hierhin umgebettet wurde, weiß ich noch nicht. Sei froh, wenn du nach Abschluss unserer Arbeit schlauer bist.«

»Anders gefragt: Wie lange ist sie schon tot? Und komm mir nicht wieder mit dem Analysequatsch. Ich will eine grobe Einschätzung! Dass sie nicht erst gestern gestorben ist, sehe selbst ich. Sechs Monate? Ein Jahr? Fünf Jahre?«

»Betonung auf grob. Mindestens ein Jahr, höchstens vier Jahre.«

»Aber der Gestank …«

»Bakterien im Boden. Außerdem scheint mir der Verwesungsprozess ungewöhnlich langsam abgelaufen zu sein. Ist vorerst nur 'ne Vermutung. Wir werden sehen, was die Proben bringen.«

*

JULIA

Und wenn sie falschlag? Wenn es gar nicht um Lösegeld ging? Wenn sie junge Frauen raubten, um sie für sich …?

Nein, nein, nein – auf keinen Fall! Ich könnte niemals … Julia lachte hysterisch. Unvorstellbar!

Alles wird gut.

Ihre blauen Augen tasteten die dicke Metallschelle ab, die ihr linkes Fußgelenk umschloss, wanderten zum anderen Ende der stabilen, langen Kette, die an der Wand befestigt war und ihr erlaubte, jeden Punkt im Raum zu erreichen.

Nichts wird gut.

Julia schrie so laut und seltsam fremd, dass sie über sich selbst erschrak.

Es gab keinen Anfang und nahm kein Ende. Sie presste die Hände gegen die Schläfen, bis ihre Arme zitterten und ihr Kopf dröhnte. Doch das änderte nichts.

Da war ein großes schwarzes Loch. Nicht der Funke einer Erinnerung. Wie war sie hierhergekommen? Wo war sie überhaupt? Wann war das mit ihr passiert? *Was* war mit ihr passiert? War es gerade Tag oder Nacht?

Sie war wie aus Raum und Zeit gefallen.

ZWEI

Es war spät. Leise schloss Fria die Tür zu ihrer Wohnung.

»Zuerst bekommst du was zu Fressen, kleiner Rabauke! Ich bin ein schlechtes Frauchen, ich weiß«, flüsterte sie und schlich in die Küche.

Während sie das Futter in den Napf gab, hörte sie aus dem Flur ein aufgeregtes Winseln.

Nanu! »Bølle?« Mit dem dreckigen Löffel in der Hand betrat sie den Flur. Der Hund schnüffelte an der Bodenritze der Badezimmertür, rannte dabei immer wieder hin und her. Dann knurrte er leise. Bølle liebte Marten, nie würde er sich ihm gegenüber aggressiv verhalten.

Ein leises Plätschern. Da war jemand. In ihrem Bad. Ob Marten Besuch hatte? Ausgeschlossen! Fria war ja schon froh, wenn sie ihn dazu bekam, für ein paar Minuten vor die Tür zu gehen. Er lebte seit Monaten vollkommen zurückgezogen. Gab sich ganz seiner destruktiven Malerei hin.

Ohne die Badtür aus den Augen zu lassen, lief Fria zu Martens Zimmer. Die großen Flügeltüren standen einen Spaltbreit offen. »Marten?« Leise trat sie ein. Schemenhaft konnte sie die Umrisse seines Ateliers erkennen. Staffeleien, riesige, teilweise zerschnittene Leinwände, zerrissene und zerknüllte Skizzen, Pinsel, Tuben und Töpfe. Das Chaos war noch größer, als sie es in Erinnerung hatte. Was war hier passiert? War er das wirklich ganz allein gewesen? Sie huschte durch den Raum und betrat das angrenzende Schlafzimmer. Vorsichtig zog sie den schweren Vorhang ein wenig zur Seite. Das fahle Licht der Straßenlaterne offenbarte einen friedlich schlafenden Marten. Wie jung er aussah. Und verletzlich. Fria musste daran denken, wie oft er kurz davor gewesen war, das alles hier zu beenden. Das *irdische Dasein*, wie er es nannte, das er einfach nicht mehr ertragen konnte. Sie zwang sich, den Blick von ihm zu lösen und sich dem Problem hinter der Badezimmertür zu stellen. Den mit Nassfutter beschmierten Löffel umklammernd eilte sie lautlos zurück. Immer noch presste Bølle seine Nase gegen die Türritze. Sein Knurren war lauter geworden. Das Plätschern hinter der Tür auch.

Ob Marten vergessen hatte, den Wasserhahn zuzudrehen?

Dann würde der Hund wohl kaum so reagieren.

Sie blickte auf das Besteck in ihrer Hand. Ihre Fingerknochen traten weiß hervor.

Vielleicht wäre es besser, den Löffel gegen ein Fleischmesser zu tauschen?

Als ob sie wirklich den Mut hätte, damit auf einen Eindringling loszugehen!

Sie atmete kurz ein. Dann stoßweise wieder aus. Legte die Hand auf die Klinke. Drückte sie beherzt herunter. Dann stieß sie entschlossen die Tür auf.

Der Anblick war derart unerwartet, dass sie sie instinktiv wieder zuzog. So abrupt, dass nicht mal Bølle hindurchschlüpfen konnte.

*

JULIA

Ein Kassettenrekorder.

Wer besaß heutzutage so etwas?

Er leuchtete karminrot. Abschreckend. Warnend. Sein Fach war bestückt. Julia starrte auf die beiden Bandwickelrollen, die sie wie zwei Augen zu beobachten schienen.

Was, wenn auf dieser Kassette etwas wäre, eine Nachricht, die alles erklären würde?

Julia brauchte lange, bis sie den Mut fand, die *Power*-Taste zu drücken.

Sanft tropften die Worte der warmen Frauenstimme aus dem Lautsprecher. Sie sang. Alte Kinderlieder. Das Grauen darüber trieb Julia in eine heftige Panikattacke. Sie schlug auf den Kasten ein, bis er still war. Wie krank musste man sein, um ihr so etwas anzutun? Zitternd stolperte sie zum Waschbecken, riss das Handtuch vom Haken und warf es über den Rekorder. Weg! Karminrot erstickt von grauem Frottier.

Erschöpft rutschte sie mit dem Rücken die Wand hinunter, zog die Knie an, umschlang sie mit beiden Armen und drückte ihre Beine ganz fest an ihren Oberkörper. Sie befand sich in einem abartigen Albtraum!

Es war nicht nur der Rekorder. Da lagen Taschenbücher.

Bücher! Als ob ihr nach Lesen wäre!

Trotzdem musste sie fast schon zwanghaft hinsehen. Ein Sachbuch, das einem das Topflappenhäkeln näherbringen sollte.

Topflappen?

Ein hysterischer Laut quetschte sich zwischen ihren Lippen hindurch. Was glaubten die, welcher Generation sie angehörte?

Dann noch ein Liebesroman. Und ein Thriller.

Was zum Teufel soll das alles?

Julia schluckte die aufsteigenden Tränen herunter.

Sie liebte … *hatte* Thriller geliebt.

Vorher.

Jetzt fühlte sie den unbändigen Drang, allen Lesern da draußen zuzurufen: »Nichts, was Autoren sich ausdenken könnten, ist mit der Wirklichkeit vergleichbar! Nichts! Es gibt keine Worte für das, was ich empfinde, während Sekunden zu Minuten und Minuten zu Stunden werden. Für die Hölle, durch die ich gehe! Also lasst die Finger davon! Geht raus in die Natur! Fühlt die

Sonne und den Frühling! Habt eine gute Zeit zusammen! Passt auf euch auf und bitte, bitte findet mich!«

*

Ohlsen sah durch die Sprossenfenster seines kleinen Fischhuses. Der Regen hatte sich zurückgezogen und einem wolkendurchwirkten Himmel Platz gemacht. Die wilden, pludrigen Gebilde eilten über den Nachthimmel und knipsten das Mondlicht an und aus, wie es ihnen gefiel. Dieses wiederum verlieh ihnen magische, leuchtend weiße Konturen. Wie gern hätte Ohlsen draußen in der Hängematte gelegen, unter seinem Walnussbaum, der den von einer Steinmauer umgebenen Innenhof nahezu überspannte, und dem Spektakel weiter zugesehen.

»Zu kalt«, brummte er und überlegte, wie er das Wochenende verbringen könnte. Die App auf seinem Handy verriet, dass es morgen trocken bleiben sollte. Perfekt, um sich dem Loch am Dachunterschlag zu widmen. Oder der feuchten Wand an der Westseite. Davon abhalten würde ihn niemand.

Er setzte sich in den alten Ledersessel und sah zu dem Foto auf der kleinen Anrichte hinüber. Wie hübsch sie war, seine Lies. Und wie verrückt. Wenn er an ihr erstes Aufeinandertreffen dachte … Getroffen hatte sie ihn, das stand außer Frage.

Er war oben an der Nordspitze gewesen, in Holnis, und hatte sich den Kopf freipusten lassen. Die Wolken waren über den Oktoberhimmel gehetzt. Schneller waren nur die Kitesurfer gewesen mit ihren bunten Segeln. Ohlsen hatte den Wassersportlern bei ihren Sprüngen zugesehen. Und dann war sie gekommen, von der Strandseite und wie aus dem Nichts – und hatte ihn hinterrücks umgerissen. Bevor er gewusst hatte, was los war, waren er und die Surferin in einem Wirrwarr aus Kiteschirm und Leinen versunken. »Sorry, mein erstes Mal«, hatte eine Stimme hinter den Segeltuchlagen gemeint. Worauf er verärgert den ziemlich dämlichen Vorschlag unterbreitet hatte, es doch mal auf dem Wasser zu versuchen. Dieses Lachen! Er würde es nie vergessen. Sie hatte sich frei gewühlt und ihn angestrahlt. »Ich mag deinen Humor. Du musst mit mir essen gehen.« Bis heute war er sich nicht sicher, ob sie das Wort Essen wirklich in den Mund genommen hatte. In der darauffolgenden Nacht hatte es jedenfalls keine Rolle gespielt. Lies hatte den Takt vorgegeben und er war ihm verwundert gefolgt.

Das war noch heute so. Er vermisste sie. Ihr Lachen. Ihre zart duftende Halsbeuge. Ihre fordernden Finger auf seiner Haut. Wenn sie bei ihm war, war er ein anderer Mensch. Sie machte aus dem funktionierenden, analytisch denkenden Klotz einen pulsierenden, lebendigen Körper, so kam es ihm vor. Und doch fiel es ihm schwer, sich ganz auf ihre Welt einzulassen. Aber wenn sie von *diesem* Job heimkam, dann würde er sich von seiner Komfortzone verabschieden und sich von Lies mitreißen lassen. Drei Monate hatten sie Zeit. Die Freistellung war genehmigt. Sie würden durch die Metropolen dieser Welt bummeln, Berge besteigen und Höhlen durchschwimmen. Vielleicht würde das alles ändern. Vielleicht würde er dann verstehen, was sie immer wieder von ihm wegtrieb. Raus aus seinem kleinen, beschaulichen Norgaard. Weg von dem Friedlichen, Berechenbaren, Norddeutschen, hinein in die bunte Welt der Superlative.

*

NETTIE

Erschöpft schob Nettie eine rotblonde Haarsträhne aus ihrem Gesicht. Sie mochte die Ruhe, die sich in dem Zimmer ausgebreitet hatte, durch das Haus strömte und wie eine schützende Decke über allem lag. Nettie hatte Dutzende Namen für das Fehlen von Geräuschen. So wie für die Gefühle, die sie damit verband.

Es gab Stille, die ihr Angst machte, schwarze Löcher, die jeden Ton verschluckten, es gab die Ruhe vor dem Sturm und das geräuschlose Nichts danach. Manchmal war die Lautlosigkeit auch ein stummer Verbündeter. Heute Nacht bot sie ihr Schutz, denn er war nicht da, hatte seine unleserliche Tonspur mitgenommen.

Einzig das sanfte, regelmäßige Atmen der Kleinen war zu hören. Beruhigend schön. Nettie stand neben dem Gitterbettchen. Es war aus weiß gestrichenem Holz gefertigt. Vom Stoff der Decke grinsten sie lustige Äffchen und Elefanten an, dort, wo das Nachtlicht die Schatten zurückdrängte. Wie so oft betrachtete Nettie das Gesicht des pausbackigen Mädchens, das in dem Bett schlief. Pausbackig wie das ihre.

Die in der Ecke hockende kleine Stoffgiraffe hatte Netties Mutter genäht. Das war, nachdem sie aufgehört hatte zu weinen. Mama hatte lange geweint. Warum, das hatte Nettie zunächst nicht verstanden. Bis die Angst eine andere geworden war. Dann war der Schmerz gekommen. Und plötzlich hatte auch Nettie geweint. Obwohl sie doch eigentlich am liebsten lachte. Damals.

Jetzt war sie nicht mehr allein. Das war schön. Sie liebte es, mit der Kleinen zu spielen. Dann vergaß sie für einen Moment alles andere. Alles, was mit ihm zusammenhing. Sein Gesicht, das sie nicht lesen konnte. Seine Worte, die das eine sagten und das andere meinten. Die Art, wie er sie betonte. Immer gleich. Nettie gab ihr Bestes. Und doch wollte er ihr die Kleine immer wieder wegnehmen. Aber Nettie war stark. Sie hatte es geschafft, ihn umzustimmen! Bis jetzt.

Sie beugte sich ganz dicht zum Gesicht des Mädchens hinunter. Wie lange es wohl noch schlafen würde? Nettie richtete sich auf, seufzte leise und beschloss, sich wieder an die Arbeit zu machen. Das ganze Blut auf den Fliesen. Der Abtransport des Toten. Die Frage, wohin mit ihm. Das alles hatte viel Kraft gekostet. Und Probleme geschaffen. Sie mochte keine Probleme. Es musste andere Wege geben. Bessere. Wenn sie ganz doll nachdachte, würde ihr bestimmt etwas einfallen. Sie war klug, tüchtig und gründlich, das hatte schon ihre Oma immer gesagt. Nettie wünschte sich so sehr, dass Oma von ihrem Stern herunterkäme und ihr sagte, was sie tun sollte. Dann könnte Nettie mit dem Morden aufhören. Aber so?

*

»Bist du noch wach?« Frias Finger flogen über die Handytastatur und tippten auf *Senden.* Gleichzeitig hätte sie am liebsten laut losgelacht.

Ihr Bruder, der zweitjüngste, antwortete sofort. »Ja. *Er du okay?*« Matthis war eine Nachteule und der Einzige, den Fria um diese Uhrzeit getrost behelligen konnte. Er arbeitete als *Stadsadvokat* für die dänische Seite.

Wieder einmal dankte Fria dem Schicksal dafür, sie mit dieser Familie gesegnet zu haben. Drei Brüder, Troels, Matthis und Jais, die füreinander da waren, auf die sie sich zu jeder Zeit verlassen konnte. Und ihr Vater Eskild, gütiges, geliebtes Familienoberhaupt und Fels in der Brandung, der sie und ihre drei jüngeren Brüder allein großgezogen hatte, ihnen Liebe geschenkt und Werte vermittelt hatte. Dass sie alle für die dänische Polizei tätig waren oder Hand in Hand mit ihr zusammenarbeiteten, gab dem Leben des Svensson-Clans die besondere Note.

Fria ließ das Handy durchwählen und wartete, bis Matthis' sonore Stimme erklang.

»*Hej*, geliebtes Schwesterchen! So spät noch wach?«

»Mit welcher Strafe muss ich rechnen, wenn ich einem nackten Mann, einem splitterfasernackten Mann, eins mit dem Löffel übergebraten habe? Zu meiner Schande muss ich gestehen, an der Tatwaffe klebte Bølles Nassfutter.«

Sie hörte ihn lachen. »So, wie du das ›splitterfasernackt‹ betonst, nehme ich an, er war unbewaffnet?«

»Ja. Zu meiner Verteidigung kann ich vorbringen, dass er ohne Vorwarnung und mitten in der Nacht in meinem Bad stand. Und er ist groß und breit und Furcht einflößend. Mit wilden Tattoos auf den Armen und einem Bart, um den Thor, ach, was sage ich, um den ihn die gesamte Götterwelt beneiden würde. Ich plädiere auf Notwehr.«

»Hast du Erste Hilfe geleistet nach deiner Attacke?«

»Ich bin abgehauen und hab mich mit Bølle hinter meiner Zimmertür verschanzt.«

»Du bist geflohen? Uh, das sieht nicht gut aus! Tätlicher Angriff, unterlassene Hilfeleistung und Flucht – Schwesterchen, du sitzt tief in der Sch…«

»Ich hab's geahnt! Du musst mich vertreten!«

»Verteidigen ist nicht so mein Ding, das weißt du doch. Wie geht's dem Opfer? An deiner Stelle würde ich ihm als Wiedergutmachung ein Abendessen anbieten. Wer weiß, vielleicht entwickelt sich da …«

»Es verschwand hinter Martens Schlafzimmertür.«

»Oh.«

Fria konnte sich lebhaft vorstellen, was gerade in Matthis' Kopf vorging. Sie haderte selbst noch mit dem Bild des blonden Hünen, eng umschlungen mit Marten, ihrem zart gebauten, feminin anmutenden Mitbewohner.

»Da erübrigt sich meine Frage, was der Typ in deinem Bad zu suchen hatte«, meinte Matthis nach einem kurzen Moment des Schweigens.

»Du weißt ja, Marten hasst die Menschen oder er liebt sie. Menschen, nicht ihre Geschlechtszugehörigkeit.«

»Ich dachte nur, weil er und Emilia …«

»Vielleicht gerade wegen ihr.« Fria dachte an Martens Ex. Die Beziehung zu ihr hatte ihn in ein tiefes Loch gestoßen. »Ich frag mich nur, wo er Thors Ebenbild kennengelernt hat. Marten ist die letzten Monate nicht vor die Tür gegangen.«

»Wenn ihm seine Ruhe lieb ist, wird er dir die Antwort nicht verwehren. Und du bist wirklich mit einem Löffel in euer Bad gestürmt, um seinen Freund zu verprügeln?« Sie hörte ihn ausgelassen lachen. »Dein Ernst? Wo sind deine Manieren? Hat Eskild dir nicht beigebracht, anzuklopfen?« Er hatte Mühe, die Worte herauszubringen.

»Es ist mitten in der Nacht. Bølle hat geknurrt. Marten in seinem Zimmer gelegen und geschlafen. Keiner konnte damit rechnen, dass er Herrenbesuch hat. Ich hab gedacht … Ich weiß auch nicht, was ich gedacht hab.« Auch Fria konnte vor Lachen kaum sprechen. »Oh, Matthis, du hättest mich sehen sollen! Das war *so* peinlich!«

»Apropos … sehen. Wie war eigentlich Thors Reaktion auf die Löffelattacke?«

»Keine Ahnung. Ich hab die Tür zugeschmissen, bevor er sich vollends umgedreht hatte, und mich in mein Zimmer geflüchtet.« Ihr Blick fiel auf den Hund, der friedlich neben ihr schnarchte. »Das heißt, wir, Bølle und ich, sind in mein Zimmer und haben uns eine noch peinlichere Gegenüberstellung erspart. Ich meine, wer rennt denn auch – wie Gott ihn schuf – durch fremde Wohnungen?«

»Beschwer dich noch! Du bekommst wenigstens was geboten!«

»Armer Matthis! Ich werde Helle sagen, dass dir der Sinn nach Abwechslung steht. Deine Frau hat bestimmt nichts gegen den Besuch eines knackigen Chippendales.«

»Wozu braucht sie einen zweiten, wo sie schon einen zu Hause hat? Scherz beiseite. Wie geht's eurem Baggerfahrer? Hat er sich von seinem Schock erholt?«

»Du hast mit Troels gesprochen? Wann?«

»Vor zwei Stunden etwa.«

»Konnte er schon was zur Identität der Leiche sagen?«

»*Nej*. Die Maschinerie ist gerade erst angelaufen. Die werden das ganze Wochenende brauchen, um alle Spuren vom Tatort zu sichern. Die Bedingungen sind schwierig.«

»Der Matsch, ich weiß. Was sagt Odense?«

»Die Rechtsmedizin? Die legen erst morgen richtig los. Troels meinte, sie hätten in dem Erdloch allerlei Wikingerkram gefunden. Könnte sich um einen dieser Darsteller handeln, die auf Mittelaltermärkten und in Haithabu performen. Oder einen Fan. Die verkleiden sich ja oftmals auch.«

»Gut möglich. Leider durfte ich mir die Fundstücke nicht genauer ansehen.«

»Du quengelst jetzt nicht wirklich rum, Fria, oder?«

»Spar dir deine Standpauke, Herr Stadsadvokat! Ich weiß, dass ich als Zivilistin nicht an den Beweismitteln rumfingern darf. Bist du am Sonntag bei Papa?«

»Kommt drauf an, wie schnell Troels und seine Mannschaft sind. Sollte es wider Erwarten schon jemanden geben, den ich anklagen kann, werde ich anderes zu tun haben, als bei unserem alten Herrn vorbeizuschauen.«

»Das Gleiche gilt dann wohl für Troels. Der arbeitet bestimmt das Wochenende durch«, murmelte sie. »Hm … Ich glaube, es macht Sinn, bei ihm auf der Dienststelle vorbeizufahren. Ich könnte ihm bei den Wikingerfundstücken zur Seite stehen. Vielleicht ergibt sich ein Hinweis, der bei der Identifizierung der Leiche helfen kann.«

Sie hörte Matthis ungläubig schnauben.

»Seit wann bist du Expertin für Tand und Modeschmuck? Troels meinte, den Kram könnte man für kleines Geld im Internet bestellen. Da ist nicht mal Patina dran, Schwesterchen. Nix für Archäologen also. Lass unseren Bruder seine Arbeit machen! Der hat genug zu tun, nerv ihn nicht!«

»Meine Hilfe ist für dich also gleichbedeutend mit nerven?«

»Du bist neugierig, sonst nichts!«

»Ein gesundes Maß an Neugier ist eine Tugend für jeden ermittelnden Polizisten.«

Als Fria hörte, wir Matthis geräuschvoll einatmete, fügte sie schnell noch »Und für jeden Archäologen!« hinzu. »Außerdem kann Troels dann gleich mal den Thor aus dem Nachbarschlafzimmer durch die Datenbank laufen lassen«, murmelte sie.

»Fria!«

»Was? Ist ja wohl nicht verkehrt, zu wissen, wer in der eigenen Wohnung ein und aus geht.«

*

JULIA

Je länger Julia mit sich und dieser Situation allein war, desto häufiger wünschte sie sich einen Stand-by-Knopf für ihr rastloses Hirn. Raus aus der zermürbenden Gedankenmühle.

Ständig die gleichen Abläufe. Das Starren auf die Tür. Das Lauschen auf Geräusche. Das Bangen um die Belüftung. Das hartnäckige Wiederkehren der immer gleichen Fragen. Das Schwanken zwischen Panik und Erschöpfung. Und über alldem die Angst, einzuschlafen. Nicht mitzubekommen, wenn sie den Raum betraten.

Unwillkürlich kam ihr das Bild eines kleinen Spielzeugroboters in den Sinn, der so lange geradeaus fuhr, bis er vor ein Hindernis stieß, dann abdrehte, in eine andere Richtung rollte, um erneut abzuprallen. Bis jemand sich erbarmte und ihn abstellte. Oder – bis die Batterien leer waren.

Ihre würden noch lange halten.

Zeit, sich alldem zu stellen, hatte sie also genug.

Ist das so? Wie viel hab ich wirklich noch?

Keine Antwort zu finden war schrecklich.

Die Antwort zu kennen noch schrecklicher?

*

Ohlsen saß auf seinem Fischhus-Lieblingsplatz, dem zweitliebsten nach der Hängematte, und streckte genüsslich die Gliedmaßen von sich. Die schlichte Bank bestand zwar nur aus übereinandergeschichteten Klinkersteinen, einem uralten Brett als Sitzfläche und ein paar Kissen, stand aber windgeschützt und bot den ersten Ausblick auf den hereinbrechenden Tag.

An die Hausfassade gelehnt griff Ohlsen nach seinem Kaffeepott und blinzelte in die Morgensonne. Die Pflanzen in seinem winzigen Innenhofgarten schaukelten im Wind, ließen Tausende von Tropfen funkeln. Das, was hier wuchs, hatte Charakter, war zäh und robust. Denn Ohlsens grüner Daumen beschränkte sich auf den gelegentlichen Gebrauch der Heckenschere, immer dann, wenn der kleine, mit Feldsteinen gepflasterte Hofplatz kaum noch als solcher zu erkennen war.

Der Himmel über ihm präsentierte sich in einem verheißungsvollen Blau. Gut so, irgendwann musste der Frühling ja kommen. Ohlsen zog den Kragen der Fleecejacke höher und wärmte seine Finger an dem Becher. In seiner Hosentasche vibrierte es leicht. Sein Handy. Es war Lies.

»Guten Morgen!« Ihre Stimme klang fröhlich. Im Hintergrund war es ungewöhnlich still. Ohlsen sah auf die Uhr. Viertel nach acht.

»Moin. Und? Wie läuft es?«

»Gut. Deswegen rufe ich an. So wie es aussieht, sind wir schneller fertig als gedacht.«

»Du kommst eher nach Norgaard?«

»Nicht gut? Wenn's nicht passt, kann ich auch noch ein wenig durch die Gegend ziehen. Ist echt schön hier.«

»Was? Nein! Komm her – sofort!« Immer das Gleiche! Er schaffte es einfach nicht, seine Emotionen angemessen rüberzubringen. »Du weißt doch, dass ich … Also, ich freu mich total auf dich!«

Er hörte sie lachen.

»Ganz ruhig, Ohlsen! Ich kenn dich doch. Dich und deinen norddeutschen Charme. Was macht die Norgaarder Unterwelt? Habt ihr viel zu tun?«

»Nö. Alles ruhig hier.«

»Sehr gut. Sag Bonnie und Clyde, sie sollen die Pause verlängern, oder lass sie einfach laufen. Ich will dich ganz für mich.«

»Aye, aye, Ma'am! Wo bist du? Ist so still bei dir.«

»Wir warten auf den Helikopter.«

»Helikopter? Wofür? Ich dachte, ihr müsstet durch die Röhre hoch zum Kopf der Windkraftanlage.«

»Das Projekt konnten wir gestern schon abschließen. Ist aufgestellt und montiert. Und der Heli-Job ließ sich vorziehen. Super, oder? Heute bringen wir Flugwarnkugeln an.«

»Flugwarnkugeln?«

»Diese dicken, orangefarbenen Bälle, die an den Seilen der Hochspannungsleitungen hängen. Sie erinnern mich immer an den Abakus, den ich als Kind hatte. Mit den bunten Holzkugeln, die man hin- und herschieben konnte, um zu rechnen.«

Ein unangenehmes Kribbeln wanderte über Ohlsens Körper. »Wer überprüft denn, ob der Strom abgestellt ist?« Warum hatte er sich auch eine Freundin suchen müssen, die den Adrenalinkick liebte?

Wieder hörte er sie lachen.

»Wir natürlich. Mit einem Stromprüfer. Der ist ein klitzekleines bisschen größer als der, den du zu Hause hast.«

»Aus dem Heli heraus?«

»Wir hängen an einem Seil untendrunter. Wir müssen ja irgendwie in die Mitte der Stromleitungen kommen. Dinger anschrauben, fertig! Wenn's windstill ist und der Pilot 'ne ruhige Hand hat, kein Problem. Die Autobahn unter uns ist gesperrt. Wird schon schiefgehen!«

»Könntest du dem Piloten bitte ausrichten …«

»Das sind alles Profis, Ohlsen.«

»Ja, na klar. Wie lange dauert der Job?«

Plötzlich wurde es furchtbar laut auf ihrer Seite.

»Lies? Was heißt das denn jetzt? Wann kommst du?«

»Der Heli! Muss auflegen«, schrie sie. Dann war die Leitung tot.

Ohlsen schüttelte den Kopf. Diese Frau war unglaublich.

Dass das mit ihnen überhaupt hielt ... Nicht zum ersten Mal fragte er sich, was sie eigentlich in ihm sah. Eine Basis, zu der sie jederzeit zurückkehren konnte? Eine lieb gewonnene Gewohnheit, zu schön, um sie abzulegen, aber nicht genug, um den Alltag damit zu füllen?

Und er?

Ohlsen hob die Tasse an seine Lippen. Der Kaffee war kalt. Ohne eine Miene zu verziehen, nahm er ein paar Schlucke.

Konnte er mit ihr mithalten? Machte er sich nicht selbst etwas vor, wenn er glaubte, er und sein beschauliches Norgaarder Leben würden ihr reichen?

Eine Hummel, aufgrund der Witterung noch langsam in ihren Bewegungen, kroch vor seiner Schuhspitze über den Boden. Die Blätter um ihn herum raschelten leise. Ohlsen sah sich um. Er mochte das mit weißem Lehmputz versehene Fischhus mit seinen Holzläden, Sprossenfenstern, dem alten gusseisernen Bilegger, dem Ofen, der sich in die Wand zwischen Küche und Wohnraum einfügte, seinen kleinen, gemütlichen Räumen mit den niedrigen Decken. Es hatte Macken und musste ständig ausgebessert werden – ein bisschen war es wie er. Und erneut fragte er sich, ob sich eine Frau wie Lies jemals an einem solchen Ort wohlfühlen würde.

*

Während ihrer Morgenrunde entlang der Flensburger Förde hatte Fria zwei taktische Pläne ausgearbeitet. Erstens würde sie sich ihrem ersten Bauchgefühl zum Trotz einer Gegenüberstellung mit Martens neuem Freund stellen. Heute noch. Sie musste einfach wissen, mit wem sie es zu tun hatte. Die Frühstücksbrötchentüte klemmte bereits unter ihrem Arm. Und zweitens würde sie den Jungs auf der dänischen Wache einen Freundschaftsbesuch abstatten, egal was Matthis davon hielt. Und falls ihr Bruder Troels sich querstellte und ihr nichts sagen wollte, blieb immer noch ihr Ex-Freund Stig Bjerregaard, den sie anzapfen konnte. Wenn auf *ihrer* Grabung eine Leiche gefunden wurde, und das auch noch von einem *ihrer* Mitarbeiter, dann hatte sie als Leiterin des Museums ein berechtigtes Interesse.

Entschlossen betrat Fria die Wohnung. Bølle rannte direkt zu Martens geschlossener Ateliertür und verlangte Einlass.

»*Nej*, du Rabauke. Es ist zu früh, die beiden schlafen noch. Außerdem bist du pitschnass.« Wie üblich war ihr dreibeiniger Freund mit vollem Einsatz in die eiskalte Ostsee gerannt. Unter seinem Bauch bildete sich bereits eine kleine Pfütze. Sie stockte. Andererseits – Marten hatte sie nicht darüber informiert, dass er Besuch hatte, und Bølle war hier zu Hause. »Sieh es als kleine Rache für den nächtlichen Schockmoment«, murmelte sie, wohl wissend, wie kindisch ihr Verhalten gerade war, und öffnete die Tür. Bølle stürmte los.

So musste sie wenigstens nicht warten, bis die beiden ausgeschlafen hatten. Fria schlenderte in die Küche und setzte Kaffee auf.

*

Morgen! Morgen würde er all das erledigen, was bislang liegen geblieben war. Jetzt gab es Wichtigeres. Laurenz Koch wärmte sich die Finger an dem Coffee-to-go-Becher und beobachtete, wie das Campusgelände der Europauniversität Flensburg zum Leben erwachte. Er wusste immer noch nicht, wie er sie überzeugen sollte, er wusste nur, dass die Zeit reif war, es zu tun.

Er dachte an den misslungenen Kuss. Es war nicht seine Schuld gewesen. Er hatte nichts falsch gemacht. Sie war einfach zu betrunken gewesen. Natürlich bekam sie eine zweite Chance! Wenn man ihm eines nicht nachsagen konnte, dann, dass er nachtragend war. Manches brauchte eben seine Zeit.

Sein Blick richtete sich gen Westen. *Blauer Plastikbeutel neben dem Mülleimer. Pistaziengrüner E-Roller, achtlos auf den Rasen geworfen.* Wie fast jeden Morgen würde sie aus Richtung des Campusbades kommen, an der Mensa vorbeifahren, auf das Gebäude *Riga* zuhalten und dann ihr Fahrrad in der Nähe vom *Vilnius*-Komplex abstellen. Sie war meist früher da als die anderen. Sie hatte immer viel zu tun, engagierte sich für den AStA und bei Umweltschutzdemos. Er selbst war einige Male mitgegangen. Um in ihrer Nähe zu sein. Mehrfach war er kurz davor gewesen, der Umweltorganisation beizutreten. Sie hätte das bestimmt gut gefunden. Wären da nur nicht ihre sogenannten Freunde. *Ältere Frau in brauner Cordhose und dunkelblauer Windjacke mit dicker Aktentasche unter dem Arm. In der Ferne das Martinshorn eines Rettungswagens. Der Deckel des zweiten Müllcontainers von rechts steht leicht offen.*

»Moin, Süße«, murmelte er, als er sie erblickte. *Eng anliegendes Ringelshirt unter geöffneter Bomberjacke, dazu hellblaue, ausgewaschene Jeans mit Schlag. Weiße Sneaker mit aufgestickten roten Blüten.* Er würde ihre energiegeladene Art, Fahrrad zu fahren, überall erkennen. Ihr langes blondes Haar, das beschwingt hinter ihr herwehte. Die Stellung ihrer Füße auf den Pedalen, ein klein wenig nach innen gerichtet. So brauste seine Samantha an ihm vorbei, ohne ihn zu bemerken. Das kränkte ihn keineswegs. Bei ihr war er gern Voyeur. Laurenz lächelte. Er war ein Glückspilz.

*

Julia hustete. Das Kratzen in ihrem Hals machte sie wahnsinnig. Immer wieder fixierten ihre Augen die Plastikflaschen. Die durchsichtige Flüssigkeit schimmerte mit jeder Minute verlockender. Und schon stritten die Stimmen in ihrem Kopf wieder. Die eine warnte sie davor, davon zu trinken. »Wer weiß, was sie dir ins Wasser gemischt haben. Sie wollen dich gefügig machen. Oder gleich vergiften!«

Die andere Stimme beschwor sie, endlich nach einer der Flaschen zu greifen. »Los, mach sie auf! Worauf wartest du? Willst du verdursten?«

Julia kroch zum Tisch hinüber und ließ ihren Po auf die Fersen niedersinken. Dass sie sich einmal so nach einem Schluck Wasser sehnen würde, hätte sie nie gedacht. Normalerweise mochte sie nur süße Getränke. Cola, Sprite oder Apfelschorle.

Ihr Oberkörper wippte vor und zurück. Dann drehte sie den Kopf und betrachtete das kleine Waschbecken. Aus dem Hahn kam es auch – klares, köstliches Wasser.

»Wie dumm kann man sein? Weißt du, von welcher Quelle dieserReckshahn gespeist wird? Wahrscheinlich kommt die Plörre aus irgendeinem Tank. Den mit üblem Zeug zu versetzen, ist noch viel einfacher!«

Julia rieb sich verzweifelt die Schläfen.

»Das einzig Dumme wäre, nichts zu trinken! *Die Entführer wollten ihrem Opfer eigentlich nichts antun, versorgten es mit Wasser und Keksen. Doch leider machte ihnen Julia K. einen Strich durch die wohlgemeinte Rechnung. Sie verdurstete, bevor die Entführer es verhindern konnten.* Was für Schlagzeilen! Was für ein sinnloser Tod!«

Julia griff nach einer der Flaschen und zog sie zu sich. Der Originalitätsring war unversehrt. Ihre Finger tasteten den Flaschenhals ab. Sie konnte keine Einstichstellen entdecken.

»Nur ein kleines bisschen«, murmelte sie. Ungeschickt mühte sie sich mit dem Verschluss ab. Dann, endlich, ein erster vorsichtiger Schluck. Was für eine Wohltat! Wie das Wasser ihre klebrige Zunge, die vertrockneten Schleimhäute und ihren kratzenden Hals reanimierte! Sie brauchte mehr! Erst noch verhalten, dann immer gieriger sog sie an der Flasche, setzte sie erst ab, als sie vollkommen leer war.

Erschrocken hielt sie inne. Sie spürte ihr Herz hämmern. Würde sie für ihr dummes Verhalten zahlen müssen? Warum hatte sie sich nicht zügeln können? Warum hatte sie nicht abwarten, langsamer trinken können? Ängstlich horchte sie in sich hinein. War da nicht schon eine Welle bleierner Müdigkeit, die ihren Körper flutete?

*

Die Dienststelle der dänischen Kriminalpolizei in Granskov war ähnlich überschaubar wie die der deutschen in Norgaard. Bei Bedarf wurde sie durch Ermittler aus den umliegenden größeren Dependancen aufgestockt. Fria kam gern vorbei. Was natürlich auch daran lag, dass die Wache sich voll und ganz in der Hand des Svensson-Clans befand, unweit der Grenze und ganz in der Nähe von Ørerup, dem Standort ihres Museums.

Als sie mit einem fröhlichen »*Hej!*« die Tür aufstieß, wurde sie von Gelächter empfangen. Ihr jüngster Bruder Jais und Stig Bjerregaard, ihr Ex-Freund, klatschten sich ab.

»Was hab ich gesagt?«, tönte Jais.

»War aber knapp«, relativierte Stig mit Blick auf die Wanduhr. Dann kam er auf Fria zu und nahm sie in den Arm. »Schön, dich zu sehen!« Das blonde Deckhaar, wie immer zu einem Seitenscheitel frisiert, kitzelte an ihrem Ohr, während sie in seinem kurzärmeligen, blauen Hemd versank. Er trug noch immer das Parfum, zu dem sie ihn vor Jahren überredet hatte. Und er hielt sie einen Moment zu lange an seine Brust gedrückt.

Sie entzog sich ihm und sah Jais stirnrunzelnd an. »*Was* hast du gesagt?«

Die beiden Männer grinsten sich vielsagend an.

»Jais!« Fria zog die Vokale bedrohlich in die Länge.

»Ich hab gewettet, dass du noch vor zwölf Uhr mittags hier auftauchst.« Er hockte sich hin und kraulte Bølle liebevoll die Ohren. »Was hast du als Bestechungsanreiz mitgebracht? *Kanelsnegle?*«

Fria verschränkte die Arme vor der Brust. Typisch Jais! Er konnte Unmengen Essen verschlingen, vor allem Süßkram, und nahm nicht ein Gramm zu. Tatsächlich befand sich eine große Tüte voller Zimtschnecken in ihrem Rucksack. »Ich glaube, die habt ihr gar nicht verdient, ihr Lästermäuler!«

»Was können wir dafür, dass du so berechenbar bist?« Jais zwinkerte Stig zu.

»Ich wollte nur meine Hilfe anbieten.«

»Sei nicht sauer!« Stig sah sie versöhnlich an. »Wir freuen uns immer, wenn du uns besuchst.«

»Klar tun wir das!« Jais sprang auf und tippte ungeduldig gegen ihren Rucksack. »Und jetzt her mit den süßen Teilchen! Ich hab einen Bärenhunger.«

»Nur wenn ich Kaffee kriege.« Fria beobachtete nachdenklich, wie Troels jenseits der Glasscheibe im Nachbarbüro telefonierte. »Wie weit seid ihr? Gibt es Anhaltspunkte für die Identität der Leiche?«

»Ist zu früh. Das wird 'ne harte Nuss. Die Rechtsmedizin hat uns schon vorgewarnt. Es sei denn, wir finden in der Datenbank direkt jemanden, der passen könnte, dessen DNA und Zahnstatus wir mit dem des Opfers abgleichen können.« Stig strich sich die Haare aus der Stirn, lächelte und trat bis auf einen Meter an seine Ex-Freundin heran.

»Hm.« Fria nickte und ging auf die Wand zu, an der die Fotos vom Leichenfundort hingen.

»Dazu müsste uns Mølgaard aber erst einmal seine Einschätzung hinsichtlich ihres Alters mitteilen. Und der ist stur. Bevor er sich nicht hundertprozentig sicher ist …« Stig verdrehte die Augen.

»Ist doch nur gut, wenn sich die Rechtsmedizin auf Fakten beruft, die auch vor Gericht standhalten würden. Dann habt ihr eine solide Arbeitsgrundlage«, murmelte Fria und blieb vor den Bildern stehen, die kleine metallene Gegenstände zeigten. »Wo habt ihr diesen Mølgaard eigentlich her?« Hochkonzentriert betrachtete sie jedes einzelne Detail.

»Eine Empfehlung seiner Vorgängerin.«

Fria spürte Stigs Nähe in ihrem Rücken. Normalerweise versuchte sie, ihn auf Abstand zu halten. Er war ein netter Kerl, aber das mit ihnen war lange vorbei. Eine Neuauflage würde es nicht geben. Nicht, wenn es nach ihr ging. Jetzt aber war sie viel zu sehr damit beschäftigt, in die Fotos der Fundstücke hineinzukriechen. »Eine Gewandnadel.« Sie schob ihr Gesicht vor das nächste Bild. »Das sind Hühnerknochen, oder?« Ihr Blick sprang zu einer Totalen, die zeigte, wo die Gegenstände in der Grube gelegen hatten. »Und was haben wir hier?« Ein Foto weiter war ein rundes Schmuckstück mit Öse zu sehen. Daneben die Nahaufnahme von zersplittertem, eingefärbtem Glas. »Ein Amulett und Scherben von einem Gefäß.« Ihre Stimme war derart gedämpft, dass man meinen konnte, sie spräche zu sich selbst.

»Die Brosche und der Anhänger sind auf jeden Fall neueren Datums. Mølgaard lässt das Material checken. Vielleicht können wir so herausfinden, wo es gefertigt wurde. Wie du sicherlich am allerbesten weißt, gibt es in Haithabu, wie in anderen Nachbauten von Wikingersiedlungen ja auch, Schmiede, die Schmuck nach alten Überlieferungen anfertigen. Handgemacht und aus Metall. Aus Bronze oder Silber. Den verkaufen sie dann an die Touristen. Sollte es sich bei unseren Stücken allerdings um Ramschware aus dem Internet handeln, können wir diese Spur vergessen.«

Amüsiert beobachtete er, wie ihr Blick immer wieder zwischen den Fotos hin- und hersprang. »Und? Was sagt die Fachfrau?«

»Ich weiß nicht …«

»Was weißt du nicht?« Unbemerkt von beiden war Troels an sie herangetreten. Hinter ihm tauchte Jais auf, in jeder Hand zwei dampfende Kaffeetassen.

Fria wandte sich schwungvoll um. »Diese Holzpflöcke und Bretter hier …« Sie tippte auf das Bild, das die eingestürzte Grube mitsamt den in den Boden getriebenen Stützpfeilern und der zerborstenen Latten zeigte. Ein wildes Durcheinander aus Holz und nasser Erde. »Habt ihr jedes einzelne Stück geborgen? Wie waren sie angeordnet? Lag die Leiche in einer Kiste? Oder gab es nur eine Abdeckung aus Brettern? Wie wurde die Grube abgestützt?«

»Ja, wir haben alle Bretter geborgen. Alle, die sich mit bloßem Auge erkennen ließen. Viele waren morsch, einige schon zerfallen. Wir haben Unmengen an Fotos, haben versucht, alles so gut wie möglich zu dokumentieren. Schwierig bei der Nässe und der Bodenbeschaffenheit. Es ist alles ineinandergerutscht. Wo die Pfähle einmal gestanden haben, wie die Bretter einmal angeordnet waren, kann ich dir noch nicht sagen. Wieso – ist dir was aufgefallen?« Troels taxierte seine Schwester, die schon wieder über den Fotos brütete. »Fria?«

»Ich weiß wirklich noch nicht. Kannst du mir alle Bilder zur Verfügung stellen?«

»Nein, das kann ich nicht. Es wäre wirklich hilfreich, wenn du deine Vermutung einfach aussprechen würdest, Schwesterchen.«

»Und wenn ich falschliege?«

»Lass das unsere Sorge sein.«

»Wie wäre es, wenn wir sie als externe Beraterin hinzuziehen? Ganz offiziell?« Stig hob fragend die Augenbrauen. »Dir kann keiner an den Karren fahren und Fria könnte uns unterstützen.« Dann klopfte er Troels aufmunternd auf die Schulter.

*

JULIA

Julia schreckte hoch. Sie war eingeschlafen! Die erschlaffenden Muskeln hatten ihren Körper zur Seite sacken und die Wand hinunterrutschen lassen. Ihr Herz hämmerte wild gegen ihren Brustkorb. Vollkommen verkrampft hockte sie da. Ihre weit aufgerissenen Augen starrten panisch in die Dunkelheit. Pechschwarze Dunkelheit.

Dunkelheit?

Die Lampe! Warum leuchtete sie nicht mehr?

Nein, nein, nein!

Ihr Blut – in ihrem Kopf rauschte es laut. Gleichzeitig hörte sie sich wimmern. Sie verlor die Kontrolle. Dabei mahnte ihr Instinkt sie zur Ruhe. Verzweifelt versuchte ihr Gehör, die fehlende Sehkraft auszugleichen, die neue Situation auszuloten, ihr Sicherheit zugeben.

Die Lampe, sie war der Dauerbelastung nicht gewachsen und erloschen.

Ja, so muss es sein. Die Birne ist nur durchgebrannt. Es hat sich nichts geändert. Du bist nach wie vor allein hier. Erinnere dich einfach daran, wo alles liegt.

Oh Gott, wie sollte sie das hier nur weiter aushalten?

Sie zwang sich zu längeren Atemzügen, beschwor sich, ruhiger zu werden, allein um besser hören zu können.

Der Schalter! Sie musste irgendwie auf die andere Seite kommen, um den Lichtschalter zu betätigen. Vielleicht war die Birne ja gar nicht kaputt. Vielleicht konnte sie sie wieder zum Leuchten bringen?

Das ist doch Quatsch! Wenn das ginge, müsste irgendjemand sie ausgeschaltet haben.

Das hieße, jemand wäre bei ihr gewesen. In diesem Raum. Während sie geschlafen hatte.

Ohne es verhindern zu können, setzte das Wimmern wieder

ein, abgehackter diesmal und in einem Rhythmus, der sie an den Rand einer Hyperventilation bringen würde.

Schnelle Atmung, Schwindel, Ohnmacht – warum nicht? Julia sehnte sich nach einem Ausgang. Raus aus dieser unerträglichen Situation. Gleichzeitig machte ihr nichts mehr Angst als die Vorstellung, den Entführern ohnmächtig und widerstandslos für all die kranken Dinge zur Verfügung zu stehen, die sie sich für sie ausgedacht hatten.

Julia kämpfte. Um jeden Atemzug, um jedes bisschen Kontrolle. Wie lange es dauerte, bis ihr Nervensystem potenzielle Umgebungsgeräusche zu ihrem Gehirn durchließ, wusste sie nicht. Sie hatte jedes Zeitgefühl verloren.

Doch dann hörte sie es.

Die Dunkelheit – sie atmete!

Das war keine Einbildung, das war grausame Realität.

Sie war nicht allein.

DREI

Troels war hart geblieben. Aber von ihrem Ex-Freund hatte Fria einen Stick zugesteckt bekommen, auf dem alle Leichenfundortfotos abgespeichert waren. »Ich hab einen gut bei dir, Fria«, hatte Stig ihr augenzwinkernd zugeflüstert. Dann hatte sie sich verabschiedet. Es gab viel zu tun, Dinge jenseits kriminalistischer Ermittlungsarbeit.

Von der dänischen Polizeistation Granskov aus war Fria zunächst zu dem Ort gefahren, an dem sie schon am vergangenen späten Abend Absperrmaßnahmen und eine grobe Begutachtung im Licht ihrer Taschenlampe durchgeführt hatte: dem beschädigten Grabhügel. Sie hatte sich den Schaden bei Tageslicht genauer angeschaut und Punkte zur Instandsetzung definiert. Die Anzeige wegen Vandalismus gegen unbekannt war erfolgt. Denn in einem Punkt lag Villads falsch. Aus Versehen war dieser Grabhügel garantiert nicht angeschnitten worden.

Danach war Fria ins Ørerup-Museum gefahren, um ihre To-do-Liste wenigstens ein klein wenig schrumpfen zu lassen. Wenn sie die erforderlichen Gelder für die nächste Sonderausstellung bekommen wollte, würde sie noch so manche Stunde in die Ausarbeitung des Konzepts stecken müssen. Also saß sie an diesem schönen Samstag vor ihrem Rechner. Allein. Alberte war noch immer krank, Villads genoss das Wochenende. Nur die Mitarbeiter des Ausstellungsbereichs, die Kassendamen, das Sicherheitspersonal und die Museumsführer schoben nebenan, im öffentlich zugänglichen Teil, ihren gewohnten Dienst. Auf ihren

Job konzentrieren konnte Fria sich dennoch nicht. Grund dafür war dieser kleine silberne Stick, der auf der Schreibtischplatte so verlockend glänzte.

»Nur ganz kurz«, murmelte sie, gab dem Drang nach und schob den Datenträger in ihren Rechner.

Nach fünf Stunden detaillierten Studiums der Fotos und einer intensiven Recherche zu historischen Vorbildern war sie sich zwar nicht sicher, fand aber genügend Anhaltspunkte, die ihre These bestärkten. Der Winkel, in dem die Pflöcke in den Boden getrieben worden waren – nicht gerade, sondern schräg auf eine Mittelachse zu –, waren selbst nach dem Einsturz noch gut zu erkennen. Daran, wie die abgebrochenen Spitzen im Boden steckten, und an den tiefen Löchern, die sie hinterlassen hatten. Sie gaben der Grube eine sehr spezielle Form. Wären die Pflöcke gebogen gewesen und hätten sie alle intakt an ihrem Platz gestanden, wären sie mit den Rippen eines Wales vergleichbar gewesen. Dazu die geborstenen Bretter, zu viele, um nur als Abdeckung gedient zu haben. War die Grube damit ausgekleidet gewesen? Um ihr Wände und einen Boden zu geben? Oder einzig, um zu verhindern, dass die Wände einstürzten? Warum waren sie dann nicht mit den Pflöcken verbunden, um für die nötige Stabilität zu sorgen? Der Boden hier war schwierig. Kaum Lehm, viel Sand, Schluff und Kies. Bodenerosionen waren vorprogrammiert. Und doch hatte sich jemand die Mühe gemacht und eine Art Schiffsrumpf nachempfunden.

Dilettantisch nachempfunden, das ja, aber doch recht eindeutig, wie sie fand. Ein Schiffsgrab! Es fehlte der Grabhügel. Statt mit Steinen war die Grabstätte mit Brettern abgedeckt worden. Die Ausrichtung hingegen stimmte: exakt Nord-Süd. Wenn sie recht behielt, handelte es sich bei den gefundenen Gegenständen um Grabbeigaben.

Grabbeigaben! Was bedeutete das für die laufenden Ermittlungen? Was hatte die Verstorbene mit den Beerdigungsritualen der nordischen Seefahrer zu tun?

Nur hochrangige Wikingerfürsten waren in den Jahren von achthundert bis tausendsechsundsechzig nach Christus, während des europäischen Frühmittelalters also, in ihren Schiffen beerdigt worden. So wie im Falle des neunzehnhundertvierunddreißig im nordöstlichen Fünen freigelegten Ladbyschiffes. Es war zweiundzwanzig Meter lang und bestückt mit elf Pferdeskeletten, einer Bronzeschale, Pfeilspitzen, verzierten Hunde- und Pferdegeschirren sowie Tellern aus massivem Silber mit Randvergoldung.

Tierknochen hatte die Spurensicherung auch im Grab dieser jungen Frau gefunden. Keine edlen Rösser, keine Hunde, aber die Überreste eines Huhns. Dazu die Gewandnadel und das Amulett, Gegenstände, die, den Bildern nach zu urteilen, nicht einmal aus Bronze zu sein schienen. Vielleicht Messing? Wie dem auch sei, es war hierbei wohl nicht darum gegangen, der Verstorbenen etwas besonders Kostbares und Edles mit auf den Weg ins Jenseits zu geben. Und doch hatte sich jemand sehr, sehr viel Mühe gemacht. Die Art der Bestattung, die Grabbeigaben, all das konnte nur *einen* Wert haben, einen symbolischen! Aber für wen? Für die Tote? Oder für denjenigen, der das Ganze arrangiert hatte?

Fria betrachtete die sterblichen Überreste der Frau. Ob sie eines natürlichen Todes gestorben war? Wenn ja, war sie zu Lebzeiten vielleicht der nordischen Mythologie verfallen und glaubte an die Weltordnung der Wikinger. Hatte sie sich mit diesem besonderen Begräbnis also einen letzten Wunsch erfüllen lassen?

»Wer warst du? Warum hat man dich auf diese Art und Weise beerdigt?«

*

Ein wunderschöner Tag – definitiv. Der Sand unter seinen Füßen war noch kalt, aber die Sonnenstrahlen hatten enorm an Kraft gewonnen und strichen angenehm warm über seine Haut. Wie es sich wohl anfühlte, ihre zarte Haut zu streicheln? Laurenz Koch lächelte beseelt. *Rote Haare, Lippenpiercing, kleines Schmetterlingstattoo. Daneben Seitenscheitel, rosa Polohemd, raucht sicher illegales Zeug.* Der Flensburger Strand Solitüde war gut besucht. Besonders von Studenten und sonnenhungrigen Touristen. Laurenz fand, niemand stach so schön heraus wie seine Samantha. Keine zehn Meter entfernt saß sie inmitten ihrer Freunde. Ab und zu wehte ein Lachen zu ihm herüber. Auch ein paar Gesprächsfetzen, in denen es wohl darum ging, in welcher Bar oder in welchem Klub man den Abend ausklingen lassen wollte, erreichten sein Ohr. Ihm war das egal. Er würde dabei sein und auf sie achtgeben. Er würde mit ihr feiern, mit ihr lachen, ihr begeistert zuhören, sie nach Hause begleiten und die Nacht mit ihr verbringen. Und sie würde ihm gestehen, wie sehr sie ihn mochte.

Als die Gruppe anderthalb Stunden später aufbrach, ließ Laurenz sie ziehen. Er hatte noch einiges vorzubereiten.

*

NETTIE

Die Frühlingssonne stand schon tief. Auch heute war er nicht ins Haus zurückgekommen. Wenn Nettie Glück hatte, würde das so bleiben. Dann gehörte der Abend ganz ihr und Belle, wie Nettie die Kleine immer nannte.

Er nannte sie Perdita. Nettie fand den Namen blöd. Auch weil er ihr gesagt hatte, was er bedeutete. *Die Verlorene.* »Namen müssen zu den Menschen passen«, hatte er gesagt und ihn in das große Buch der Bürger eintragen lassen. Da standen alle drin. Alle, die auf der Welt waren. Jede Stadt hatte ihr eigenes Buch. Und der Bürgermeister passte auf, dass es nicht verloren ging. Nettie hatte sich oft gefragt, was mit denen geschah, die auf Sternen wohnten, wie ihre Oma. Oder mit denen, die sie tötete und noch umbringen würde. Ob der Bürgermeister wohl so einen Abroller hatte und die Namen mit weißen Streifen überdeckte? Oder einen Tintenkiller, mit dem er sie verschwinden ließ?

Die Verlorene. So ein Quatsch! Wer sollte Belle denn verloren haben? Nettie lachte laut auf. Dann fuhr sie damit fort, dem Mädchen die feinen roten Haare zu kämmen. Nach dem Essen würden sie Fangen und Verstecken spielen. So lange, bis sie beide vor Müdigkeit umfielen.

*

JULIA

Was macht ein kleines Kind, wenn es das Monster unter dem Bett atmen hören kann? Es rennt schreiend aus dem Raum, hin zu Mutter und Vater. Es sucht Schutz. Jemanden, der kommt und macht, dass es aufhört.

Julia konnte nirgendwo hinrennen. Nicht einmal schreien. Sie hockte einfach nur da. Im Dunkeln. Die Muskeln verkrampft, das Gehirn leer. Egal wie heftig ihre Neuronen auch feuerten, wie sehr ihr Instinkt im Schatzkästchen der Erfahrungen kramte, es fand sich nichts Vergleichbares. Nichts, das ihr sagen konnte, wie sie sich in so einer Situation verhalten sollte. Selbst still sitzen zu bleiben, schien keine Option zu sein.

Hallo? Ist da wer? Was wollt ihr von mir? Was soll das alles? Warum tut ihr das? Macht das verdammte Licht wieder an! Wer ist denn da? Worte, von denen kein einziges über ihre Lippen kam.

Julias Atemfrequenz glich nur noch einem Hecheln. Sie wollte ihren Kopf unter ihren Armen verbergen. Stattdessen starrten ihre weit aufgerissenen Augen weiterhin in die gnadenlose Schwärze.

Lieber Gott, mach, dass es aufhört! Ich kann nicht mehr!

Die Dunkelheit aber blieb. Das Atmen auch. Und es kam näher.

Als sie dann noch spürte, wie ihr etwas ganz seicht über den Arm strich, war es so weit. Sie schrie wie am Spieß und schlug mit aller Kraft um sich.

Plötzlich wurde es gleißend hell. So hell, dass sie ein paar Sekunden lang nichts sah, ihre Augen reflexartig zu kleinen Schlitzen zuzog und unkontrolliert blinzelte.

Ein paar Sekunden. Danach schälte sich der Raum so, wie sie ihn in Erinnerung hatte, aus dem abnehmenden Weiß. Gegenstände bekamen ihre Farben zurück. Die Deckenlampe leuchtete. Das Atmen war verschwunden. Sie war mutterseelenallein.

Als die Lüftungsanlage ansprang, zuckte Julias überreizter Körper zusammen.

*

Ohlsen hatte dem Loch am Dachunterschlag seines Fischhuses den Kampf angesagt und – gewonnen. Wenn er mit den eigenen Händen etwas geschaffen oder repariert hatte und sah, dass es gut geworden war, löste das ein Feuerwerk an Glücksgefühlen in ihm aus. Freude, die er während seiner Arbeit als Hauptkommissar nie verspürte. Bei genauerer Betrachtung musste er sich eingestehen, dass Erleichterung das einzige positive Gefühl war, mit dem ihn sein Tagwerk belohnte. Und zwar immer dann, wenn er einen Täter dingfest machen und verhindern konnte, dass dieser anderen weiterhin Schaden zufügte. Verbrechen waren immer eng mit Verlust, Schmerz, Angst oder Trauer verbunden. Da blieb kein Platz für Freude.

Er schüttelte den Gedanken ab und öffnete die Tür zu seinem Lieblingslokal, einer kleinen italienischen Trattoria. Heute Abend würde er sich von Armando verwöhnen lassen. Das hatte er viel zu lange nicht getan.

Eine junge Servicekraft kam ihm entgegen. »Guten Abend. Haben Sie reserviert?«

Enttäuscht suchten seine Augen das Lokal ab. Keine Spur von Armando. Er musste zugeben, er hatte sich auf die schwungvolle, freundliche Art des Restaurantbesitzers gefreut. »Moin. Nein. Aber ich würde gern diesen nehmen.« Ohlsen wies auf einen kleinen runden Holztisch am Rand des Raumes, von dem aus man ungestört alles überblicken konnte.

»Sehr gern.« Die junge Frau begleitete ihn, griff im Vorbeigehen nach den Menükarten, die auf der Theke gestapelt waren, und zündete das Teelicht an seinem Platz an.

»Unser Tipp des Tages – fangfrischer Hering mit mediterranem Gemüse, dazu einen Trebbiano d'Abruzzo.« Sie wartete, bis er sich seiner Jacke entledigt hatte, und reichte ihm die Karte. »Ich bin gleich wieder bei Ihnen.« Dann wandte sie sich einem anderen Tisch zu.

Dunkler Dielenboden, einfache Holzstühle, verputzte sandfarbene Wände. An der Decke eine geschnitzte Reliefplatte aus demselben braun gebeizten Holz der Theke. Hatten diese seltsamen sechsflammigen Messingleuchter mit ihren baumelnden Kristallsteinen immer schon dort gehangen? Ohlsen sah sich um, als würde er das *Armando* zum ersten Mal bewusst betrachten. Keine kreischend bunten Gemälde. Kein Italo-Pop.

Aber leider auch kein Armando.

Das war es! Deswegen fühlte Ohlsen sich wohl hier. Armando gab dem Laden eine Seele. Und natürlich wegen des Essens. Einfach und gut.

Das Restaurant war zu zwei Dritteln belegt. Klüfterhöft war ein kleiner Ort, die *Trattoria Armando* aber durchaus darüber hinaus bekannt. Deshalb sagten ihm die meisten Gesichter nichts. Gut so. Seine Lust auf höflichen Small Talk hielt sich in Grenzen. Sein Blick fand den Weg durch die Fenster nach draußen. Die Außenbeleuchtung tauchte den verwaisten Terrassenbereich in ein warmes Licht. Am schönsten war es, dort unter dem riesigen Blätterdach der alten Linde zu sitzen. Wenn es der Sommer gut mit ihnen meinte, bis weit in die Nacht hinein. Aber dafür mussten die winzigen Blatttriebe erst einmal wachsen und die Temperaturen steigen.

Ohlsen seufzte und widmete sich der Karte. Hering mit mediterranem Gemüse oder doch lieber Pizza? Weißwein oder klassisches Flens? Als Kellerbier oder Frühlingsbock? Wirklich schade, dass Armando nicht da war. Er wusste immer genau, was Ohlsen gerade brauchte.

Er spürte, wie jemand an seinen Tisch trat. In die Karte vertieft gab er seine Bestellung auf. »Gut. Ein Flens Keller und die Pizza des Hauses, bitte.« Dann glitt sein Blick langsam nach oben.

Es war nicht die Bedienung, die ihn da amüsiert und mit einem breiten Lächeln im Gesicht ansah. »Fria!« Verwirrt richtete er sich auf und ließ die Karte sinken. »Ich dachte … die Bedienung wollte …«

»Ohlsen, schön, dich nach so langer Zeit mal wiederzusehen. Da hatten wir zwei wohl den gleichen Gedanken. Bist du allein hier?«

Er nickte.

»Darf ich?« Sie griff nach der Lehne des zweiten Stuhls. »Oder möchtest du lieber für dich sein?«

»Schon okay.« Dann registrierte er, wie unfreundlich er wirken musste mit der gerunzelten Stirn und seiner gewohnt wortkargen Art. Er versuchte sich an einem Lächeln und machte eine unbeholfen wirkende Geste mit der Hand, die als Einladung gedacht war. Es war ja nicht so, dass er Fria nicht mochte. Ganz im Gegenteil.

Der letzte Fall, an dem sie beide maßgeblich beteiligt gewesen waren, hatte sie über das rein Berufliche hinaus zusammenrücken lassen. So lange, bis die Ermittlungen abgeschlossen waren. Ein paar Treffen hatte es zwar noch gegeben, zwangsläufig im

Zuge der Prozessvorbereitungen, aber auch privat, um sicherzugehen, dass es dem anderen gutging. Dann aber waren die Bemühungen weniger geworden und jeder war in sein eigenes Leben zurückgekehrt. Was hatte er auch in dem einer dänischen Archäologin zu suchen?

Diese Frage hatte er sich gerade in den ersten Wochen nach Beendigung ihrer beruflichen Kooperation immer wieder gestellt, wenn er das Handy in der Hand gehabt hatte, um sie anzurufen und wie selbstverständlich um ihre Einschätzung zu einem laufenden Ermittlungsverfahren zu bitten. Um sie zu fragen, ob es nicht mal wieder an der Zeit wäre, zusammen ein Flens trinken zu gehen. Es überraschte ihn selbst, wie sehr ihm der Austausch mit ihr fehlte. Ihr ging es sicherlich ganz anders. Sie hatte ihre Brüder, mit denen sie Mordtheorien und Täterprofile diskutieren konnte. Sie brauchte einen wie ihn nicht. Sie vermisste nichts.

Er spürte, wie sie ihn lächelnd musterte.

»Deine Haare sind lang geworden.«

Automatisch fuhr er sich durch die dichten dunklen Strähnen. »Ja.«

»Wie geht es Palle und Sinje?«

»Gut.«

Ihre großen blauen Augen konnten nicht verhehlen, wie sehr sie seine norddeutsche Zugeknöpftheit belustigte.

»Sie machen mich bekloppt mit ihrem Handballgedöns«, setzte er deshalb hinterher. »Und Marten? Kommt er wieder auf die Füße?«

Fria zog sich den Stuhl heran und setzte sich.

Ihr leichter, frischer Duft hatte ihm schon damals gefallen.

»Schwer zu sagen. Stabil ist kein Wort, das zu ihm passt. Er hat seine Phasen. Mehr noch, er lebt jede davon zu hundertzehn Prozent aus. Die seltenen Höhenflüge reichen bis zum Mond, die zahlreichen Abstürze führen hinunter in tiefste Abgründe, manchmal auch darüber hinaus. Die letzten Monate wirkte er wie ein aus der Bahn geworfener, unkontrolliert trudelnder Komet. Aber es gibt Hoffnung. Er hat wieder jemanden an seiner Seite.«

»Du meinst, er hat sich … also er ist wieder mit einer Frau zusammen?« Ohlsen konnte sein Erstaunen nur schwer verbergen. »Das ist doch gut!« Liebe, Zuneigung, Geborgenheit – genau, was eine kranke Seele gesund werden ließ.

»Keine Frau. Ein Mann. Und zusammen? Puh, wer weiß das schon. Gut? Wir werden sehen. Was das angeht, könntest du mir einen großen Gefallen tun.«

Die Bedienung trat an den Tisch. »Was darf ich Ihnen bringen?«

»Wir nehmen beide die Pizza nach Art des Hauses und ein Flensburger Kellerbier, danke.« Ohlsens Stirnrunzeln kommentierte Fria mit einem Lachen. »Was? Ich hab deine Bestellung doch nur weitergegeben. Oder hast du es dir inzwischen anders überlegt?«

»Was für einen Gefallen?«

Fria senkte die Stimme und beugte sich zu ihm vor. »Mehr als ein kurzer Blick auf den Kerl war heute Morgen nicht drin. Zum Frühstück wollte er nicht bleiben. Von Marten weiß ich, er heißt Poul-Aage Justesen. Ist, wie der Name unschwer verrät, ein Landsmann von mir. Lebt und arbeitet aber wohl in Flensburg.«

Ohlsen atmete tief aus und lehnte sich zurück. »Und?«

»Marten hat ihn von irgendeiner Datingplattform.«

»Und?«

»Ohlsen, bitte! Lass ihn durch eure Datenbank laufen! Nur zur Sicherheit.«

Er konnte sie ja verstehen. Trotzdem … »Fria, willst du jetzt jeden überprüfen, der sich Marten nähert?«

»Du hast den Typen nicht gesehen! Eine Schrankwand, gespickt mit Tattoos. Ein Thor mit Oberarmen zweimal so breit wie Martens Oberschenkel.«

Er fing ihren flehenden Blick auf. »Du weißt, dass das Aussehen keine Rückschlüsse auf den Charakter zulässt. Und jemanden über eine Dating-App kennenzulernen ist heutzutage Standard«, versuchte er sie zu beruhigen.

»Bitte!«

Die Kellnerin brachte das Bier.

Froh, die Stille nicht tatenlos aushalten zu müssen, prostete er ihr zu und nahm ein paar große Schlucke.

»Habt ihr momentan viel zu tun? Irgendwas Spannendes auf der Wache Norgaard?« Ihre Frage wirkte wie ein Friedensangebot.

Ohlsen schüttelte den Kopf und wischte sich dezent den Schaum von der Oberlippe. »Alles ruhig.«

»Ich grabe gerade östlich von Sønderborg. Gestern musste ich mit raus, weil alle Studenten krank sind und … egal.« Sie machte eine wegwerfende Handbewegung. »Wir haben eine Leiche gefunden.« Ihre sanft geschwungenen Lippen schlossen sich abwartend.

Wahrscheinlich war es etwas Besonderes, an archäologischen Fundstellen skelettierte menschliche Überreste zu finden. Ohlsen lächelte freundlich. »Spannend.«

»Eine Frau, wahrscheinlich eine junge Erwachsene. Die Tests stehen noch aus. Sie wurde zusammen mit einer Gewandnadel, einem Amulett, Hühnerknochen und einem Gefäß aus Glas bestattet. Ich glaube, die Art, wie die Grube abgestützt wurde, lässt auf eine Art Schiffsgrab schließen.«

»Ein Schiffsgrab? So ein Fund kommt bestimmt nicht so häufig vor, oder?« Sein Lächeln wurde breiter.

Wieso zog Fria ihre Stirn so kraus? Was hatte er jetzt wieder Falsches gesagt?

»Ohlsen, willst du mich veräppeln? Ich informiere dich über einen Leichenfund und du behandelst mich wie ein Kleinkind, das dir vom Erfolg seiner Ostereiersuche erzählt.«

Kurz starrte er sie irritiert an, dann verstand er. »Oh, du meinst eine frische Leiche? Ein Mensch von heute? Nichts Prähistorisches?«

Sie bedachte ihn mit einem sanften Tritt gegen sein Schienbein. »Du bist auch prähistorisch, Ohlsen!«

In dem Moment wurden ihnen die Pizzen angereicht.

Der Kommissar wartete, bis die Servicekraft außer Hörweite war. »Entschuldige! Also noch mal von vorn. Ihr habt eine weibliche Leiche entdeckt. Durch Zufall bei euren Ausgrabungen. Wann war das?«

»Gestern.«

»Identität?«

»Bislang unbekannt.«

»Todesursache?«

Fria zog die Schultern hoch. »Sie liegt in Odense, in der Rechtsmedizin.«

»Zustand?«

Ihr fragender Blick ließ ihn präzisieren: »Komplett skelettiert? In Verwesung? Noch in der Totenstarre?«

»An einigen Stellen waren nur noch Knochen zu sehen. Andere Körperteile waren besser erhalten.«

»Wo lag die Fundstelle? Im Wald, in Siedlungsnähe, in einem Garten?«

Ihr Lachen klang ironisch. »Ja klar, wir legen unsere Suchschnitte gern durch anderer Leute Vorgärten. Nein, in der Nähe eines Feldes.«

»Und was war das eben mit dem Schiffsgrab? Hat sie in einer Art Ruderboot gelegen oder wie muss ich mir das vorstellen?«

»Das nicht. Aber die Grube hatte die Form eines Schiffsrumpfs. Boden und Seiten scheinen mit Brettern ausgekleidet gewesen zu sein. Ich bin davon überzeugt, dass da jemand ein Schiffsgrab imitieren wollte. Leider ist es größtenteils eingestürzt.«

Während Ohlsen seine Pizza in mundgerechte Stücke zerteilte, filterte sein Gehirn die Informationen. »Und man hat Mittelalterzeug bei ihr gefunden? Hab ich dich eben richtig verstanden?«

»Die Gewandnadel und das Amulett stammen aus dem einundzwanzigsten Jahrhundert. Ihre Form ist aber denen der Originalfunde aus Wikingergräbern nachempfunden. Gut möglich, dass sie als Grabbeigaben gedacht sind.«

Da hatten die dänischen Kollegen sich ja einen skurrilen Fall an Land gezogen. »Wer leitet die Ermittlungen?«

»Troels.«

*

Laurenz Koch war frustriert. Den ganzen Abend hatte er sich abgemüht, hatte jede noch so kleine Chance genutzt, Samantha nahe zu sein. Er hatte sich durch die engen, vollen Klubs und Bars Flensburgs gequetscht, war angerempelt und beschimpft worden und hatte doch nicht aufgegeben. Trotzdem hatte sie nur Augen für andere. Mit denen hatte sie eng umschlungen getanzt, ihnen kokett zugeprostet und sich begrapschen lassen. Hier eine Hand auf ihrem Po, da ein Arm um ihre Hüfte. Und immer dieses viel zu laute, überdrehte Lachen. Abermals hatte sie zu viel getrunken und gekifft. Doch das konnte nicht mehr sein Problem sein. Er hatte lang genug gewartet. Niemand konnte ihm mangelnde Zurückhaltung oder Geduld vorwerfen. Er hatte sich seine Belohnung, ihre Zuneigung, mehr als verdient. Er wollte die Nacht mit ihr verbringen. Nicht als Zuschauer, sondern als ihr Freund. Als jemand, an den sie sich schmiegte und mit dem sie morgens aufwachen wollte. Jeden Morgen.

Als sie gegen drei Uhr den Klub wie so oft allein verließ, ging er ihr nach, so wie immer. Diesmal aber würde er aus der Rolle des stummen Begleiters treten und den ersten Tag ihrer gemeinsamen Zukunft einläuten.

Schnell begriff er, wohin sie unterwegs war. Nicht in ihr WG-Zimmer. Nicht in Richtung Studentenwohnheim. Sie wollte zum Hafen, zur rostigen Plattform hinter dem alten Mastkran. Er kannte seine Samantha in- und auswendig. Hier saß sie oft nachts, wenn sie in Ruhe nachdenken wollte oder zu überdreht war, um schlafen zu gehen. Sie lag am Wasser und starrte in den Sternenhimmel oder kletterte die Balken des historischen Krans empor. Dann, wenn der Hafen menschenleer war, wenn niemand sie sehen konnte. Niemand außer ihm, Laurenz.

Er ließ sie laufen, schnappte sich sein Rad und machte sich auf den Weg. Er würde sie mit offenen Armen empfangen.

*

JULIA

In der unmittelbaren Zeit danach, als der Schock und das Zittern langsam nachgelassen hatten, waren es drei Fragen gewesen, um die sich in Julias Kopf alles gedreht hatte. War jemand mit ihr in diesem Raum gewesen? Wenn ja, wie war derjenige im Dunkeln rein- und wieder rausgekommen, ohne ein Geräusch zu verursachen? Was bezweckten sie mit dieser Aktion?

Sie wollen dich fertigmachen. Aus irgendeinem Grund wollen sie dich in den Wahnsinn treiben. Das war ihre Schlussfolgerung gewesen. Doch je mehr Zeit verstrich, desto größer wurden die Zweifel. So überreizt ihre Sinne gewesen waren, konnte es ebenso gut sein, dass sie sich die Berührung am Arm nur eingebildet hatte. Genauso wie es anfing, überall zu jucken, wenn man an Mücken dachte. Aber das Atmen, das war da gewesen. Das hatte sie deutlich gehört.

Oder?

Entschlossen biss sie die Zähne zusammen. Natürlich war es da gewesen! Sie hatten ihr etwas ins Wasser gemischt, um sie einschlafen zu lassen. Vielleicht waren darunter auch Substanzen, die Halluzinationen und Angstzustände begünstigten? Dann hatten sie sich hereingeschlichen, das Licht ausgemacht und ihr Horrorprogramm ablaufen lassen!

Julia starrte auf die Wasserflaschen. Andererseits … sie konnte es nicht mit Bestimmtheit sagen, aber es kam ihr so vor, als säße sie hier schon seit Tagen fest. Die ganze Zeit über hatte sie sich wach gehalten. Konnte es da nicht sein, dass sie einfach vor Erschöpfung eingeschlafen war? Julia versuchte sich zu erinnern, ob die Lüftungsanlage während der Phase der Dunkelheit zu hören gewesen war. Mist, darauf hatte sie natürlich nicht geachtet! Wenn nicht, war es dann nicht wahrscheinlicher, dass es einen Stromausfall gegeben hatte? Dass das Ganze gar nicht beabsichtigt gewesen war? Das würde auch erklären, warum das Licht so plötzlich wieder da gewesen war, ohne dass jemand den Schalter gedrückt hatte.

Julia atmete tief ein und aus. Sie hatte sich das Atmen eingebildet – ganz klar! Sie musste besser auf sich aufpassen, es nicht noch schlimmer machen, als es ohnehin schon war, wenn sie das hier unbeschadet überstehen wollte.

Wieder wanderte ihr Blick zu den Plastikflaschen. Ihre Theorie würde sich ganz einfach überprüfen lassen. Sie musste nur ein weiteres Mal von dem Wasser trinken.

*

Laurenz ließ sich Zeit. *Gelber Briefkasten mit drei bunten Aufklebern. Ein weißer Kastenwagen mit zerbeulter Stoßstange. Die neunte Straßenlaterne leuchtet nicht.* Er liebte es, sich Dinge zu merken, so lange wie möglich abzuspeichern und das Gesehene Tage später fehlerfrei wiedergeben zu können. Es half, Situationen und vor allen Dingen Menschen richtig einzuschätzen. Wenn man sie schon *vor* einer im Nachhinein wichtigen oder brenzligen Aktion bewusst wahrgenommen hatte, taten sich ganz andere Optionen auf. Durch bewusstes Sehen verschaffte man sich viele Vorteile. Das war keine Gabe, mit der man geboren wurde. Das Gehirn wollte trainiert werden. Und das tat Laurenz in jeder Minute.

Der alte Mastkran kam in Sicht. Der Museumshafen lag einsam und verlassen da. Das Bohlwerk, der lange, hölzerne Steg, führte vorbei an kleinen Hütten, die Weihnachtsmarktbuden glichen, bis hin zur Wachhütte, in der tagsüber Fischbrötchen verkauft wurden und nachts gelegentlich der Hafenmeister sein Quartier aufschlug. Zumeist im Winter, wenn es stürmte oder Hochwasser drohte und die Schiffe gesichert werden mussten. In dieser frischen Aprilnacht bestand keine Gefahr, ihm zu begegnen. Laurenz überlegte, wo er auf Samantha warten sollte. Am schönsten wäre es, wenn sie auf der Plattform stünde und sie beide den Blick aufs Meer genießen könnten. Auf die alten Holzschiffe mit ihren rotbraunen Masten und dem urtümlichen Tauwerk und auf die sich im schwarzen Wasser des Hafenbeckens spiegelnden Laternen. Es würde seiner Offerte eine romantische Note verleihen. Er presste seine eiskalte, zur Faust geballte rechte Hand in die Jackentasche. Samantha fror sicherlich. Wie gut, dass er für sie da war! Wie gut, dass er sie wärmen konnte.

Er stieg vom Fahrrad, lehnte es achtlos an eine Holzfassade und drehte sich einmal um sich selbst. Sein Blick wanderte die Schiffbrücke hinunter, einmal über den leeren Parkplatz und in die Einmündung des Museumshafens. Wo wäre die beste Position? Sie sollte ihn nicht sofort entdecken. Schließlich wollte er sie überraschen. Außerdem musste ihr die Option genommen werden, ihn einfach stehen zu lassen. Immerhin hatte er einige gute Argumente vorzubringen.

Er wählte einen Hauseingang, von dem aus er die Schiffbrücke, den Steg, den Mastkran und die rostige Plattform überblicken konnte, er selbst aber nicht zu sehen war. Zum Ponton führte eine Anzahl aneinandergeketteter schwimmender Stege. Sie nahmen an Breite ab, sodass der letzte keinen Gegenverkehr erlaubte. Wäre Samantha erst einmal auf dem rostigen Anleger, müsste sie sich ihm und seinem Anliegen widmen. Runter konnte sie nur mit ihm. Die Alternative wäre der Weg durch sechs Grad kaltes Wasser.

*

»Was ist das mit dir und Poul-Aage?« Es war Sonntag, früher Nachmittag, und draußen schüttete es wie aus Eimern. Das Wasser schlug in Wellen gegen die schmalen, lang gestreckten Scheiben der Altbauwohnung. Dahinter verschmolz das Meer der Flensburger Förde mit dem Grau des regnerischen Himmels. Trotz der vielen dreiteiligen Fensterbänder und ihrer Oberlichter war die Lichtausbeute deprimierend. Das warme Flackern der Kerzen krönte die herbstlich anmutende Stimmung.

Fria hielt Marten eine große Tasse Tee hin.

Ihr Mitbewohner saß eingewickelt in eine dicke Wolldecke auf dem Sofa, Bølle auf dem Schoß.

»Er tut mir gut.« Marten nahm den dampfenden Becher entgegen, ein Lächeln blieb er ihr schuldig.

»Das freut mich.«

Sie schwiegen.

Fria registrierte, wie er ihrem Blick auswich.

»Er inspiriert mich.«

»Inwiefern?« Sie versuchte, ihre Stimme unbefangen schwingen zu lassen, gleichzeitig dachte sie mit Schrecken an die letzten Monate, in denen Marten Dinge erschaffen hatte, nur um sie danach mit größter Brutalität zu zerstören. Dinge aus spitzem, scharfkantigem Material, tiefschwarz oder blutrot. Er hatte geschrien und um sich getreten, hatte die Nahrung verweigert oder tagelang geschlafen. Einmal hatte er gefordert, man solle ihm sofort ein paar Kanister *Musou Black* besorgen. Warum ausgerechnet *Musou Black*?, hatte Fria gefragt.

Neunundneunzig Komma vier Prozent Absorption. Kein Licht, keine Reflexion, kein Sein.

Aus seinen wirren Worten und manisch gekritzelten Skizzen hatte sie irgendwann schlussfolgern können, dass er sich und sein Atelier mit der tiefschwarzen Tinktur einstreichen und unsichtbar machen wollte. Eine Farbe wie ein schwarzes Loch, das sämtliches Licht verschluckte.

Niemand hatte zu ihm gedurft. Sein Professor nicht, mit dem er sich normalerweise tage- und nächtelang über die Entstehung eines Kunstwerks austauschen konnte. Sein Galerist nicht. Ohlsen auch nicht. Selbst Fria hatte das Gefühl gehabt, außen vor zu sein. Immer mit der Angst im Nacken, ihr Mitbewohner könnte sich, absichtlich oder nicht, ernsthaft verletzen. Martens Vater, der seinen Sohn finanziell unterstützte, hatte auf eine stationäre Therapie gedrängt. Am Ende war es eine ambulante geworden, denn Marten ohne sein Atelier …

»Woran arbeitest du?«

»An der Entstehung des ersten Lichts.«

»Zeigst du es mir?«

»Ich weiß nicht, ob du in der Lage bist, es zu sehen.«

Was sollte das? Sie vertrauten einander. Zwischen ihnen herrschte eine tiefe Verbundenheit. Bislang hatte Marten sie immer miteinbezogen. Wie eine große Schwester.

Fria versuchte, ihn zu lesen. Seine androgyne Schönheit, die sanften Augen mit den langen Wimpern, die hohen Wangenknochen und fein geschwungenen Augenbrauen, das dunkle Haar, das ihm wie zufällig anmutig ins Gesicht fiel, all das war noch da. Trotzdem hatte Marten sich verändert. Er wirkte älter. Gebrochener. Weniger unbefangen. »Wenn du das willst, werde ich es sicher können«, antwortete sie nachdenklich.

Das erste Mal an diesem Tag sah Marten ihr direkt in die Augen. »Nein, Fria. Das liegt nicht an mir. Du musst bereit dafür sein.«

Lag da etwas Vorwurfsvolles in seiner Stimme? Machte er sie für seinen Schmerz verantwortlich? Dafür, dass es mit Emilia auf diese Weise zu Ende gegangen war? Oder dafür, dass Fria der Grund dafür gewesen war, dass Martens Ex-Freundin überhaupt in sein Leben getreten war? Das war nicht fair! »Und Poul-Aage? Der ist bereit dafür?«

»Er ist meine Muse. Er ist all das, was ich nicht bin. Er saugt die Schwärze aus mir heraus, so lange, bis dort genug Raum ist für das erste winzige, alles entscheidende Licht.«

Fria seufzte. Sollte er sich einen Thor als Inspiration nehmen, ihr doch egal! Hauptsache, er kam weg von diesem Selbstzerstörungstrip. »Wo arbeitet deine Muse eigentlich?«

Jetzt seufzte er. »Als ob du das nicht längst ausfindig gemacht hättest.«

»*Nej!* Habe ich nicht!«

»Du hast also weder Ohlsen noch deine Brüder gebeten, Poul zu überprüfen?«

Fria schluckte schuldbewusst. »Wir haben über ganz andere Dinge gesprochen. Troels hat gerade einen interessanten Fall.« Fria hatte Marten ganz bewusst nichts von dem Leichenfund auf der Grabung erzählt. Tote Menschen waren momentan kein Thema, mit dem er sich beschäftigen sollte. »Und Ohlsen ist mir ganz zufällig bei Armando über den Weg gelaufen. Wir haben fast ausschließlich über Polizeiermittlungen gesprochen. Ich soll dich lieb grüßen.«

»Fast …« Das erste Mal während ihres Gesprächs huschte ein Lächeln über sein Gesicht. »Ach, Fria, du Glucke!«

*

Montagmorgen auf der Polizeistation Norgaard. Ohlsen sah auf die Uhr. Um neun begann die tägliche Teambesprechung. Er hatte also noch eine gute Stunde, um sich mit der Ermittlungsakte Celine Schwarz vertraut zu machen. Ein Fall, dessen Zuständigkeit bei der Hauptstelle Flensburg lag und der von seinem Kollegen Ulf Sandberg und dessen Team bearbeitet wurde. Bislang hatte Ohlsen davon nicht viel mitbekommen. Eine weibliche Leiche, gefunden vor über einem Monat von einem Landwirt am Rande seines Feldes nahe Flensburg. Sie hatten große Probleme gehabt, die Frau zu identifizieren. Was den Fall für Ohlsen plötzlich so interessant machte, war der Umstand, dass man Repliken alten Schmucks bei ihr gefunden hatte. *Wenn* er das richtig in Erinnerung hatte. Ohlsen schob sich näher an seinen Computer heran und loggte sich ins System ein. Eine halbe Stunde lang befasste er sich intensiv mit den Berichten der Rechtsmedizin, mit den Fotos der Spurensicherung und den Erkenntnissen der Kriminaltechnik. Dann griff er zum Telefon.

Als Ohlsen den Besprechungsraum betrat, war sein Team längst anwesend. Er kam zehn Minuten zu spät. Der Austausch über die Wochenendaktivitäten versiegte augenblicklich, die Aufmerksamkeit richtete sich auf ihn. »Moin allerseits. Dann lasst uns mal durchgehen, was heute ansteht.«

Nachdem alle laufenden Fälle der Außenstelle Norgaard durchgesprochen waren, räusperte Ohlsen sich, schaltete den Beamer an und verdunkelte den Raum. »Celine Schwarz, sechsundzwanzig Jahre, von Beruf Erzieherin. Lebte und arbeitete in Ingolstadt. Nicht verheiratet, keine Kinder.« Er präsentierte seinem Team Fotos von der Fundsituation der Leiche, von der rechtsmedizinischen Untersuchung und eines, das die Tote zu Lebzeiten zeigte.

»Liegt der Fall jetzt bei uns?«, fragte Palle und verzog den Mund zu einem spitzbübischen Grinsen. »Flensburg kommt wohl nicht weiter.«

»Ulf und ich hielten das für sinnvoll. Ihr werdet gleich sehen, warum.« Ohlsen rief die nächsten Bilder auf. Sie zeigten einen Kettenanhänger und eine Art langen Zahnstocher mit Tierkopfmotiv, laut Analyse beides aus Messing. »Unter und neben der Leiche hat man verschiedene …«, er zögerte, »nennen wir sie *Schmuckstücke* geborgen. Die Grube, in der die Frau gelegen hat, war eingestürzt, sodass man annahm, die Gegenstände hätten sich ursprünglich in der Jackentasche der Toten befunden und wären durch Einwirkung von Wasser, Tieren und Bodenerosion herausgerutscht. Andere persönliche Sachen wurden nicht gefunden. Keine Papiere, kein Portemonnaie mit Fotos oder Ähnlichem. Bekleidet war sie mit dem, was sie am Tag ihres Verschwindens trug, einer Jeans, einem T-Shirt und einer dünnen Sommerjacke.«

»Ein Hinweis darauf, in welcher Jahreszeit sie verschwunden ist«, unterbrach Sinje.

Ohlsen nickte. »Am Zustand der Kleidung könnt ihr sehen, dass Teile davon verrottet sind.«

»Die Nylonfasern wohl kaum.« Oltmann faltete die Hände über der Rundung seines Bauchs und gab einen Unmutslaut von sich.

»Richtig. Ausschließlich die Baumwollanteile. Das Labor schätzt, dass die Kleidung mindestens fünf Monate in der Erde gelegen haben muss. Eher länger. Dafür spricht auch der Zustand der Leiche. Die Rechtsmedizin sieht es als wahrscheinlich an, dass der Körper achtzehn Monate oder länger begraben und währenddessen den orts- und wetterspezifischen Gegebenheiten ausgesetzt war. Im letzten Sommer war es extrem trocken und heiß, der Winter hingegen sehr nass und nur mäßig kalt. An Sehnen und Knochen fanden sich Fraßspuren.« Ohlsen klickte sich durch die entsprechenden Fotos. »Aufgrund dieser Erkenntnisse und des geschätzten Alters der Frau hat Flensburg die Vermisstendatenbank unserer Region sowie die grenznahen Fälle der dänischen Kollegen durchforstet, wurde zunächst aber nicht fündig.«

»Kein Wunder.« Palle setzte sich geräuschvoll in eine andere Position.

»Kein Wunder, genau. Erst die deutschlandweite Suche gab einen Treffer.«

»Ingolstadt.«

»Die Beschreibung der Kleidung passte. Das geschätzte Alter lag in der Range. Ebenso wie der Zeitpunkt ihres Verschwindens. Bis alles abgeglichen war, DNA von der Vermissten besorgt, untersucht und Celine Schwarz zugeordnet werden konnte, ist entsprechende Zeit ins Land gegangen.«

»Wann ist sie genau verschwunden?«, fragte Sinje.

»Vor anderthalb Jahren. Im Juli.«

»Gibt es Verbindungen nach Flensburg?«

»Keine, die uns bekannt wären.«

»Wie ist sie verschwunden? Haben wir Ermittlungsansätze aus Ingolstadt?«, meldete Oltmann sich zu Wort.

»Ihr findet alle relevanten Fakten im System. Bitte arbeitet euch ein.«

Ein erstauntes Raunen ging durch den Raum.

»Du meinst, wir drei? Also alle?«

Im Halbdunkel konnte Ohlsen ausmachen, wie Palle seinen Kopf hin- und herdrehte, mal in Sinjes, mal in Oltmanns Richtung.

»Das riecht nach Arbeit«, murmelte Oltmann, fuhr sich mehrmals durch seinen dichten, grauen Vollbart und beugte sich ein wenig nach vorn.

»Ja, alle. Und zwar deswegen!« Ohlsen ließ die nächsten Fotos aufleuchten. Auf den ersten Blick zeigte es dasselbe spitze Ding mit Tierkopf und denselben Kettenanhänger. Nur der Untergrund, auf dem die Gegenstände lagen, war ein anderer. Und die Lichtquelle passte nicht. »Die Kollegen im dänischen Granskov beschäftigen sich seit dem Wochenende mit einem neuen Fall. Eine weibliche Leiche, entdeckt in einer Grube, ein paar Kilometer östlich von Sønderborg, und neben der Frau hat man diese beiden Stücke gefunden.«

VIER

SAMANTHA

Samantha Svoboda wischte sich stöhnend über Mund und Hals. Dann richtete sie sich langsam auf. Ihr Shirt war oberhalb der Brüste nass. Unfassbar, sie hatte tatsächlich gesabbert! *Uäh, ist das eklig!* Ihr Kopf dröhnte, und ihre Augen weigerten sich, auf die Umgebung scharf zu stellen. Was zum Geier hatte der Typ ihr für ein Kraut angedreht?

»Oh Mann!« Mit beiden Händen fuhr sie sich mehrfach über Gesicht und Augen. Dann breitete sie die Arme aus, reckte sie hoch in die Luft und ließ ihre schmerzende Hüfte kreisen. Gleichzeitig erkannten ihre Augen erste Gegenstände. »Wer hat denn hier so 'n beschissenen Geschmack?«, murmelte sie. Wenn sie sich nur erinnern könnte, wo sie nach dem Klub gelandet war.

Wollte ich nicht eigentlich zum Hafen?

Sie zog die Beine an.

»Au!« Fassungslos betrachtete sie ihr rechtes Fußgelenk. Es steckte in einer dicken Manschette aus Metall. Die wiederum hing an einer langen Kette, die mit der Wand verbunden war.

*

NETTIE

»Wo ist Perdita?«

»In ihrem Zimmer.«

»Ist sie vorbereitet?«

Nettie nickte. In ihrem Bauch rumorte es ganz schrecklich. So wie jedes Mal, wenn das Telefonat bevorstand.

Er, der sie mit dem immer gleichen Gesichtsausdruck bedachte, klappte das iPad auf, schob die schwarzen Flügel zu einem Dreieck zusammen, sodass es stehen blieb, und tippte auf die kleinen bunten Zeichen. »Hol sie her!«

Nettie beeilte sich, rannte ins Kinderzimmer und hob Belle ungeschickt in die Höhe. »Komm! Er sagt, wir dürfen heute telefonieren. Mit Mama und Papa.« Dann schleppte sie die Kleine rüber zu ihm ins Wohnzimmer.

Als das lustige Geräusch erklang, das Nettie immer an bunte hüpfende Kugeln erinnerte, war ihr vor Aufregung ganz schlecht.

Er wartete, bis sie und Belle ordentlich auf dem Sofa saßen, und tippte auf den Bildschirm, auf den farbigen Fleck, der machte, dass sie Mama sehen und hören konnten. Und da war sie auch schon! Nettie entfuhr ein lauter, freudiger Juchzer. Gleichzeitig fing sie wild an zu winken. »Mama!«

Mama lächelte gequält. Es ging ihr nicht gut. Warum ging es ihr nicht gut? »Wo ist Papa?«

»Er muss arbeiten.«

Nettie war verunsichert. Sie hatte gelernt, Arbeit zu haben, war für Menschen wichtig. Gleichzeitig wirkte Mama nicht glücklich darüber, dass Papa arbeiten musste. Nettie fragte sich, was er wohl tat. Früher war er immer zu Hause gewesen. Jeden Tag. Gearbeitet hatte er nie.

»Spricht sie immer noch nicht?« Mamas Blick fixierte Belle. Die wollte vom Sofa herunter und mit ihren kleinen Fingern die bunten Bilder auf dem iPad erkunden. Nettie griff unter ihren

Armen hindurch und zog sie wieder hoch. »Sie kann ganz viele tolle Sachen, Mama! Du musst kommen und dir ansehen, wie gut sie sich verstecken kann. Ich wette, du findest sie nicht! Und sie kann ganz schnell rennen.«

»Das ist nicht normal, dass die Kleine noch kein Wort sagt. Ein Arzt muss sich das anschauen. Aber da haben Sie sicher ein Auge drauf! Ich bin so dankbar, dass Sie sich um die beiden kümmern. Ich wüsste nicht, was wir ohne Ihre Unterstützung machen sollten.« Mamas Blick ging an Nettie vorbei. Wie immer, wenn sie ihn ansah, bekamen ihre Augen einen sanften, unterwürfigen Ausdruck.

Der Mann, den sie nicht verärgern durfte, stand hinter dem Sofa, hinter ihr und Belle. Nettie mochte es nicht, wenn er so nah hinter ihr war.

Seine Stimme wehte an ihrem Ohr vorbei. »Macht euch keine Sorgen, ich passe gut auf die beiden auf. Perdita bekommt alles, was sie braucht.«

Das schien ihrer Mutter zu reichen. Zufrieden lehnte sie sich zurück. »Und Nettie, du benimmst dich doch, oder? Mach uns keine Schande! Du kannst dankbar sein, dass ihr diese Chance kriegt, Perdita und du. So ein Glück werden wir kein zweites Mal haben, einen zu finden, der jemanden wie dich bei sich aufnimmt, ohne einen Cent zu verlangen.«

»Wann dürfen wir kommen? Dich und Papa besuchen?« Nettie spürte den dicken Kloß in ihrem Hals. Würde Mama es diesmal erlauben?

»Im Moment passt es nicht. Wir haben viel zu tun. Du weißt ja, wir müssen jeden Cent umdrehen. Sei froh, dass du das nicht mehr musst. Und, Kind, sieh zu, dass du es nicht verbockst! Wir können nicht ewig für dich sorgen. Und du selbst kriegst das doch gar nicht hin! Also hör auf ihn! Besser kannst du es nicht haben.«

»Andrea!« Der ungehaltene Schrei aus dem Hintergrund

kam eindeutig von ihrem Vater. War er schon zurück vom Arbeiten? Oder warum war er doch da? Warum wollte er sie nicht sehen?

Ob Mama bemerkte, dass Nettie Tränen in den Augen hatte? Wenn, dann ließ sie es unkommentiert. Stattdessen mühte sie sich umständlich aus dem Sessel hoch, sodass ihr fleckiges T-Shirt, das ihren wabbeligen Bauch nur notdürftig bekleidete, den Monitor ausfüllte. »Ich muss jetzt.« Ganz kurz tauchten die grobporige Haut ihrer Nase und die durch die Schlupflider müde aussehenden Augen auf dem Bildschirm auf, als Mama versuchte, den *Aus*-Knopf zu finden. Dann war sie weg.

Nettie war traurig und wütend. Sie wollte toben und schreien und sich auf den Boden werfen, aber er stand noch immer hinter ihr. Und sie wusste, er mochte ihre Ausbrüche nicht. Also biss sie die Zähne so fest aufeinander, dass es leise knirschte. Ihre Hände ballten sich zu Fäusten.

So blieb sie sitzen, minutenlang, ohne sich umzudrehen, während Belle die Fransen der Sofadecke für sich entdeckt hatte. Und er? Tat nichts. Sein unangenehmer Blick brannte in ihrem Nacken. Das konnte er lange. Sehr lange. Nur gucken und sich nicht regen. Und dann spürte sie sie wieder, die lauernde Stille. Die, von der man nicht wusste, wohin sie führte.

*

JULIA

Julia hatte mittlerweile die dritte Wasserflasche ausgetrunken. Nichts war passiert.

Sie war nicht eingeschlafen oder bewusstlos geworden, es war auch niemand zu ihr in den Raum gekommen – nichts, einfach gar nichts war geschehen! Das Licht leuchtete, die Lüftungsanlage brummte.

Doch das, was zunächst Erleichterung brachte, wurde immer mehr zur Qual. Wie lange sollte sie hier noch ausharren? Mit Butterkeksen und Mineralwasser?

Julia schnappte sich die Decke und steuerte die Toilette an. Sie ließ sich Zeit. Wusch sich danach gründlich die Hände. Welcher Tag heute wohl war? Ob die Kunden nach ihr gefragt hatten? Der alte weißhaarige Mann mit den großen Ohren, der jeden Morgen ein einziges Weißbrötchen kaufte, der bestimmt. Er wurde nicht müde, ihr seine Lebensgeschichte zu erzählen. Sie stellte sich vor, wie sich ihre Eltern sorgten, wie ihre Geschwister nach ihr suchten, wie sie DIN-A4-Bögen mit ihrem Konterfei aufhängten und sich die Menschen ihrer Stadt auf den Straßen und an den Abendbrottischen über die Ungewissheit ihres Schicksals austauschten. Das tat gut. Da gab es Menschen, die an sie dachten. Die alles versuchten, damit sie sie wieder in die Arme schließen konnten.

Ohne Eile ging Julia durch den Raum. Ihr Hintern tat weh. Der Boden war hart. *Was soll's!* Sie hatte eine lange Hose an und keinen direkten Hautkontakt mit dem Laken. Also setzte sie sich auf die Matratze und griff nach dem Liebesroman. Sie beschloss, jedes Wort laut auszusprechen. Das würde die Stille vertreiben.

*

Es war früher Nachmittag, als Ohlsen und Sinje im dänischen Granskov eintrafen. Das alte Backsteingebäude mit den weiß umrandeten Fenstern war kürzlich erst renoviert worden und Gerüchten zufolge mit der neuesten Technik ausgestattet. Es gab einen kleinen Empfangsbereich, vier Büros, eine Kaffeeküche und einen Besprechungsraum. Das war zumindest das, was die beiden Kommissare aus Norgaard im Vorbeigehen zu sehen bekamen.

»Ohlsen, *hej*! Schön, dich zu sehen.« Troels Svensson, ein großer Mann mit Haaren, die ihm ungeordnet bis über die Ohren fielen, kam ihnen mit weit ausgestreckter Hand entgegen.

Ohlsen schüttelte sie bereitwillig.

»Sinje Cassuben, wenn ich mich richtig erinnere?« Der dänische Ermittlungsleiter nickte Ohlsens Kollegin freundlich zu, während er auch ihre Hand ergriff. »Hier entlang. Jais, schaff mal Kaffee ran!«

Es ging in den Besprechungsraum. Troels Svensson wartete, bis alle einen Platz eingenommen hatten, stellte seine Kollegen Stig Bjerregaard und Ida Therkildsen vor und schob Ohlsen eine Kiste zu. »Ich nehme an, ihr wollt die Fundstücke gleich mitnehmen. Ich hab sie sofort herbringen lassen.«

Ohlsen zog eine Asservatentasche aus der Kiste und betrachtete das lange, spitze Stäbchen mit dem Tierkopfmotiv. »Danke. Es macht sicher Sinn, die Schmuckstücke von beiden Fundorten im selben Labor untersuchen zu lassen. Sie sehen tatsächlich identisch aus.«

»Die beiden Fälle hängen also zusammen.« Troels klopfte mit den Fingerknöcheln zweimal auf die Tischplatte.

»Sieht so aus.«

»Wisst ihr, wie eure Tote – Celine Schwarz – ums Leben gekommen ist?«

»Unsere Rechtsmedizin geht davon aus, dass sie stranguliert wurde.«

»Selbstmord durch Erhängen ausgeschlossen?«

»Ja. Der Kollege Oltmann müsste euch bis heute Abend alle bisherigen Erkenntnisse zusammengestellt und zugeschickt haben. Unsere Rechtsmedizinerin Ebba Sigmundsen steht mit euren Leuten in Odense bereits in Kontakt.«

Troels nickte. »Du leitest die Ermittlungen!«

»Und ich bin für jede Hilfe dankbar«, gab Ohlsen zurück.

»Das ist gut!«, meinte eine ihm bekannte Stimme.

Er drehte sich um. Im Türrahmen stand Fria. Ihr Gesichtsausdruck war schwer zu deuten.

Troels kratzte sich am Kopf. »Ja, wir hatten sie als Expertin hinzugezogen. Ich dachte, du wolltest bestimmt hören, was sie zu sagen hat. Sie hat ein paar interessante Ansätze.«

»Oh, ich denke, das weiß Ohlsen bereits. *Hej*, Sinje!« Fria lächelte der deutschen Kommissarin zu.

Der schnelle Blick, mit dem Kollegin Cassuben ihn bedachte, bevor sie das Gespräch an sich riss, entging ihm nicht. »Ist doch super, eine Fachfrau vor Ort zu haben. Dann leg mal los! Was ist das für eine Nadel? Was denkst du, warum haben die Frauen diese besonderen Stücke bei sich gehabt?«

»Dies hier«, Fria griff nach dem ersten Beweisstück und ließ es herumgehen, »ist der Nachbau einer Gewandnadel. Das eine Ende ziert ein Drachenkopf. Das Original liegt im Haithabu-Museum in der Nähe von Schleswig und stammt aus der zweiten Hälfte des zehnten Jahrhunderts. Ihr würdet sagen aus der Wikingerzeit. Die eingerollte Zunge des Drachen bildet eine Öse, durch die eine Schnur geführt wurde, mit der die Nadel am Gewand befestigt werden konnte. Mit dem Amulett« – auch dieses Stück gab sie in die Runde – »verhält es sich ähnlich. Eine Replik. Vorlage aus demselben Jahrhundert. Es handelt sich hierbei um klassische Grabbeigaben. Aus der Grube von Sønderborg haben wir des weiteren Scherben eines Glasgefäßes, Hühnerknochen und Papierfasern bergen können. Gab es in Flensburg Ähnliches? Habt ihr Tierknochen gefunden?«

»Die Knochen einer Ratte. Bislang dachten wir an einen Zufall. Ein krankes Tier, das, von der Leiche angezogen, in der Grube verendet ist«, antwortete Ohlsen.

Sie nickte knapp. »Wie sieht es mit Glas aus?«

»Ein blau eingefärbtes Trinkglas mit Stiel. Kaum beschädigt.«

»Die Scherben aus Sønderborg lassen auf etwas Ähnliches schließen. Ich werde sie so gut es geht zusammensetzen. Dann werden wir sehen, ob sie in Form und Beschaffenheit mit eurem Fund identisch sind.« Fria suchte ins Troels' Gesicht nach Zustimmung.

Der zog die Augenbrauen hoch. »Da musst du den Ermittlungsleiter fragen.«

»Wenn die kriminaltechnischen Untersuchungen der Scherben abgeschlossen sind, spricht nichts dagegen.« Ohlsen nickte.

Fria schüttelte nachdenklich den Kopf. »Die Ratte – ich glaube an keinen Zufall. Dafür gibt es zu viele Parallelen.«

»Gehen wir also davon aus, dass die Frau aus Sønderborg auch ermordet wurde?« Sinje knetete konzentriert ihre Unterlippe.

»Ich denke ja. Die Wahrscheinlichkeit ist hoch«, meinte Troels, ging zur offenen Tür und rief: »Jais, wo bleibt der Kaffee?«

»Heißt, jemand hat die Frauen umgebracht und in eine Art Grab gelegt. Zusammen mit Nachbildungen von Grabbeigaben, deren Vorlagen man in Wikingergräbern gefunden hat. Wozu?« Sinje sah Fria Hilfe suchend an.

»Die nordischen Völker des europäischen Frühmittelalters glaubten an ein Leben nach dem Tod. Deshalb wurden ihnen Dinge mitgegeben, die den Start in das neue Leben erleichtern sollten. Das galt natürlich vor allem für die Reichen und Mächtigen.«

»Da hat sich bis heute ja nicht viel dran geändert«, brummte Stig Bjerregaard.

Fria ignorierte ihn. »Pferde als Fortbewegungsmittel, edle Kleidung, Waffen und Schilde, Lebensmittel, Geschirr und Schmuck. Sehr bedeutende Anführer wurden sogar mit ihrem Schiff begraben. Die Ausrichtung war immer Nord-Süd. Abgedeckt wurde das Grab mit einem Hügel aus Steinen.«

»Den gab es in Flensburg bei unserer Leiche nicht«, wandte Sinje ein.

»In Sønderborg auch nicht. Aber eine Grube, mit schräg eingebrachten Pflöcken, die in ihrer Form einem Schiffsrumpf ähnelt, ausgekleidet und abgedeckt mit Holzbrettern.« Frias fragender Blick traf Ohlsen.

»Bretter und Pflöcke haben wir auch. Ob die Grube einem Schiffsrumpf nachempfunden war, ist schwer zu sagen. Sie ist in sich zusammengefallen, von der ursprünglichen Form ist kaum noch was zu erkennen. Wir sind dran.«

»Aber sag mal, wurden auf diese Weise, also mit all dem wertvollen Tamtam, mit Schiff und so, nicht ausschließlich Männer beerdigt? Du meintest doch eben reich und mächtig.« Sinje lächelte Jais an, der begonnen hatte, Kaffee zu verteilen. »*Wir* haben hier aber zwei Frauenleichen.«

»Mit den frühmittelalterlichen Knochenfunden ist das so eine Sache.« Fria setzte sich zu ihnen an den Tisch. »Ja, man ist bis vor Kurzem davon ausgegangen, dass es sich ausnahmslos um Männer handelt, die mit ihren Waffen und Reitpferden, auf denen sie in den Kampf gezogen sind, begraben wurden. Um im Jenseits, an Odins Seite, auf den letzten Kampf, auf Ragnarök, zu warten. Letzteres natürlich nur, wenn sie auch im Kampf gestorben waren. Wobei nur ganz wenige Überlieferungen direkt aus der Zeit der Wikinger stammen. Insofern kann auch diese Vorstellung eine Art Fake News der skandinavischen Nationalromantik sein.« Fria bemerkte den einen oder anderen verwirrten Blick. »Entschuldigt, ich schweife ab. Fakt ist, eines der berühmtesten Fürstengräber der Wikingerzeit, bestückt mit Pferden, Waffen, vornehmer Kleidung, kostbarem Schmuck, einem Strategiespiel, arabischen Silbermünzen, alles in allem also das Grab eines wirklich mächtigen Kriegers, beherbergte in Wahrheit die Gebeine einer Frau. Der DNA-Beweis hat das unzweifelhaft zum Vorschein gebracht. Dass sie wirklich gekämpft hat, ist unwahrscheinlich. Ihre Knochen weisen keine Verletzungen auf, die von einem Kampf herrühren könnten. Ob sie sich zu Lebzeiten als Mann ausgegeben hat, ist ebenfalls unbekannt. Unbestritten ist aber, dass von den meisten Skelettfunden aus ähnlichen Gräbern bislang keine DNA-Untersuchungen gemacht wurden.«

»Heißt also, es könnte sich noch so mancher stolze Wikingerfürst als Frau entpuppen … *I like it!*« Sinje lachte vergnügt und schob die Ärmel ihres Shirts nach oben, sodass ihre Tattoos hervorblitzten.

»Das ist aber schon eher Spezialwissen, oder?« Ohlsen nippte vorsichtig an seiner Tasse.

»Man würde dazu sicherlich was im Internet finden, aber grundsätzlich hast du recht. Der Volksmund spricht von männlichen Kriegern, mächtigen Wikingerfürsten, der prächtigen Königshalle Walhall und dem Göttervater Odin, von den Walküren und Thor.«

»Warum dann zwei Frauenleichen?«

»Es hat Frauen in Schiffsgräbern gegeben. Sie waren aber nicht immer diejenigen, zu deren Ehren eine solche Beerdigung stattfand.« Fria seufzte.

»Du meinst, sie waren Beiwerk? So etwas wie Grabbeigaben? Sie wurden geopfert?« Sinje zog bestürzt die Augenbrauen zusammen.

»Es gibt einen Reisebericht aus dem zehnten Jahrhundert. Verfasst wurde er von dem arabischen Gesandten Ibn Fadlan. Er war Zeuge der Beerdigung eines Wikingerhäuptlings in einem Schiffsgrab. Ich stelle euch den Bericht als Datei zur Verfügung. In aller Kürze: Die Frau, von der er berichtet, war eine Sklavin. Angeblich hat sie sich freiwillig für ihren Herrn geopfert. An beiden, dem toten Wikingerfürsten und der Sklavin, wurden mehrtägige Rituale durchgeführt. Schlussendlich wurde sie mehrfach brutal vergewaltigt, stranguliert und zudem von einem sogenannten Todesengel, einer alten Frau, mit einem Dolch erstochen.«

Frias Worte hingen drohend über der schweigenden Runde.

Ohlsen fasste sich als Erstes und wandte sich an Sinje. »Gibt es bei Celine Schwarz Anzeichen einer Stichverletzung? Hat Ebba in ihrem Bericht irgendetwas Derartiges erwähnt?«

»Ich glaube nicht. Ich sag ihr, sie soll dem noch mal nachgehen.«

Fria hob beschwichtigend die Arme. »Es ist nur *ein* Ansatz. Wir sollten uns nicht darauf versteifen. Es gibt durchaus Gräber, in denen Gebeine von Frauen gefunden wurden, die mit Gold, Silber und edler Kleidung mehr als reich ausgestattet waren. Unzweifelhaft Angehörige der höchsten Oberschicht. Frauen, die die Geschicke ihrer Familien leiteten, vor allem, wenn der Mann verreist oder verstorben war. Nicht alle Frauen des zehnten Jahrhunderts waren also Sklavinnen. Der Bericht von Ibn Fadlan ist zwar sehr bekannt, man stößt unweigerlich auf ihn, wenn man im Internet nach Wikingern und Schiffsgräbern sucht, trotzdem kann er uns auch in die Irre führen. Denn denken wir das Ganze weiter, müssen wir uns fragen: Wem zu Ehren sind unsere beiden Opfer gestorben? Zu Ehren des Täters? Sollte das so sein, hat er sich dann selbst nicht ziemlich unbedeutendes und wertloses Zeug mit ins Grab gelegt? Knochen von Huhn und Ratte, keine Waffen, billiger Tand in Form eines Amuletts und einer Gewandnadel! Damit würde er sich doch nur erniedrigen, oder?«

»Er selbst hat ja auch nicht mit im Grab gelegen.« Sinje verschränkte die Arme hinter ihrem Kopf.

»Guter Einwand! Noch etwas. Die Schmuckstücke sind nicht einmal aus Bronze, sondern nur aus Messing. Auf den meisten Internetportalen, auf denen man Repliken erwerben kann, werden diese in Bronze angeboten. Ebenso im Museumsshop in Haithabu. Bronze ist langlebiger, aber auch teurer. Die Drachenkopf-Gewandnadel gibt es im Museum für neunundzwanzig Euro. Das war es dem Täter oder der Täterin aber wohl nicht wert.«

»Eifersucht!« Ida Therkildsen war bislang so still gewesen, dass nun alle überrascht zu ihr hinübersahen. Sie war eine schmächtige Frau, die man eher in die Schublade Schülerpraktikantin gesteckt hätte, als ihr den Titel einer ausgelernten Kommissarin zuzutrauen. Der kurze, jungenhafte Haarschnitt ließ ihr Gesicht klein und die dunklen Augen noch größer wirken.

»Was meinst du?«, fragte Troels.

»Es gibt eine ziemlich große Community, die ihren romantisch verklärten Vorbildern möglichst nahekommen möchte.

Historischen Figuren wie Kriegern, Händlern, Bauern, Fischern und Handwerkern samt deren Familien. Sie treffen sich auf Mittelaltermärkten, tragen originalgetreue Kleidung, bereiten sich Essen so zu, wie es die Überlieferungen vorgeben, schmücken sich mit Waffen, Amuletten und Gewandnadeln. Was, wenn es einer mit seiner Rolle übertreibt? Der raubärtige Wikinger, der sich jedes Mädchen nehmen kann? Der mit der eifersüchtigen Partnerin, die die Konkurrenz ausschaltet und mit billigen Grabbeigaben verhöhnt.«

»Gut«, meinte Ohlsen nach einer Weile und stand auf. »Wir haben einige vielversprechende Ansätze. Ich würde sagen, wir warten die Ergebnisse der Rechtsmedizin von Odense ab, die uns hoffentlich bald mitteilen kann, ob die Frau in Sønderborg ebenfalls stranguliert wurde. Und ob es Anzeichen einer Stichverletzung gibt. Priorität hat ihre Identifizierung. Wenn wir eine Eingrenzung des Alters und des Todeszeitpunkts haben, werden sowohl die deutsche als auch die dänische Datenbank durchgesehen, und zwar landesweit. Oltmann und Palle kümmern sich bereits um die Ermittlungsergebnisse aus Ingolstadt. Dort ist Celine Schwarz vor einundzwanzig Monaten verschwunden. Klären wir, ob sie Mitglied einer Mittelalter-Community war! Und was die beiden Frauen verbinden könnte!« Er wandte sich Fria zu. »Danke für deine Ausführungen.«

Auch alle anderen erhoben sich. Sinje gesellte sich zu Ida und Stig, Troels war mit seinem Handy beschäftigt.

Ohlsen winkte ihm zu. »Troels, hast du gleich noch ein paar Minuten?«

Der sah auf. »Klar. Gehen wir in mein Büro!«

Fria streifte Ohlsens Schulter und raunte: »So, so, also alles ruhig in der Wache Norgaard.« Das Zwinkern, mit dem sie ihre Worte unterstrich, schien zwar freundschaftlich, trotzdem war da etwas in ihrem Blick, das ihn verunsicherte.

Sie schickte sich an, den Raum zu verlassen.

»Äh, Fria, während deiner Recherchen, konntest du da ausmachen, ob Messing *so* selten angeboten wird, dass sich nachvollziehen lassen könnte, wo die Stücke gekauft wurden?« Ohlsen betrachtete die Drachenkopf-Gewandnadel in dem Asservatentütchen.

»So selten wahrscheinlich auch wieder nicht, und einen Stempel haben die Teile nicht.« Fria zuckte mit den Schultern. »Versucht's einfach.«

»Ach, und noch was …« Er trat näher an sie heran. »Wir haben ebenfalls einen Experten engagiert. Also, ich wusste ja nicht … Wir warten noch auf seine Einschätzung.« Ohlsen hoffte inständig, dass Fria nicht gekränkt war. »Ich dachte nicht, dass du dich mit dem Wikingerzeug so gut auskennst«, fügte er entschuldigend zu.

Den Blick, den er jetzt kassierte, verstand selbst er.

Sie hob nur die Augenbrauen. »Wen habt ihr?«

*

SAMANTHA

Das war absolut nicht möglich! Noch immer versuchte Samantha, ihren Status zu begreifen. Gleichzeitig brannte es in ihr. Vom Herzen aus abwärts bis in ihre Gedärme hinein loderte ein gewaltiges Feuer. Da war auch Angst, das schon. Doch die versteckte sich hinter einer Wand aus Wut und Verachtung. Wer zum Teufel konnte es wagen, sie hier festzuketten?

»Zeig dich, du krankes Stück Scheiße!« Sie rannte zur Tür, der einzigen in diesem fensterlosen Loch, und trommelte wie wild dagegen. »Aufmachen, sofort! Ich mach dich fertig! Was ist? Traust du dich nicht? Was für ein jämmerlicher Feigling!«

Als sie die erste Wut aus sich herausgehämmert hatte, ohne dass die Metalltür Spuren davongetragen hätte, beschloss Samantha, den Raum zu inspizieren. »Ich komm hier schon raus, da kannst du einen drauf lassen!« Sie stockte. Das Arschloch, das sie hier eingesperrt hatte, hatte sie ja wohl nicht angefasst? Hektisch riss sie sich die Hose herunter. Ihr Slip war voller Blut. Als ihre Finger das Bändchen ertasteten, seufzte sie erleichtert. Der Tampon hätte längst gewechselt werden müssen. »Scheiße!« Suchend sah sie sich um, hüpfte dann mit heruntergelassener Hose zur Toilette, zog ihn heraus, hielt ein paar Streifen Toilettenpapier unter den Wasserstrahl des kleinen Waschbeckens und reinigte sich notdürftig. Dann legte sie mehrere Bahnen Papier übereinander in den Slip und zog sich wieder an. Suchend drehte sie sich um sich selbst. Da – ihre Jacke hing über dem Stuhl. Sie tastete die Innentaschen ab, bis sie den Hygieneartikel gefunden hatte. Schnell durchsuchte sie auch die anderen Taschen. Ihr Portemonnaie war noch da, Geld und Papiere auch. Ihre Schlüssel aber fehlten. Wollte der Scheißkerl in ihre Wohnung einsteigen, während sie hier festsaß, oder was? Samantha versuchte sich vorzustellen, wie ihre Mitbewohner reagieren würden. »Ich hoffe, sie braten dir eins über!«, schrie sie.

Sie setzte den frischen Tampon ein, zog eine der Mineralwasserflaschen vom Tisch und leerte sie in einem Zug. Den stechenden Kopfschmerz ignorierend nahm sie sich den Raum vor. Die lächerlichen Bücher stapelte sie übereinander, riss eine Butterkekspackung auf und stopfte sich drei Plätzchen in den Mund. Dann betrachtete sie die Stifte von allen Seiten. Der Bleistift war schon mal nicht schlecht. Kräftig genug zugestochen würde der ordentlich Schmerzen verursachen.

*

Laurenz konnte es immer noch nicht fassen. Am Ende war alles wahnsinnig schnell gegangen. Von jetzt an war die Situation eine vollkommen andere. Für Samantha und für ihn natürlich auch.

Sein Körper kribbelte, als hätte man ihn mit Brausepulver bestrichen und in eine Wolke aus Wasserdampf gestellt. Seine Neuronen spielten Speed-Ping-Pong. Er konnte sich nicht vorstellen, jemals wieder einen einzigen Gedanken in normalem Tempo zu fassen. Doch das musste er! Er musste sich zusammenreißen und runterkommen. Samantha war *die* eine. Um sie zu besitzen, hatte er auf vieles verzichtet, hatte hart gearbeitet und seinen Alltag einzig auf dieses Ziel ausgerichtet. Und jetzt? Wie sollte er vorgehen? Es waren weiterhin große Anstrengungen vonnöten, um an sie heranzukommen. Er musste listig und überlegt handeln, immer drei Schritte vorausdenken und sich vor allen Dingen nicht überrumpeln lassen. Und dann war da noch die Frau in dem schwarzen Škoda. Sie war wie aus dem Nichts aufgetaucht. Ihre Scheinwerfer hatten die Szene unwirklich erscheinen lassen. Mit ihr musste er sich zuallererst beschäftigen. Und zwar gründlich. Er musste sie ausfindig machen, in ihr Leben eindringen und das Spiel zu seinen Gunsten drehen. Das Kennzeichen hatte sich wie von selbst in seine Hirnrinde eingebrannt. Die dringlichste Frage war: Hatte die Škodafrau ihn gesehen? Wenn ja, was würde sie nun tun?

*

NETTIE

Nicht zum ersten Mal fragte Nettie sich, warum man schlimme Dinge nicht einfach aus dem Gedächtnis löschen konnte. So viele Sachen, die man ihr als Kind hatte beibringen wollen, hatte sie sich nicht merken können. Aber das abscheuliche Zeug von letzter Nacht, das schwappte immer wieder an die Oberfläche! Die Bilder. Der Ekel. Das Kaputte, tief in ihr drin. Es ließ sich einfach nicht verscheuchen. Wegzaubern. Ausradieren. Ging das allen Menschen so? Oder funktionierte nur sie nicht richtig?

Wahrscheinlich lag es an ihr. Mama und Papa passierte so was nicht. Und ihm – dem, den sie nicht verärgern durfte – schon gar nicht. Der konnte machen, was er wollte. Sie hasste ihn. Er war der Grund, warum sie töten musste, immer und immer wieder.

Man hat immer eine Wahl!

Nettie schossen Tränen in die Augen, als sie an ihre Oma dachte. »Nein, du lügst! Ich hab keine Wahl! Mama sagt, ich komme nicht alleine klar. Und Belle auch nicht! Das ist so! Was wird aus uns, wenn er nicht mehr ist? Mama und Papa können nicht ewig für uns sorgen. Das hat sie gesagt. Und wenn er stirbt, wer kauft uns Essen? Wo sollen wir wohnen?«

Nettie zog der zappelnden Belle die Kapuze über das feine rotblonde Haar, nahm sie an der Hand und trat ins Freie. Die Kälte des frühen Morgens ließ sie frösteln. Ob Belle auch fror? Nachdenklich sah Nettie an sich runter, dann an dem Kind. Es war immer so schwierig zu entscheiden, was sie beide anziehen sollten.

Die Kleine riss sich los und rannte den vertrockneten Blättern des letzten Herbstes hinterher. Sollte sie. *Bewegung macht warm.* Und weglaufen konnte Belle nicht. Sie waren ganz allein hier. Der nächste Nachbar wohnte weit weg. So weit, dass Nettie die Distanz nicht schätzen konnte. Der Postbote kam mit dem Bulli, hielt normalerweise vor dem großen Tor und warf die Briefe in den Kasten. Die Päckchen stellte er daneben ab. Normalerweise. Sie hatte ihn gemocht. Seine Augen hatten nichts Falsches in sich gehabt. Aber was sollte sie machen? Sie musste an sich denken – und an Belle. Und Postboten gab es wie Sand am Meer.

Kam jetzt eben ein anderer.

Logische Konsequenz.

Nur mit dem Auto war es möglich, zu anderen Menschen zu kommen, zu Mama und Papa – wenn sie es erlaubten. Und zu denen, die Nettie brauchte, um zu üben. Um zu sehen, was passierte, wenn ein Mensch starb. Immer dann stieg sie in den schwarzen Škoda. Bald schon würde es wieder so weit sein.

*

Bevor Ohlsen seinen Drahtesel bestieg, gönnte er sich einen langen Blick in die Weite der Landschaft. Sie war längst nicht so platt, wie die Auswärtigen oft annahmen. Das Fördebecken war von vielen Hügeln umgeben, die noch aus der Eiszeit stammten. Sediment, zusammengeschoben von Gletschermoränen. Sogar Steilklippen gab es, an denen es immer wieder zu Erdrutschen kam. Er liebte seine Heimat, den Wind und die Natur. Er mochte es, wie der Frühling sich zierte, dass es nicht sofort zu *de Bullenhitt* ausartete, sobald die Sonne an Kraft zulegte. Genauso sehr schätzte er die Menschen hier im Norden. Wozu lange drum herumreden? Direkt wissen, woran man war, war genau seins. Ruhe zu finden, wenn man sie brauchte.

Er dachte an die Frau, der sein Herz gehörte. Obwohl auch Lies geradlinig und ohne Allüren durchs Leben ging, war Ruhe bei ihr nur ein Zustand von vielen. Sie konnte die Naturgewalten genießen, und das ohne ein einziges Wort, keine Frage. Ein paar Stunden später aber gab sie sich schon wieder dem lärmenden Strom einer niemals schlafenden Metropole hin. Für sie kein Widerspruch, für ihn … »Wir werden sehen.« Vielleicht gefiel ihm diese andere Art zu leben ja auch und er wurde noch zum echten Globetrotter.

Er nahm einen tiefen Atemzug, zog die Strickmütze tiefer ins Gesicht und radelte los in Richtung Norgaarder Wache. Es gab viel zu tun. Erst die Teambesprechung. Dann, um zehn, die Videokonferenz mit den Kollegen aus Ingolstadt. Solange die dänische Rechtsmedizin keine Ergebnisse zu der Toten aus Sønderborg lieferte, drehten sie eben das Leben von Celine Schwarz auf links.

*

Laurenz lehnte sich zurück, las den Onlinevordruck der Zulassungsstelle noch einmal gründlich durch und versuchte seine Chancen abzuschätzen. Überschrift: *Antrag auf Halterermittlung.* Er hatte den Fall drastisch geschildert. Der schwarze Škoda, der rücksichtslos und mit viel zu hoher Geschwindigkeit durch eine große, schlammige Pfütze gerast war. Wie Wasser und Dreck zu allen Seiten gespritzt waren und sich über ihn, einen unschuldigen Fußgänger, ergossen hatten. Wie sein neuer, teurer Lodenmantel irreparable Schäden davongetragen hatte. Vollkommen ruiniert sei er, so das Urteil der Reinigung. Gott sei Dank hatte er, Laurenz Koch, sich die Autonummer merken können. Ein Flensburger Kennzeichen. Er beendete das Anschreiben mit ein paar freundlichen Dankesworten und drückte auf *Senden.* Nun konnte er nur hoffen, dass sie seinem Antrag stattgaben und die Fahrerin auch die Halterin war. Oder zumindest im selben Haushalt lebte wie der Halter. Mit ein bisschen Glück würde er bald wissen, wo sich dieser befand. Und dann würde er ihr auf die Pelle rücken, sich wie ein zweiter Schatten an sie hängen. Bis er seine Chance bekäme. Nichts und niemand stellte sich zwischen ihn und Samantha!

Er versuchte, sich den kurzen Augenblick in Erinnerung zu rufen, als die Silhouette der Škodafrau im Lampenschein hervorgetreten war. »Du weißt es noch nicht, Schätzchen, aber du hast einen neuen Follower.«

*

Die Sonne stand noch tief. Der Morgen schien sich nicht entscheiden zu können, ob er frostig bleiben oder den wärmenden Sonnenstrahlen des Frühlings Raum geben sollte. Über dem Ørerup-Museum lag eine angenehme Stille. Der gläserne Bau mit den Ausstellungsräumen wirkte ohne die Schulklassen und Touristenströme noch puristischer. Die Grünanlage war weitläufig und gepflegt. Nur ein einsamer olivgrüner R4, abgestellt auf den Mitarbeiterplätzen, hatte die klaren Linien und aufgeräumten Flächen gestört, heute am frühen Morgen, als sie vorgefahren war.

Ein Eindruck, den Fria nicht mal wahrgenommen hatte. Ihre Gedanken kreisten immer wieder um dieselbe Sache. Es war gar nicht der Umstand, dass Ohlsen einen anderen hinzugezogen hatte – und nicht sie!

Fria starrte auf den Monitor und versuchte, sich auf den längst überfälligen Bericht über die Ausgrabung zu konzentrieren.

Auch gegen seine Wahl konnte man nichts sagen. Der Kollege Wagner war promovierter Ur- und Frühgeschichtler und konnte mit einer überzeugenden internationalen Reputation in den Bereichen Skandinavistik und Nordische Philologie aufwarten. Detailliertes Expertenwissen, das sie sich, zumindest in einigen Punkten, erst hätte aneignen müssen.

Aber hätte Ohlsen, dieser Ignorant von einem *tavs dansker*, einem norddeutschen Stoffel, sie nicht einfach fragen können?

Hej, *Fria, ich schätze deine fachliche Kompetenz. Kannst du uns helfen? Oder vielleicht weißt du ja jemanden, der uns bei der Deutung der im Grab gefundenen Schmuckstücke unterstützen kann?*

Aber nein! Auf die Idee kommt er gar nicht!

Fria ignorierte, dass die Spitze des Bleistifts, mit dem sie das kleine Stück Papier traktierte, selbiges längst durchstoßen hatte.

Was war sie in Ohlsens Augen? Irgendeine Hobbyarchäologin, die bei polizeilichen Ermittlungen nur deshalb mitspielen durfte, weil sie mit der gesamten dänischen Polizei verwandt war? Nahm er sie überhaupt ernst?

Mit einem unscheinbaren Knacken brach die Bleimine, was Fria veranlasste, den Stift impulsiv über den Schreibtisch zu pfeffern.

Sie dachte an ihr zufälliges Treffen in Armandos Trattoria zurück. Wie sie Ohlsen, nett, wie sie war, von der Leiche in Sønderborg erzählt hatte. Ohne sie wäre die Zusammenarbeit mit Granskov gar nicht zustande gekommen. Beide Seiten hätten keinen Schimmer, dass ihre Morde zusammenhingen. Und Ohlsen? Keinen Piep hatte er ihr gesagt, nicht mal eine vage Andeutung hatte er sich abringen können, der feine Herr Hauptkommissar. Verärgert zog sie die Stirn kraus. Sie wusste selbst nicht, warum sein Verhalten sie so traf. Weil sie ihm vertraute? Weil sie dachte, ihre Meinung wäre ihm wichtig? Dass er sie schätzte … und mochte?

»Fria?« Unbemerkt war ihr Kollege in den Raum getreten und bedachte sie mit diesem typischen Villads-Blick, leicht von oben herab, als zweifelte er an ihrer Zurechnungsfähigkeit. Die Hände steckten tief in den Taschen seiner zerbeulten Kargohose.

»Was?« Ihre Antwort klang aggressiver als gewollt. Ein Fehler!

»Oh, entschuldige bitte, wenn ich es wage, dich zu stören, aber er ist da.« Der Unterton schnippisch, die Nase erhoben, so wollte er schon wieder kehrtmachen. Die Spitzen seines ungepflegten Barts zitterten leicht.

»Wer?« Wen meinte er?

Sie sah ihn die Augen verdrehen, hörte ihn unnatürlich laut seufzen. Musste dieser Mann denn immer so theatralisch sein? Der machte sie noch wahnsinnig mit seiner überheblichen Art, dem moosgrünen Strickpullover, der ockerfarbenen Steppweste und den immer selben Treckingsandalen.

»Du kannst nicht wirklich vergessen haben, dass heute der Metallurg im Haus ist«, stöhnte er, wobei seine Tonlage nicht verhehlen konnte, wie sehr er sich freute, sie kalt erwischt zu haben. »Na, dann hoffen wir mal, die Fundstücke sind so weit vorbereitet.«

Mist! Fria schnellte hoch und schoss an ihm vorbei. Es war schwierig genug gewesen, einen Termin mit dem Experten für die Beschaffenheit von Metallen zu finden. Er sollte Kleinstproben entnehmen, um sie für ihr Forschungsprojekt *Provenienz von Kupfer in bronzezeitlichem Gewandschmuck aus Süddänemark* zu analysieren. Der Typ war begehrt, fuhr deutschlandweit Museen an und hatte auch hier, im grenznahen Dänemark, einigen Projekten auf die Beine geholfen. Während sie sich eilig durchs Haar strich und den Pullover zurechtzupfte, ging sie im Kopf die zu prüfenden Fundstücke durch. Sie wurden in Klimakisten gelagert. Einige davon musste sie erst noch hervorkramen. Verdammt! Sie hätte sich wirklich besser vorbereiten müssen.

»Wo?«, rief sie, bevor sie die Etagentür erreicht hatte. »Wo hast du ihn hingebracht?«

»Wohin wohl? Ins Restaurationslaboratorium.«

Restaurationslaboratorium. Jeder normale Mensch hätte Labor gesagt. Fria schüttelte den Kopf und rannte durchs Treppenhaus in den Keller. Vor dem Raum angekommen vernahm sie die gedämpfte Stimme ihrer Mitarbeiterin. Immerhin – Villads hatte den Experten nicht allein hier unten stehen lassen. Sie atmete tief durch, zog die Tür auf und trat lächelnd ein. »Doktor Klein, wie schön, dass Sie es einrichten konnten! Guten Morgen, Alberte. Dann wollen wir mal!«

*

JULIA

Julia blickte sorgenvoll auf die letzte Packung. Bis auf sechs hatte sie sämtliche Kekse gegessen. Würde sie es jemals hier herausschaffen, würde sie nie wieder Butterkekse zu sich nehmen können. Doch sosehr sie ihr zum Halse heraushingen – ohne sie, ohne irgendeine Art von Nahrung, würde sie nicht lange durchhalten. Verhungern tat bestimmt höllisch weh. Die Auslage ihrer Bäckerei daheim in Mönchengladbach erschien ihr nun als Himmel auf Erden. Jetzt dort zu stehen, den Duft von frisch gebackenem Brot in der Nase, von gezuckerten Kuchenteilchen, von Frucht und Vanille in den Obstschnitten, ein Gebäckstück auszuwählen, hineinzubeißen … Julia schloss die Augen. Oder Mamas Sonntagsbraten. Mit dunkler Soße und selbst gemachtem Blaumus. Wie schrecklich! Sie wurde langsam verrückt. Jetzt konnte sie den deftigen Braten schon riechen. Sie wollte zurück! Sich tief in Mamas Schoß verstecken. Sie wollte …

Die Dunkelheit kam so plötzlich, dass die farbigen Nachbilder besonders intensiv wirkten. Julias Muskeln verkrampften sich augenblicklich. Wieder ein Stromausfall? Der Geruch nach deftigem Essen wurde so übermächtig, dass ihr beinahe schlecht wurde.

Dann war das Licht wieder da, gleißend grell. Blinzelnd fixierte sie die Tür.

Und da stand er. Oder sie?

Julia vergaß zu atmen, drückte sich mit dem Rücken gegen die Wand und starrte auf die abstrus wirkende, regungslose Gestalt.

FÜNF

Ohlsen hatte seinem Team eine Stunde Zeit gegeben, eine erste grobe Übersicht der Faktenlage zu Celine Schwarz zu erstellen. Die Videokonferenz mit den Ingolstädter Kollegen war informativ, aber nicht sehr ergiebig gewesen. Er betrat das Großraumbüro. »Können wir loslegen?«

»Bin sofort so weit«, hörte er es hinter Sinjes Bildschirm murmeln.

Oltmann und Palle schoben sich auf ihren Bürostühlen näher.

An einem Whiteboard hingen Celines Foto, Bilder des Fundortes, der Fundstücke und ein paar Porträts von Menschen aus dem Umfeld der Toten.

»Okay, los geht's. Ich fange dann mal an.« Sinje positionierte sich neben dem Whiteboard und blätterte in ihren Notizen. Ihr kastanienroter Pferdeschwanz wippte im Takt ihrer dynamischen Bewegungen. »Celine Schwarz, geboren neunzehnhundertsechsundneunzig in Eitensheim, das liegt zwölf Kilometer vor Ingolstadt. Ein Bruder, Noah, zweiundzwanzig, absolviert ein duales Studium als Mechatroniker in Nürnberg. Celine selbst arbeitete seit vier Jahren als Erzieherin in der Kindertagesstätte *Kleines Glück* in Ingolstadt. Laut ihren Kolleginnen war sie freundlich, engagiert und beliebt. Sie lebte zusammen mit ihrem Partner Lucas Becker, neunundzwanzig, eigentlich Rettungsassistent, in einer kleinen Mietwohnung im Nordwesten der Stadt. Becker lässt sich momentan zum Lokführer umschulen. Er war es auch, der sie als vermisst gemeldet hat. Und zwar in der Nacht vom neunzehnten auf den zwanzigsten Juli zweitausendzwanzig. Er hatte Spätschicht und kam erst gegen halb zwei nachts nach Hause. Zum letzten Mal lebend gesehen wurde Celine so gegen halb fünf am Nachmittag, also am neunzehnten. Sie hat sich von den anderen Erzieherinnen verabschiedet, ist in den Bus gestiegen und mitgefahren. Wie gewöhnlich.«

»Konnten die Ingolstädter Kollegen herausfinden, ob sie noch etwas vorhatte? Einkaufen, sich mit Freunden treffen?«, fragte Ohlsen.

»Normalerweise ging sie montags immer zum Sport. Ins Fitnessstudio. Ob sie wirklich da gewesen ist, wissen wir nicht. Das Zugangssystem registriert nur, ob die Mitgliedskarte gültig ist und wie viele Mitglieder zeitgleich eingecheckt haben, um die Auslastung anzuzeigen, nicht aber, wer sich im Gebäude befindet. An sie erinnern konnte sich keiner. Aussagekräftige Spuren wie fehlendes Sportzeug in der Wohnung konnten nicht ausgemacht werden. Allerdings hat Celines Freund zugegeben, keinen Überblick über die Fitnessoutfits seiner Freundin zu haben. Er bemerkte nur, dass Dinge wie zum Beispiel die Lunchbox, die sie immer mit zur Arbeit nahm, nicht in der Küche gestanden hätten. Könnte ein Indiz dafür sein, dass sie nach der Arbeit nicht mehr in der Wohnung war.«

»Und nach dem Sport machte sie normalerweise was?«

»Lucas Becker zufolge lief danach nicht mehr viel. Was relativ normal ist, montagabends ist bei mir auch nicht gerade Action angesagt.« Sinje zuckte verständnisvoll mit den Schultern.

»Was hat das Bewegungsprofil ihres Handys ergeben? Es gibt doch sicherlich eines, oder?«

Sinje nickte. »Erst einmal stimmt die Chronologie der Funkzelleneinwahl mit Celines üblicher Strecke überein. Erst die Kita, dann der Bus bis zum ZOB.« Palles fragender Blick ließ sie ausführen: »Der Zentrale Omnibusbahnhof. Von dort aus hätte sie die Linie sechzig Richtung Klinikum nehmen müssen. Ebenfalls in der Nähe: das besagte Fitnessstudio. Aber stattdessen findet sich ein Funkzelleneintrag um siebzehn Uhr achtunddreißig in der Nähe von Lenting, ein paar Kilometer nördlich von Ingolstadt, und ein weiterer acht Minuten später im Großraum Stammham. Das war das letzte Mal, dass ihr Handy sich eingewählt hat.«

»Umgebungskarte?« Ohlsens fordernder Blick ließ Oltmann aktiv werden.

»Moment!« Er drehte seinen Rechner so, dass alle seinem Finger folgen konnten. »Hier liegt der ZOB von Ingolstadt, hier Lenting und hier oben Stammham.«

»Hm, gibt es dort irgendetwas, was dem Umfeld der Toten zugeordnet werden kann?«

Sinje schüttelte den Kopf. »Aber wenn du der A9 weiter nach Norden folgst, landest du in Nürnberg. Dem Wohnort ihres Bruders.«

»Wurde er befragt? Wollte Celine …?«

»Ja, wurde er«, unterbrach Sinje. »Und nein, er konnte sich laut damaliger Aussage nicht vorstellen, dass sie ihn besuchen wollte. Sie besaß kein Auto, und am Wochenende wäre er eh bei seinen Eltern, heißt, in ihrer Gegend gewesen.«

»Haben wir Telekommunikationsdaten, die belegen, mit wem sie zur fraglichen Zeit Kontakt hatte? Ein- oder ausgehende Anrufe auf ihrem Handy?«

Sinje schüttelte den Kopf. »Gab es nicht.«

»Was also hat sie in der Nähe von Stammham gewollt?«

»Es besteht natürlich auch die geringe Wahrscheinlichkeit, dass es nur ihr Handy bis Stammham geschafft hat«, gab Palle zu bedenken.

Oltmann schnaubte ungläubig. »Du meinst, erst wird ihr das Handy geklaut und später wird sie auch noch umgebracht? Wie viel Pech kann man haben?«

»*Who knows?* Kann doch sein! Oder der Täter überfällt sie und dabei bleibt ihre Tasche liegen. Die wird von einem Vorbeikommenden mitgenommen, der sich über Geld und Handy freut. Vom Portemonnaie fehlt schließlich auch noch jede Spur«, verteidigte Palle seinen Ansatz.

»Sinje? Mach mal weiter!« Ohlsen goss sich ein Glas Wasser ein.

»Die Befragungen der Familie und Freunde, Nachbarn und Arbeitskollegen ergab leider nichts ermittlungstechnisch Relevantes. Celine Schwarz war in den Tagen und Wochen vor ihrem Verschwinden nicht anders als sonst. Sie freute sich auf den Urlaub mit ihrem Freund, den sie drei Tage zuvor gebucht hatte. Sie wollte am darauffolgenden Donnerstag mit zwei Freundinnen ins Kino. Keine übermäßig großen Geldsorgen, keine versteckten Laster, keine neuen Freunde. Laut der Ermittlungsergebnisse der Ingolstädter Kollegen eine ganz normale junge Frau.«

»Ihre Social-Media-Accounts?«

»Sagen dasselbe. Sie liebte Hunde, konnte aber aufgrund ihrer Berufstätigkeit keinen eigenen halten. Sie las gern, hauptsächlich Fantasy und Liebesromane, und hatte ein Faible für Dekorationsartikel. Hat sich oft Tutorials angeschaut, die Tipps zum Umgestalten der eigenen vier Wände geben. Aktivitäten auf ihren Instagram-, Tiktok- und Bereal-Profilen gab es seit dem Abend ihres Verschwindens keine mehr. Ungewöhnlich, da sie regelmäßig aktiv war.«

»Was ist mit dem Freund, diesem Lucas Becker? Keine Anzeichen, dass er was mit ihrem Verschwinden zu tun haben könnte? War die Beziehung harmonisch? Gab es Stress, vielleicht wegen seiner Umschulung zum Lokführer, dem Schichtdienst, der damit verbunden war?«

»Die Kollegen haben nichts gefunden. Und Schichtdienst musste er auch als Rettungsassistent leisten.«

»In der gemeinsamen Wohnung der beiden gab es kein Wikingerzeug, zumindest ist damals nichts Derartiges dokumentiert worden. Gut, kann natürlich sein, dass man nicht darauf geachtet hat.« Oltmann erhob sich. »Noch einer einen Kaffee?«

Ohlsen und Palle nickten.

»Warten wir ab, was die erneute Befragung der Familie und Freunde durch die Ingolstädter Kollegen ergibt. Vielleicht finden sie eine Verbindung zur Mittelalterszene. Wenn die Gewandnadel und das Amulett nicht Celine Schwarz gehört haben …« Ohlsen fuhr sich durch das dichte Haar.

»… können wir davon ausgehen, dass sie vom Täter stammen«, beendete Sinje. »Hat sich der Skandinavistik-Experte eigentlich schon gemeldet?« Sie kramte in ihren Unterlagen. »Doktor Stefan Wagner?«

»Bis jetzt nicht. Lassen wir ihm noch einen Tag Zeit.«

»Ich glaube ja nicht, dass er mehr herausfindet als Fria.« Sinje äugte vorsichtig zu Ohlsen hinüber.

Der nahm von Oltmann eine dampfende Tasse entgegen. »Warum begräbt der Täter Celine Schwarz hier bei uns im Norden? Wo ist die Verbindung zwischen einer Ingolstädter Bürgerin und Flensburg? Ist Celine von sich aus hier hochgefahren, wollte sie raus aus ihrem alten Leben? War sie auf der Flucht? Was ist mit Eifersucht? Sinje, lass abklären, ob dieser Becker durch besondere Eifersucht aufgefallen ist! Vielleicht wollte Celine alle Verbindungen kappen. Vielleicht wollte sie nicht gefunden werden. Und ist dann irgendwo hier ihrem Mörder begegnet.«

»Oder er schlägt in Ingolstadt zu …«, mutmaßte Palle.

»… und transportiert ihre Leiche stundenlang durch ganz Deutschland? Warum entsorgt er sie nicht in der Nähe des Tatorts? Wozu dieses Risiko? Der Sommer zwanzig war heiß. Eine Leiche in einem aufgeheizten Wagen? Die Autobahnen in Richtung Norden sind voll, überall Baustellen. Schwer vorstellbar.«

»Eine Entführung? Ein Handelsreisender, ein Lkw-Fahrer, der sie kidnappt und nach Flensburg verschleppt?«

»Dann war sie ein Zufallsopfer? Einfach zur falschen Zeit am falschen Ort?«

Ein Telefon klingelte. Oltmann rollte behäbig hinüber zum Schreibtisch, um das Gespräch entgegenzunehmen.

»Ich stelle mir gerade vor, wie man eine junge Frau mitten am Nachmittag aus einem gut besuchten Busbahnhof entführt.« Sinje zog zweifelnd die Augenbrauen hoch. »Das wäre doch jemandem aufgef…«

»Chef? Die Rechtsmedizin.« Oltmann hielt den Hörer hoch.

Ebba Sigmundsen hatte sich vor dem Seziertisch aufgebaut. Die Arme in die Hüften gestemmt fixierte sie Ohlsen über den Rand ihrer roten Brille hinweg. Ihr silbergraues Haar war akkurat frisiert, Lippen und Augen in gewohnter Manier geschminkt. »Niemand meiner Kollegen, und ich betone *niemand!*, hätte diese Scharte entdeckt.«

»Das glaube ich dir aufs Wort. Und es käme auch niemand auf die Idee, dir einen Vorwurf zu machen.« Ohlsen wusste es in dem Moment, als er es aussprach: zu viele Worte. Er hätte auf sein norddeutsches Herz hören und die Klappe halten sollen.

»Einen Vorwurf? Ohlsen, Ohlsen, ich glaube …«

»Ebba, du bist die beste Rechtsmedizinerin, die wir je hatten. Bitte, was hast du für mich?«

Einen letzten bösen Blick schickte sie ihm noch, dann drehte sie sich zum Befundmonitor. »Siehst du diesen kleinen Riss an der Unterseite der dritten Rippe der rechten Thoraxseite?«

Ohlsen trat näher heran. Man konnte Ebba nicht verdenken, dass sie den winzigen Schatten übersehen hatte.

»Brauchst du eine Lupe?« Sie genoss seinen ungläubigen Blick sichtlich.

»Bist du dir sicher?«

»Eindeutig eine Stichverletzung! Um eine Aussage über ihre Beschaffenheit oder die Art der Waffe zu treffen, ist der Defekt zu klein. Fraßspuren schließe ich aus.« Ebbas kerzengrade Haltung ließ keinen Zweifel an der fachlichen Größe der Ein-Meter-fünfundsechzig-Frau. »Was ich noch nicht sagen kann, ist, ob es sich tatsächlich um eine perimortale Verletzung handelt.«

»Perimortal? Zum Zeitpunkt des Todeseintritts, richtig?«

Sie nickte. »Der Lage nach zu urteilen, könnte es durchaus zu einer Perforation des Herzens gekommen sein. Eine Vermutung, die allerdings kaum zu belegen ist. Wir können nicht mehr nachvollziehen, wie tief der Fremdkörper in den Thorax eingedrungen ist, geschweige denn, welche Schäden er verursacht hat. Wir werden die Scharte auf Fremdmaterial untersuchen. Ich hege zwar keine große Hoffnung, aber wer weiß.« Sie verschränkte die Arme.

»Warte!« Ohlsen runzelte die Stirn. »Wenn die Stichwunde nicht Teil des Tötungsaktes gewesen ist, wie soll …? Du meinst, die Verletzung könnte alt gewesen sein? Ist das nicht ziemlich unwahrscheinlich? So etwas holt man sich doch nicht beim Gurkenschneiden.«

»Rauszukriegen, welchen Attacken oder Unfällen die Geschädigte vor ihrem Ableben ausgesetzt war, ist dein Job, nicht meiner.«

Er erntete einen provokanten Blick.

»Postmortal …«

Ihr fragender Gesichtsausdruck nötigte ihn zu antworten. Dabei fühlte er sich wie ein Schuljunge. »Verletzungen, die *nach* Eintritt des Todes zugefügt werden.«

Zufrieden nickte Sigmundsen. »Postmortal ist die Stichwunde jedenfalls nicht. Dann wäre sie um einiges heller als die restlichen Knochen.« Sie bedachte ihn mit einem Lächeln. »Aus dir könnte ein guter Rechtsmediziner werden.«

Nebenan, im Labortrakt, schepperte es laut.

»Falls Boeffel da drüben so weitermacht, könnte ich jemanden wie dich gebrauchen.«

Ohlsen rieb sich die Augen. »Die Stichwunde! Wo stehen wir?«

»Mit Sicherheit können wir nur sagen, dass das Opfer erwürgt respektive erdrosselt wurde. Der Rest …«

Hartmuth Boeffel, Sigmundsens Assistent, betrat den Raum und wedelte mit ein paar Ausdrucken. »Die Dänen, Dr. Mølgaard, ein erster Befund!«

Ebba verdrehte die Augen. »Mein Gott, Boeffel, reden Sie in ganzen Sätzen!« Sie nahm die Papiere an sich und begann sie zu studieren.

Ohlsen unterdrückte seine Neugier und übte sich in Geduld.

Endlich schob sie ihre Brille zurecht und blickte hoch. »Die weibliche Leiche aus Sønderborg. Den Kollegen aus Odense zufolge ist sie fünfundzwanzig Jahre alt, plus minus zwei bis vier Jahre.«

»Wie zuverlässig ist das?«

»Die Aminosäure-Racemisierung ist ein sehr präzises Verfahren.« Mit hochgezogenen Augenbrauen fuhr sie fort. »Die Tests zur geografischen Herkunft laufen noch. Fest steht, sie wurde ebenfalls ermordet! Durch Strangulation und eine massive Stichverletzung, die allein als Todesursache gereicht hätte.«

*

SAMANTHA

Samantha lehnte sich zurück und blickte auf ihre Notizen. Sie sah die Dinge oft klarer, wenn sie sie aufschrieb. Und Papier gab es genug. Warum die Ressource nicht nutzen, um hier herauszukommen? Darüber nachzugrübeln, wer ihr das Ganze antat, hatte sie nicht weitergebracht. Also schaute sie nach vorn und entwickelte Fluchtpläne.

Ansatz eins: die lange Kette als Waffe einsetzen, zum Beispiel um den Entführer zu würgen. Sobald er ohnmächtig wäre, könnte sie in seinen Taschen nach dem Schlüssel für die Fußfessel suchen, sich befreien und türmen. Es gab nur zwei Fragen, deren ungewisse Antworten alles zum Scheitern bringen konnten. War sie stark genug? Und was, wenn er den verdammten Schlüssel nicht bei sich trug?

»Nein, drei – es sind drei Probleme!« Sie zog den Stift zwischen ihren Lippen hervor und quetschte ein paar Zeilen unter den ersten Absatz. »Was, wenn er nicht allein kommt, wenn sie zu mehreren sind?«

Weiter!

Ansatz zwei: Sie gab sich eingeschüchtert und ängstlich, wartete, bis er ihr nahe kam, und rammte ihm den spitzen Bleistift in den Hals. Die Frage lautete, war sie verzweifelt genug, um das mit voller Wucht durchzuziehen? Sie durfte keinen Moment zögern, musste blitzschnell handeln. Auch hier war das größte Folgeproblem der Schlüssel für ihre Fußfessel. Und bei mehr als einem Entführer konnte sie diese Vorgehensweise ebenfalls vergessen.

Ansatz drei: Sie fummelte die Steckdosenabdeckung heraus, zog den Einsatz ab, bis sie an die Kabel kam, und legte die Drähte frei. Dann drehte sie den Wasserhahn über dem Waschbecken auf. So lange, bis die Suppe unter dem Türschlitz hindurch in seine oder ihre bescheuerte Bude lief und sie aus den Löchern gekrochen kamen. Im besten Fall bekamen die Scheißkerle einen Stromschlag, der sie außer Gefecht setzte. Da war es auch egal, zu wie vielen sie angerannt kamen. Sie selbst wollte auf dem Holztisch sitzen und abwarten. Blöd nur, wenn vorher der FI herausflog, der Schutzschalter. Dann säße sie im Dunkeln und nichts wäre gewonnen. Aber wenigstens bekämen die Aggros, die sie hier festhielten, nasse Füße.

»Was, wenn es klappt und die Typen den Stromschlag jenseits der verschlossenen Tür bekommen? Dann sitz ich erst recht in der Falle. Oder wenn sie zwar reinkommen, den Schlüssel für die Fessel aber nicht dabeihaben? Dann hock ich auf dem blöden

Tisch, um mich herum unter Strom stehendes Wasser und keine Möglichkeit, es abzudrehen.« Ihr Blick wanderte zum Wasserhahn. *Es sei denn, ich stelle den Holztisch von vornherein neben das Waschbecken.* Sie seufzte. *Bleibt immer noch das Problem mit dem beschissenen Schlüssel!* Wie sie es drehte und wendete, zuallererst musste sie in Erfahrung bringen, wo das Ding aufbewahrt wurde. Und das hieß klug handeln und eine Beziehung zu den Entführern aufbauen.

Samantha faltete den Zettel bis auf fünf Zentimeter zusammen und stopfte ihn in die kleinste Tasche ihrer Jeans. Sie griff nach den Taschenbüchern, stapelte sie übereinander und stellte sie direkt vor das Türblatt. Den Kassettenrekorder und die Haarbürste legte sie obendrauf. Sollten die Entführer die Tür öffnen, würden sie den Turm umstoßen. Der Krach würde hoffentlich reichen, um sie zu wecken.

Im Anschluss begann Samantha durch den Raum zu joggen. Danach würde sie ihre Muskeln trainieren und sich schlafen legen. Sie musste fit bleiben. Aufgeben war keine Option.

*

So schnell hatte Laurenz nicht mit einer Antwort gerechnet. Sein Herz klopfte aufgeregt, als er die E-Mail öffnete.

»Ja!« Instinktiv ballte er die Hand zu einer Faust. Die Zulassungsstelle hatte seine Geschichte geschluckt und ihm den Namen des Halters sowie die entsprechende Meldeadresse genannt. Leider handelte es sich um einen Mann.

»Man kann nicht immer Glück haben.«

Laurenz ging ins Internet und klickte auf *Karten*. Dann gab er die Adresse ein. Das war ganz schön weit draußen! Direkt an der Küste, in der Nähe des Waldgebiets Twedterholz. Da hatte er echt was zu strampeln. Er sprang auf, griff im Vorbeigehen nach seiner Jacke und war schon fast aus der Tür, als das Telefon klingelte.

Seine Mutter! Am liebsten wäre er einfach rausgerannt. Andererseits musste er unbedingt verhindern, dass die Alten ihm den Geldhahn zudrehten. Gerade einmal zwei Vorlesungen hatte er seit Beginn des Sommersemesters besucht. Das Winterhalbjahr war nicht viel besser gelaufen. Er hatte sich um zu viele andere Dinge kümmern müssen. Wenn die Sache mit Samantha erst einmal erledigt war, dann …

Laurenz nahm das Telefonat an. »Hallo Mama! Es ist gerade total schlecht! Bin auf dem Weg zur Uni und schon spät dran.« Er klapperte mit dem Schlüssel und schnaufte so laut, dass sie es hören musste.

»Laurenz, wir müssen reden!«

»Klar! Wie wär's mit morgen Abend? Oder vielleicht doch besser am Wochenende? Ich muss zwar lernen, aber da findet sich schon was.«

»Wir dachten, du kommst Ostern nach Hause …«

»Würde ich wahnsinnig gern, aber ich bin Teil einer Lerngruppe, und wir haben ziemlich viel vor. Die anderen bleiben auch extra hier. Nach den Feiertagen gehen die Klausuren los.«

»Aber Lisa und der Kleine kommen auch. Kannst du nicht wenigstens …«

»Lass uns später sprechen, ja? Ich kann nicht länger trödeln, sonst verpass ich die Hälfte. Tschüss, Mama!«

Er drückte das Gespräch weg, warf den Hörer auf die Garderobenablage und verließ die Wohnung.

*

Das Labor im Keller des Ørerup-Museums war hell erleuchtet. Äußerlich ruhig beobachtete Fria, wie der Metallurg kleinste Partikel aus einer möglichst unauffälligen Stelle der bronzezeitlichen Fibel sägte. Die Spuren, die das Miniwerkzeug auf dem kostbaren Stück hinterließ, bereiteten ihr dabei weniger Sorgen als die Art und Weise, wie der Mann das Fundstück fixiert hatte. Sie hoffte inständig, dass der Druck darauf nicht zu hoch war.

»Und Sie kommen gerade aus München?« Schweren Herzens löste sie ihren Blick von der Fibel. Doktor Wolfgang Klein war passenderweise nicht gerade groß für einen Mann, von zierlicher Statur und mit langen, filigranen Fingern ausgestattet.

»Ja. Von einer Fachtagung. Davor war ich in Sachsen unterwegs, in Halle und in Dresden. Interessante Stücke, die ich dort untersuchen durfte.«

Auch die helle, sanfte Klangfarbe seiner Stimme war besonders.

»Sie kommen viel herum.«

»Ein Grund, warum ich den Job so liebe.« Vorsichtig versuchte er, das abgetrennte Teilchen mit der Pinzette zu fassen. Dann wandte er sich Frias Kollegin zu. »Könnten Sie mir das Probenröhrchen reichen?«

Alberte griff eilig zu und hielt es ihm hin. Ihr langes, zu einem akkuraten Dutt gedrehtes Haar saß wie immer tadellos. Nur die Bewegungen der Kunsthistorikerin waren weniger steif als gewohnt, fast schon dynamisch.

Fria verfolgte, wie ruhig und präzise seine Hände agierten.

»Und aufmachen – bitte!«

Das zarte Rot, mit dem Albertes Wangen reagierten, schien ihn zu amüsieren. Sie schob sich näher und entfernte den Pfropfen.

»Perfekt, vielen Dank!« Er ließ das Metallfragment in das vorbereitete Röhrchen rutschen. »Wenn Sie die Probe noch beschriften könnten?«

Alberte nickte, zog sich einen Stuhl heran, strich schamhaft ihren knielangen Tweedrock glatt und widmete sich der Aufgabe.

»Wann können wir mit den Ergebnissen rechnen?« Fria ließ den Blick über die große Anzahl weiterer zur Analyse vorgesehener Fundstücke gleiten.

»Normalerweise in ein bis zwei Tagen. Diesmal jedoch, bevor es wieder ins Labor geht, mache ich noch einen Schlenker über

Berlin. Eine weitere Probenentnahme. Dann kommt das Osterwochenende. Ich würde sagen, Mitte nächster Woche.«

Schade. Na ja, was bedeutete schon eine Woche bei Funden, die über zweitausend Jahre alt waren? Andererseits erhoffte Fria sich viel von der Analyse, zum Beispiel eine Aussage darüber, woher sie ursprünglich stammten und welchen Weg sie genommen hatten.

»Okay, ich schätze, wir müssen Ihnen nicht zu zweit auf die Finger schauen. Ich schaffe dann mal die fehlenden Stücke heran. Danach finden Sie mich oben im Büro, falls noch irgendwas ist.« Sie wandte sich Alberte zu. »Ich setzte mich an die Rekonstruktion des blauen Stielglases aus Sønderborg.«

Doktor Klein sah interessiert auf. »Oh, Sie haben eine Grabung in Sønderborg? Oder handelt es sich um alte Funde?«

»Alt? Nein. Es geht hierbei um keine archäologische Ausgrabung im klassischen Sinn. Es ist …«, Fria suchte nach Worten, »… kompliziert.« Sie lächelte ihm entschuldigend zu.

»So?« Der Metallurg wandte sich dem nächsten Objekt zu. »Na dann.«

Bevor sie sich verabschiedete, bedachte Fria Alberte noch mit einem unmissverständlichen Blick. Die Kollegen des Ørerup-Museums wussten zwar keine Details, doch dass das Glas im Zusammenhang mit einem Gewaltverbrechen stand, so viel war ihnen schon bekannt. Schließlich waren sie ein Team, das im Normalfall keine Geheimnisse voreinander hatte, sondern eng zusammenarbeitete.

Als sich die Tür des Labors hinter ihr schloss, hörte Fria die gedämpfte Stimme des Wissenschaftlers.

»Jetzt haben Sie mich aber wirklich neugierig gemacht! Ein zerbrochenes Glas, das archäologisch keinerlei Relevanz hat und von der Chefin höchstpersönlich rekonstruiert wird. Das muss ein ganz besonderes Stück sein. Wollen Sie mir nicht doch verraten, was es damit auf sich hat, liebe Frau Lind?«

Fria neigte ihren Kopf in Richtung Türblatt. Leider konnte sie Albertes leise Antwort trotzdem nicht verstehen. Blieb zu hoffen, dass ihre Mitarbeiterin den Blick ihrer Chefin verstanden hatte. Über laufende Polizeiermittlungen war Stillschweigen zu wahren.

Im Büro angekommen setzte Fria sich an ihren Computer und rief das Foto des Vergleichsobjekts auf, des gut erhaltenen Glases, das neben Celine Schwarz gelegen hatte. Dann griff sie in ihre Schublade, zog die Kiste mit den Scherben aus Sønderborg heraus und verteilte diese vor sich auf dem Fundtablett. Das blaue Glas war in neun größere und eine Vielzahl kleinerer Bestandteile zerbrochen. Ob sie wirklich alle Splitter hatten bergen können, war fraglich, aber kaum von Belang. Stiel und Fuß waren für ein erfahrenes Auge wie das ihre schon jetzt gut zu erkennen. Fria überprüfte den Sitz ihrer Schutzhandschuhe und begann, die ersten Teile des Kelches zusammenzupuzzeln und mit Selbstklebebändern vorzufixieren. Mit jedem Stück, das sie hinzufügte, erhärtete sich ihre Annahme. Die Gläser beider Leichenfundorte waren identisch. Noch bevor sie die Rekonstruktion abgeschlossen hatte, maß sie mittels Schieblehre alle relevanten Stellen aus und verglich sie mit den dokumentierten Maßen des Kelches aus Deutschland. Eindeutig.

Dann griff sie zum Handy. Ohlsen als Ermittlungsleiter sollte es als Erster erfahren. Sie stockte. Andererseits … sie war ihm keine Rechenschaft schuldig. Als Beraterin hinzugezogen hatte sie schließlich die dänische Seite. Er hatte sie ja nicht gewollt. Selbst die Initiative zur Rekonstruktion des Glasgefäßes war von ihr gekommen und hatte bei ihm nicht gerade Luftsprünge ausgelöst. Vermutlich beriet er sich lieber mit einem Mann. Einem deutschen Spezialisten.

Wenn er meint …

Trotzdem würde sie zu gern wissen, wie der Stand der Dinge war. Ob Ohlsen ihr überhaupt irgendwas erzählen würde?

Wahrscheinlich ist er weiterhin stum som en østers, *verschlossen wie eine Auster.*

Sie wählte Troels' Nummer und wartete.

»*Hej*, Schwesterchen, was gibt's? Hab nur ein paar Minuten.«

»*Hej, hej*. Die Scherben aus dem Grab von Sønderborg ergeben ein Trinkgefäß und sind identisch mit dem aus Flensburg.«

»Was zu erwarten war.«

»Ich schicke dir meinen Bericht in den nächsten Tagen.«

»*Tak!*«

»Du, sag mal, meine Beraterstelle … bin ich eigentlich noch dabei?«

Sie spürte sein Zögern.

»Ohlsen hat sich nicht dazu geäußert. Und solange ich keine Order erhalte, dich von dem Fall zu entbinden, muss ich ja wohl davon ausgehen, dass du Teil des Teams bleibst, richtig?«

Sie lächelte. »Gibt es neue Erkenntnisse?«

»Wir kennen das Alter der Toten, zirka fünfundzwanzig. Und die Todesursache. Sie wurde stranguliert, gleichzeitig wurde einmal auf sie eingestochen. Wodurch sie letztendlich gestorben ist, lässt sich noch nicht sagen. Mølgaard ist dran. Momentan sind wir mit Hochdruck dabei, die Vermisstendatenbank nach möglichen Treffern abzusuchen. Passendes Alter, geschätzte Liegezeit, Kleidung, Herkunft, das Übliche. Auf deutscher Seite passiert das Gleiche.« Sie hörte Stimmen im Hintergrund. »Du, ich muss jetzt los!«

»*Hej, hej!*« Fria beendete das Gespräch und lehnte sich zurück. Die Tote aus Sønderborg war also im gleichen Alter wie Celine Schwarz. Ob es noch mehr Gemeinsamkeiten im Leben der beiden gegeben hatte? Und was hatte es mit der Kombination von zwei Mordmethoden auf sich? Warum reichte es dem Täter nicht, die Opfer auf *eine* Art zu töten? Warum Strangulation plus den Gebrauch einer Stichwaffe? Diente die eine nur dazu, die Frauen möglichst lange zu quälen, und die andere dazu, es zu Ende zu bringen? Gab es eine feste Reihenfolge? Oder erfolgte beides zeitgleich? Ließ sich das überhaupt bewerkstelligen, wenn der Mörder allein handelte? *Schwierig.* Fria versuchte sich vorzustellen, wie sie auf einem am Boden liegenden Menschen hockte, ihn mit einer Hand würgte und mit der anderen zustach. Hatten sie es also mit zwei Tätern zu tun? Im Todeskampf bekamen selbst die zartesten Frauen Bärenkräfte. Es musste Abwehrverletzungen geben. Bei weitgehend skelettierten Leichen leider schwer auszumachen.

Fria beugte sich nach vorn und kritzelte ein paar Stichpunkte auf einen Block. Wären die Opfer während des Tötungsakts bewusstlos gewesen, sähe das alles natürlich anders aus. »Warum Erwürgen und Erstechen?«, murmelte sie und versah diese Notiz mit drei Unterstrichen. Zufall? Oder gab es sie doch, die Verbindung zum Reisebericht des Arabers aus dem zehnten Jahrhundert? Sah der Täter die Frauen als Sklavinnen, die ihm zu Ehren ins Jenseits vorausgingen? Sie bekamen den billigen Plunder und er, wenn es so weit war, die kostbaren Grabbeigaben? Waren sie also doch bei Ibn Fadlans Darstellung eines Wikingerbegräbnisses?

Egal, was es war, auf jeden Fall war es krank. Fria zog es das Herz zusammen, als sie daran dachte, dass die beiden Frauen nicht die einzigen Opfer sein könnten.

*

JULIA

Julia wagte kaum zu blinzeln. Ihr gelähmtes Gehirn versuchte zu begreifen, was ihm ihre weit aufgerissenen Augen mitteilten. Künstlich fleischfarbene Gesichtshaut, tiefe, seltsam statisch wirkende Falten, eine Glatze, ein reliefartiger Bart, eine Warze auf der linken Wange und zwei dunkle Löcher als Augen. Es dauerte, bis sie begriff, dass die Person, die immer noch regungslos neben der Tür ausharrte, eine Gummimaske trug. Ihre dünnen Beine steckten in einer schwarzen Hose, den Oberkörper verhüllte ein schwarzes Hemd. Der Mann stand einfach nur da und starrte sie aus den finsteren Löchern der Maske heraus an. Wie in Zeitlupe registrierte Julia, was er in den Händen hielt. Ein Tablett, darauf ein Teller mit Braten, Knödel, Blaumus und dunkler Soße. Es war, als löste die optische Information eine Geruchsexplosion aus. Ihr wurde schlagartig speiübel.

Langsam beugte der Maskierte sich nach vorn und stellte das Essen auf dem Holztisch ab. Dann zog er eine kleine Fernbedienung hervor, hielt sie in Richtung Tür und drückte darauf. Eine seltsam verzerrte Stimme ließ Julia zusammenzucken. Sie schien von überallher zu kommen.

»Name?«

Was meinte er damit? Was …?

»Größe?«

Er wollte ihre Größe wissen? Wozu, zum Teufel, brauchte er ihre Größe?

»Gewicht?«

Julia begann zu zittern. Sie spürte, wie sie die Kontrolle über ihren Körper verlor. Was sollte das alles?

»Nenn mir deine Ziele!«

Was für Ziele? Ihr Gehirn blockierte. Sie war unfähig, zu sprechen. *Raus, ich will hier raus! Das ist mein Ziel!*

Ihre Atmung ging so schnell, dass ihr schwindelig wurde.

»Nenn mir deinen Wert!«

Was? Julias Tränen tauchten den Maskenmann in einen unscharfen Schleier. Sie wimmerte, hob abwehrend die Arme, als er einen großen Schritt auf sie zumachte. Gleichzeitig sank sie in sich zusammen, machte sich klein und rutschte an der Wand entlang. Weg, nur weg von ihm!

Er streckte die Fernbedienung ein weiteres Mal nach oben, und die Stimme begann ihr grausames Fragespiel von Neuem.

»Name?«

*

Obwohl bis zur Dämmerung noch einige Stunden Zeit blieben, schien es, als ginge der Sonne bereits die Kraft aus. Ohlsen schloss das Fenster seines karg eingerichteten Büros, um die feuchtkalte Luft auszusperren. Wo keine Möbel waren, gab es keine Ablageflächen. Die Aktenberge und Karteileichen durften sich gern bei den anderen stapeln. Ihm reichte das Chaos in seinem Kopf.

Ungeduldig wartete er auf das Ergebnis des Zahnabgleichs. Wenn sie hier einen Treffer landeten, waren sie einen großen Schritt weiter, und das schneller als gedacht. Unter den ersten zehn weiblichen Vermissten, die sie sich vorgenommen hatten, weil sie dem Raster entsprachen, war eine, deren Outfit am Tag ihres Verschwindens verdammt gut zu dem passte, was man am Opfer aus Sønderborg gefunden hatte. Die Röntgendaten waren angefordert und glücklicherweise zügig an die Rechtsmedizin übermittelt worden. Diesbezüglich liebte Ohlsen die digitale Welt von heute. Kein tagelanges Warten mehr.

Als es klopfte, hob er den Kopf.

»Der Bericht von Doktor Wagner ist da.« Oltmann streckte ihm ein paar Papiere entgegen. Ohlsens ratloser Blick ließ ihn fortfahren: »Der Experte für Wikinger und Grabschmuck und so.«

Grabschmuck. Ohlsen musste innerlich grinsen. »Und?«

»Sehr detailliert, sehr theoretisch, ohne eine hilfreiche Aussage, und außerdem fehlt da die Hälfte.«

»Heißt?«

»Kein Wort über die besondere Form der Gruben oder die Ähnlichkeit mit Schiffsgräbern. Kein Hinweis auf diesen Araber …«, Oltmann ging die Papiere durch, »Ibn Fadlan und seinen Reisebericht über die Sklavin. Wagner ist ausschließlich auf die Bedeutung der Originalfundstücke eingegangen und hat das Bestattungsritual der Wikinger des zehnten Jahrhunderts beschrieben – das dafür sehr umfangreich.«

»Kann daran liegen, dass er nicht alle Informationen zur Verfügung hat. Ihm liegen ausschließlich die Fotos vor, auf denen die eingestürzten, leeren Gruben zu sehen sind. Und natürlich die vier Messingstücke, die beiden Amulette und Drachenkopfnadeln. Er weiß nichts von Strangulationen und Stichverletzungen.«

»Und deshalb erkennt er kein Schiffsgrab, wenn eins vor ihm liegt? Toller Experte!«

Ohlsens Blick wanderte über seinen Schreibtisch und fand die Fotografie, die eines der leeren Gräber zeigte. Er selbst hätte darauf auch nichts erkannt außer einer eingefallenen Grube, gespickt mit geborstenem, halb vergammeltem Holz. Ob Fria sich da nicht in etwas verrannt hatte? Ja, sie war gut in dem, was sie tat. Aber sie war eben auch Wissenschaftlerin. Arbeitete in einem Bereich, in dem sich alles auf Thesen stützte. Es gab keine Augenzeugen, die bestätigen konnten: Ja, genau so ist es gewesen! Letztendlich war bei den Archäologen alles irgendwie doch nur Auslegungssache. »Ich spreche mit Wagner.«

»Außerdem unternimmt er nicht den kleinsten Versuch einer Konklusion. Keine Theorie, was das für unsere Fälle bedeuten könnte. Kein Rückschluss auf die Psyche oder Motivation des Täters. Da ist Fria Svensson echt anders. Sie denkt ein paar Schritte weiter, kombiniert, schafft Verknüpfungen, sie …«

»Es ist auch nicht sein Job, Schlussfolgerungen zu Geschehnissen aus der Neuzeit zu ziehen.« Ohlsen nahm die Seiten entgegen und überflog sie. »Er – Historiker, wir – Ermittler! Er hat seinen Job gemacht, jetzt sind wir dran.«

*

Laurenz Koch fragte sich nicht eine Sekunde lang, wie man so weit draußen leben konnte. Inmitten eines dichten Waldes, weit entfernt von beleuchteten Straßen und den Geräuschen der Zivilisation. Von Menschen, die sich zwangsläufig begegneten, ob sie wollten oder nicht. Im Gegenteil, er tickte da sehr ähnlich. Fasziniert lauschte er dem Raunen der Sträucher und dem unregelmäßigen Klacken der gegeneinanderschlagenden Äste. Der modrige Atem des vergangenen Winters hing in der Luft.

Er dachte an die alte Werkstatt seines Onkels, an die eingegrabenen Öltanks und den vergessenen Schutzraum. Schon als Kind hatte er es geliebt, sich dort zu verstecken, von der Bildfläche zu verschwinden, in seiner eigenen Welt zu leben, wo die Dinge waren, wie er sie gern hatte. Daran hatte sich wenig geändert.

Er empfand eine gewisse Art von Sympathie für die Škodafrau, als er sich ihrem verwunschenen, mit einem hohen Zaun gesicherten Anwesen näherte. Es barg mit Sicherheit mehr als nur ein Geheimnis. Leute, die in solchen Häusern wohnten, fühlten sich sicher. Niemand verirrte sich hierher. Niemand überwand die Metallgitter. Niemand schaffte es, hinter ihre Fassade und auf ihre dreckigen kleinen Heimlichkeiten zu blicken. Niemand außer ihm.

Gut, der Weg mit dem Fahrrad bis weit ins Gebiet Twedterholz war anstrengend gewesen, und das Haus zu observieren, ohne von den Bewohnern bemerkt zu werden, stellte ihn vor gewisse Herausforderungen. Andererseits musste er hier keine Blicke neugieriger Nachbarn fürchten.

Laurenz radelte mit unverminderter Geschwindigkeit vorbei. Man wusste ja nie. Vielleicht stand gerade jetzt jemand hinter den Fenstern des großen Hauses, das sich jenseits des schmiedeeisernen Tores abzeichnete.

SECHS

Ohlsen wollte gerade seinen Rechner herunterfahren, als ein leises Plingen ertönte. Gleichzeitig poppte auf seinem Monitor ein Fenster auf. Die Mail von der dänischen Rechtsmedizin!

»Na endlich«, murmelte er und klickte auf die Nachricht. Eilig überflog er Mølgaards Bericht über den Abgleich der Zähne.

Dann lehnte er sich seufzend zurück. Das war sie also – ihre Leiche aus Sønderborg. Sie war Deutsche, hieß Lea Schmitz und war nur sechsundzwanzig Jahre alt geworden.

Ohlsen schälte sich aus seinem Mantel, knipste die Schreibtischlampe wieder an und rieb sich über den Dreitagebart. Dann loggte er sich in die Datenbank ein und ließ sich den Ermittlungsstand zum Fall Schmitz anzeigen. Die junge Frau war vor sieben Monaten verschwunden. Als er sah, wo die Vermisstenmeldung aufgenommen worden war, stöhnte er auf. Sie kam aus Oldenburg. Das war gut dreihundertsechzehn Kilometer von Flensburg und knapp sechshundertneunzig von Ingolstadt entfernt. Seine Hoffnung, dass beide Tote aus demselben Umfeld stammen würden, konnte er begraben.

»Verdammt!« Ihr Täter fuhr also durch ganz Deutschland, tötete junge Frauen und vergrub sie weit entfernt von ihrem Lebensumfeld. Und zwar sowohl in Deutschland als auch in Dänemark. Ohlsen beschlich ein mieses Gefühl. Wenn sie es mit jemandem zu tun hatten, der sich weder bei der Wahl seiner Opfer noch bei der des Ablageortes ihrer Leichen einem bestimmten Raum zuordnen ließ, erschwerte das ihre Ermittlungsarbeit erheblich. Ohlsen verbot sich, darüber nachzudenken, ob es weitere Opfer geben könnte. Er musste sich auf das konzentrieren, was sie hatten. Vielleicht gab es ja trotz der räumlichen Trennung irgendeine Verbindung zwischen Celine Schwarz und Lea Schmitz. Irgendeine Gemeinsamkeit, die sie zum Täter führen würde. Zur gleichen Zeit am selben Urlaubsort oder identische Social-Media-Freunde – irgendwas! Sie würden jeden noch so unscheinbaren Stein umdrehen müssen.

Auf dem Bankkonto von Celine Schwarz hatte es seit dem Tag ihres Verschwindens keinerlei Bewegungen mehr gegeben. Es sprach also vieles dafür, dass sie nicht freiwillig untergetaucht war, dass das Gewaltverbrechen, ihre Entführung oder der unmittelbare Tötungsakt, in Ingolstadt stattgefunden hatte.

Während Ohlsens Gedanken zu den Fundorten der beiden Leichen wanderten, schrieb er eine Mail an die Kollegen in Oldenburg, unterrichtete sie über den Leichenfund in Sønderborg und die Identifizierung von Lea Schmitz und bat um eine Videokonferenz am nächsten Morgen.

Dann machte er sich Notizen zu Punkten, die dringend zu klären waren. Ließ sich zeitlich eingrenzen, wann der Täter die Gräber in Flensburg und Sønderborg ausgehoben und angelegt hatte? Wenn ja, hätten sie einen vielversprechenden Ansatzpunkt. Der Vorgang dürfte mehrere Stunden, vielleicht sogar Tage gedauert haben. Was war mit dem Erdaushub passiert? Auch das Holz zum Abstützen und Auskleiden der Gruben musste aufwendig dorthin geschafft worden sein. So was musste doch auffallen! Gab es also verdächtige Sichtungen, an denen sie ansetzen konnten?

Als Ohlsen sich schließlich zurücklehnte, hatte er zwei DIN-A4-Blätter vollgekritzelt. Hauptsache, er würde morgen noch irgendetwas davon entziffern können. Müde blickte er zur Uhr. Es war spät, sein Team längst zu Hause. Er druckte sich die Akte Lea Schmitz aus und verstaute sie in seinem Rucksack. Es gab niemanden, der auf ihn wartete. Sein kleines Fischhus war der perfekte Ort, um sich mit dem Leben der jungen Frau zu befassen.

*

Als Fria die Tür ihrer Altbauwohnung aufschloss, plagte sie das schlechte Gewissen. Bølles Abendrunde würde wieder einmal im Dunkeln stattfinden müssen. Sie schaltete das Flurlicht ein und streifte die Schuhe ab. Im selben Moment sprang der Mischlingsrüde an ihr hoch. Es faszinierte sie immer wieder, wie gut er motorisch zurechtkam, obwohl ihm ein Bein fehlte. Lachend hockte sie sich hin und erwiderte seine stürmische Begrüßung.

»*Hej*, du kleiner Rabauke! Hab ich dir gefehlt? Du musstest wieder lange warten, oder? Komm, dann drehen wir unsere Runde …« Sie griff nach den vollkommen verdreckten Wanderstiefeln.

»Nicht nötig. Wir waren schon.« Marten lehnte im Türrahmen der Küche.

»Oh echt? Du bist ein Schatz!« Sie gab den Stiefeln einen Schubs und zog ihre Jacke aus. »Ich muss echt sehen, dass ich früher aus dem Museum komme.«

»Wie wär's, wenn du dir was Bequemes anziehst und dich zu uns setzt? Wir haben gekocht.«

»Wir?« Neugierig ging sie auf ihn zu und sah an ihm vorbei in die kleine Küche.

Auf der Arbeitsfläche, dem Esstisch und der Fensterbank waren Teelichter verteilt, deren flackernder Schein die blau-weißen Delfter Fliesen und die weiß lackierten alten Holzfenster zum Glänzen brachte und den Raum in warmes Licht tauchte. Es roch herrlich nach frisch gebackener Quiche. Dazu gab es Käse, Brot und Wein, wie die geöffnete Flasche unschwer erkennen ließ. Frias Magen gab einen unmissverständlichen Knurrlaut von sich.

»*Hej*, ich will euch aber nicht stören«, meinte sie, ging zögernd hinein und nickte Poul-Aage Justesen zu.

Die Schürze, die um seinen breiten Hals geknotet war und vor seinem Oberkörper baumelte, wirkte lächerlich klein. Als wäre sie die eines Kindes. Selbst die Kassettenblenden ihrer Kochzeile sahen aus, als gehörten sie zu einer Puppenküche. Alles nur, weil dieser Hüne von einem Mann die Relationen veränderte.

»Tust du nicht. Im Gegenteil, wir haben gehofft, dass du uns Gesellschaft leistest.« Martens Freund beugte sich über den Tisch und befüllte das Weinglas des dritten Gedecks. »Bitte!«

Fria sah zu ihrem Mitbewohner hinüber, der noch immer im Türrahmen lehnte und sie mit unergründlichem Blick betrachtete.

»Ja, klar, warum nicht?« Etwas hölzern ließ sie sich auf die Bank sinken. Seltsam, von einem vollkommen Fremden in seine eigene Küche eingeladen zu werden.

»Marten hat mir erzählt, dass ich dich erschreckt habe. Das tut mir leid.« Er lächelte und streckte ihr sein Glas entgegen. »Vielleicht beginnen wir einfach von vorn. Ich bin Poul-Aage Justesen, Poul reicht.«

Als Fria ihr Glas anhob, prostete er ihr zu.

»Ursprünglich komme ich aus Blokhus, lebe aber schon lange in Deutschland. Ich arbeite in Flensburg am Hafen. Ich bin achtunddreißig, ledig und habe keine Kinder. Was willst du sonst noch wissen?« Auch das Fleischmesser wirkte seltsam klein in seiner großen Hand, als er die Quiche zerteilte.

»Ich, also …« Frias Blick flackerte zwischen Marten und Poul hin und her. Was für eine blöde Situation! Erleichtert spürte sie Bølles Nase an ihrer herunterhängenden Hand und beugte sich nach unten. »Na, du? Komm mal her.« Mit langsamen Bewegungen platzierte sie den Hund neben sich auf der Küchenbank. »Schön, dich kennenzulernen, Poul-Aage Justesen aus Blokhus.« Sie hoffte, dass ihr Lächeln nicht zu verkrampft daherkam.

»Vollkommen verständlich, dass dir das wichtig ist. Marten

meinte, du hättest Angst, ich könnte ihm Schaden zufügen, ihn verletzen.«

Fria schluckte und fixierte ihren Mitbewohner.

»Das ehrt dich. Wozu hat man Freunde, wenn nicht, um aufeinander aufzupassen, oder?« Poul verteilte die Quiche.

»Das geht nicht gegen dich. Ich bin nur gern vorsichtig«, entgegnete sie, ohne Marten aus den Augen zu lassen.

»Keine Frage!« Poul seufzte und wandte sich seinem Freund zu. »Vielleicht kommst du jetzt mal her und setzt dich zu uns? Bevor die Quiche kalt ist!«

Marten strich im Vorbeigehen über Pouls Schulter. »Sie lässt dich überprüfen. Von der Kripo. Der deutschen und der dänischen.«

»Marten!« Verärgert zog Fria die Stirn kraus.

Poul fing an zu lachen. »*Virkelig?* Wow, da bin ich aber froh, dass das meiste verjährt ist. Meine Weste ist blütenrein!«

»Das sollte auch besser so bleiben. Fria hat Kontakte. Überallhin.« Marten nippte lasziv an seinem Weinglas.

Sie legte die Gabel beiseite. »Niemand hat Poul überprüft.« *Noch nicht.* »Dazu bräuchte es einen bestimmten Anlass. Außerdem bin ich gar nicht in der Position, Leuten von der dänischen oder deutschen Polizei Anweisungen zu erteilen.«

Ihr Mitbewohner rutschte schwungvoll zu ihr auf die Bank. »Ach, Fria, entspann dich! Poul ist der feinste Mensch, den ich kenne. – Nach dir natürlich.« Er drückte sie an sich. »Das Leben ist zu kurz, um sich ständig Sorgen zu machen.« Strahlend rückte er von ihr ab. »Weißt du was, Poul? Fria braucht endlich wieder jemanden, der sie zum Leuchten bringt. Der ihr wichtiger ist als alles andere auf der Welt. Der sie abgöttisch liebt und mit Aufmerksamkeit überschüttet.«

Oh Gott, Marten forderte seinen Freund nicht gerade dazu auf, einen Partner für sie zu suchen, oder? Fria hob impulsiv den Hund in die Höhe. »Bølle?«

Von da an redeten sie alle durcheinander. Fria bekam einen Lachkrampf, mit dem sie die Männer ansteckte. Poul und Marten diskutierten, wie der perfekte Mann für Fria aussehen müsste. Mit jedem Glas Wein wurden ihre Attribute fantastischer.

Irgendwann lehnte Fria sich entspannt zurück. *Schön, Marten so glücklich zu sehen. Und das, weil dieser Hüne von einem Kerl aufgetaucht war. Unglaublich!*

Beide Männer für sich genommen waren schon rein optisch etwas Besonderes. Marten mit seinem dunkelbraunen Haar, das ihm rebellisch ins Gesicht fiel, den hohen Wangenknochen, langen Wimpern und Beinen, um die ihn jede Frau beneidet hätte. Und daneben Poul, die Reinkarnation Thors, blond und muskulös. Was sie beide verband, war, dass sie anders waren, fast schon überzeichnet. Zusammen sprengten sie jede Norm. *Auf Instagram würden sie sich vor Followern kaum retten können.* Satan, *warum habe ich so schräge Gedanken? Es kommt doch darauf an, dass sie charakterlich zusammenpassen!*

*

Laurenz quälte sich durch die Nacht. Er hatte alles andere zurückgestellt und stundenlang recherchiert. Über den Mann, den Halter des Autos, hatte das Internet sogar was ausgespuckt. Nicht aber über sie, die Škodafrau. Nicht unter dieser Adresse. Nicht unter dem dort registrierten Namen.

Ob sie dem Mann von der Nacht erzählt hatte? Von Laurenz? Von Samanthas Entführung? Hatte er jetzt zwei Gegner?

Er musste unbedingt auf dieses Anwesen. Dazu brauchte er mehr Informationen. Zum Beispiel über die Zugänge ins Haus. Gab es Kameras? Wenn ja, wo? Er brauchte einen narrensicheren Plan.

Die beste Möglichkeit, das Gelände einzusehen, ohne in Erscheinung zu treten, wäre der Einsatz einer Drohne. Fliegen konnte er die Dinger.

Wann immer sich die Gelegenheit geboten hatte, hatte er deren stolze Besitzer angequatscht, die ihre surrenden Spione über Feld und Flur gleiten ließen, hatte sich alles erklären lassen und manchmal sogar selbst Hand anlegen dürfen. Für eine eigene fehlte wieder mal das Geld. Überhaupt! Wenn seine kleinkarierten Eltern nicht so geizig wären, wäre vieles einfacher!

Er schloss die Augen und atmete tief durch. So lange, bis die Stresshormone aufhörten, sein Gehirn zu blockieren. Er hatte schon so vieles geschafft. Allein durch seine Intelligenz und seine Willenskraft. Das würde diesmal nicht anders laufen.

Er rief die Suchmaschine auf und suchte nach einem Anbieter, bei dem man eine Drohne auf Rechnung kaufen konnte. Ein kühner Einfall brachte ihn zum Lächeln. Er könnte sie im Namen seines Nachbarn bestellen, der selten da war, tagsüber schon gar nicht. Viele Paketdienste klingelten, stellten ihre Lieferung einfach in den Flur, ohne abzuwarten, ob die Sendung den richtigen Empfänger erreichte, und verschwanden wieder. Er müsste sie nicht einmal persönlich entgegennehmen. Sein Lächeln wurde breiter. *Oder ich gebe mich als Dämlich-Dennis aus und bestelle auf dessen Namen.* Mit der Vierer-Jungs-WG aus dem Erdgeschoss hatte er eh noch ein Hühnchen zu rupfen. Die Vorstellung, dass der Übelste von ihnen für eine Drohne zahlen müsste, die er nie erhalten hatte, war verlockend.

Letztendlich entschied Laurenz sich für die sichere Variante und lieh sich die Identität des Anzugtypen aus der zweiten Etage. Als er die Bestellinformationen der Drohne einsah, hielt er frustriert inne. Lieferzeit: drei bis fünf Tage.

»Mist!« So lange konnte und wollte er nicht warten. Wütend trat er gegen den Mülleimer. Dann sprang er auf, lief ins kleine Bad, pinkelte stehend und bei offener Tür, nahm auf dem Rückweg einen Energydrink aus dem Kühlschrank und trank die Dose zur Hälfte aus.

Egal! Er würde sich das Ding trotzdem besorgen. Was wusste er, wie die Sache in drei Tagen aussah. Trotzig klickte er auf *Bestellung absenden*. Und jetzt? Er brauchte weitere Optionen!

Denk nach, verdammt noch mal!

Auf dem Rückweg vom Twedterholz war ihm ein Lieferwagen entgegengekommen. Schon von Weitem hatte er den Lebensmittel- und Getränkedienst erkannt. Viele seiner Kommilitonen arbeiteten dort, fuhren stundenweise, um sich ihr Studium zu finanzieren. Leute wurden immer gesucht. Es wäre ein Einfaches, dort anzufangen. Auch die richtige Tour zu kriegen, würde er mit Sicherheit hinbekommen. Er wusste von den anderen, dass sie ständig untereinander tauschten. So könnte er – ganz legal und ohne viel Aufsehen – auf das Anwesen der Škodafrau gelangen. Sie würde ihm bereitwillig die Tore öffnen. Problem war, wenn sie heute schon beliefert worden war, wann stand dann die nächste Fuhre an? Mit Sicherheit erst in ein paar Tagen.

Laurenz raufte sich die Haare und stieß einen Schrei aus. So viele geile Ideen und keine führte ihn direkt zum Ziel. Er hockte sich vor den Computer und rief die Umgebungskarte des Twedterholzes auf. Dann ging er auf *Satellitenbild anzeigen* und zoomte heran. So weit, bis er das eingezäunte Gelände der Škodafrau von oben studieren konnte. Nach ein paar Minuten fasste er einen Entschluss. Er würde von hinten, aus dem Wald kommend, den Zaun überwinden und sich alles genau anschauen. Die Gebäude, den Keller, die Schuppen – einfach alles. Auf dem Gelände gab es bestimmt ein paar gute Verstecke. Er würde erst wieder gehen, wenn das Leben der Škodafrau und ihres Typen wie ein offenes Buch vor ihm lag.

*

Ohlsen hatte alle Lichter gelöscht. Obwohl es weit nach Mitternacht war, zog ihn nichts ins Bett. Er lauschte dem Wind, der um das Fachwerk pfiff. Der war zwar nicht sonderlich stark, reichte aber, um das alte Kapitänshaus zum Singen zu bringen. Kapitänshaus nicht nur, weil es die architektonische Voraussetzung erfüllte, sondern weil tatsächlich mal einer drin gewohnt haben sollte, ein Kapitän. Aber das war lange her. Er selbst hatte Glück gehabt und es von einer alten Dame vermacht bekommen. Seiner ehemaligen Vermieterin, der er häufiger zur Hand gegangen war.

Glück? Nein, kein Glück – das Haus hatte ihn gefunden. Es war nicht größer als eine Singlewohnung und lag außerhalb des Ortskerns, versteckt hinter Steinmauern und Buschwerk.

Genau richtig.

Versonnen beobachtete er den Himmel. Die schnell dahinziehenden Wolkenfetzen. Die Sterne, die durch große Lücken funkelten.

All dies würde Lea Schmitz nie mehr sehen können. Ohlsen hatte sich die Ermittlungsakte zum Verschwinden der jungen Frau vorgenommen. Laut ihrer Mutter hatte Lea es nicht leicht gehabt, hatte schon früh Verantwortung übernehmen müssen. Als sie sieben war, verlor sie ihren Vater. Ihre Mutter war vollauf damit beschäftigt, sich um den behinderten Bruder und zwei weitere Geschwister zu kümmern, alle drei jünger als die Tote. Eine Alleinerziehende mit vier Kindern. Da war Geld immer knapp. Lea musste viel mithelfen und auf einiges verzichten. Trotz allem schaffte sie den Abschluss zur Bürokauffrau. Sie fand eine Anstellung ganz in der Nähe ihres Elternhauses. Ausziehen kam nicht infrage, sie wollte ihre Mutter nicht allein lassen. Genau wie Celine Schwarz war Lea häufig auf Instagram und Co. unterwegs, postete selbst aber so gut wie nie etwas. Sie hatte keine Hobbys, keinen Partner und einen sehr kleinen Freundeskreis.

Ihr Verschwinden gestaltete sich noch rätselhafter als das von

Celine Schwarz. Es geschah an einem Sonntag im Oktober. Lea Schmitz ging mit ihrem im Rollstuhl sitzenden Bruder im nahe gelegenen Park spazieren. Als die beiden auch nach Stunden nicht zurück waren, machte die Mutter sich auf die Suche. Gefunden wurde nur der Bruder. Sein Rollstuhl stand, mit Blick auf einen kleinen See ausgerichtet, am Rande des Parks, in der Nähe eines Waldparkplatzes. Der junge Mann war stark unterkühlt. Zu den Geschehnissen äußern konnte er sich aufgrund seiner Behinderung nicht. Das Wetter war an diesem Tag nicht das allerbeste, sodass nur wenige Passanten unterwegs gewesen waren. Die Funkzellenüberprüfung hatte die zum fraglichen Zeitpunkt eingewählten Handys offengelegt. Die Befragungen ihrer Besitzer hatte nichts gebracht. Immerhin konnten sich zwei von ihnen an den Rollstuhlfahrer erinnern, niemand aber an Lea. Die Befragten hatten angenommen, der behinderte Mann habe eine Pause machen und auf das Wasser schauen wollen. Da er nicht gewirkt habe, als ob er Hilfe bräuchte, sei man vorbeigegangen.

Die Maßnahmen der Polizei Oldenburg waren sehr früh angelaufen. Sie war von Anfang an gründlich vorgegangen. Das lag daran, dass sie nicht davon ausgegangen war, dass die junge Frau ihren Bruder gefährdet und einfach im Park stehen gelassen hätte. Hätte es sich um ein geplantes Fernbleiben gehandelt, hätte Lea einen anderen Weg gefunden, aus ihrem Leben auszubrechen, da waren sich alle sicher. Und ihr Handy hätte sie auch nicht zurückgelassen. Das steckte beim Auffinden ihres Bruders in der Rückentasche seines Rollstuhls. Telefonate kurz vor ihrem Verschwinden wurden keine registriert. Fazit: Trotz der früh eingeleiteten Bemühungen der Polizei Oldenburg blieb die Spurenlage dürftig. Selbst der Gang an die Öffentlichkeit hatte zu keinen neuen Erkenntnissen geführt.

Ohlsen verfolgte einen hellen Lichtpunkt, der zügig das Himmelszelt überquerte und dabei geradlinig seiner Laufbahn folgte. Ganz offensichtlich ein Satellit.

Genau wie bei Celine Schwarz hatte also niemand etwas von dem Angriff auf oder einer Annäherung an die junge Frau bemerkt. Verbindungen nach Ingolstadt bestanden keine. Auch die Mittelalterszene wurde in den Unterlagen mit keinem Wort erwähnt. Dem Aspekt würden sie jetzt natürlich nachgehen. Außerdem würde er Palle damit beauftragen, alle Social-Media-Kontakte der beiden Opfer zu vergleichen. Er konnte nur hoffen, dass es außer den Attributen jung und weiblich noch irgendetwas gab, das die beiden Frauen verband. Fakt war, der Täter war mobil und verfügte über ein eigenes Transportmittel. Ob tot oder lebendig, die beiden Opfer mussten von ihm unbemerkt bis ins deutsch-dänische Grenzgebiet gebracht worden sein.

Bleibt zu hoffen, dass er nicht noch weiter mordet. Ohlsen gähnte herzhaft und streckte sich weit nach hinten, bis sein Rücken laut knackte. Dann legte er die Beine auf einen kleinen Hocker. Er sollte ins Bett gehen.

Doch seine Gedanken konnten sich nicht lösen. Was, wenn es schon jetzt weitere Frauen gab, die in ihren Gräbern darauf warteten, endlich gefunden zu werden? Irgendwo in Deutschland oder Dänemark oder in anderen Anrainerstaaten?

Sein Lidschlag wurde immer langsamer. Es fiel ihm schwer, die Augen offen zu halten.

»Wir müssen den Kerl finden«, murmelte Ohlsen, bevor sein Kopf zur Seite sackte und ihn der Schlaf übermannte.

*

NETTIE

Nettie setzte sich auf und blickte verwirrt um sich. Ihre Bettdecke lag auf dem Boden. Der Raum war dunkel. Nur die vom Nachtlicht geformten schemenhaften Umrisse gaben ihr Orientierung. Irgendetwas hatte sie wach gemacht. Irgendein Geräusch.

Sie lauschte, hörte Belle leise und gleichmäßig atmen. Vorsichtig tasteten sich ihre blanken Füße über den Boden zum Fenster. Die Rollläden waren oben, wie immer. Nettie hatte Angst im Dunkeln. Sie begrüßte jedes noch so zarte Licht. Das des Mondes oder, noch besser, das der Morgendämmerung. Die schickte ihre ersten noch unscheinbaren Vorboten, sodass Nettie die Büsche und Bäume des Gartens erahnen konnte.

Plötzlich löste sich ein kleiner schmaler Schatten aus einem großen dunklen Feld, stand kurz für sich und verschmolz dann mit einem anderen.

Nettie rieb sich die Augen. Hatte sie das gerade wirklich gesehen? Oder träumte sie? Mama hatte sie oft zurechtgewiesen. Sie solle nicht so viel in der Gegend herumträumen und wilde Geschichten erzählen. Schlief sie also gerade? Nettie drehte sich um und betrachtete ihr Bett. Nein, das war leer. Und im Stehen konnte doch wohl niemand schlafen, oder? Zur Sicherheit kniff sie sich einmal in den Arm.

»Au!«

Erschrocken sah sie zum Kinderbett. Aber dort blieb alles ruhig. Also widmete Nettie sich wieder den Schatten vor ihrem Fenster. Obwohl die nun an Ort und Stelle blieben, wurde sie das Gefühl nicht los, beobachtet zu werden.

*

Langsam kam Ohlsen zu sich. Sein Nacken rebellierte. Der Schmerz zog hinunter bis unter das rechte Schulterblatt.

»Kein Wunder!« Stöhnend schob er sich aus dem alten Sessel und stakste ins Bad. Was war das für ein bekloppter Traum gewesen? An jedes Detail konnte er sich erinnern, so intensiv, als hätte er diesen Irrsinn wirklich erlebt. Immer mehr Leichen waren aufgetaucht. Überall in Deutschland, in Dänemark, Polen und den Niederlanden. Die Flut von Informationen über die Lebensumstände der vielen Opfer hatten ihn und sein Team überfordert. Die Zusammenarbeit mit den anderen Polizeidienststellen war der reinste Horror gewesen. Es war zu Kompetenzgerangel gekommen. Dazu die schlechte Presse, deren Vertreter wie Aasgeier auf den Büroschränken hockten und sie verhöhnten. Nicht einen Anhaltspunkt hatten er und sein Team finden können. Sie mussten rat- und tatenlos zusehen, wie immer mehr tote Frauen ausgegraben wurden. Sogar im Garten seines Fischhuses hatten sie eine gefunden.

Ohlsen drehte die Mischbatterie der Dusche auf eiskalt. Irgendwie musste man die kranken Gedanken ja aus dem Kopf bekommen.

Vier Stunden später hatte er die Morgenbesprechung mit seinem Team sowie die Videokonferenz mit den Oldenburger Kollegen hinter sich gebracht, saß in seinem Norgaarder Büro und griff nach dem Telefonhörer.

Der Skandinavistik-Experte war nach wenigen Sekunden am Apparat.

»Kripo Flensburg, Hauptkommissar Ohlsen hier, moin, Herr Doktor Wagner.«

»Guten Morgen. Meine Expertise müssten Sie bekommen haben.«

»Ja, haben wir, danke.«

»Hm.«

»Ich hätte noch die eine oder andere Frage.«

»Fragen Sie.«

»Ist Ihnen an der Form der Gräber etwas aufgefallen?«

»An der Form? Warten Sie! Ich rufe mir die Fotos mal eben auf.«

Ohlsen hörte ihn schnaufen.

»Ziemlich viel Holz. Die Stützpfeiler. Aber an der Form? Nein, sollte es?«

»Es gab hier Vermutungen, sie hätte Ähnlichkeit mit einem Schiffsgrab.«

»Einem Schiffsgrab?« Der Historiker klang ziemlich überrascht.

Danach war es still in der Leitung.

»Doktor Wagner, sind Sie noch dran?«

»Ja, ja, ich schaue mir die Bilder gerade noch mal genau an. Aber ein Schiffsgrab? Also da brauchen Sie schon ziemlich viel Fantasie. Sie meinen, weil die Pflöcke nicht senkrecht in den Boden getrieben wurden? Weil die Gruben nicht rechtwinklig sind, sondern vorn und hinten spitz zulaufen?«

»Zum Beispiel.«

»Das kann ganz praktische Ursachen haben. So ein Mensch ist in der Mitte eben am breitesten. Außerdem kann ich mir vorstellen, dass senkrechte Pfeiler dazu neigen, in das Loch gedrückt zu werden. Die sandigen Böden im Grenzbereich dürften das Ausheben eines so großen, tiefen Lochs erschwert haben.«

»Dass hier ein Schiffsgrab nachempfunden wurde, halten Sie also für ausgeschlossen?«

»Ausgeschlossen? Ich wäre kein Wissenschaftler, wenn ich etwas für ausgeschlossen hielte. In der Archäologie nähern wir uns Wahrheiten an. Je mehr Indizien wir finden, desto greifbarer und realistischer werden unsere Konstrukte. Je mehr Wissenschaftler die Thesen mit Vergleichsfunden belegen können, desto wahrscheinlicher werden sie. Trotzdem bleibt natürlich immer das Risiko einer Fehlinterpretation. Es gibt schließlich keine Augenzeugen, die wir befragen könnten. Übertragen auf Ihren Fall heißt das – aus rein wissenschaftlicher Sicht gesprochen –, dass von den klassischen Merkmalen eines Schiffsgrabes aus der frühmittelalterlichen Epoche kaum etwas zu finden ist. Bis auf die Ausrichtung vielleicht.«

»Und das Holz? Wozu diente das?«

»Ich möchte mich ungern an Spekulationen beteiligen. Zumal es sich hier um keinen archäologischen Fund handelt.«

»Und wenn ich Sie trotzdem darum bitte? Spekulieren Sie rein historisch!«

Wagner seufzte. »Es war relativ üblich, gewöhnliche Menschen auf einem Brett liegend zu bestatten.«

Hatte Fria sich also geirrt? Konnten sie die Schiffsgrab-These ad acta legen? Ohlsen setzte zu einem letzten Versuch an. »Die Verschwiegenheitserklärung haben Sie unterschrieben, richtig? Ihnen ist bewusst, was das bedeutet?«

»Natürlich.«

»Es ist immens wichtig, dass nichts an die Öffentlichkeit dringt, dass Sie mit niemandem darüber sprechen. Auch nicht innerhalb Ihrer Familie, mit der Ehefrau oder Partnerin.«

Ohlsen hörte ihn lachen.

»Das ist einfach, ich bin weder liiert noch verheiratet.« Dann wurde Wagner wieder ernst. »Selbstverständlich.«

»Beide Opfer wurden sowohl stranguliert als auch erstochen. Zusätzlich zu den Metallfunden hat man bei dem einen das Skelett eines Huhnes, bei dem anderen das einer Ratte gefunden.« Ohlsen gab dem Wissenschaftler Zeit, die neuen Informationen sacken zu lassen.

»Den Verstorbenen Tiere mit ins Grab zu legen, war sehr verbreitet. Je nachdem, wie vermögend sie waren, handelte es sich um Hühner, Hunde, Katzen, manchmal sogar Pferde. Ratten eher nicht«, erklärte der Archäologe.

»Strangulation in Verbindung mit Erstechen, fällt Ihnen dazu etwas ein?«

»Eine grauenhafte Vorstellung! Mein Mitgefühl gehört den Opfern und ihren Hinterbliebenen. Worauf wollen Sie hinaus, Hauptkommissar Ohlsen?« Wagner schien nachzudenken. »Das Erkennen eines Schiffsgrabs, die Grabbeigaben, die besondere Art der Tötung … Suchen Sie nach einer Verbindung zum Reisebericht eines gewissen arabischen Gesandten?«

»Zu weit hergeholt?«

»Erst einmal zolle ich Ihnen und Ihrem Team Respekt, dass Sie den Bericht von Ibn Fadlan überhaupt kennen. Eine Antwort auf Ihre Frage muss ich Ihnen fairerweise dennoch schuldig bleiben. Ich möchte nicht derjenige sein, der Sie in dieser wichtigen Sache auf eine falsche Fährte schickt. Ich kann hier nur als Archäologe sprechen, indem ich mir die Fundsituation anschaue. Und wissenschaftlich betrachtet ist es mehr als fraglich, dass es sich um Nachbauten historischer Schiffsgräber handelt. Es spricht mehr dagegen als dafür. Trotzdem ist es natürlich möglich. Ich kenne den Antrieb des Täters ja nicht. Hier gelten eher die Gesetze der subjektiven Wahrnehmung denn die der Archäologie, fürchte ich. Es tut mir leid, dass ich Ihnen nicht weiterhelfen kann.«

Ohlsen nahm einen tiefen Atemzug. »Fällt Ihnen denn irgendetwas ein, das uns einen Hinweis auf die Motivation des Täters geben könnte? Auf seine Psyche? Etwas, das sich aus Ihrem Fachgebiet ableiten ließe?«

»Nichts, das ich guten Gewissens äußern könnte. Meine Vermutungen würden in Richtung … Ach nein, vergessen Sie's!«

»Nein, bitte! Jeder noch so kleine Ansatz könnte uns helfen.«

Wagner zögerte. »Was, wenn ich falschliege? Am Ende könnte genau das Gegenteil der Fall sein.«

»Das herauszufinden soll nicht Ihr Problem sein. *Was* vermuten Sie?«

Der Historiker sprach seine Worte mit Bedacht. »Nach bisherigen Erkenntnissen scheint es sich bei Ihrem Täter um einen Laien zu handeln. In Bezug auf Archäologie und Skandinavistik, meine ich. Fachlich versierte Hobbyarchäologen, ja sogar Liebhaber der Frühmittelalterszene hätten sich wohl penibler an die historischen Vorlagen gehalten. Immer vorausgesetzt, dass dieses Ziel überhaupt verfolgt werden sollte.« Er räusperte sich. »Eine reine Vermutung! Ich könnte mich irren, vergessen Sie das nicht!«

»Werden wir nicht, vielen Dank, Doktor Wagner. Schönen Tag noch.«

Ohlsen trennte die Verbindung, lehnte sich zurück und starrte auf seine Notizen.

Was bewegte jemanden, der mit Archäologie nichts am Hut hatte, dazu, seine Opfer mit Billigrepliken aus der Wikingerzeit zu bestatten? War das Ganze als eine Art Wiedergutmachung gedacht? *Sieh her, ich habe dir zwar dein Leben genommen, bei deinem Begräbnis aber habe ich mir besonders viel Mühe gegeben, dich auf Holz gebettet, dir sogar Geschenke mit ins Grab gelegt. So, wie man das schon zu Urzeiten gemacht hat. Um dir Respekt zu zollen!* Aber warum ausgerechnet Grabbeigaben aus der Wikingerzeit? Warum kein Modeschmuck aus der Neuzeit? Nach Wagners Einschätzung konnten sie die Mittelalterszene ausschließen. Und die Fachwelt erst recht. Ihr Täter war vermutlich wenig belesen und verfügte über ein geringes Einkommen. *Oder hat als Kind einfach zu viele Wikingergeschichten gelesen …*

Ohlsen rieb sich den Dreitagebart. Der Doktor hatte recht – das alles waren nur Vermutungen. Er würde einen Kriminalpsychologen hinzuziehen und ein Profil des Täters erstellen lassen.

»Dann werden wir ja sehen …«

*

Laurenz rieb sich die steifen Beine. Seit fast sieben Stunden lungerte er nun schon im Garten der Škodafrau herum. Auf das Gelände zu kommen, war einfacher gewesen als gedacht. Insgeheim hatte er darauf gehofft, dass der Gitterzaun nicht das gesamte Areal umfriedete, denn das war groß und Metall teuer. So hatte er Werkzeug eingepackt und sich darüber gefreut, wie problemlos der kleine Seitenschneider mit dem Maschendrahtzaun fertiggeworden war. In den ersten zwei Stunden hatte das fahle Licht der Morgendämmerung ihn geschützt. Gleichzeitig war ein Vorankommen schwierig gewesen. Die Taschenlampe einzuschalten war ihm zu riskant erschienen. Mittlerweile aber hatte er sich einen guten Überblick verschaffen können, hatte das Gartenhaus, den Schuppen und die Garage durchsucht. Keine der Türen war verschlossen. Die des Kellereingangs allerdings schon – leider. Er hatte wahrlich genug Zeit investiert, um sich das große, dreistöckige Haus von allen Seiten anzusehen. Seine grobe, dunkelgraue Putzfassade, die Wellen des alten Schweifgiebels, die beiden Säulen des zurückfallenden Eingangs, die weiß umrandeten Sprossenfenster und die dunklen, schweren Gardinen, die mit zunehmendem Licht Gestalt annahmen. Ab und zu war in einem der Zimmer Licht angegangen und wieder gelöscht worden. Gegen acht hatte er das erste Mal jemanden gesehen. Das musste die Škodafrau gewesen sein. Durch das bodentiefe Küchenfenster war sie gut zu erkennen gewesen. Ihr langes, leicht gewelltes Haar hatte bei Tageslicht rotblond geschimmert. Und dann gab es da noch ein Kind. Das passte Laurenz gar nicht. Er hasste Kinder. Sie waren laut, dumm und lästig. Unvermittelt schrien sie einfach los. Man wusste nie, woran man war.

Irgendwann war der Mann zur Haustür herausgekommen und in den Škoda gestiegen. Als Laurenz Stimmen vernommen hatte, war er schnell zur Vorderfront gehuscht und hatte ihn gerade noch vom Hof fahren sehen. Allein.

Das war jetzt eine Stunde her.

Laurenz musste unbedingt in dieses Haus.

*

NETTIE

Nettie hatte ein Gespür für Blicke. Sie war oft genug angestarrt worden. Heimlich und verstohlen, aber auch ganz offen. Alle hatten eines gemein: Sie waren extrem unangenehm. Das Gaffen tat weh, machte, dass sie sich klein und hässlich fühlte.

Dumme, unterbelichtete Nettie.

Vielleicht konnte sie Blicke deshalb so doll fühlen, weil die Leute nie mit ihr sprachen. Sie redeten *über* sie, aber nie *mit* ihr – Ärzte, Lehrer, Nachbarn. Die meisten waren in ihr Leben getreten und wieder verschwunden. Selbst Belle sagte keinen Ton. Aber dafür konnte sie nichts.

Seit Nettie heute Nacht wach geworden war, hatte sie die Blicke gespürt. Und jetzt wusste sie auch, von wem sie stammten. Da war ein Mann in ihrem Garten. Sie hatte ihn hinter dem Schuppen kauern sehen. Nicht lange, dann war er zwischen den Sträuchern verschwunden.

Der, den sie nicht verärgern durfte, hatte den Eindringling hingegen nicht bemerkt. Zum Glück! Sonst wäre er nie weggefahren. Was der Fremde wohl wollte? Ob er böse war? Genauso böse wie der Mann, bei dem sie lebte? Der würde keinen zweiten neben sich dulden.

»Aber er ist nicht hier«, flüsterte sie und schritt die Fenster ab. Irgendwo da draußen lauerte er.

Sie musste vorbereitet sein. Sie musste sich und Belle schützen.

*

Endlich! Eines der Fenster der unteren Etage ließ sich aufdrücken. Vorsichtig zog Laurenz sich hoch und kroch hindurch. Auf dem Steinfußboden hockend lauschte er einige Sekunden lang ins Haus. Dabei tasteten seine Augen das kleine Zimmer ab. Ein Abstellraum. Viele Regale, Kartons, Einmachgläser, Getränkekisten, eine Bohrmaschine, ein Eimer und ein Bodenwischer. Nachdem es vor der Tür ruhig blieb, traute er sich, diese langsam zu öffnen. Erst nur einen Spalt weit, sodass er hindurchspähen konnte. Dann schlich er zügig bis zum Treppenabgang und huschte in den Keller.

Wieso war es so still in diesem Haus? Kinder waren immer laut! Was machte die Frau mit ihrem Kind?

Seine Hand drückte die erste Klinke herunter. Hinter der Tür befand sich der Heizungskeller. Sonst nichts. Schnell kontrollierte er die anderen drei Räume. Einer stand voll mit Umzugskartons. In einem alten Schrank fand er Karnevalsverkleidungen, Schlittschuhe und die zerknautschte Hülle eines mehrfach gefalteten Schlauchbootes. Im zweiten Raum blickte er auf eine alte Werkbank, einen Metallschrank, Farben und Lacke, Werkzeuge, einen Blaumann und Gummistiefel. Im letzten standen zwei Gefriertruhen. Wozu brauchten die beiden und ihre halbe Portion zwei riesige Gefriertruhen? Laurenz lief es unwillkürlich eiskalt den Rücken hinunter. Mit steifen, nass geschwitzten Händen hob er den Deckel der ersten an.

*

NETTIE

Nettie war es gewohnt, allein zu sein. Seit Belle bei ihr war, waren sie natürlich zu zweit, das stimmte schon. Aber die Kleine war so lieb und vorsichtig, dass man sie kaum bemerkte. Außer in Nettie drin natürlich. Da hatte dieses zauberhafte Wesen jeden Zentimeter in Beschlag genommen. Das Haus aber lag jeden Tag genauso kalt, abweisend und riesig vor ihr wie an dem Tag, als sie es zum ersten Mal betreten hatte. Jetzt, Jahre später, kannte Nettie jeden Winkel und jedes Geräusch. Und so wusste sie es sofort. Der Fremde hatte es geschafft! Er war im Haus, im Keller.

Was wollte er da unten? Dort roch es nach Muff und Dreck. Es war dunkel, feucht und kalt.

Ob er etwas stehlen wollte? Ob er dachte, sie hätte Gold und Silber und Juwelen wie eine Königin?

Egal. Sie wusste, was zu tun war. Sie war die Meisterin im Verstecken und Schleichen. Und sie hatte einen richtig guten Plan.

Eigentlich war der nicht für ihn gedacht. Aber was machte es schon für einen Unterschied, ob für ihn oder eines der anderen Monster? Das Beste: Wenn sie geschickt war, würde es diesmal ganz ohne Blut gehen. Sie müsste nicht sauber machen. Sie müsste die Leiche nicht mal verschwinden lassen. Der Fremde war eingebrochen, hatte sie und Belle bedroht. Sie hatte sich nur gewehrt. Das durfte sie.

Schnell lief sie nach oben, sah nach dem Mädchen, das seine Ärmchen hob, sobald Nettie zur Tür hineinschaute.

»Gleich! Nur noch kurz warten, ja? Ich komme ganz schnell wieder.« Sie gab der Kleinen einen unbeholfenen Kuss auf die Stirn und ließ sie im Laufstall zurück.

Einen kleinen Schlenker über das Kaminzimmer, den Schürhaken unter den Arm geklemmt – der war echt schwer –, und schon stand sie an der Ecke, hinter der die Treppe aus dem Keller heraufkam.

*

Laurenz atmete auf, als er in die zweite Truhe blickte. Sie war leer. Bekloppt, eine so große Gefriertruhe am Netz zu lassen, wenn man sie nicht brauchte! In der ersten waren ja wenigstens noch Lebensmittel. Fisch, Blumenkohl, Erbsen, Bohnen, Rotkohl und Braten. Er schloss den Deckel und machte sich daran, so lautlos wie möglich die Treppe hinaufzuschleichen. Dabei achtete er auf jedes noch so kleine Geräusch. Es war noch immer unfassbar still. Viel zu still dafür, dass sich ein kleines Kind im Haus aufhielt. Wo war die Škodafrau nur? Ihr Typ war mit dem Auto weg. Und Laurenz wusste auch, wohin. Denn er hatte noch im Schutz der Nacht einen Tracker, seinen einzigen, heiß geliebten Tracker, an dem Wagen befestigt. So konnte er genau verfolgen, wo der schwarze Škoda sich gerade befand. Immerhin konnte der Hausherr ihn nicht plötzlich überraschen, aber seine Frau …

Laurenz schlich gerade an der Ecke zum Treppenabgang vorbei, als er aus dem Augenwinkel eine Bewegung wahrnahm. Ruckartig fuhr er herum.

SIEBEN

Der leichte Morgennebel hatte sich längst verzogen und einem strahlend blauen Himmel Platz gemacht. Die Parkanlage des Ørerup-Museums zeigte sich in sattem Grün, durchsetzt von den bunten Tupfern der Frühjahrsblüher. Ein perfekter Tag, um durch die Natur zu streifen. Fria seufzte. Stattdessen hatte sie sich durch Mails gelesen, Telefongespräche geführt und Listen geschrieben. Jetzt hockte sie über der Finanzierung eines Projekts, das keinen Aufschub mehr duldete. Eine Uniform aus dem Ersten Weltkrieg, die dringend konserviert werden musste, bevor sie nicht mehr zu retten war.

Fria griff zu ihrer Tasse und nippte daran. Doch ihre Lippen blieben trocken. Also machte sie sich auf den Weg zur Kaffeemaschine. Als sie sich Albertes Zimmer näherte, hörte sie Villads' klagende Stimme.

»Das muss man sich mal vorstellen! Seit drei Wochen komme ich nicht mehr ungehindert zu meiner Wohnung. Ständig sperren sie andere Teile der Straße, des Bürgersteigs oder des Eingangs ab. Mal liegt ein riesiger Erdhaufen da, dann wieder Bauschutt dort. Hier eine Barke, da ein Bagger. Überall Dreck! Das Loch im Boden nimmt täglich größere Dimensionen an. Und die Straßenbauer? Stehen in Grüppchen drum herum und diskutieren sich dumm und dämlich.«

»Warum sollten sie sich beeilen? Das Geld, das sie bekommen, bleibt das gleiche.« Die arme Alberte klang immer noch ganz schön verschnupft.

Fria hoffte inständig, dass die Krankheitswelle nun endlich vorbei war. Noch mehr Ausfälle konnten sie sich nicht leisten, dafür war zu viel liegen geblieben. Sie steuerte die Kaffeemaschine an und füllte ihre Tasse. Erdarbeiten waren nicht ohne, das wussten sie hier zur Genüge. Je nach Wetterlage und Bodenbeschaffenheit hielten sie unterschiedliche Herausforderungen bereit. Nicht nur für Grabungstechniker und Bauarbeiter. Der Täter, der die beiden Frauenleichen vergraben hatte, musste einen großen Aufwand betrieben haben. Er musste die Gegenden kennen und sich ziemlich sicher fühlen.

Fria eilte zurück in ihr Büro, ging ins Internet und rief eine Karte der Grabung Sønderborg auf. Dann klickte sie auf *Satellitenansicht*. Die Hauptstraße und die nächste Siedlung waren außer Sichtweite. Einzig ein einsamer Hof lag in erreichbarer Nähe. Doch auch von dort konnte man die Felder und somit die Stelle, an der die Leiche gefunden worden war, nicht einsehen. Es bestand jedoch eine gute Chance, dass seine Bewohner den hundertfünfzig Meter entfernten Weg nahmen, um zu ihrem Hof zu gelangen. Und von diesem Weg aus war der leuchtend orangefarbene Bagger der Ausgrabung ziemlich gut zu erkennen.

Fria notierte sich die Straße und recherchierte, wer auf dem Hof gemeldet war. Ein Nielas Kvist und eine Jonna Svane. Sie stand auf und griff nach ihrer Jacke. Es war sicherlich nicht verkehrt, den beiden einen Besuch abzustatten. Als Verantwortliche für die Grabung, die sich für eine gute Kommunikation zwischen dem Museum und den Anliegern starkmachte, aber vor allem, um einen hoffentlich wegweisenden Hinweis zu den Frauenmorden aufzuspüren.

*

»Palle? Wie sieht es mit den Zugängen zu den Social-Media-Kanälen der beiden Opfer aus?« Ohlsen schritt langsam durch das Großraumbüro der Norgaarder Wache. Hier sah es weniger aufgeräumt auf als in seinem Dienstzimmer. Auf den Schreibtischen stapelten sich Papiere, in und auf den Schränken Akten.

»Die IT-Forensik hat zwei Leute abgestellt. Zugang haben wir. Arbeiten uns jetzt durch die Liste der Posts, Stories und Nachrichten. Zusätzlich lassen sie ein Programm über die Kontakte und Follower laufen. Gibt es Übereinstimmungen von Nutzern, die zu beiden Opfern Kontakt hatten, sollten wir das bald wissen.«

»Der Täter könnte, sollte die Kontaktaufnahme wirklich über Social Media stattgefunden haben, unterschiedliche Accountnamen benutzt haben«, gab Sinje zu bedenken.

»Die ITler checken die persönlichen Angaben im Hintergrund der Konten. Natürlich ist es möglich, Fake-Accounts anzulegen. Inwiefern die Kollegen die reale Person dahinter sichtbar machen können, keine Ahnung.« Palle zuckte mit den Schultern.

Ohlsen blieb an Oltmanns Tisch stehen. »Sind wir mit dem Holz, den Pfählen und Latten weiter?«

Der saß nachdenklich vor seinem Rechner und blickte starr geradeaus.

»Kollege Schmidt?«

Als hätte Ohlsen ihn von einem fernen Planeten geholt, wandte er ihm den Kopf zu. »Entschuldigung.« Er räusperte sich. »Also, bei den in den Gräbern gefundenen Brettern und Pflöcken handelt es sich in beiden Fällen um kesseldruckimprägniertes Fichtenholz in Standardmaßen. Absolute Massenware. Gibt's in jedem Baumarkt. Das Holz war beim Anlegen der Gräber allerdings nicht neu. Es muss vorher mehrere Jahre im Freien gelegen haben, sagt die KT.« Oltmann warf einen prüfenden Blick in den Bodensatz seiner Kaffeetasse.

»Es sei denn, es war schon im Boden. Der Täter hätte die Gräber schon lange vor dem Tod der beiden Frauen graben können …« Wieder kam der Einwand von Sinje, die ihn sofort relativierte. »Ist aber unwahrscheinlich. Der Sandboden … die

Gefahr, dass die Löcher trotz Stützpfeilern versanden, wäre viel zu hoch gewesen.« Mit einer ratlos wirkenden Geste wischte sie sich ein paar feine Härchen aus der Stirn, löste dann seufzend ihren Zopf und band ihn neu.

Die drei Kollegen bedachten sie mit nachdenklichen Blicken.

Ohlsen seufzte. »Okay, lasst uns das trotzdem ausschließen! Prüfen wir, ob es denkbar ist, dass zwei so große leere Gruben über längere Zeit bestanden haben und unentdeckt geblieben sein könnten. Sinje, wie weit sind deine Umgebungsrecherchen? Hast du mit dem Flensburger Bauern gesprochen, neben dessen Feld Celine Schwarz gefunden wurde?«

Cassuben nickte. »Seine größte Sorge ist, sein Land könnte vergiftet sein.«

»Wie das?«

»Durch die Stoffe, die bei der Verwesung freigesetzt wurden und in seinen Boden gesickert sind.«

»Wie feinfühlig!« Palle schnaubte.

»Die Leiche lag nicht in seinem Acker, sondern in der Erde eines schmalen unbewirtschafteten Grüngürtels zwischen Feld und Wald. Wie sieht es mit seinem Erinnerungsvermögen aus? Kann es sein, dass er was gesehen hat? Irgendwas, das ihm komisch vorkam? Ein Auto, einen Hänger … im Spätsommer zwanzig?«

»Das Feld liegt mehrere Kilometer von seinem Hof entfernt. Außerdem ist das zu lange her, sagt er. Ich wollte mich gleich auf den Weg machen und die Häuser in der näheren Umgebung abklappern. Vielleicht ist ja doch jemandem etwas aufgefallen.« Sinje zuckte die Schultern und griff nach ihrem Handy.

Ohlsen nickte. »Zwei Kollegen sollen dich unterstützen! Und nimm ein Foto von Celine Schwarz mit! Sollte sie noch am Leben gewesen sein, als der Täter sie nach Flensburg gebracht hat, könnte sie jemandem aufgefallen sein.«

»Geht klar.«

»Was ist mit Sønderborg? Willst du die Ermittlungen vor Ort komplett den Dänen überlassen?« Palles hochgezogene Augenbrauen zeigten, was er davon hielt.

Ohlsen sah auf die Uhr. »Treffe mich in zwei Stunden mit Svenssons Leuten, um mir die Gegend anzusehen und mich über den Ermittlungsstand in Kenntnis setzen zu lassen. Ein paar Hundert Meter vom Fundort entfernt soll ein Hof liegen. Bei der Befragung der Bewohner wäre ich gern dabei.«

Sein Handy klingelte. »Wenn man vom Teufel spricht«, murmelte er und nahm das Gespräch entgegen. »Troels, moin! Wollte mich gerade auf den Weg machen.«

»*Hej!* Kannst du in Granskov auf der Wache vorbeikommen? Wir fahren weiter zur Kriminaltechnik. Dort will man uns was zeigen.«

»Worum geht's?«

»Um die Papierfragmente, die wir im Grab der Toten gefunden haben.«

*

SAMANTHA

Samantha hasste nichts mehr als die zermürbende Warterei. Wenn diese schrägen Typen nicht bald kämen und ihr sagten, was das Ganze hier sollte, würde sie ausrasten.

Mittlerweile hatte sie versteckte Botschaften in den Taschenbüchern hinterlassen, versucht, das Schloss der Tür aufzubrechen und sich aus der Fußfessel zu befreien, gegessen, getrunken und sogar ein bisschen geschlafen. Na ja, gut, es war mehr ein Dösen gewesen als ein Schlafen. Sie hatte laut Gedichte aufgesagt und sich selbst komplexe Matheaufgaben gestellt – nur um nicht durchzudrehen.

Und noch immer hörte sie nichts als sich selbst und das Brummen der Lüftungsanlage.

Frustriert schlug Samantha mit der Faust gegen die Wand. Gleichzeitig konnte sie nicht verhindern, dass Angst in ihr keimte und feine, sich langsam ausbreitende Triebe aussandte. Was, wenn niemand mehr kam? Wenn sie sie ihrem Schicksal überlassen würden?

»Aufgeben ist keine Option«, murmelte sie mit zusammengepressten Lippen und ging erst in den Vierfüßlerstand, um dann mit den Liegestützen zu beginnen.

*

Fria bog auf die Vierhunderteins ein und beschleunigte. Ihr R4 ruckelte. Das machte er in letzter Zeit häufig, besonders wenn der Motor kalt war. *Als würde er sich am Benzin verschlucken.* Lange ließe sich der Werkstattbesuch nicht mehr hinauszögern.

Früher hatte Stig sich darum gekümmert. Neben seinem Job in der Wache von Granskov schraubte er gern an Autos. Er hatte Frias olivgrünes Schätzchen immer wieder hingekriegt. Das würde er auch diesmal, davon war sie überzeugt. Und es wäre weitaus günstiger, als eine Werkstatt anzufahren. Aber seit sie nicht mehr zusammen waren … Fria wusste, wie sehr er sich eine Neuauflage ihrer Beziehung wünschte. Dass er ein Freund der Familie geworden war und mit ihren Brüdern zusammenarbeitete, machte es nicht leichter. Aber ihre Gefühle für ihn hatten sich einfach geändert. Keine Sehnsucht, kein Verlangen, keine Liebe. Es war die Gewohnheit, die sie zusammengehalten und die Fria am Ende wahnsinnig gemacht hatte. Das Aus ihrer siebenjährigen Beziehung war unspektakulär gewesen. Sie hatte ihn einfach verlassen und sich gewundert, wie wenig sie ihn vermisste. Und jetzt wollte sie ihn nicht ausnutzen. Er war ein netter Kerl, sie mochte ihn nach wie vor, aber mehr saß für sie einfach nicht mehr drin. Es wurde dringend Zeit, dass Stig sich nach was Neuem umsah. Fria war durchaus gewillt, Schützenhilfe zu leisten.

Leider fiel ihr niemand Geeignetes ein. Sie dachte an Marten und Poul-Aage und musste lachen. Während die beiden einen neuen Freund für sie suchten, versuchte sie Stig zu verkuppeln!

»Wie die Teenager«, murmelte sie immer noch lächelnd. Ihre Gedanken wanderten zu ihren Kollegen. Auch sie lebten allein. Alberte hatte jung geheiratet, vor zehn Jahren war es zur Scheidung gekommen. Da war sie gute fünfzig Jahre alt gewesen. Seitdem lief nichts mehr, zumindest nichts, was die Kollegen im Museum mitbekommen hätten. Und Villads? Fria schnaubte. Für Leute wie ihn war das Wort Einzelgänger erfunden worden. War das also so ein Archäologending? Allein zu leben, ohne Partner und Familie?

Na ja, bei Ohlsen und seiner Lies lief es ja auch nicht gerade rund. *Was bringt eine Partnerschaft, wenn man sich nie sieht? Andererseits, er hat wenigstens jemanden, der ihn liebt!*

»Trotzdem bist du einsam, Kommissar Ohlsen!«

Sie drehte das Radio lauter. Die Nachrichten brachten einen kurzen Bericht über den Fund der Leiche in Sønderborg. *Vergraben, an einem Waldrand. Die Frau wurde identifiziert, stammt aus Oldenburg. Die Mordkommission ermittelt.* Keine Details, kein Bezug zum Fall der Deutschen. Gut so. Wenn die Medien wüssten, dass es sich womöglich um eine Serie handelte, wäre sowohl in Granskov als auch in Norgaard die Hölle los.

Sie ließ Hokkerup links liegen und beschloss, für den Rückweg den Fjordvejen zu nehmen, immer direkt am Meer entlang.

Eine halbe Stunde später hatte Fria ihr Ziel erreicht. Ganz langsam steuerte sie den Wagen über die schmale Straße, von der aus man den Bagger ihrer archäologischen Grabung sehen konnte. Die Stelle, an der sie auf die Leiche von Lea Schmitz gestoßen waren, war noch immer mit einem weißen Zelt überspannt. Es blitzte durch eine Ansammlung von Büschen und niedrig gewachsenen Bäumen hindurch.

Fria behielt das Schneckentempo bei und ließ die weiße Plastikplane in der Ferne nicht aus den Augen. Kurz bevor der Weg einen Knick nach links machte, stoppte sie und stieg aus. Dies war der einzige Punkt, an dem man einen ungehinderten Blick auf den Leichenfundort hatte. Immer vorausgesetzt, das Feld zwischen Straße und Zelt war nicht bepflanzt. Bei hochstehendem Getreide oder gar Mais war es vorbei mit der guten Sicht. Lea Schmitz war im Oktober verschwunden. Wenn sie Glück hatten, waren die Felder zu der Zeit schon abgeerntet gewesen. Was die Chancen steigen ließ, dass das Treiben des Täters nicht unbeobachtet geblieben war.

Fria stieg wieder ein und fuhr weiter, bis der Hof von Nielas Kvist und Jonna Svane in Sicht kam – eigentlich eine schöne Anlage mit einem Haupthaus und zwei Nebengebäuden. Der sandfarbenen Backstein, das Dach mit seinen Terrakottaschindeln und die schwedenrot gestrichenen Fenster und Tore fügten sich harmonisch in die vom Wald umfriedeten Wiesen ein. Leider schien alles etwas heruntergekommen. Vorsichtig steuerte Fria den R4 über die Schotterpiste bis auf den Innenhof und schaute sich aus dem Auto heraus um. Kein Hofhund zur Begrüßung. Keine Menschenseele zu sehen. Nur ein in die Jahre gekommener Pick-up weckte die Hoffnung, die Hofbesitzer doch noch anzutreffen. Sie stieg aus.

*

Der dänische Kriminaltechniker führte Ohlsen und Troels Svensson durch lange, hell erleuchtete Gänge bis in ein Labor. Er wies auf einen Glaskasten, der mit einem Abluftschacht verbunden war. »*Så er vi her!*«

»Da wären wir«, übersetzte Troels.

Die beiden Ermittler studierten erwartungsvoll, was hinter der Scheibe zu sehen war. Mehrere kleine und ein großes Fragment aus Papier. Währenddessen berichtete der Kriminaltechniker von seinen Untersuchungsergebnissen. Ohlsen und Troels hatten sich im Vorfeld darauf geeinigt, bei all ihren gemeinsamen Aktivitäten auf dänischem Grund auf englische Konversation zu verzichten. Gerade bei Befragungen könnte eine fehlerhafte Ausdrucksweise zu falschen Schlussfolgerungen führen. Troels sprach nahezu perfekt Deutsch. Ihn übersetzen zu lassen, stellte sicher, dass ihnen nichts durch die Lappen ging.

»Er sagt, das Papier ist mit Wachs getränkt. Das größte Fragment haben sie erst gefunden, nachdem es ihnen gelungen war, die Kleidung vom Torso der Leiche zu entfernen. Es war ein bisschen … zusammengebacken.« Troels drückte anschaulich die Handflächen aufeinander.

Da der Kriminaltechniker eine Pause machte, hakte Ohlsen nach. »Wozu das Wachs?«

»Um das Schriftstück haltbar zu machen.«

»Das Schriftstück?«

Der Experte nickte und fuhr fort.

»Wir haben verschiedene Verfahren probiert, bis die verblichene Schrift sichtbar wurde. Eindeutig die Fragmente eines Briefes.«

Troels beugte sich vor, bis seine Nase fast die Scheibe berührte.

Der Kriminaltechniker wandte sich ab, ging zu einem Arbeitsplatz und beendete den Ruhemodus des Rechners. Auf dem großen Monitor über ihnen erschienen Aufnahmen, Schattenrisse der Papierschnipsel. Und tatsächlich erkannte Ohlsen zarte helle Linien, die sich zu Worten zusammenfügten. Sie waren unterschiedlich gut erhalten, zudem liefen die Zeilen immer wieder ins Leere, wo das Papier zerrissen war und Teile fehlten. Gebannt begann er zu lesen. »…estimmung. *Also trauert nicht um mi…* Das klingt nach einem Abschiedsbrief.« Die darauffolgenden Satzteile schienen zusammenhanglos und waren nur schwer zu entziffern.

»Kriegt ihr den Brief wieder zusammengesetzt?«

»Nein. Große Teile fehlen. Aber das, was wir haben – die Worte darauf sollten größtenteils wiederherzustellen sein. Wir sind dran.«

»Könnte sich um ein Schriftstück handeln, das sie bei sich trug, in ihrer Jacken- oder Hosentasche.«

Die beiden Dänen schüttelten die Köpfe.

»Nein. Das Papier war nicht gefaltet, sondern lag ausgebreitet auf dem nackten Torso. Zwischen Haut und Kleidung.«

»Am wahrscheinlichsten ist also, dass es ihr nach ihrem Tod auf die Brust gelegt wurde?«

Jetzt nickten beide.

»Bei unserer ersten Toten, Celine Schwarz, wurde kein Brief gefunden.«

»Heißt nicht, dass es den nicht gab. Sie lag länger in der Grube, das Papier wird sich trotz des Wachses zersetzt haben. Wir haben eurer Frau Sigmundsen die Positionierung des Schriftstücks geschickt. Vielleicht gelingt es ihr, ähnliche Spuren auch auf den Knochen eurer Leiche nachzuweisen.«

»Sehr gut. Kann ich von dem, was ihr bisher habt, eine möglichst detaillierte Ansicht erhalten? Gern als Positiv, also dunkle Schrift auf weißem Grund. Wir könnten einen Schriftabgleich durchführen, um festzustellen, ob Lea selbst den Brief geschrieben hat.«

»Klar.« Troels bedankte sich bei dem Kollegen der KT.

Der wies darauf hin, dass sie sich melden würden, sobald der Text vollständig entschlüsselt und Papier und Wachs analysiert worden wären.

Ohlsen nickte. »*Tak!*«

Minuten später saßen die beiden Ermittler wieder im Auto. Die Befragung der Hofbesitzer in Sønderborg stand an – der Leute, die auf dem Anwesen lebten, das nur ein paar Hundert Meter von Lea Schmitz' Grab entfernt lag.

»Manchmal ist man froh über jedes ehrlich geschlagene Veilchen unter Männern«, meinte Troels. Trotz des brutalen Inhalts klang das Gesagte seltsam melancholisch.

Frias Bruder erinnerte Ohlsen an einen Schwimmer. Groß, breite Hals- und Schulterpartie, lange Arme. An einen traurigen Schwimmer. Einen, der auf eine Reaktion seines deutschen Kollegen wartete. Ohlsen ahnte, worauf er hinauswollte, tat sich mit der Antwort trotzdem schwer. »Gibt es das? Einen ehrlichen Schlag?«

»Wahrscheinlich nicht. Aber das hier? Das ist so …« Troels schien nach dem richtigen Wort zu suchen. »… sinnlos!«

»Das ist es immer.«

»Ninna und Erene, meine beiden Mädchen. Ich werde sie nicht vor allem und jedem beschützen können.«

Es wäre ehrlich gewesen, Troels zuzustimmen. Es wäre angebracht gewesen, ihn mit sorgsam gewählten Argumenten zu beruhigen. Ohlsen rang um jeden empathischen Gedanken, kämpfte sich durch sein Vokabular, um die richtige Formulierung zu finden. »Ausnahmefall. So was wie das hier kommt selten vor. Sehr selten.« *Super, Ohlsen, das war bestimmt genau das, was ein erfahrener Kollege hören wollte.*

»Du hast keine Kinder, oder?«

Von da an fuhr Frias Bruder schweigend. Auch Ohlsen hing seinen Gedanken nach. Erst als sie über die König-Christian-X-Brücke fuhren und den Als Sund überquerten, der den westlichen Stadtteil vom Rest Sønderborgs trennte, fand Ohlsen seine Sprache wieder.

»Wir müssen sicherstellen, dass wir es nicht mit einem Suizid in Kombination mit Sterbehilfe zu tun haben.« Sein Blick ruhte einen Moment auf dem Turm der Marienkirche, auf die man zwangsläufig zuhielt, und richtete sich dann auf ein markantes Objekt rechts von ihnen. Es war weit in den Sund hineingebaut worden. Ein großes vierflügeliges Backsteingebäude mit Innenhof. Das Sønderborg-Schloss.

Troels nickte nur und bog in Richtung Høruphav ab. Gleich hinter den letzten Siedlungsstraßen schloss sich das Waldgebiet an, das im Süden direkt bis ans Meer reichte.

»Ich begreife nur nicht, warum sie dann so weit von zu Hause begraben wurde. Und warum diese brutale Art des Tötens? Warten wir, was die schriftvergleichende Untersuchung ergibt«, murmelte Ohlsen mehr zu sich selbst.

*

Auf der Suche nach dem Eingang ging Fria die Längsseite des Haupthauses entlang. Ein gemauerter Hundezwinger mit zwei Kammern stach ihr ins Auge, beide leer. Sie bog um die Ecke und stand vor der Haustür. In der Auslassung des Seitenfensters klemmte statt der Scheibe eine Sperrholzplatte. Fria klingelte. Die Blumentöpfe zu ihren Füßen waren übersät mit Rissen, spackige, ausgeblichene Wellpappe stapelte sich gleich neben dem Eingang. Fria schwenkte herum und betrachtete den Hofplatz. Es war still auf Kvists und Svanes Hof. Tiere hatten sie offenbar keine.

Die Archäologin klingelte erneut. Als sich auch nach längerem Warten nichts rührte, schlenderte sie weiter auf eines der Nebengebäude zu. Die leicht schief hängende, mit grobem Holz beplankte Tür klemmte zwar ein bisschen, ließ sich aber öffnen. Vorsichtig trat Fria ein. Ein kleiner Trecker, ein alter Pflug, Sensen, Besen, ein wahnsinnig großer Hammer, lauter Zeug, um die Arbeit auf einem Hof am Laufen zu halten. Was wohl in den übereinandergestapelten Kanistern war? Neugierig hielt sie darauf zu.

»Was machst du hier?«

Fria zuckte zusammen und fuhr herum.

Der Mann war in etwa so alt wie sie. Er trug das auf dem Kopf schüttere Haar im Nacken lang zu einem Zopf gebunden. Seine Nase leuchtete rot, seine Hände umklammerten eine Mistgabel.

Nach der Stimme und dem Gesichtsausdruck zu schließen war er über ihr Eindringen alles andere als erfreut.

Frias Blick heftete sich an die Zinken der Forke, die der Mann wie eine Waffe vor sich hertrug. »Nielas Kvist, richtig? *Hej*, mein Name ist Fria Svensson, vom Ørerup-Museum. Ich leite die archäologische Grabung. Drüben.« Ihr Kopfnicken beschrieb die Richtung. »Ich hatte geklingelt. Zweimal.«

»Ist nicht mein Land.«

»Ich weiß. Uns sind ein paar Dinge abhandengekommen. Werkzeug. Aus unserem Bagger.«

»Und da suchst du hier?«

»Natürlich nicht. Euer Hof ist der nächste. Ich dachte, ich frage mal, ob euch was aufgefallen ist. Vielleicht hast du jemanden gesehen, der sich an dem Bagger zu schaffen gemacht hat?«

»*Nej.*«

»Und Jonna Svane? Ist sie da? Vielleicht hat sie …«

»Hat sie nicht.« Er machte zwei Schritte auf sie zu.

Fria hob abwehrend die Hände. »Okay. Dann gehe ich wohl besser wieder.« Ohne Kvist aus den Augen zu lassen, machte sie einen großen Bogen um ihn herum und ging zügig nach draußen.

Er folgte ihr.

In sicherem Abstand blieb sie stehen, kramte in ihrer Jackentasche, zog eine Visitenkarte heraus und streckte sie ihm entgegen. »Falls dir oder Jonna doch noch was einfallen sollte …« Sie versuchte, ihm ein freundliches Lächeln zu schenken.

Er stand nur da, die Mistgabel auf sie gerichtet.

»Ich leg sie hierhin, okay?« Fria ließ die Karte auf einen alten Traktorreifen gleiten und wandte sich zu ihrem Auto.

»Habt ihr das mitgekriegt – mit der Leiche?« Erneut drehte sie sich zu ihm um und versuchte, sein Gesicht zu lesen.

Unbewegt starrte er zurück.

»Unser Baggerfahrer hat sie entdeckt. War ein ganz schöner Schock.«

Nielas schien nicht vorzuhaben, sich an dem Gespräch zu beteiligen.

»Die beiden Felder, draußen bei der Grabung, du weißt doch sicherlich, was im letzten Spätsommer auf ihnen gepflanzt war.«

»Sind nicht meine.«

»Das sagtest du bereits. Aber als Fachmann und als Nachbar … Du weißt doch, was um deinen Hof herum Sache ist!«

»Silomais.«

»Der wird wann geerntet?«

»September bis Anfang Oktober.«

»Und letztes Jahr? Wann hat der Bauer den Mais eingeholt?«

»Früh. Es war heiß.«

»Das heißt, im Oktober waren die Felder bereits kahl?«

»Was tut das zur Sache?«

»Waren sie oder waren sie nicht?«

Sein Blick blieb argwöhnisch, aber immerhin nickte er.

»Ist dir im Oktober oder November letzten Jahres etwas komisch vorgekommen, zwischen den beiden Feldern am Waldrand? Hat sich dort jemand herumgetrieben? Parkte da öfter mal ein Auto, mit Hänger vielleicht?«

»Du fragst viel.«

»Archäologenkrankheit. Wir Wissenschaftler sind immer auf der Suche nach Antworten.«

»Viel, das dich nichts angeht.«

»Ich bin nebenberuflich Beraterin bei der Polizei.«

»Ja, ja, und der Mond ist ein grüner Käse.«

Fria seufzte. Der Typ war verstockter als ein Esel. Außerdem schien er keine Frauen zu mögen, so wie er sie ansah. »Du hast ja meine Karte. Sag Jonna, sie soll sich melden, wenn ihr was aufgefallen ist.«

Die Geste, mit der er die Mistgabel in Richtung R4 schwang, war eindeutig. »Hab was Besseres zu tun, als mit dir zu quatschen.«

Fria hob fügsam die Hände und stieg in ihren Wagen. Nielas Kvist im Rückspiegel beobachtend zuckelte sie über den Schotterweg davon. Troels sollte den Hofbesitzer dringend überprüfen lassen. Und das würde er, sobald sie ihm von dem gewaltbereiten Empfang auf dem Fiskerhof erzählt hatte. Auch wenn ihr Bruder ihre Alleingänge kritisch sah, schätzte er doch ihr Urteil, das wusste sie. Ihm war eh klar, dass er sie nicht davon abhalten konnte. Wie sagte Jais immer so schön, nicht ohne sein Lausbubengesicht zu einem schelmischen Grinsen zu verziehen? *Das Ermitteln liegt uns Svenssons in den Genen.*

Zurück auf der Landstraße gab sie Gas. Als Nächstes würde sie mit dem Bauern Kontakt aufnehmen, dem die Felder in der Nähe des Leichenfundorts gehörten, beziehungsweise mit dem, der sie bestellte. Den Namen müsste sie in ihren Unterlagen finden. Schließlich lagen die archäologischen Suchschnitte mitten auf seinem Acker.

Als sie auf der Höhe der Grabung angekommen war, beschloss sie, sich dort noch einmal umzusehen. Das alte Chassis knarzte, die Stoßdämpfer quietschten, als sich der Wagen die Treckerspur entlangquälte. Die Fläche lag brach, die Arbeiten waren noch nicht wieder aufgenommen worden. Mit einem letzten Ruck kam sie zum Stehen.

*

Troels erkannte den olivgrünen R4, der weit vor ihnen in den Feldweg einbog, sofort. Seinen Informationen zufolge gab es einen Stopp bei den Ausgrabungen. Natürlich stand es der Leiterin des Ørerup-Museums frei, jederzeit auf der Fläche nach dem Rechten zu sehen. Trotzdem bezweifelte er, dass seine Schwester Archäologisches im Sinn hatte. Wäre Fria nicht so umsichtig, hätte Troels die von ihr großzügig ausgelegten Funktionen einer Polizei-Beraterin längst eingeschränkt. Doch er vertraute ihr. Er wusste, wie sehr sie darauf achtete, keine Spuren zu kontaminieren, mit welchem Blick sie durchs Gelände ging, wie ungewöhnlich die Ansätze sein konnten, die sie ins Spiel brachte. Aus ihr wäre eine fantastische Ermittlerin geworden. *Sie* würde Granskov heute leiten und nicht er. Sagen würde er ihr das allerdings nicht. Wer wusste, wozu sie seine Lobeshymne anspornen würde. Da der Kollege Ohlsen gedankenversunken aus dem abgewandten Fenster blickte, verzichtete der dänische Ermittler darauf, ihn auf den Leichenfundort und Frias Anwesenheit aufmerksam zu machen. Die Grube konnten sie sich auf dem Rückweg noch ansehen.

Als der Hof in Sicht kam, verlangsamte er die Fahrt. »Das ist der Fiskerhof. Hier leben Jonna Svane, einundvierzig, und Nielas Kvist, achtunddreißig. Vor acht Jahren fiel ihnen das alte Schmuckstück in den Schoß.« Aufgrund des schlechten Zustandes der Einfahrt vibrierte Troels' Stimme leicht. »Svane hat es geerbt. Die alte Dame, die vor ihnen hier wohnte, war dement und hatte nichts verfügt. Jonna Svane war die einzige noch lebende Verwandte.« Er fuhr über den löchrigen Waschbetonplatz bis vor das Gebäude, in dem er das Haupthaus vermutete.

»Die beiden hatten nie Geld. Vermutlich wäre es besser gewesen, das Ganze zu verkaufen«, fuhr er fort. »Andererseits fühlen sie sich hier bestimmt extrem wohl, weitab von neugierigen Blicken. Niemand sieht, was sie hier treiben.«

Er registrierte, wie Ohlsen fragend die Augenbrauen hob.

»Sie sind aktenkundig. Wir haben immer mal wieder mit ihnen zu tun. Bewegen sich in der rechtsextremen Szene. Kvist hat Vorstrafen wegen Körperverletzung und Hehlerei. Svane wegen Diebstahl, Vandalismus und Nötigung.«

»Wie bestreiten sie ihren Lebensunterhalt?«

»Von der Landwirtschaft jedenfalls nicht. Land besitzen sie keines und die Tiere wurden ihnen aufgrund schlechter Haltungsbedingungen vor sechs Jahren entzogen.« Troels grinste. »Sie sind nicht gerade die geborenen Bauern.«

Die Männer stiegen aus.

»Beide erhalten ein kleines staatliches Einkommen.« Troels schritt voraus und klopfte lautstark gegen die Haustür.

Ohlsen ließ seinen Blick über das Gelände schweifen. Dann sah er die Fassade entlang. »Da, hinter der Scheibe! Bemerkt haben sie uns, jetzt müssen wir sie nur noch überreden, sich mit uns zu unterhalten.« Er nickte in Richtung Fenster.

»Nielas Kvist? Jonna Svane? Polizei Granskov. Wir haben nur ein paar Fragen. Zu dem Leichenfund in der Nähe.« Troels unterstützte sein lautes Rufen mit weiterem Klopfen.

Die Tür öffnete sich ruckartig. »Müsst ihr *Strisser* eigentlich immer gleich die Tür eintreten?«

Die Frau, die sich entschlossen vor ihnen aufbaute, war zwar klein, wirkte aber dennoch wehrhaft. Alles an ihr wackelte, als müssten ihre voluminösen Oberarme und die dicken graublonden Locken ihrem Zorn auf die Polizei zusätzlichen Ausdruck verleihen.

Ohlsen dürfte trotz fehlender Dänischkenntnisse sofort erkannt haben, dass sie nicht willkommen waren. Troels spürte, wie sein deutscher Kollege hinter ihm einen Schritt zurücktrat. Er würde den Hofplatz im Blick haben. Absicherung war oberstes Gebot. Nielas Kvist konnte jederzeit unvermittelt hinter ihnen stehen.

»Jonna Svane, richtig? Troels Svensson von der Polizei Granskov. Mein Kollege hier ist von der deutschen Kripo. Nicht wundern, ich werde das Wichtigste übersetzen.«

»Was wollen die scheiß Deutschen hier? Das Pack soll drüben bei sich bleiben.«

»Vielleicht beruhigst du dich mal. Ich kann dich auch vorladen auf die Polizeistation. Willst du das?«

»Leck mich! Du kannst gar nichts. Hast du irgendwas gegen mich in der Hand? Nein! Also muss ich auch nicht auf deine blöde Polizeistation.«

»Wir haben doch nur ein paar Fragen. Du hast bestimmt von der Leiche gehört, die wir in der Nähe eures Hofes gefunden haben.«

»Was haben wir mit der zu tun? Ich kenn die nicht. Und Nielas auch nicht.«

»Das glaube ich euch. Wo ist er überhaupt?«

»Der weiß nichts.«

»Die Straße, die an eurem Hof vorbeiführt, die grenzt auch an das Feld, hinter dem man die Tote gefunden hat. Ihr müsst da doch häufiger lang. Ist euch vielleicht was aufgefallen? Im Oktober letzten Jahres? Jemand, der sich über mehrere Stunden oder Tage dort herumgetrieben hat? Ein Auto, das dort öfter parkte? Oder irgendwelche Erdarbeiten?«

»Du glaubst wirklich, wir versorgen euch *Strisser* mit Informationen?« Sie lachte provokant.

»Das Opfer war erst Mitte zwanzig. Sie …«

»Troels?«

Er spürte, wie Ohlsen ihn am Oberarm berührte, und drehte sich um.

»Was kümmert uns der Tod einer Deutschen?« Die Stimme des Mannes, der hinter ihnen aufgetaucht war, troff nur so vor Verachtung.

»Ihr behindert Polizeiarbeit, wenn ihr etwas verschweigt. Das ist strafbar, Nielas. Du bist doch Nielas, oder?«

Jetzt fingen beide Befragten an, höhnisch zu lachen, was Ohlsen irritiert von einem zum anderen blicken ließ. Troels hatte diese unnütze Unterhaltung bislang nicht übersetzt, was für seinen deutschen Kollegen ziemlich unangenehm sein musste.

»Und was, wenn der Täter sich beim nächsten Mal ein unschuldiges dänisches Mädchen vornimmt? Hä? Was dann?« Er bemerkte den veränderten Blickkontakt unter den Befragten.

»Wir haben nichts gesehen«, polterte Jonna und knallte ihnen die Tür vor der Nase zu.

»Überleg's dir, Kvist!« Troels wandte sich dem grinsenden Mann zu. »Vergiss mal deine Abneigung gegen die Polizei. Du könntest einen brutalen Mörder stoppen.«

»Bist du taub, *Strisser*? Jonna hat doch gesagt, dass wir nichts gesehen haben! Und jetzt runter von meinem Hof!«

Troels bedeutet Ohlsen, dass die Befragung beendet war.

Als die Ermittler bereits im Wagen saßen, klopfte Nielas Kvist gegen die Scheibe der Fahrerseite.

Troels ließ sie herunter.

Provokant legte Nielas beide Unterarme auf den Fensterrahmen und schob sein Gesicht in den Wagen. »Jetzt hab ich mal 'ne Frage. Seid ihr echt so verzweifelt, dass ihr euch von Archäologentussis beraten lasst, oder hat die Kleine mir 'nen Bären aufgebunden?«

Jetzt war Troels froh, dass Ohlsen nichts verstand. »Sag Bescheid, wenn du was Wichtiges zu vermelden hast. *Hej!*« Damit schob er Kvist aus dem Fenster, ließ es hochfahren und startete den Wagen.

»Nette Bürger habt ihr. Was bedeutet *Strisser*?« Ohlsen lehnte sich tief in den Sitz und sah aus dem Fenster.

»Bulle. Sag nicht, dass du ihre Unverschämtheiten verstanden hast.«

»Nicht alles. Aber wenn ihr langsam und überdeutlich sprecht, das eine oder andere. Wohne schließlich lange genug im Grenzgebiet. Und wenn die beiden etwas betont haben, dann, dass sie uns Deutsche nicht abkönnen, richtig?«

Troels nickte. »Wie schon gesagt, tiefster rechter Sumpf. Aber tröste dich, wir Polizisten stehen gleich an nächster Stelle auf ihrer Beliebtheitsskala. Den Weg hätten wir uns wahrscheinlich sparen können. Mir war klar, dass sie uns nichts sagen würden, selbst wenn sie etwas zu sagen hätten.« Er bog auf die befestigte Straße ein. »Als Nächstes fahren wir zum Leichenfundort.«

Nur wenige Momente später passierten sie die Stelle, von der aus man das weiße Zelt in der Ferne sehen konnte.

Ohlsen setzte sich auf. »Da drüben?« Er runzelte die Stirn und hob die Hand über die Augen, um sie vor der tief stehenden Sonne abzuschirmen. »Da steht doch einer!« Erstaunt registrierte Ohlsen, wie die menschliche Silhouette plötzlich in die Hocke ging. »Was macht der denn da?«

*

Fria war die Gegend rund um das Zelt großräumig abgeschritten. Sie suchte nach alten Spuren menschlichen Schaffens, nach auffälligen Erdhügeln, Abfällen, Holzresten, nach etwas, was der Täter eventuell vergessen haben könnte. Natürlich hatte die Spurensicherung das ebenfalls getan, aber man wusste ja nie. Und im Erkennen und Deuten alter menschlicher Spuren war sie als Archäologin prädestiniert. Sie hatte ein paar Handyfotos geschossen, stand nun nachdenklich mit dem Rücken zum Zelt und blickte über das niedrig bewachsene Feld hinüber zur Landstraße. »Der Wagen da, die Leute müssen mich ziemlich gut sehen können.« Blitzschnell und ohne zu überlegen, ging sie in die Hocke und tat, als würde sie graben. Gleichzeitig beobachtete sie das langsamer werdende Fahrzeug. Sie konnte es nach wie vor sehr gut erkennen. Ob es umgekehrt auch so war? Schade, dass sie die Leute darin nicht fragen konnte. Mit den Fingern pulte sie sich durch die Grasnarbe in den durchwurzelten, nassen Boden. Gut, die Erde war damals bestimmt nicht so feucht gewesen, aber … ging das überhaupt? In dieser Haltung ein so tiefes Loch auszuheben? Brauchte es nicht viele kräftige Hiebe mit dem Spaten, viele Schläge auf den langen Pflock, aus einer stehenden Position? Von einem Menschen, der dann weithin sichtbar wäre?

Das lauter werdende Brummen eines Motors ließ sie aufschauen. Die umliegende Landschaft spiegelte sich in den Autoscheiben. *Das ist doch …* »Troels!« Erfreut sprang sie auf und ging auf den Wagen zu. »*Hej!*« Sie stockte, als er ausstieg und sie seinen seltsamen Ausdruck wahrnahm.

Einen Atemzug später ging die Beifahrertür auf und Ohlsen tauchte auf. Er sah gut aus. Sie versuchte, in seinen Augen zu lesen, ob er sauer war, sie hier zu sehen, am Fundort der Leiche. Unabgesprochen. Andererseits, er war hier auf dänischem Boden. Und es konnte doch gut sein, dass Troels sie hergeschickt hatte. Ob ihr Bruder sie decken würde? »Ihr wart beim Fiskerhof?«

Troels nickte. »Und du? Hast du irgendetwas entdeckt, was uns entgangen ist?«

Wie er sie ansah! Als ob sie sein ausgeworfenes verbales Rettungsseil nicht verstehen würde. »Du meinst auffällige, von Menschen geschaffene Hügel, die einen Hinweis auf den Erdaushub des Täters darstellen könnten?«

Troels lächelte erleichtert. »Zum Beispiel.«

»Ja.« Sie drehte sich um und führte die beiden ein Stück in den Wald hinein. »Seht ihr diese kleine Vertiefung?«

Die schmale Spur führte, mal deutlich, mal weniger gut sichtbar, vom Feldrand bis zu einer Anhöhe im Wald. Der flache Hügel war, ähnlich wie der restliche Waldboden, mit halb verrottetem Blattwerk, Ästen und Sämereien bedeckt. »Ich könnte wetten, dass ihr in diesem Miniwall keine Durchwurzelung finden werdet, weil es sich um Material handelt, das noch nicht allzu lange an dieser Stelle liegt.«

Troels ging in die Hocke. »Ich bin nicht sehr gut im Schätzen, aber vom Volumen her könnte es durchaus passen, denke ich.«

Ohlsen schritt die feine Spur ab.

Fria folgte ihm. »Ich wäre für eine Schubkarre.«

»Warum macht er sich die Mühe und fährt den Aushub bis in den Wald?«

»Damit man den Hügel von Weitem nicht sieht? Wenn die Felder abgeerntet sind … Drum herum ist alles flach. Das wäre aufgefallen.«

»So eine Karre passt nicht in jeden Kofferraum.«

»Die Pfosten und Holzlatten auch nicht. Ein Bulli, ein großer Kombi, ein Wagen mit Anhänger, irgend so was muss es gewesen sein.«

»Ich frage mich, warum keinem was aufgefallen ist. Der Landwirt, der diese Felder hier bestellt, der wird doch ab und zu mal nach dem Rechten sehen. Auch wenn die Ernte eingefahren ist. Hättest du als Täter keine Angst, von dem erwischt zu werden?« Ohlsen schien durch sie hindurchzusehen.

»Es wäre sicher gut, wenn ihr ihn überprüfen würdet.«

Troels trat zu ihnen. »Ich schick die Spusi noch mal her.«

Bevor sie zu den Autos zurückgingen, zeigten die Dänen Ohlsen noch die Überreste des Erdlochs unter der Zeltplane.

Vorsichtig ging er auf die gegenüberliegende Seite und hockte sich hin. »Könnte die breitere Mitte der Gruben nicht auch etwas mit der Form der Menschen zu tun gehabt haben?« Ohlsen fixierte Fria über das Loch hinweg.

»Sagt wer? Dein Experte?« *Nej, Fria, du hörst dich an wie ein bockiges Kind!,* schalt sie sich im selben Moment.

»Fährst du mit nach Granskov zur Wache?« Ohlsens Frage hörte sich eher wie eine Feststellung an.

Eigentlich wollte sie zurück ins Museum. Egal, das konnte warten. »Klar!«

Ohlsen erhob sich, verließ das Zelt und hielt auf Frias Wagen zu. »Ich fahre mit dir.«

Die ersten Minuten sagte keiner von beiden etwas. Troels war längst nicht mehr zu sehen. Frias kleiner Renault konnte mit den heutigen Autos nicht mithalten.

»Ich wollte dich nicht …« Ohlsen suchte nach einer bequemen Sitzposition, »übergehen oder so.«

Die ersten Häuser von Sønderborg kamen in Sicht. Bald schon dominierten gelbe, weiße und rosafarbene Putzfassaden mit niedlichen Schmuckelementen und Sprossenfenstern. Das Terrakottarot der Dächer strahlte in der niedrig stehenden Sonne.

Er seufzte. »Es ist kompliziert.«

Fria bremste etwas zu abrupt ab, als die Ampel auf Rot sprang. Im Gegenteil, so wie sie das sah, war der Einzige, der hier was verkomplizierte, er!

»Du bist Dänin«, führte er weiter aus.

»Was in diesem Fall von Vorteil sein könnte.«

»Die Ermittlungsleitung liegt bei uns, in Flensburg. Es ist üblich, eigene Experten hinzuzuziehen.«

Fria konnte nicht glauben, dass das der wahre Grund sein sollte. Ohlsen war doch kein Paragrafenreiter. »Du kannst dich schon erinnern, dass mein Wohnsitz in Deutschland liegt?«

»Bist du Skandinavistik-Expertin?«

Sein unsicherer Blick. Wie er sich wand … *Ach, Ohlsen!* Fria fiel es schwer, ernst zu bleiben. »Ich bin Historikerin und Skandinavierin! Wenn nicht ich, wer dann?« Ein verstohlener Seitenblick, dann konnte sie nicht mehr. Ohlsens perplexer Gesichtsausdruck! Sie musste einfach lachen.

Die Anspannung, die von ihm abfiel, war nicht zu übersehen. »Oh Mann, ich dachte echt, du wärst sauer.«

Sie wurde wieder ernst. »Das bin ich. Du hättest mich fragen können.«

»Das musst du verstehen. Ich kann doch nicht irgendeine Zivilistin …« Er brach ab. »Du bist natürlich nicht irgendeine. Aber in dem Fall eine Zivilistin und zudem noch mit mir«, er rang nach Worten, »bekannt.« Wieder seufzte er.

»*Das* ist dein Problem? Dass wir uns kennen?«

Die Art, wie er schwieg, signalisierte ihr, dass das nicht alles war.

»Du hättest mich zumindest fragen können, welcher Experte in diesem Fall der beste ist. Und du hättest mir damals bei Armando erzählen können, dass ihr in Flensburg einen ähnlichen

Fall habt. Ich hätte es schon nicht an die große Glocke gehängt. Schließlich habe ich dir auch von der Leiche in Sønderborg berichtet. Ohne meine Informationen wäre der Zusammenhang viel später ans Licht gekommen.«

»Damals war ich mir nicht sicher. Der Fall Celine Schwarz lag bei Ulf in Flensburg. Deine Erzählungen von den Schmuckfunden haben mich überhaupt erst in die Akte sehen lassen.«

»Richtig, *meine* Erzählungen! Du bist stur, Ohlsen. Und du vertraust mir nicht.«

»Das stimmt nicht.«

»Was sonst hat dich abgehalten, mir deine Vermutung mitzuteilen? Du hattest eine ganze Pizza und ein Flens lang Zeit! Stattdessen haben wir über meine letzte Ausstellung und das Wetter geredet. Nein, halt, falsch! *Ich* habe geredet. Das ist nicht fair, Ohlsen. Das Leben ist keine Einbahnstraße.«

Sie fuhren über den Als Sund, der sich in einem tiefdunklen Blau präsentierte. Bis auf zwei kleine Segelboote war auf der Wasserstraße nicht viel los. Das würde sich in den nächsten Wochen drastisch ändern.

»Das letzte Mal, als wir dich mit ins Boot geholt haben … Da war es knapp, Fria. Ein paar Sekunden später, und unser Pizzaessen bei Armando hätte es nie gegeben.« Er hatte sich weggedreht, sodass sie sein Gesicht nicht sehen konnte.

Sie wusste nicht, was sie darauf antworten sollte. Es war zu früh, um dieses Pflaster abzureißen.

»Ich hätte dich fragen können«, gab Ohlsen schließlich zu, nachdem er ein paar Minuten vor sich hin gestarrt hatte. »Was hältst du von Wagner?«

»Nicht mein Typ.« Fria grinste breit, um die Anspannung zwischen ihnen aufzulösen. »Passt schon. Fachlich ist der ganz gut.«

»Ganz gut?«

»Nicht so gut wie ich.«

»Natürlich nicht.«

Fria bog vom Flensborg Landevej auf die vierhunderteins Richtung Egernsund.

»Er hält das mit dem Schiffsgrab für ziemlich unwahrscheinlich, aber natürlich nicht für ausgeschlossen: Er könne schließlich nicht in den Kopf des Täters hineinschauen und kenne dessen Motivation nicht.« Ohlsen ließ die Handschlaufe los, die er ergriffen hatte, als sich der alte Wagen ungewohnt stark in die Kurve gelegt hatte.

»Womit er recht hat. Nach archäologischen Maßstäben haben die Gruben wenig von einem Schiffsgrab. Und doch finde ich ihre Form auffällig.«

»Wagner meint, es sei lange Zeit üblich gewesen, die Toten auf einem Holzbrett zu bestatten.«

»Auch das ist korrekt. In unseren Fällen sind es aber keine rechtwinkligen, aus Latten zusammengefügten Auflagen.«

»Schiffsrümpfe aber auch nicht.«

»Schiffsrümpfe auch nicht.«

»Du könntest dich also irren …«

»Das könnte ich. Es ist nur eine These, Ohlsen. Gut möglich, dass wir keine Nachahmung eines Schiffsgrabs, sondern die einer frühmittelalterlichen Bestattung einfacher Menschen vorliegen haben. Fakt ist, es hat sich jemand viel Mühe gemacht. Die Frage ist – warum?«

»Eure KT hat erste Ergebnisse der Untersuchung der Papierfragmente vorliegen.«

»Um was handelt es sich?«

»Eine Art Brief. Handgeschrieben. Wie klingt *›estimmung. Also trauert nicht um mi‹* für dich?«

»Trauert nicht um mich? Ein Abschiedsbrief? Ist denn sicher, dass es sich um Leas Handschrift handelt?«

»Prüfen wir gerade.«

»Gab es bei Celine Schwarz auch Hinweise auf einen Brief?«

»Ist schwierig nachzuweisen. Die Liegezeit der Leiche war bedeutend länger. Kann sein, dass nichts mehr davon übrig ist. Unsere Rechtsmedizin ist dran.« Ohlsen starrte aus dem Seitenfenster. »Aber hältst du einen Freitod nicht auch für ziemlich unwahrscheinlich? Lea Schmitz lässt ihren hilflosen, behinderten Bruder an diesem See stehen und geht einfach? Bei beiden Frauen gab es keine Anzeichen, dass sie aus dem Leben scheiden wollten. Sie wurden stranguliert und erstochen und dann Hunderte Kilometer entfernt begraben. Und um es noch komplizierter zu machen: Es besteht keinerlei Verbindung zwischen ihnen. Und doch sollen sich beide auf die gleiche Weise umgebracht und begraben haben?«

»Begraben lassen haben.«

»*Lassen haben*, richtig! Wie sollen die beiden an diesen Sterbehelfer gekommen sein?«

»Depressive Menschen und ihre Familien sind häufig verdammt gut darin, die psychische Krankheit zu verstecken. Nach außen funktionieren sie einwandfrei. Und für alles andere gibt es Foren.«

»Foren?«

»Ja. Internetplattformen, auf denen sich alles darum dreht, wie man sich am besten das Leben nimmt. Dort geht es um Fragen wie: Wie sicher sind die Methoden? Wie schmerzhaft? Welche Schäden trägt man davon, wenn man zu früh gefunden wird? Was ist zu beachten?« Sie schaltete geräuschvoll herunter. »Im Netz gibt es zu jedem Thema ein Forum.« Fria fuhr von der vierhunderteins ab und weiter in Richtung Granskov. So traurig das Thema war, so sehr fühlte sie sich in diesem Moment mit Ohlsen verbunden. Sie hätte ewig so weiterfahren und sich mit ihm austauschen können.

»Mit Strangulation und Erstechen hätte der Sterbebegleiter eine ziemlich brutale Art gewählt, um den Frauen das Sterben zu ermöglichen. Würde man sich da nicht etwas Sanfteres aussuchen? Schlaftabletten zum Beispiel?«

»Vielleicht hat er sie vorher betäubt.«

»Vielleicht.«

»Was, wenn sie auf diesen Foren auf ihren Sterbehelfer getroffen sind? Was, wenn das die Verbindung zwischen den beiden Frauen ist?«

»Auf ihren Handys wurde nichts gefunden.«

»Und auf ihren Rechnern?«

Ohlsen schwieg nachdenklich. Erst kurz vor Ankunft an der dänischen Polizeistation kam wieder Leben in ihn. »Warum sollten die Eltern der beiden Frauen uns eine Depression verschweigen? Sie müssten doch alles daransetzen, dass ihre Töchter so schnell wie möglich gefunden werden.«

»Ich bin keine Psychologin. Vielleicht haben sie es verdrängt, wollten die Krankheit ihrer Töchter nicht wahrhaben? Vielleicht hatten sie Schuldgefühle, weil sie ihre Kinder nicht beschützen konnten? Oder sie hatten keine Ahnung, auch das soll vorkommen.« Fria lenkte den R4 auf den Vorplatz der Wache, parkte direkt neben dem Wagen des deutschen Ermittlers. »Ohlsen?«

Der Motor erstarb.

»Hm?«

Die hoch liegenden Fenster der Polizeistation waren mittlerweile hell erleuchtet.

»Nehmen wir mal an, dein Bauchgefühl hat recht und Lea wollte nicht sterben … Wie bekommt man eine junge Frau dazu, ihr eigenes Todesurteil zu schreiben?«

ACHT

SAMANTHA

Samantha wusste sofort, dass das kein Zufall war. Sie war mitten in ihrer Trainingseinheit, wie sie ihr Überlebensprogramm nannte, als plötzlich das Licht ausging. Gern hätte sie den Typen entgegengeschrien, wie feige sie waren, sich im Dunkeln anzuschleichen. Doch ihr Puls hämmerte und ihre Kurzatmigkeit nahm ihr die Worte. Sprungbereit hockte sie sich an die der Tür gegenüberliegende Wand und starrte in die Dunkelheit. Dass ihr Körper unkontrolliert zitterte, machte ihr Angst. Obwohl sie wusste, dass beim Öffnen der Tür die übereinandergestapelten Gegenstände, die Bücher, der Kassettenrekorder und die Bürste, polternd zusammenstürzen würden, zuckte sie heftig zusammen, als es passierte.

Dann war das Licht zurück.

Es war nur einer. Und er war nicht groß, schmächtig noch dazu. Die alberne Maske, die er trug, sollte ihr wohl Angst machen. Angespannt lotete sie ihre Chancen aus. Die Tür hinter ihm war geschlossen, aber war sie auch *ver*schlossen?

Denk an den Schlüssel für die Fußfessel, mahnte sie sich.

Der Maskenmann machte ein paar Schritte nach vorn und stellte ein Tablett auf den kleinen Tisch. Samantha erkannte Nudeln mit Fleischsoße. Jetzt roch sie sie auch und bekam irrwitzigerweise eine abnormale Hungerattacke. Am liebsten hätte sie sich auf den Typen gestürzt, ihn zu Fall gebracht und ihm die dampfenden Nudeln in den Mund gestopft, bis er daran erstickt wäre. Aber sie musste sich zusammenreißen. Sie brauchte den Schlüssel. Und dafür brauchte sie das Vertrauen dieses Irren. »Ist das für mich?« Sie versuchte, das Zittern ihrer Stimme zu unterdrücken. »Super. Ich bin kurz vorm Verhungern.« Ihr wurde schwindelig, als sie ein paar Schritte auf das Essen und somit auch den Maskierten zuging. Sie roch ihren eigenen Schweiß. »Wie wär's, wenn du mir ein wenig Gesellschaft leistest, während ich das hier verputze? Alleinsein ist nicht so mein Ding, weißt du?« Ohne ihn aus den Augen zu lassen, setzte sie sich und begann zu essen.

Ihr Entführer stand regungslos da und starrte auf sie herunter.

Immer wieder versuchte sie, hinter der Gummimaske ein Gesicht zu erkennen. Aber die Augen lagen tief im Schatten der Löcher. »Vielleicht magst du mir sagen, warum ich hier bin? Wir könnten das Ganze verkürzen. Vielleicht kann ich ja sogar etwas tun, das dir gefällt, na?« Sie hörte ihre Worte, spürte den Wahnsinn darin.

Da hob er den Arm. In seiner Hand lag eine Fernbedienung. Als die Stimme den Raum zu fluten begann, hoffte Samantha inständig, dass er ihr Zusammenzucken nicht bemerkt hatte.

»Name?«

Sie versuchte zu begreifen.

»Größe?«

Ihre Gedanken rotierten im Kreis, kamen zu keinem Ergebnis.

»Gewicht?«

Wozu brauchte er die Infos? Was konnte er damit anfangen?

»Nenn mir deine Ziele!«

Ihre Ziele? Ihr Herz hämmerte gegen ihren Brustkorb.

»Nenn mir deinen Wert!«

Immer noch sprachlos sah sie, wie er erneut den Arm hob und die Stimme verstummte. War's das? Was war das hier? Ein Spiel? Der Irre wollte also spielen? Na gut! Am Ende würde sie gewinnen. »Ich höre mir gern alles an, bevor ich antworte.« Sie ärgerte sich über ihr Stottern. »Also – was war das Erste?« Sie sah, wie er die Hand mit der Fernbedienung hob. »Nein, stopp, nicht nötig! Name, richtig? Mein Name ist Samantha Svoboda. Aber das weißt du bestimmt, oder? Willst du mich testen? Ich lüge dich nicht an.«

Wieder zuckte sein Arm.

»Okay, weiter. Ich bin einen Meter einundsiebzig groß. Mein Gewicht – puh, du traust dich was, eine Frau so etwas zu fragen.« Sie sprach viel zu schnell, und das Lächeln, das ihre letzten Worte vertrauenerweckend unterstreichen sollte, glich wohl eher einer Fratze. »Ich wiege«, beeilte sie sich zu sagen, »ich wiege vierundfünfzig Kilo. Und meine Ziele? Finde ich toll, dass du danach fragst. Normalerweise interessiert sich keiner für die Ziele der anderen. Ich hab noch richtig viel vor in meinem Leben. Zum Beispiel, den Naturschutz stärker in den Fokus der Gesellschaft zu rücken. Die Erde braucht uns nicht, aber wir, wir brauchen die Erde. Um zu atmen, um etwas anzubauen, das wir essen können.« Irgendwie bekam sie das Gefühl, als redete sie um ihr Leben. Warum stand er weiterhin einfach steif da? Warum verriet sein Körper, seine Haltung nicht, wie er ihre Worte aufnahm? »Aber zunächst habe ich nur ein Ziel«, fuhr sie fort und versuchte, ihn trotz allem besonders freundlich anzusehen. »Meinen Fuß von dieser Kette zu befreien.« Sie hob ihr Bein und präsentierte ihm ihre Fessel. »Siehst du, wie wund die Haut schon ist? Es tut weh. Bitte, du könntest mir helfen. Für dich macht es keinen Unterschied. Weglaufen kann ich trotzdem nicht.«

Jetzt kam Bewegung in die Gestalt. Doch statt den ersehnten Schlüssel hervorzuholen, schnellte sein Arm wieder nach oben, er spulte in der Aufnahme vor, bis die letzte Aufforderung erklang.

»Nenn mir deinen Wert!«

Samantha presste die Zähne zusammen und schluckte die aufkommenden Tränen hinunter. So kurz! Sie war so kurz davor gewesen …! Mit dem Mut einer Verzweifelten erhob sie sich und machte zwei Schritte auf ihn zu. Hätte sie den Arm ausgestreckt, hätte sie ihn berühren können.

Er wich nicht zurück, zuckte nicht einmal.

Hinter den Löchern der Maske nahm sie den Glanz seiner Augen wahr. »Unbezahlbar!« Sie konnte stolz auf sich sein, darauf, wie fest ihre Stimme klang. »Das ist mein Wert: unbezahlbar!«

*

NETTIE

Nettie konnte nicht schlafen.

Der Mann aus dem Garten war tot.

Aber es war anders gelaufen als geplant. Alles war anders gelaufen. Sie hatten geredet, viel geredet – vorher.

Vorsichtig strich sie Belle eine Haarsträhne aus dem Gesicht. Die Kleine lag in ihren Armen, atmete ruhig und gleichmäßig. Ihre Wärme wirkte wie ein tröstendes Pflaster. Nettie schob die Nase in Belles seidenweiches Haar. Sie liebte den Duft und sog ihn tief in sich ein. Belle war ihr Schatz. Ihr einziger Lichtblick.

Nettie sah durch das Fenster in den Garten. Dort, irgendwo zwischen den Büschen, die sich im Schwarz der Nacht verbargen, hatte er noch vor ein paar Stunden gehockt, der Mann, der jetzt tot war.

Als er die Kellertreppe hochgekommen war, hatte sie einen Moment zu lang gezögert. Sie hatte den Schlag nicht ausführen können. Stattdessen war es ihm gelungen, Abstand zu gewinnen und auf der Hut zu sein. Dann hatte er geredet. Ohne Punkt und Komma, wie Mama immer sagte. Seine Stimme war erst sanft und freundlich gewesen, dann aber wütend und laut geworden. Nettie wollte einfach nur, dass er verschwand.

Verschwunden, das war er jetzt. Die Geräusche und Bilder aber waren geblieben. Schlimme Bilder und böse Geräusche. Das ekelhafte Knirschen seines Kopfes, als der Schlag ihn getroffen hatte. Sein wildes Brüllen, das viele Blut. Nettie drückte sich beide Hände auf die Ohren und presste die Augen zu. Warum hatte er seine Geräusche und seine Bilder nicht einfach mitgenommen?

Belles schlafender Körper rutschte von ihrer Brust zur Seite, wäre ihr beinahe heruntergefallen. Schnell umarmte sie das Mädchen wieder und stöhnte gleichzeitig auf. Es tat so weh. Belles spitzer Ellenbogen drückte genau auf die Wunde.

Nettie dachte an den Mann, den sie nicht verärgern durfte. Er war nach Hause gekommen, hatte den Fremden gesehen und war sehr, sehr böse geworden. Seine immer gleiche Stimme war plötzlich gar nicht mehr wie sonst gewesen. Und die Polizei hatte er auch nicht gerufen, obwohl sie sich doch nur geschützt hatten. Vor einem Einbrecher.

Aggressiv, so als ob es ihre Schuld gewesen wäre, hatte er ihre Wunden verbunden. Nicht sehr gut, wie sie fand – obwohl er Arzt war. Währenddessen hatte er sie schrecklich ausgeschimpft und ihr gesagt, dass er Belle wegbringen würde. Dann war er mit der Leiche des Fremden weggefahren.

Er durfte Belle nicht mitnehmen! Nettie spürte die Tränen, die über ihre Wangen liefen. Vorher würde sie ihn umbringen. Sanft schob sie das Kind in eine andere Position.

*

Ohlsen gähnte herzhaft und fuhr sich müde durch das wirre Haar. Er stand noch immer unter dem Eindruck der deprimierend hohen Zahl todessehnsüchtiger Menschen, die sich in Internetforen über das Thema Selbstmord austauschten. Die ganze Nacht hatte im Fischhus das Licht gebrannt, das der Schreibtischlampe und das seines Rechners. Der Bilegger hatte seine Wärme auf beide Räume verteilt, auf die Küche und den Wohnraum. Ohlsen war schon kurz nach seinem Einzug klar gewesen, an welcher Stelle des Hauses die Temperatur genau richtig war. Der uralte kleine Säulenschreibtisch, an dem er gestern gesessen hatte, stand dort definitiv nicht. Die an ihm hochkriechende Kälte hatte zum Thema der letzten Nacht gepasst. Todessehnsucht. Wie konnte es sein, dass ein reicher, demokratischer Staat wie Deutschland so viele, oft junge Menschen beheimatete, die jegliche Hoffnung verloren hatten?

Oltmann betrat den Besprechungsraum und stellte ihm einen dampfenden Kaffee hin. »Du siehst aus, als könntest du den gebrauchen.«

Ohlsen nickte dankbar.

»Kann ich dich später kurz sprechen?« Der Kollege lächelte, doch seine warmen, braunen Augen blickten ernst.

»Klar, wir können …«

»Moin!« Sinje kam von Palle gefolgt herein.

»Eilt nicht«, raunte Oltmann und suchte sich einen Platz.

Ohlsen begann mit der morgendlichen Teamsitzung. »Moin! Wir hatten gestern Abend darüber gesprochen: Oberste Priorität hat jetzt der Abgleich von Lea Schmitz' Handschrift und den im Grab gefundenen Brieffetzen. Palle, ich möchte, dass du dich dahinterklemmst! Die Oldenburger Kollegen sollen Dampf machen und eine Vergleichsprobe besorgen! Ich habe die letzte Nacht damit verbracht, mir Forenbeiträge von Menschen durchzulesen, die nach einer Anleitung für den perfekten Selbstmord suchen. Ich habe es selbst nicht glauben wollen, aber nach allem, was da geschrieben wird, müssen wir einen geplanten Selbstmord mit Fremdeinwirkung tatsächlich in Betracht ziehen. Palle, die IT soll die Rechner von Lea Schmitz und Celine Schwarz durchforsten. Die Suchanfragen im Internet, den E-Mail-Verkehr et cetera, et cetera.«

»Mal ganz ehrlich, selbst wenn es fremde Menschen gibt, die dir bei deinen Selbsttötungsabsichten inklusive Beseitigung deiner Leiche helfen, dann machen die das doch nicht aus reiner Nächstenliebe! Die wollen Geld, und bei dem Risiko, das sie eingehen – nicht zu wenig!« Oltmann hob zweifelnd die Augenbrauen. »Die Kontobewegungen der Toten geben diesbezüglich aber nichts her.«

»Außerdem hätte der Sterbehelfer die Frauen auch einfach am Ort des Geschehens, in ihrer Heimat, liegen lassen können. Wozu das Begräbnis Hunderte Kilometer entfernt? Und was sollen die Grabbeigaben?« Palle blickte ungläubig in die Runde.

»Auf diesen Foren treiben sich bestimmt nicht nur vertrauenswürdige Leute herum. Was, wenn sich jemand die Labilität der Teilnehmer für seine Zwecke zunutze gemacht hat?« Sinje stöberte durch einen Stapel Papiere.

»Alles möglich.« Ohlsen nahm einen Schluck Kaffee, der zu heiß war, um ihn lange im Mund zu behalten. »Wir brauchen mehr Informationen über die toten Frauen. Wie sah es in ihrer Psyche wirklich aus? Gab es Anzeichen von Depressionen, die uns bislang verschwiegen wurden? Palle, du klärst das mit den Oldenburgern, Sinje, du bleibst diesbezüglich an Familie Schwarz dran!«

Seine Kollegin nickte. »Die Befragung der Anwohner rund um den Leichenfundort Flensburger Acker war nicht sehr ergiebig. Die meisten wussten gar nichts, andere wollen einen weißen Kastenwagen gesehen haben, der sich oft in Fundortnähe herumgetrieben haben soll.«

»Eine mehrfach bestätigte Sichtung von vor fast zwei Jahren? Sicher? Haben wir ein Kennzeichen?«

Sinje grinste desillusioniert. »Mehrfach bestätigt, ja. Der Zeitraum bleibt allerdings eher vage. Es soll sich um *Piepenkeerls* handeln, die, Zitat, immer und überall herumlungern.«

»*Piepenkeerls …?*« Die Ratlosigkeit stand Ohlsen ins Gesicht geschrieben.

»Weiße Lieferwagen mit rumänischem Kennzeichen, die langsam durch die Siedlungen fahren und sie mit schräger Musik beschallen. Die Fahrer hoffen darauf, dass du ihnen deine ausgedienten Metallgegenstände mitgibst, die sie dann für gutes Geld an Schrotthändler verkaufen. Gibt's hier im Norden noch nicht so häufig. Tendenz zunehmend.«

»Stimmt.« Oltmann schnaubte. »Die Piepen-, die Flötenmelodie hörst du von Weitem. Bei mir sind die auch schon gewesen. Hab ihnen letztens noch ein paar ausgediente Kellerregale mitgegeben.«

Was es alles gab! Ohlsen stöhnte. »Gut, damit hast du dich freiwillig gemeldet, Oltmann. Versuch herauszufinden, ob das immer dieselben Leute sind, die die Tour rund um den Leichenfundort fahren. Mach sie ausfindig. Befragung, zur Not mit Dolmetscher, das ganze Programm. Palle, was haben die Bemühungen der IT bezüglich der Social-Media-Kontakte der Toten ergeben?«

»Frag lieber nicht! Es gibt eine Influencerin, der beide gefolgt sind. Die Frau hat eins Komma fünf Millionen Follower.«

»Worum geht's?«

»Irgendwas zwischen Lifestyle und Alltagsromantik in Schöne-heile-Welt-Bildern.«

»Könnte die gemeinsame Vorliebe für dieses Style-Zeug Celine und Lea zusammengeführt haben?«

»Persönliche Nachrichten über ihre Social-Media-Konten hat es keine gegeben. Gefolgt sind sie sich gegenseitig auch nicht.« Palle zuckte mit den Schultern.

»Was ist mit der Suche nach weiteren potenziellen Opfern? Oltmann, du wolltest dir die Liste der Vermissten ansehen.«

»Du weißt selbst, wie wenig aussagekräftig die Daten in unserem Fall sind, Chef. Woran sollen wir uns orientieren? Daran, dass sie weiblich sind? Am Alter? Das ist zu wenig. Uns fehlen Ausschlusskriterien. Jede Frau in der Vermisstendatenbank könnte betroffen sein – oder aber keine. Deutschlandweit trudeln täglich zig Meldungen ein. Gerade fünf Tage ist es her, da wurde eine junge Frau aus Flensburg als vermisst gemeldet. Zarte zweiundzwanzig. Aber nachdem unsere Toten mehrere Hundert Kilometer von ihrem Fundort entfernt gelebt haben, wie hoch ist die Chance, dass ausgerechnet dieses Mädchen Opfer unseres Täters wurde?«

Ohlsen nickte. Sie hatten zu wenig Anhaltspunkte. Diesbezüglich glich ihre Suche einem Stochern im Nebel.

»Häng trotzdem eine Liste aller weiblichen Vermissten ans Whiteboard. Sagen wir von denen, die zwischen zwanzig und dreißig sind. Vielleicht stolpern wir irgendwann über einen der Namen.«

»Ist gut.«

»Gibt es Neuigkeiten aus der KT? Irgendwelche Spuren, die uns weiterhelfen?«

Oltmann schüttelte den Kopf. »Wir müssen uns noch gedulden. Die Spusi der Dänen untersucht in Sønderborg gerade den Hügel und die Spur, die ihr im Wald gefunden habt.«

»Die Fria gefunden hat«, spezifizierte Palle. »Unsere Leute in Flensburg suchen parallel dazu den erweiterten Bereich rund um den Leichenfundort von Celine Schwarz nach ähnlichen Spuren ab. Ich denke, mit ersten Ergebnissen ist gegen Mittag zu rechnen.«

»Gut. Haltet mich auf dem Laufenden! Ihr findet mich in der Rechtsmedizin.«

Ebba Sigmundsen beugte sich tief über den Kopf eines Toten. Da sie ihm den Rücken zudrehte, räusperte Ohlsen sich leise, als er den Obduktionsraum betrat.

»Die Analyse läuft noch«, begrüßte sie ihn, ohne hochzusehen.

Ohlsen trat näher und betrachtete die Leiche. Armer Kerl. Ein weiterer junger Mensch, dem die Zukunft genommen worden war.

Die Rechtsmedizinerin zog vorsichtig einen winzigen Gegenstand aus der Kopfwunde.

»Unsere einzige Chance sind die Spuren an den Leichenfundorten, Ebba. Im Gegensatz zur Art und Weise ihres Sterbens weisen die Leben der beiden toten Frauen keinerlei Gemeinsamkeiten auf, wir finden einfach keine Verbindung. Es gibt keine Tatverdächtigen. Wir stehen mit absolut leeren Händen da.«

Ebba Sigmundsen richtete sich auf und sah ihm lange in die Augen. »Boeffel! Wie weit sind Sie mit den Proben von Celine Schwarz?«

Jenseits der Scheibe zum angrenzenden Labor erhob Hartmuth Boeffel sich von seinem Arbeitsplatz. Sein sonst so blasses Gesicht erschien im Türrahmen. Es war übersät mit hektischen roten Flecken. »Was soll ich tun? Der Maschine gut zureden? Es dauert so lang, wie es dauert.« Er nickte Ohlsen zu. »Moin, Herr Hauptkommissar.«

»Moin! Ist abzusehen, wann wir wissen, ob sich Spuren eines Briefes auf Celine Schwarz' Überresten nachweisen lassen?«

»Geben Sie mir noch zwei Stunden.«

Ohlsen atmete lang und hörbar aus. »Habt ihr sonst irgendwas für mich? Fremd-DNA? Fasern, die nicht der Toten zugeordnet werden können?«

»Es tut mir leid.« Mit gesenktem Kopf trollte der Assistent sich wieder in sein Labor.

»Was glaubst du?« Die Rechtsmedizinerin stellte die gesicherte Probe des jungen Toten zur Seite und zog sich die Handschuhe von den Fingern. Wie gewohnt blitzte eine hellgraue Bluse unter ihrem weißen Kittel hervor. Sie musste Dutzende davon besitzen.

»Ich habe keine Ahnung. Irgendjemand fährt quer durch Deutschland und bis nach Dänemark, bringt Frauen um oder hilft ihnen, aus dem Leben zu treten, und vergräbt sie zusammen mit billigen Schmuckrepliken der Wikingerzeit. Das alles geschieht scheinbar wahllos. Wir wissen weder, ob es weitere Opfer gibt, wie wir diese ausfindig machen oder wo wir ihre Leichen finden könnten, noch, wie der Mörder – oder Sterbehelfer – Kontakt zu den Frauen aufgenommen hat.«

»Waren die Toten denn selbstmordgefährdet?«

»Selbst das wissen wir nicht. Depressionen sind nichts, worüber betroffene Familien gern sprechen. Nach außen war dem Umfeld der toten Frauen zufolge alles bestens.«

Ebba warf die Gummihandschuhe in den Entsorgungsbehälter und lächelte ihn an. »Ich glaube, es ist Zeit für einen ordentlichen Kaffee.«

»Was ist dem armen Kerl passiert?« Ohlsen nickte im Rausgehen in Richtung Seziertisch.

»Beim Fahrradfahren von Totholz erschlagen. Ich prüfe, ob die Beteiligung anderer Verkehrsteilnehmer ausgeschlossen werden kann.«

»Bitter! Da strampelt man sich ab, um sein Leben auf die Reihe zu bekommen, und dann fällt so 'n blöder Ast aus dem Baum, und das war's!« Ohlsen folgte der Rechtsmedizinerin in die kleine Kaffeeküche und ließ sich auf einem der beiden Stühle nieder.

»Er hätte einen Helm tragen können.« Ebba zuckte mit den Schultern und verteilte die pechschwarze Flüssigkeit auf zwei Tassen. »Was macht Lies? Ich hörte, du lässt dich drei Monate freistellen? Was habt ihr vor? Heimlich heiraten?«

Ohlsen musste extrem erschrocken ausgesehen haben, Ebbas amüsierter Gesichtsausdruck sprach Bände. »Heiraten? Wie kommst du denn … Ich meine, wieso? Nein, wir wollen nur Zeit für uns. Und reisen.«

»Hmhm, bist du sicher? Ich meine, wenn mich ein Mann fragen würde, ob ich drei Monate mit ihm durch die Welt schippern möchte, zu all den romantischen Sehnsuchtsorten, dann würde ich fest mit einem Antrag rechnen.«

Mein Gott, dieser Kaffee trieb einem ja den Schweiß ins Gesicht! Ohlsen nestelte am Kragen seines Pullovers. Nein! Seine Lies war nicht so eine …!

»Oder kam die Idee zu dieser gemeinsamen Liebesreise von ihr? Dann könnte es auch sein, dass sie *dir* die Frage aller Fragen stellt. Zuzutrauen wäre es ihr.« Ebbas Grinsen wurde immer breiter. Fältchen bildeten sich um ihre Augenwinkel.

Liebesreise! Darüber, dass es etwas anderes sein könnte als eine Auszeit, hatte er noch gar nicht nachgedacht.

»Ohlsen, jetzt guck nicht so verdattert! Wie alt seid ihr beide? Mitte dreißig, Anfang vierzig? Wie sieht es mit Kindern aus? Möchte Lies welche?«

Die Direktheit, mit der Ebba Sigmundsen ihre Gespräche führte, hatte ihn schon immer erstaunt.

Lies kam unfassbar gut mit Kindern jeden Alters klar. Wenn er zurückdachte, hatte es immer eine natürliche Affinität zwischen ihr und dem Jungvolk gegeben. Die Kleinsten vertrauten ihr, sobald sie sie anlächelte, und die Großen fanden sie cool. Und doch hatten sie das Thema Familiengründung immer sorgsam umschifft. Es passte einfach nicht in ihren Alltag. Wenn er ehrlich war, wusste er nicht einmal, wie Lies dazu stand.

»Du weißt aber schon, was du antworten wirst, sollte sie dich fragen, oder?«

»Vor allen Dingen weiß ich, dass mein Schreibtisch bis obenhin voll liegt. Danke für den Kaffee.« Er eilte durch die Gänge der Rechtsmedizin, hörte noch, wie sie ihm nachrief:

»Ich erwarte eine Einladung – zu eurer Hochzeit!«

*

SAMANTHA

Es war das dritte Mal, dass er zu ihr kam. *Er ...* Samantha neigte nachdenklich den Kopf zur Seite. Schon beim letzten Mal waren ihr Zweifel gekommen. Die Art, wie ihr Entführer sich bewegte, die schmalen Finger, die geringe Körpergröße, der kleine Bauchansatz, der komische Buckel im Nacken ... Diesmal würde sie ganz genau hinsehen. Und noch etwas war anders als bei den ersten beiden Besuchen. Das Licht blieb an, das Maskending kam einfach durch die Tür, die es sorgfältig hinter sich zuschloss. Samantha mühte sich zu erkennen, ob da noch andere Schlüssel in seiner, ihrer Hand lagen. Vergebens.

Wieder gab es Essen, eine Art Eintopf. Und wieder viele Fragen vom Band. Mit monotoner Eintönigkeit ratterte die weibliche Computerstimme ihr Programm herunter.

Mit seelischen Belastungen nicht fertigzuwerden, ist ein deutliches Zeichen von Schwäche. Trifft zu?

»Ja.« Längst hatte Samantha beschlossen, sich auf die Psychospielchen einzulassen. So lange, bis sie begriff, welches Ziel sie hatten.

Ich habe wenig Zuversicht, hier lebend herauszukommen. Trifft zu?

»Nein.«

Ich sehne mich nach der Stärke anderer. Trifft zu?

»Garantiert nicht.«

Ich habe akzeptiert, dass mein Schicksal nicht in meinen Händen liegt. Trifft zu?

»Nein.«

Gegen seine Natur anzukämpfen, bringt nur Probleme. Trifft zu?

»Zu allgemein. Worauf bezieht sich die Aussage?«

Anpassung ist wichtiger als Führungsstärke. Trifft zu?

»Nein.« Sie lächelte. Er, sie, es sollte merken, wie überzeugt sie von ihren Antworten war. Samantha analysierte jedes Detail der Kleidung, jede Bewegung ihres Gegenübers.

Sie! Ganz eindeutig eine Sie! Der Buckel oben an ihrem Rücken, das waren zusammengedrehte und in den Rollkragen gestopfte lange Haare. Eine Frau von dieser Größe und Statur könnte sie ohne Weiteres überwältigen. Blieb das Problem des Schlüssels für ihre Fußfessel.

Gut, du verdammte Bitch, werden wir also beste Freundinnen! Wenn sie die Irre hinter der Gummimaske nur dazu bekäme, mit ihr zu sprechen. Stattdessen lief alles über dieses blöde Band.

Ich würde alles dafür tun, um freizukommen. Trifft zu?

»Probier es aus! Was möchtest du, dass ich tue, hm?« Samantha streckte ihren gefesselten Fuß in die Höhe. »Was muss ich machen, damit du mir die verdammte Fessel abnimmst?« Sie fixierte die Augen hinter der Maske, glaubte einen Hauch von Unsicherheit zu spüren. »Ach komm! Hast du wirklich so viel Angst vor mir? Oder sollte ich besser fragen: Gegenüberstellungen nur aushalten zu können, wenn der andere an der Kette liegt, ist ein eindeutiges Zeichen von Schwäche. Trifft zu?«

Nun kam Bewegung in die maskierte Person. Sie wandte sich ab, ging auf die Tür zu. War Samantha zu weit gegangen?

»He, warte! Ich sage das, weil ich weiß, dass wir uns verstehen. Ich habe meine Bloody Mary. Ich brauch was dafür.« Wenn das Maskending die Anspielung auf ihre Regelblutung verstehen würde, war klar, dass sie es mit einer Frau zu tun hatte.

Wie es die Arme um den Oberkörper schlang! Ihr fiel kein Heteromann ein, der das auf diese Art und Weise machte.

*

»Fehlt da nicht was?« Villads warf ihr ein paar Blätter auf den Tisch und baute sich mit verschränkten Armen vor Fria auf. Ihr ratloser Blick ließ ihn fortfahren. »Das Budget! Wo bitte sind denn die Restaurierungskosten für die Fundstücke aufgeführt?«

Mist, die hatte sie vollkommen vergessen. »Du hast recht, das war nachlässig. Ich hatte viel um die Ohren.« Eilig schloss sie das Suchfenster auf ihrem Monitor. Ihre Internetrecherche zum Thema Depressionen und Suizid hatte sie gedanklich weit fortgetragen aus dem Ørerup-Museum, hinein in die Ausweglosigkeit und Finsternis der menschlichen Psyche. Fassungslos hatte sie lesen müssen, wie hoch die Zahl der Betroffenen und wie schwierig es war, die Krankheit zu überwinden.

»Nachlässig nennst du das? Ich nenn es unverantwortlich, wenn einzigartige Funde im Museumsmagazin vergammeln. Ist es auch nachlässig, dass es für das neue Forschungsprojekt noch immer keine Teilnehmerliste gibt? Ich meine, fragen solltest du die Kollegen wenigstens, ob sie Zeit haben mitzuwirken, oder?«

»Die Anfragen an Peer Boysen und Nynne Duus sind raus.« Fria zog verärgert die Stirn kraus.

Villads Gesicht war ein einziger Triumph. Seine in alle Richtungen abstehenden Bartflusen zitterten. »Nynne Duust? Muss ich dir jetzt wirklich erklären, dass nur Festangestellte an Forschungsprojekten mitwirken dürfen? Oh Mann, Fria!«

Am meisten ärgerte sie an diesem Auftritt, dass Villads recht hatte. Nynne war raus. Fria hätte daran denken müssen. Sie war einfach nicht bei der Sache. Das Schicksal von Lea und Celine spukte ihr im Kopf herum. Ein Zustand, auf den Villads nur lauerte. Er würde nichts unversucht lassen, um ihre Führungsqualitäten infrage zu stellen. Jeder kleine Patzer ging mit Sicherheit direkt an den Vorstand. Sie rang sich ein freundliches Lächeln ab. »Wie gut, dass du so aufmerksam bist. Ich werde das Konzept überarbeiten und das verbesserte Budget nachreichen. Noch ist es nicht zu spät. Und die Anfragen an die infrage kommenden wissenschaftlichen Teilnehmer gehen noch heute Abend raus. Und wenn ich eine Nachtschicht einlegen muss –

versprochen.« Wieder unterstrich sie ihre Worte mit einem Lächeln.

»Weißt du, was ich glaube? Du hättest dabei bleiben sollen, Polizistin zu werden! So wie dein Vater und deine Brüder. Sobald dir eine Leiche vor die Füße fällt, ist dir alles andere egal.«

*

Ohlsen betätigte den Schalter. Sofort tauchte der Deckenstrahler sein Büro in ein ungemütliches Licht. Nachdem der Tag den Norden mit viel Sonne verwöhnt hatte, wirkte die früh einsetzende Dämmerung umso dunkler und kälter. Er betrachtete die Fotos der Spurensicherung. Auch in der Nähe von Celines Grab hatten sie einen Hügel aus Sand und Kies gefunden. Das war eindeutig der Erdaushub. Eine Spur, die von einer Schubkarre stammen könnte, gab es zwar nicht, trotzdem war davon auszugehen, dass es ein Transportmittel gegeben haben musste. Grab und Hügel waren zu weit voneinander entfernt, als dass jede einzelne Schaufel händisch hätte abgeladen werden können. Der Hügel hatte keine weiteren Erkenntnisse preisgegeben, außer dass er noch flacher war als der aus Sønderborg. Was daran liegen konnte, dass das Sediment noch sandiger, also instabiler war.

Auch die Analyse der Substanzen, die Boeffel und Sigmundsen von Celines Rippen gekratzt hatten, lag inzwischen vor. Es handelte sich um die gleichen Inhaltsstoffe wie bei dem Wachs auf den Papierfetzen aus Sønderborg. Auch Celine Schwarz musste also mit einem gewachsten Papier auf der Brust beerdigt worden sein.

Ohlsen drückte seinen müden Rücken durch. »Und was sagt uns das?«

Oltmann war unbemerkt hereingekommen. Sein Räuspern riss Ohlsen aus seinen Gedanken. »Palle und Sinje, sie haben … vielleicht kommst du und hörst dir das an?«

Ohlsen folgte dem Kollegen in das Großraumbüro.

»Lea Schmitz hatte tatsächlich psychische Probleme«, begann Palle. »Hatte ihre Mutter das zu Beginn der Vernehmungen noch vehement bestritten, musste sie nun zugeben, dass ihre Tochter eventuell doch überfordert war und sich alleingelassen fühlte. Sie, die Mutter, habe immer ihr Bestes gegeben. Aber Lea sei die Älteste gewesen und hätte nun mal früh mit anpacken müssen. Darunter schien sie mehr gelitten zu haben, als die Mutter wahrhaben wollte.«

»Hat es Ankündigungen eines Suizids oder gar Versuche der Umsetzung gegeben?«

»Versuche nicht, aber Drohungen im Zorn. Bei lautstarken Auseinandersetzungen seien Sätze gefallen wie: ›Es wäre für uns alle besser gewesen, du hättest mich nicht zur Welt gebracht!‹, oder: ›Dir ist doch eh scheißegal, was aus mir wird. Da kann ich genauso gut von der Brücke springen!‹ Leas Mutter hat das nicht weiter ernst genommen, ihre Tochter habe sich schließlich immer wieder beruhigt. Dass Lea kaum Freunde hatte und ständig traurig wirkte, will sie erst nach ihrem Verschwinden, durch die Ermittlungen der Polizei bemerkt haben.«

»Also gab es keine Hilfe von Therapeuten? Auch in der Schulzeit nicht? Vom Schulpsychologen vielleicht?«

Palle schüttelte den Kopf.

»Und es gibt keine beste Freundin, der sie sich anvertraut haben könnte?«

Wieder Kopfschütteln.

»Und die restlichen Geschwister?«

»Sind zu jung.«

»Was sagt Leas Rechner? Gibt der Suchverlauf was her?«

»Laut der Mutter hatte Lea keinen. Den konnten sie sich nicht leisten.«

»Aber sie hat doch gearbeitet und regelmäßig Lohn erhalten.«

»Der größtenteils in die Familienkasse geflossen ist. Leas Mutter arbeitet nicht, kümmert sich ausschließlich um den behinderten Bruder. Beim Ex-Mann, dem Vater der Kinder, ist nichts zu holen. Neben der staatlichen Unterstützung war Leas Einkommen das, was die fünf über Wasser gehalten hat.«

Ohlsen rieb sich den Stoppelbart. Kaum Freunde, keine Hobbys, ein karges familiäres Umfeld. Wie sollte eine Frau wie Lea da an jemanden gelangt sein, der ihr bei einem Suizid inklusive Begräbnis half, wenn nicht über Handy oder Rechner? »Wie sieht es mit ihrem Arbeitsumfeld aus? Sie war Bürokauffrau, richtig?«

Palle nickte. »In einem sehr kleinen Betrieb, einer Lackiererei. Zwei weitere Festangestellte, ein Azubi und der Chef. Lea saß im Büro, die anderen sind die meiste Zeit im gegenüberliegenden Gebäude, der Werkstatt. Sie beschreiben die Tote als nett, aber auch verschlossen. Kam auf keine Weihnachtsfeier, wollte auch privat nichts mit den Kollegen zu tun haben. Nicht besonders ehrgeizig oder interessiert. Zu den Kunden und Zulieferern aber immer höflich.«

»Die Kollegen und den Chef? Haben wir uns die genauer angesehen?«

Wieder nickte Palle. »Nichts Auffälliges.«

»Lass trotzdem überprüfen, ob einer von denen ein Faible für Wikingerkram hat. Apropos Wikinger! Sind wir da weiter? Gibt es Hinweise, dass Lea Schmitz und Celine Schwarz Kontakte zur Szene hatten?« Er bemerkte Palles Grinsen und sah ihn erwartungsvoll an.

Der hob abwehrend die Hände. »Nein, sorry. Ich hab nur, das war, weil … Szene hört sich so … Entschuldigung!« Er wurde wieder ernst. »Nicht *ein* Hinweis auf eine Vorliebe fürs Frühmittelalter bei Lea Schmitz.«

Ohlsens Blick wanderte zu Sinje.

»Bei Celine Schwarz auch nicht. Ihr Umfeld wurde explizit danach befragt. Die Durchsuchung ihrer Wohnung hat nichts ergeben. Auf dem Handy keine Spur, auf ihrem Rechner auch nicht. Dasselbe gilt übrigens für das Thema Depressionen und Suizidgedanken. Familie, Partner, Freunde und Arbeitskollegen halten Selbstmordabsichten für absolut ausgeschlossen.«

Ohlsen strich sich mehrfach über den Kopf, bis seine welligen Haare zu allen Seiten abstanden. »Wir müssen mehr über den Inhalt der Papierfetzen wissen. Palle, wie weit ist der Handschriftenexperte?«

»So oft, wie ich bei dem nachgehakt habe, bekomme ich bald 'ne Anzeige wegen Stalkings.«

»Dranbleiben! Wir müssen wissen, ob Lea die Zeilen selbst geschrieben hat. Oltmann, ich nehme an, bei den *Piepenkeerls* bist du noch nicht …«

Ein Kollege betrat den Raum. Mit seinem kupferroten Haar und der erheblichen Zahl an Sommersprossen, die sein gesamtes Gesicht bedeckten, war er die auffälligste Erscheinung, die die kleine Wache zu bieten hatte. »Lundberg, was gibt's?«

»Entschuldigung Chef. *Die Krähe* steht vorn und behauptet, es sei wichtig, lässt sich nicht abwimmeln.«

»Worum geht's?«

»Die toten Frauen aus Flensburg und Sønderborg.«

Ohlsen hörte, wie Palle hinter ihm leise fluchte. »Vernehmung Raum zwei«, wies er den Rothaarigen an und beschloss, dieses Gespräch nicht ohne eine gute Tasse Kaffee zu beginnen.

Es hatte sich nichts geändert. Das ewig gleiche, nervtötende Spiel zwischen Medien und Ermittlern. Gab es etwas Fallentscheidendes, das an die Presse herangetragen worden war? Wie hoch war der Preis für die Information? Und war es das am Ende wert? Ohlsen betrat den Vernehmungsraum und sah sich einem gut gelaunten Journalisten gegenüber. Das aschblonde Haar, mittlerweile gut sichtbar von grauen Strähnen durchzogen, floss wie gewohnt unter dem albernen Filzhut hervor und auf die hageren

Schultern herab. *Die Krähe* war einer der lästigsten Vertreter seiner Zunft. Leider witterte er öffentlichkeitswirksame Fälle fünfzig Kilometer gegen den Wind. Und er war penetrant. Einmal angefixt, wurde man ihn nicht mehr los.

»Moin, Herr Kommissar! Das ist aber nett, ist der für mich?« Seine listigen Augen fixierten den Kaffeepott in Ohlsens Hand.

»Kommt drauf an. Was gibt's?«

»Oh, anscheinend 'ne ganze Menge! Meinst du nicht, die Bürger unserer schönen Gegend sollten informiert werden, wenn ein Serienkiller sein Unwesen treibt?«

Ohlsen tat überrascht. »Ein Serienmörder? Davon wusste ich noch gar nichts. Klär mich gern auf!«

Mit immer breiter werdendem Grinsen zog *die Krähe* sein Handy hervor und hielt es ihm unter die Nase. »Als digitale Meldung schon abrufbar, morgen wird das nicht nur im *Nordschleswiger* zu lesen sein.«

Ohlsen starrte auf die dänischen Zeilen und verfluchte sich, dass er sich noch immer nicht dazu durchgerungen hatte, seine dürftigen Sprachkenntnisse mit einem Kursus aufzubessern. Den Typen, der ihm vom Handybildschirm entgegenblickte, erkannte er trotzdem: Nielas Kvist, den Hofbesitzer aus Sønderborg. Ohlsen griff zum Hörer. »Palle? Ich brauch dich hier!«

Keine zwei Minuten später war klar, warum der Journalist vor ihnen saß. Kvist hatte sich der Presse gegenüber lang und breit über den Besuch der Polizei ausgelassen, darüber, dass die Deutschen ihre Leichen jetzt schon in Dänemark entsorgten und die Polizei davon ausgehe, dass bald auch dänische Frauen unter den Opfern sein würden.

Die Krähe hörte amüsiert zu, wie Palle seinem Vorgesetzten den Inhalt des dänischen Artikels wiedergab. »Das hätte ich dir auch übersetzen können.«

Ohlsen ignorierte den bissigen Seitenhieb. »Da hat Herr Kvist unsere Worte wohl fehlgedeutet.«

»Fehlgedeutet, so, so …«

»In der Nähe von Sønderborg wurde eine deutsche Staatsangehörige leblos aufgefunden, natürlich arbeiten die deutsche und dänische Polizei da eng zusammen. Wir haben Herrn Kvist als Zeugen befragt. Da er sich nicht sehr kooperativ zeigte, sein Verhältnis zu uns Deutschen ist … sagen wir, mit einem gewissen Argwohn belegt, haben wir ihn gesprächiger machen wollen, indem wir auf die Möglichkeit eines dänischen Opfers hingewiesen haben. Das war's. Mehr ist da nicht.« Ohlsen ging zur Tür und öffnete sie mit einer ausladenden Bewegung. »Es tut mir leid, du bist vollkommen umsonst zu uns rausgekommen.«

Die Krähe blieb sitzen, beugte sich weit über den Tisch. »Ach, Ohlsen, warum glaubt ihr Kripoleute eigentlich immer, uns Journalisten für doof verkaufen zu können? Die Frau in Sønderborg wurde nicht einfach leblos gefunden, ihre Leiche wurde am Waldrand verscharrt. Wie lange hat sie da in der Erde gelegen, hä? Genauso lange wie die vom Flensburger Acker?«

Ohlsen konnte nicht anders, die Abneigung gegenüber diesem Kerl wurde mit jedem Treffen größer.

»Zwei vergrabene Frauenleichen, beide im Grenzgebiet. Und das soll Zufall sein? Du beleidigst meine Intelligenz!«

»Unsere Ermittlungen stehen noch ganz am Anfang. Aber ob du's glaubst oder nicht, zwischen den Toten gibt es keinerlei Verbindung. Hier von einem Serienmörder zu sprechen, wäre mehr als unseriös. Das solltest du …«

»Heißt also, der Täter sucht seine Opfer wahllos aus und die Polizei hat keinen Schimmer, wo sie mit ihren Ermittlungen ansetzen soll. Erschreckend!« Mit gespieltem Bedauern schüttelte der Journalist den Kopf.

»Welcher Täter?« Palles Stimme klang gereizt. »Es ist nicht mal klar, ob sie überhaupt getötet wurden!«

Ohlsen warf seinem Kollegen einen warnenden Blick zu. Dann fixierte er *die Krähe*. »Ich weiß, je fetter die Story, desto größer der Lohn, aber wilde Spekulationen oder gar Lügen erschweren unsere Arbeit. Ich würde dich daher bitten, keine haltlosen Gerüchte zu verbreiten.«

Der Journalist erhob sich und ging mit ausgebreiteten Armen auf ihn zu. »Ach, Ohlsen, Ohlsen, dem entspreche ich nur zu gern. Gebt mir einfach ein paar Fakten, die ich bringen kann, und schon ist uns beiden geholfen.«

»Wende dich an die Pressestelle, die sind auf dem neusten Stand.« Beim Verlassen des Raums wandte er sich Palle zu: »Bring ihn raus!«

Am anderen Ende des Ganges sah er Oltmann hektisch winken. Das ernste, gerötete Gesicht des Kollegen verhieß nichts Gutes. Ohlsen eilte ihm entgegen.

»Die dänischen Kollegen … du musst sofort zurückrufen. Sie haben ein weiteres Grab gefunden.«

Ohlsen spürte, wie sich eine schwere Anspannung über seinen Körper legte. Wurde sein Albtraum Wirklichkeit? Mit raschen Schritten begleitete er Oltmann zum nächsten Telefon und wählte.

»Troels? Ohlsen hier! Ihr habt noch eine Leiche?«

»Keine Leiche. Die Grube ist leer!«

NEUN

NETTIE

Belle stapelte geduldig bunte Holzklötze aufeinander. Bis auf das leise Klacken, das sie dabei erzeugte, lag die allzu bekannte Stille über dem Haus. Keine schöne oder beruhigende, sondern eine nervtötende und unerträgliche Stille. Nettie platzte vor Unruhe. Manchmal war das so. Dann wusste sie nicht, wohin mit ihren Gefühlen. Sie wollte raus, wusste aber nicht, wohin. Sie wünschte sich Kontakt, wusste aber nicht, zu wem. Sie wollte etwas anderes als das hier, hatte aber keine Ahnung, was das sein und wie sie es anstellen sollte. Sie wusste nur, irgendetwas musste passieren! Dann wurde das Brennen in ihrem Bauch immer stärker. Bis alles aus ihr herausbrach. Früher hatte sie Sachen kaputt gemacht. Heute half nur Schmerz. Wenn die Wunden tief genug waren, ließen das Brennen im Bauch und das Toben im Kopf nach. Wie ein Ventil, das den zum Bersten gefüllten Fahrradschlauch vom Druck befreite.

War es nicht ganz so schlimm, half fernsehen. Das Gerät jetzt anzuschalten hätte sie sich aber nicht getraut. Der Mann, den sie nicht verärgern durfte, konnte jeden Moment nach Hause kommen, und er hasste die blöde Kiste mit ihrem stumpfsinnigen Programm, wie er immer sagte. Nettie dagegen liebte die bunte Welt, die es darin zu sehen gab. Vor allem liebte sie Filme, in denen schöne und starke Frauen vorkamen. So wollte sie auch sein. Deswegen schaute sie sich auch Dinge an, die sie gar nicht mochte, Szenen, in denen es darum ging, was der eine dem anderen Schreckliches angetan hatte. Oft redeten die Fernsehmenschen von Toten und dem Rätsel, das sie umgab. Von Einbrechern auch, aber die interessierten Nettie nicht. Sie hörte sich lieber an, welche Fehler die Mörder gemacht hatten und weswegen sie am Ende geschnappt wurden. Nettie wollte lernen. Von Leuten, die Böses taten, und von schönen und starken Frauen. Sie wollte ein warmes und buntes Leben für sich und Belle. Ohne ihn. Weit weg von diesem Gefängnis. Gleichzeitig wurde ihr immer ganz flau im Magen, wenn sie daran dachte, ganz allein zu sein, nur mit der stummen Belle. Irgendjemand musste ihr helfen! Im Fernsehen gab es viele freundliche Menschen, die sich immerzu um andere kümmerten. Die musste sie nur finden.

Belle kam tonlos lachend auf sie zugerannt und wedelte mit einem kleinen, quadratischen Buch mit dicken Seiten. So oft schon hatte Nettie ihr daraus vorgelesen. Die Kleine konnte nicht genug kriegen von Geschichten mit Tieren und Prinzessinnen. Und den hübschen Figuren! Nettie wunderte sich immer wieder, wie man so schön malen konnte.

Doch jetzt hätte sie Belle das Buch am liebsten aus der Hand gerissen und es an die Wand geworfen. Der Wunsch, dem Mädchen wehzutun, sie zu schubsen, bis sie ihr blödes Lachen verlor, war stark. Gleichzeitig war Belle das einzige Wesen, das sie, die dumme, unterbelichtete Nettie, liebte. Das durfte sie nicht kaputt machen.

Die Kleine hockte sich neben sie und zeigte auf das Mädchen mit dem roten Umhang, das sie süß lächelnd von der Seite ansah. Ausgerechnet! Eine Geschichte, die Nettie nicht verstand. Am Ende war da immer dieser Hund. Er hatte große Steine in seinem Bauch. Das war böse und gemein. Deshalb übersprang sie die Seite immer.

»Die kleine Belle hat wunderschöne weiche Haare«, begann Nettie mit zusammengebissenen Zähnen. »Heute hat sie ihren roten Umhang angezogen.« Das Kind beobachtend tippte sie mit dem Zeigefinger mehrfach kräftig auf die Zeichnung. »Siehst du? Da ist der blöde Umhang. In Gelb wäre er viel schöner!«

Belles winziger Finger tat es ihr gleich und tippte sanft auf die einzelnen Figuren.

»Und da ist die Mama, die gibt der hübschen Belle einen Korb mit leckeren Sachen mit. Damit sie immer was essen kann, wenn sie möchte. Und damit läuft sie durch den Wald.« Nettie spürte, wie ihre eigenen Worte das Brennen im Bauch vertrieben. Das war gut. »Siehst du die Blumen? Rote und gelbe und welche in Rosa. Die riechen bestimmt besonders gut.« Sie zog geräuschvoll die Nase hoch. Belle äffte sie nach und beide mussten lachen. »Und sie läuft und trifft ganz viele Tiere. Hier, der Hase! Den finde ich süß. Das Reh mag ich auch. Wen findest du toll?«

Belle blätterte ein paar Seiten weiter und zeigte auf ein großes, zotteliges Tier. »Den Hund? Ja, Hunde sind auch toll. Die können einen beschützen. Sie …« Nettie verstummte. Die Stille um sie herum war plötzlich eine andere. Eine, die Netties Herz schneller schlagen ließ. Abrupt drehte sie sich um und da stand er, der, den sie nicht verärgern durfte. Sein Gesicht war ausdruckslos. Warum hatte sie seine Schuhe nicht knistern gehört? Warum ihn nicht gerochen, wie sonst?

»Bring Perdita ins Bett! Und dann komm runter«, befahl er.

Während Nettie Belle sauber machte und ihr die Schlafsachen anzog, hörte sie ihn in der Küche klappern. Konnte er nicht einfach wieder fahren?

Als sie das Kind ins Gitterbett legen wollte, klammerte Belle sich an ihr fest.

»Lass das! Lass los! Du musst jetzt schlafen.« Energisch löste sie die Ärmchen von ihrem Hals. Die lautlosen Tränen des Kindes machten Nettie wütend. »Stell dich nicht so an! Ich muss auch Sachen machen, die ich nicht will.« Damit wandte sie sich ab, ging zu ihm nach unten, setzte sich schweigend ans andere Ende des Tisches und wartete.

Sie aßen nie zusammen. Nettie hatte gelernt, wie sie sich zu verhalten hatte und was zu ihren Aufgaben gehörte. Putzen, Ordnung machen, auf Belle aufpassen und das Essen so vorbereiten, wie er es haben wollte. Belle und sie aßen irgendwann im Laufe des Tages, wenn sie Hunger hatten, er, wenn er abends nach Hause kam. Dann hatte Nettie am Tisch zu sitzen und den Mund zu halten.

Gift! Sie könnte ihm was ins Essen mischen. Er würde einfach die Augen schließen und sein Kopf würde schlaff auf die Brust sacken. So wie bei Papa. Nur dass kein Schnarchen zu hören wäre. Es gäbe kein Blut. Kein Saubermachen. Und kein hässliches Knirschen. Sie dachte an den Mann aus dem Garten, der jetzt tot war. Unruhig rutschte sie auf dem Stuhl hin und her, wartete ungeduldig, bis er den letzten Bissen im Mund hatte. – Endlich! »Was hast du mit ihm gemacht?«, platzte es aus ihr heraus.

Er sah nicht einmal hoch.

»Mit dem toten Einbrecher! Im Meer versenkt? Eingegraben? Was?«

Sie sah ihn aufstehen, das dreckige Geschirr auf die Spüle stellen.

»Sag es mir, bitte!« Ihre Stimme war nur noch ein Flüstern.

»Ich habe dir gesagt, du sollst nicht so viel fernsehen!«

»Was hat das denn damit zu tun?«

»Du siehst Einbrecher, die nicht da sind.«

Sie riss die Augen auf. »Das stimmt gar nicht! Er war groß und dünn, mit dunklen Haaren und Lippen wie ein Strich. Er hat immerzu gefragt. Und dann ist er umgefallen, weil meine schwere Stange, sein Kopf … das Geräusch …«

»Ich denke, ich werde den Fernseher abschaffen.«

Tränen rannen über ihre Wangen. »Und was ist hiermit?« Sie riss sich die Bluse hoch, schlug so kräftig auf ihre Wunden, dass der Schmerz noch in den Oberschenkeln spürbar war.

»Du musst lernen, dass es nichts bringt, sich selbst zu verletzen. Keine Aufmerksamkeit, keine Verbesserung deiner Situation. Niemand wird sich auf diese Weise von dir erpressen lassen.«

»Das war ich nicht! Das weißt du ganz genau! Und den toten Einbrecher, den gab es auch.«

»Du weißt, was ich von deinen Fantasiegeschichten halte.« Sein ausdrucksloser Blick lag auf ihr. »Ich werde mir für dich etwas überlegen müssen. Du bist eine Gefahr für dich und die anderen.«

*

Fria fühlte sich wie das quietschende Chassis ihres alten Renaults, als sie den Wagen umständlich in die Parklücke hineinmanövrierte – alt und müde. Das Wetter machte dem Monat alle Ehre, tagsüber frühlingshaft und sonnig, jetzt, mitten in der Nacht, tobten sich Wind und Regen über der Flensburger Bucht aus. Sie schaltete den Motor aus und blieb erschöpft sitzen. Ihre Straße lag ruhig da. Auf der einen Seite parkende Autos und winzige Gebäude mit windgeplagten Vorgärten, auf der anderen hoch aufragende Backsteinhäuser mit schmalen, mit Giebelornamenten verzierten Flügelfenstern und Schmuckbändern über den Eingängen. Wie schon so oft fragte sie sich, warum sie nicht einfach zurück nach Dänemark ging. Sie könnte in die Nähe des Museums ziehen, hätte die Fahrerei nicht mehr. Andererseits ließ es sich in Klüfterhöft gut leben, sie fühlte sich wohl, vor allem in der Gemeinschaft mit Marten. Und fahren musste sie ohnehin andauernd. Zu den Grabungen, den Bodendenkmälern, anderen Museen und kooperierenden Institutionen. In Deutschland zu arbeiten kam nicht infrage. Verschlechtern wollte sie sich nicht. Bedingungen und Bezahlung waren in Dänemark in ihrem Fachbereich weitaus besser. Und es lag ja nicht an der Pendlerstrecke, dass sie erst kurz vor Mitternacht vor ihrer Wohnung stand.

Sie seufzte. Gut, dass Bølle von Marten und Poul versorgt wurde. Ursprünglich hatte sie vorgehabt, ihren dreibeinigen Freund mit ins Büro zu nehmen. Bis Villads davon anfing, er sei allergisch gegen Hunde. Fria hatte den starken Verdacht, dass er das nur behauptete, um ihr das Leben schwer zu machen. So durfte Bølle nur noch mit, wenn Fria Außeneinsätze hatte.

Die Innenbeleuchtung erlosch.

Eine besonders starke Windböe ließ die Fahrgastzelle leicht wackeln. Drei, vier kräftige Wellen aus dicken Tropfen rauschten über Metall und Glas, bevor der Regen schlagartig nachließ und nur noch als feiner Schleier heranwehte. Fria schnallte sich ab und streckte ihre müden Glieder. Sie sollte die Chance nutzen, bevor die nächste Schwalldusche anstand. Sie hatte den Türgriff schon in der Hand, als sie eine Gestalt bemerkte, die aus ihrem Hauseingang ins Licht der Straßenlaterne trat. Eindeutig Poul-Aage. Sein hünenhafter Körper war gut zu erkennen. Er blickte sich mehrfach um und marschierte los in ihre Richtung. Ob er zur Arbeit musste? Schichtarbeit am Hafen – gut vorstellbar. Sie nahm sich vor, ihn bei Gelegenheit zu fragen, woraus sein Job genau bestand.

Als sie kurz davor war, die Autotür aufzustoßen und ihm ein paar freundliche Worte mit auf den Weg zu geben, bemerkte sie die Veränderung. Trotz Wind und Regen ging er aufrecht, das Gesicht ungeschützt. Er wirkt wie eine dieser kriegerischen Marvel-Figuren, gar nicht mehr wie der sympathische sanfte Riese. Fria erschrak, als der Schein der nächsten Laterne seine Gesichtszüge offenlegte. Dieser Ausdruck in seinen Augen! Diese Härte! Da war keine Ernsthaftigkeit, kein Widerwille, so spät noch loszumüssen. Nein, das war reiner Hass! Poul war nicht wiederzuerkennen. Einen Moment später war er vorbei. Frias Herz zog sich zusammen. Marten! Ob die beiden sich gestritten hatten? Sie raffte ihre Sachen zusammen und rannte los. Über die Straße. Durchs Treppenhaus. Der Schlüsselbund entglitt ihr, fiel auf den Boden. Hinter der Tür hörte sie Bølle jaulen. Endlich war sie drin. Alles dunkel! Der Hund sprang aufgeregt an ihr hoch. Sie stürzte durch Martens Atelier in sein Schlafzimmer. Er lag auf dem Bett, schwach beleuchtet durch das einfallende Licht der Straßenlaterne. Warum war er so blass? Seine Augen waren geschlossen. Fria lauschte auf Atemgeräusche.

»Marten?«, flüsterte sie und stupste ihn sanft an. Kein Stöhnen, kein Zucken, einfach nichts! Ihr Rütteln wurde vehementer, das Rufen lauter, doch Marten verhielt sich unter ihren Händen wie eine schlaffe Gummipuppe.

Das darf nicht sein. »*Satan*, Marten, wach auf!«, schrie sie und trommelte wie wild auf seinem Brustkorb herum. Bølles Bellen passte sich ihrer Lautstärke an. Sie schlug die Bettdecke auf, knipste das Licht an. Äußerlich schien ihr Mitbewohner unversehrt. Erneut rüttelte sie an seinem Oberkörper. Wo war ihr Handy? Sie musste den Notarzt rufen!

Endlich, träge und wie in Zeitlupe, versuchte Marten mit einem Arm Frias Angriff abzuwehren. »Lass mich«, hörte sie ihn nuscheln.

Während ihr Puls wie verrückt hämmerte, drang der unverkennbar krautige Geruch von Cannabis zu ihr durch. Warum war ihr der entgangen? Fria ließ sich stöhnend auf den Boden sinken. Zur Sicherheit griff sie nach Martens Arm, der schlaff über der Bettkante hing, und fühlte seinen Puls.

Dann kroch sie in den dunklen Flur zurück zu ihrer Tasche, kramte ihr Handy heraus, drückte auf Ohlsens Nummer, lehnte sich an die Wand und wartete.

Bølle sprang auf ihren Schoß und versuchte, ihr besänftigend das Gesicht zu lecken.

Je mehr sie sich beruhigte, desto mehr zweifelte sie an ihrem Verstand. Es war nach Mitternacht, was machte sie hier eigentlich? Zügig beendete sie den Anruf.

Nach dem Schreck fühlte Fria sich noch erschöpfter. Sie kroch unter ihre Decke, streichelte den zu einer kleinen Schnecke eingekringelten Hund und schaltete das Licht aus. Da klingelte ihr Mobiltelefon. Ohlsens Nummer leuchtete auf. Was jetzt? Wie sollte sie ihm erklären, dass sie ohne triftigen Grund durchgedreht war und nichts Besseres zu tun gehabt hatte, als ihn aus dem Bett zu klingeln? Andererseits, wenn sie seinen Anruf einfach ignorierte, stand er womöglich gleich vor ihrer Tür. Schließlich war es nicht normal, dass sie versuchte, ihn mitten in der Nacht zu erreichen. Sie tippte auf *Annehmen.*

»Fria, alles in Ordnung?«

Sie konnte behaupten, sie wäre aus Versehen auf seine Nummer gekommen. Stattdessen hörte sie sich sagen: »Es tut mir leid, ich habe nicht nachgedacht. Marten … ich habe wirklich geglaubt, er wäre tot.« Ihr Lachen klang hysterisch. »Ich hätte dich nicht anrufen sollen. Ich hab dich geweckt, oder?«

»Was ist passiert?«

Sie fasste es kurz zusammen. »Ich weiß auch nicht. Da war plötzlich diese Panik. Ich war mir sicher, Marten ist in Gefahr.«

»Aber er ist okay?«

»Ja, er hat nur etwas …« Sie stockte. Ohlsen zu erzählen, dass Marten regelmäßig kiffte und sich auch sonst manch illegales Zeug einwarf, war nicht sonderlich intelligent. »Nur ein Schlafmittel genommen. Also, nicht überdosiert.«

»Du bist dir sicher? Vielleicht sollte ein Arzt ihn sich anschauen, wenn er so schwer wach zu kriegen war? Oder soll ich kommen?«

»Nein, mach dir keine Sorgen. Marten ist okay. Ich hab überreagiert.« Sie seufzte. »Ich dachte echt, mit der Phase wäre ich durch.«

»Das war 'ne harte Zeit für euch.«

»Trotzdem! Ich benehme mich wie eine Helikoptermutter. Marten ist schon eine ganze Weile erwachsen!«

»Auf dem Papier.« Sie hörte ihn lachen.

Das Schweigen danach tat gut. Fria spürte, wie die letzte Anspannung aus ihrem Körper wich.

»Wo ich dich gerade dranhabe, hättest du morgen Zeit, mit mir nach Sønderborg zu kommen?«

Fria dachte *nein* und sagte: »Klar, gibt's was Neues?«

»Du weißt es noch nicht?« Ohlsens Erstaunen war nicht zu überhören. »Deine Leute haben noch eine Grube gefunden.«

»Noch eine Tote? Wieder in Sønderborg? Wo genau? Ist sie besser erhalten?« Fria war hellwach.

»Eine Grube ohne Leiche. Keine zweihundert Meter entfernt von Leas Fundort.«

»Das heißt, es wird jemanden geben, der dort bestattet werden soll.«

»Ja.«

»Die Selbstmordtheorie …«

»Stellen wir zurück. Celine Schwarz war weder depressiv noch suizidgefährdet.«

»Also Mord.« Fria schob sich in eine sitzende Position. »Ohlsen, was, wenn er noch auf der Suche nach dem perfekten Opfer ist? Wenn er gerade jetzt durchs Land fährt und …«

»Ich will, dass du dir diese Grube ansiehst!«

*

SAMANTHA

Samantha strich über das Papier des Taschenbuchs. Zog man die Kante einer einzelnen Seite schnell genug über die Haut, kam es zu feinen, schmerzhaften Schnitten. Als Waffe leider trotzdem unbrauchbar. Sie warf den Roman auf den Boden, ließ sich nach hinten auf die Matratze fallen und starrte an die Zimmerdecke.

Wozu dienten all die Fragen? Eins schien klar, an ihr wurden Tests durchgeführt. Sie war die Laborratte, deren Schicksal den meisten Menschen egal war. Tierversuche – es gab sie immer noch. In der Medizin, Kosmetik, Verhaltensforschung … Alle wussten das. Es wurde hingenommen. *Besser die als wir.*

Jetzt war sie das Tier – das Versuchsobjekt. Genau wie die Laboraffen wusste sie nicht, wofür oder was noch auf sie zukam. Und genau wie sie durfte Samantha nicht damit rechnen, nach einer Testreihe in die Freiheit entlassen zu werden. Im Gegensatz zu den bedauernswerten Kreaturen, die im deutschen Rechtssystem als Sachen behandelt wurden, hatte sie einen entscheidenden Vorteil: Sie konnte die Maskenfrau überlisten. Es wäre natürlich einfacher, wenn Samantha wüsste, aus welchem Antrieb heraus die Frau das alles hier veranstaltete. Die Ausstattung des Raumes, die Entführung, ihre Versorgung mit Wasser und Lebensmitteln – immerhin bekam sie eine warme Mahlzeit pro Tag: Das alles war von langer Hand geplant und verbrauchte erhebliche Ressourcen, sowohl Zeit als auch Geld.

Samantha schloss die Augen.

Die stärksten Beweggründe des Menschen für außergewöhnliche Taten waren Macht, Geld, Liebe und Hass. Geld schloss Samantha sofort aus. Gut, die Maskenfrau konnte von jemandem aus dem Hintergrund dafür bezahlt werden, sie gefangen zu halten, zu befragen und zu versorgen. Den eigentlichen Grund ihres Hierseins erklärte das aber nicht.

Blieben Macht – Liebe – Hass. Macht über einen anderen Menschen auszuüben, mit ihm umzugehen, wie man wollte, das wurde jeden Tag Tausende Male auf der ganzen Welt praktiziert. Schwere Körperverletzung bis hin zu Tod und Vergewaltigung waren keine Seltenheit. Leider kam das sogar hier in Deutschland vor. Aber in ihrem Fall?

Sie war entführt worden, wurde gegen ihren Willen festgehalten, angekettet, das ja, aber nicht misshandelt. Physisch nicht.

Als Samantha die wohlige Dankbarkeit bemerkte, die ihren Körper flutete, musste sie über sich selbst den Kopf schütteln. So weit war sie also schon. Sie war ihren Entführern dankbar, dass sie sie weder schlugen noch vergewaltigten. »Wir sind auf dem besten Weg, echte Homies zu werden«, murmelte sie, streckte die Zunge heraus und formte mit ihren Fingern das Peacezeichen in Richtung Tür.

»Zurück zu der alles entscheidenden Frage: Warum sitze ich hier isoliert in einer psychischen Ausnahmesituation und muss blöde Fragen über mich ergehen lassen?« Sie rollte sich über den Matratzenrand, schnappte sich den Bleistift, fuchtelte damit in der Luft herum und imitierte die Aussprache eines Doktoranden ihrer Uni. »Fangen wir doch mit der Analyse ganz vorn an! Wofür werden Testreihen, Probanden und Versuche an lebendigen Wesen überhaupt gebraucht? – Um etwas zu beweisen, um den Nachweis einer Wirksamkeit oder einer Unverträglichkeit zu erbringen.« Sie setzte sich auf und griff nach einer Flasche Wasser. Man hatte ihr nichts verabreicht oder gespritzt. Das war es also nicht. Der Grund musste in der Art der Fragen liegen. In den meisten ging es um mentale Stärke oder Schwäche. Fragen, die auf die Psyche des Menschen abzielten, dienten im Allgemeinen der Forschung und dem Verständnis. Wie tickt der Einzelne? Wann reagiert er wie worauf?

Sie nahm einen großen Schluck. »Warum recherchiert die Irre nicht einfach wie jeder normale Mensch? Es gibt einen unendlichen Pool von wissenschaftlichen Studien! Das meiste ist längst erforscht.«

Grübelnd stellte sie die Flasche beiseite. »Aber nicht über Menschen, die ad hoc aus ihrem intakten Umfeld gerissen und wie Labortiere gehalten werden. Sie will Grenzen überschreiten, die aus ethischen Gründen gezogen worden sind.« Samantha schüttelte den Kopf. Für eine solche Studie bräuchte es Hunderte von Probanden. Selbst wenn es außer ihr noch drei, vier oder sechs weitere gäbe, wäre die Studie nicht repräsentativ und damit sinnlos, der Aufwand jedoch extrem. Nein, das war es nicht, das konnte es nicht sein. Sie war keine Laborratte, sie diente keiner Studie.

Samantha spürte ein unangenehmes, schnell anwachsendes Kribbeln. Ihr Körper ertrank in einer Flut von Ameisen. Durch Räuspern versuchte sie, dem Engegefühl in Brust und Hals zu entkommen. Ihre Analyse ließ nur einen Schluss zu: Es musste etwas Persönliches sein!

Die ganze Zeit war sie davon ausgegangen, dass sie niemanden kannte, der etwas so Schräges durchziehen würde. Keinen derart gestörten Psycho. Doch jetzt …

Ihr Gehirn kramte fieberhaft in Erinnerungen. Was hatte sie übersehen? Gab es jemanden, den sie über die Maßen verletzt hatte, ohne es zu merken? Sie wusste, dass ihr Aktionismus den Umweltschutz betreffend nicht überall auf Zustimmung stieß. Ihre Maßnahmen waren radikal. Natürlich waren sie das, sonst wurde man nicht gehört! Aber deswegen eine Entführung?

Widerwillig zog sie den gedanklichen Kreis enger, ging die Menschen durch, die ihren Alltag teilten. Kommilitonen, Professoren, Tutoren, Aktivisten und Freunde.

»Marleen!« Der Name schoss mit einer solchen Wucht durch ihr Gehirn, dass Samantha kurz vergaß zu atmen. Marleen und Jobst! Sie waren seit Jahren ein Paar. Das hatte ihn trotzdem nicht davon abgehalten, mit Samantha rumzumachen. Und sie hatte es genossen. Er war genau ihr Typ. Marleen war ihr egal gewesen. Auch jetzt empfand Samantha wenig Reue. Es war nur Sex, mehr nicht. Für Marleen schon. Es hatte eine riesige und echt peinliche Szene mitten auf dem Campus gegeben – peinlich für Marleen.

Samantha hatte nur Mitleid empfunden.

Doch was Marleen ihr damals in aller Öffentlichkeit an den Kopf geworfen hatte … Samantha würde sich ständig alles nehmen, ohne Rücksicht auf Verluste. Sie würde andere mit ihrem Ego plattmachen, sei radikal und vollkommen unempathisch.

Samantha erhob sich und begann, hin und her zu laufen. *Marleen!* Konnte das sein? Sie verglich die Größe und Statur der Maskenfrau mit ihren Erinnerungen an Jobsts Freundin. Schwer zu sagen! Es würde natürlich erklären, warum sie nie sprach und die Fragen vom Band kamen. Sie hatte Angst davor, erkannt zu werden. Und es würde erklären, warum Samantha zwar gefangen gehalten, aber gut versorgt wurde und außerdem unverletzt war. Marleen hätte niemals den Mumm, anderen körperlich zu schaden.

»Du willst also Rache? Du willst, dass ich leide, schwach und hilflos bin und vor dir zu Kreuze krieche?« Wie hatte Marleen es nur geschafft, sie hierherzubringen? Ob sie Helfer hatte? In welchem Gebäude befand sich dieser Raum, wo wohnte Marleen überhaupt? Blöd, Samantha hatte sich nie dafür interessiert.

Sie zwang sich, über den letzten Akt dieses Dramas nachzudenken. Wie weit würde Marleen gehen? Selbst in allergrößter Verzweiflung und Kränkung konnte Samantha sich nicht vorstellen, dass Jobsts Freundin ihr etwas antun würde.

Sie blieb stehen, zwang sich, auch den abwegigsten Gedanken zuzulassen. *Es sei denn, die Angst vor den Konsequenzen ihres Handelns treiben sie dazu!*

Solange niemand wusste, was Marleen getan hatte, war Samanthas Leben nicht gefährdet. Sie durfte sich also auf keinen Fall anmerken lassen, dass sie Marleen erkannt hatte. Und sie musste überzeugend darlegen, dass es Dinge in ihrem Leben gab, die sie zutiefst bereute.

*

Noch zogen kräftige Windböen über den Süden Dänemarks. Als ginge es dem Himmel darum, einen Wettbewerb für Unberechenbarkeit zu gewinnen, fielen kurze, heftige Schauer dort, wo Wolkenlücken Sonnenstrahlen passieren ließen, während es an anderer Stelle unter der dicken, schnell dahinziehenden grauen Masse trocken blieb.

Fria bemerkte Ohlsens Blick in den Rückspiegel. Sehen würde er darin hauptsächlich Bølle, der mit der einen Vorderpfote auf der Mittelkonsole stand und die Fahrt sichtlich genoss.

»Ihr müsst den ganzen Wald absuchen.« Fria zog das Kartendetail auf ihrem Handybildschirm größer. Wie viele Quadratmeter mochten das sein? So viele wie von sechs, acht Fußballfeldern? »Wenn er vorhat, an gleicher Stelle eine weitere Frau zu begraben, wer sagt uns, dass dort nicht schon längst andere liegen? In diesem Wald.« Sie tippte auf den Bildschirm.

»Hm.«

»Das Blätterdach ist noch nicht allzu dicht. Vielleicht macht es Sinn, Drohnen einzusetzen. Um Auffälligkeiten in der Bodenstruktur zu entdecken.«

Ohlsens Schweigen ermutigte sie, ihre Gedankengänge weiter auszuführen. »Und ihr müsst Leichenspürhunde suchen lassen. Das Gleiche gilt für Flensburg. Für das Gebiet, in dem ihr die Leiche von Celine Schwarz gefunden habt.« Ihre Augen folgten einem roten Kastenwagen, der sich auf der Parallelstraße ein Rennen mit ihnen lieferte. »Warum zwei Ablageorte? Und warum ausgerechnet diese beiden? Die Leiche aus Flensburg lag länger, oder? Vielleicht wurde er dort gestört und hat sich dann in Dänemark ein neues, ruhigeres Plätzchen gesucht?« Sie strich sich eine Strähne aus dem Gesicht. »Kann natürlich auch sein, dass die Kapazitäten schlichtweg …« Sie bedachte ihn mit einem schnellen Seitenblick. »Nein! Darüber wollen wir nicht nachdenken!« Stirnrunzelnd betrachtete sie die vorbeirauschende Landschaft. »*Satan*, wenn es nicht um ein Menschenleben ginge, könnten wir uns auf die Lauer legen und ihn am offenen Grab abfangen.«

»Dafür müsste er schon blind *und* taub sein. Der kommt nicht mehr. Erst rennt ihr Archäologen da rum und dann die Spurensicherung – mehrfach. Dank Nielas Kvist geht der Fall beiderseits der Grenze gerade durch alle Medien. Mehr Getöse geht nicht.«

Ohlsen hatte recht. Falls der Täter vorgehabt hatte, die leere Grube als Grabstätte zu nutzen, war er spätestens jetzt abgeschreckt.

»Wir haben Experten angefordert.« Der deutsche Ermittler setzte zum Überholen an. »Sie werden den Boden unter die Lupe nehmen. Vielleicht bekommen wir raus, wann die Grube ausgehoben wurde. Du schaust dir bitte die Form genau an! Immerhin ist sie diesmal noch intakt. Und etwaige Spuren, die das Werkzeug, mit dem gegraben wurde, hinterlassen hat.« Sein Handy klingelte. Über die Freisprechanlage ertönte eine weibliche Stimme.

»Ohlsen?«

»Ebba, was gibt's?« Für Frias Ohren bestimmt fügte er »Unsere Rechtsmedizin« hinzu.

»Ich hab hier was, das müsstest du dir ansehen.«

»Wir sind gerade auf dem Weg nach Sønderborg. Worum geht's?«

»Um Mord oder Totschlag. Ein junger Mann. Zunächst sah alles nach einem tragischen Unfall aus. Dann habe ich …«

»Hat das irgendetwas mit unseren Wikingermorden zu tun?«

Wikingermorde? Fria wandte schmunzelnd das Gesicht ab.

»Nein. Trotzdem muss sich ja irgendjemand kümmern!«

»Tun wir. Ich schicke dir Frau Cassuben vorbei, sobald sie Zeit hat.«

»Soll mir recht sein.«

Ohlsen trennte die Verbindung. »Monatelang ist alles ruhig und dann drehen die Leute plötzlich durch. Dabei sollten sie glücklich umherspringen. Es ist Frühling«, brummte er.

Glücklich umherspringende Menschen – Ohlsens Bild vom Frühling gefiel Fria. Obwohl sie wusste, dass sich die Natur nicht darum scherte, ob man nun glücklich war oder mit dem

Tode rang. Und doch glaubten die Menschen an den Neuanfang. Jedes Jahr wieder. Als käme mit der Winterdunkelheit der Tod und mit dem Licht des Frühlings das Leben. Dass dem nicht so war, wusste Fria nur zu gut. Als ihre Mutter ging, blühte das Mandelbäumchen vor dem Schuppen ihres Elternhauses. Das war lange her und doch war beides auf ewig miteinander verknüpft.

Der Feldweg war zugeparkt. Fria zählte zehn Wagen, davon sechs Vans. Ohlsen reihte sich ein. In der Ferne sah sie einen Trupp Polizisten, einige von ihnen führten Hunde.

»Bølle bleibt wohl besser im Wagen.« Ohlsen stieg aus.

Fria tat es ihm gleich und warf ihm über das Autodach hinweg einen gespielt bösen Blick zu. »Du denkst dir auch, lass die Museumstante mal reden!«

»Ich fand deine Ansätze wirklich gut. Besonders den mit den Leichenspürhunden.« Er ging los.

»Ich hab nur laut gedacht. Mir war klar, dass das längst läuft«, betonte sie und folgte ihm.

Eine Frau mit breiten Schultern führte sie ein paar Hundert Meter in den Wald hinein. Dort sahen sie Troels auf einer kleinen Lichtung stehen.

»Moin!« Ohlsen stellte sich neben ihn und betrachtete das ausgeschachtete und erstaunlich gut erhaltene Loch zu ihren Füßen. Die gleichmäßig verteilten, schräg eingebrachten Holzpflöcke stützten die Wände zu allen Seiten ab. Nur an wenigen Stellen hatten sich Teile des sandigen Bodens gelöst und waren auf den Grund gerieselt. Holzlatten gab es indes keine.

»*Hej, hej!* Was die Maße angeht, ist die Grube nahezu identisch mit der, in der wir Lea Schmitz gefunden haben.«

»*Hej!*« Fria berührte ihren Bruder flüchtig am Arm. »In der Ausrichtung auch. Exakt Nord-Süd«, ergänzte sie mit einem Kontrollblick auf den Kompass ihres Handys. Wahnsinn! Das

Loch mit seinen Pflöcken sah aus wie das abstrakte Gerippe eines Schiffsrumpfes, nur kleiner. Vorn und hinten lief es spitz zu. Dort waren auch die in den Boden gerammten Pfähle kürzer. Zur Mitte, zum breiten Bauch hin, wurden sie immer länger. Vorsichtig trat sie näher. »Darf ich? *Må jeg lige se?*«

Die Frau von der Spurensicherung, die in der Grube stand, hob abwehrend die Hände. »*Nu stopper du lige!* Stopp, nicht weiter! Du musst dir Schutzkleidung anziehen. Und du darfst nichts beschädigen. Der Boden zwischen den Pfosten fällt allein vom Hinsehen in sich zusammen.«

Fria nickte und ließ sich ausstaffieren. Mithilfe von Troels und der Spusi-Mitarbeiterin kletterte sie vorsichtig in das Loch. Auf dem Grund lagen neben dem abgerutschten Erdmaterial nur wenige Blätter und kleine Äste. Einige Bereiche der Wände waren so ebenmäßig, als hätte jemand eine Wand verputzt.

Fria hockte sich hin und zerdrückte das lose Material des Grundes zwischen ihren Fingern. »Das hier ist unglaublich präzise gearbeitet. Man sieht keine Spatenstiche, keine Einkerbungen, die die Form stören könnten. Hier wurde planvoll vorgegangen, wahrscheinlich erst mit einem groben Werkzeug, dann mit immer feineren.«

Die Spusi-Mitarbeiterin nickte.

Fria lehnte sich vorsichtig zur Seite und neigte den Kopf leicht hin und her. »Habt ihr eine Taschenlampe für mich?«

Sie bekam eine heruntergereicht.

Troels und Ohlsen gingen in die Hocke, um besser sehen zu können.

Das punktuelle Licht ließ kaum sichtbare, feine Längsriefen aufblitzen.

»Zu gleichmäßig, um zufällig zu sein.« Sie wandte sich an die Frau neben ihr in der Grube. »Kriegen wir die fotografiert? Ich halte die Lampe und du sagst, wann die Riefen durch die Kameralinse optimal abgebildet werden?«

Troels und Ohlsen beobachteten die beiden Frauen bei ihrer feinmotorischen Arbeit.

»Der Experte zur Begutachtung des Bodens ist unterwegs. Ich hoffe, dass wir seine Einschätzung, wann das hier gegraben wurde, möglichst schnell bekommen«, hörte Fria ihren Bruder sagen.

»Kannst du die Abstände zwischen den Riefen ausmessen?« Sie verlagerte ihr Gewicht auf das andere Bein.

Als alles dokumentiert war, ließ sie sich von Troels aus dem Loch helfen. »Das gräbt man nicht mal eben so nebenbei. Hier hat jemand sehr viel Zeit verbracht. Ich möchte wetten, die beiden Längswände stehen im gleichen Winkel zum Boden, und der ist an jeder Stelle der Grube gleich tief.« Sie zog sich die Kapuze vom Kopf.

»Was denkst du, von welchem Werkzeug die Längsrillen stammen?« Troels half ihr aus dem Anzug.

»Keine Ahnung. Für einen Gipsabdruck sind sie zu fein, oder?«

Die Kollegin der Spurensicherung zuckte mit den Schultern. Fria drehte sich einmal um die eigene Achse. Der Platz lag von Bäumen geschützt, kein Spazierweg weit und breit. Trotzdem, es gab Förster und Waldbauern, Jäger und Pilzsammler. Wie konnte der Typ sich so sicher sein, nicht erwischt zu werden? Erst recht, was die letzte Ruhestätte von Lea Schmitz betraf! Ihr Grab lag am Feldrand vor dem Wald. Wenn er sich bei ihr genauso viel Zeit gelassen hatte, genauso akribisch vorgegangen war, warum hatte ihn dann niemand gesehen?

*

»Wir haben an alles gedacht. Das wird super, wirst schon sehen«, sagte Nettie und zog den Reißverschluss von Belles Jacke bis oben hin zu.

Augenblicklich waren die kleinen Finger da und zogen ihn wieder herunter. Umständlich versuchte das dumme Ding, sich aus dem Anorak zu pellen. Die beiden Pullover ließen ihre Bewegungen steif aussehen.

»Jetzt stell dich nicht so an! Heute Nacht wird es kalt.«

Aber Belle hatte genug davon, eine schwitzende Presswurst zu spielen. Hilflos musste Nettie mitansehen, wie ein Kleidungsstück nach dem anderen zu Boden fiel, bis das Mädchen in Unterhose vor ihr stand.

»Wie du willst. Aber jammere nicht, wenn dir nachher kalt ist.« Sie griff nach dem Rucksack. »Ich habe genug zu tragen.« Einmal noch kontrollierte sie den Inhalt. Genauer gesagt das, was oben rausguckte. Den Apfel konnte sie eigentlich auch jetzt schon essen, dann musste sie ihn nicht mitschleppen. Sie lachte fröhlich bei dem Gedanken, dass es keinen Unterschied machte, ob ihr Rücken oder ihr Bauch den Apfel trug. Umständlich schob sie sich den Transportsack auf den Rücken. »Und jetzt komm!« Sie zog Belle mit sich nach draußen. Obwohl die Sonne so tief stand, dass die Farben blass und kühl wurden, spürt Nettie ihre Wärme. Sie zog die schwere Haustür zu. Jetzt würde alles so, wie sie es sich schon immer gewünscht hatte. Überschwänglich lachend nahm sie Belle auf den Arm und hüpfte die Steintreppen hinunter. Der Rucksack schnürte ihr die Schultern ein. Belle wurde mit jedem Schritt schwerer, aber das machte nichts. Der Kies knirschte, und in den Büschen neben ihnen raschelte es leise. Nettie gefiel der Gedanke, dass die Tiere des Gartens sie verabschiedeten.

Am schmiedeeisernen Tor musste sie Belle absetzen. Sie drückte die Klinke herunter und schob. Warum ging das so schwer?

»Dumme Nettie, du musst ziehen!«, schalt sie sich kichernd und zog, erst vorsichtig, dann immer kräftiger. Doch das blöde Ding bewegte sich kein bisschen. Die Kälte des Metalls tat an den Fingern weh, als sie die Stäbe umschlang und rüttelte. Belle beobachtete sie genau, ahmte sie nach, verlor jedoch schnell die Lust und trippelte zurück zum Haus.

Warum hatte er das Tor abgeschlossen? »Warte!« In zwei Schritten hatte sie das Kind eingeholt. »Es gibt bestimmt einen anderen Weg. Der Einbrecher ist auch reingekommen. Und Einbrecher kommen nicht durch die Vordertür.«

ZEHN

»Tiefschwarz, richtig?«

Ohlsen warf seine Jacke über den Stuhl. Wie breit Palle grinste, als er Fria den Kaffeepott hinhielt. »Und ich?«, beschwerte er sich.

Palle stöhnte. »Ach, Chef, jetzt sitze ich gerade. Du weißt doch, wo alles steht.« Schon widmete er sich voll und ganz dem dänischen Besuch. »Also hattest du doch recht, die Gräber haben die Form eines Schiffsrumpfes! Ich wusste es. Ich hab dem Chef gleich gesagt, dass er sich diesen Wagner schenken kann und lieber gleich dich fragen soll.«

»Hast du?« Ohlsen zog sich einen Stuhl heran und wartete, bis auch Oltmann zu ihnen gestoßen war. »Was ist mit Sinje?«

»Ist in der Gerichtsmedizin. Wegen dieses männlichen Toten, des Unfalls, der wohl keiner ist.«

»Gut, fassen wir die neuen Entwicklungen zusammen. Zunächst das Positive: Die Leichenspürhunde haben in dem Wald bei Sønderborg nicht angeschlagen. Lea Schmitz scheint also das einzige Opfer zu sein, das dort vergraben wurde.«

»Bislang«, warf Oltmann ein.

»Richtig. Die leere Grube deutet darauf hin, dass es ein weiteres Opfer geben sollte.«

»Oder soll.«

Ohlsen nickte. »Als Begräbnisstätte ist die Gegend nun verbrannte Erde. Der Täter wird sich dort nicht mehr blicken lassen.«

»Er wird sich was Neues suchen. Das hat er ja schon mal.«

»Das Areal rund um den Flensburger Leichenfund wird morgen von den Kollegen der Hundestaffel abgesucht.« Ohlsen drückte die Stuhllehne nach hinten und drehte sich einmal um sich selbst. »Also: Welche Optionen stehen zur Debatte?« Er sah einen nach dem anderen an. »Erstens, es gibt bereits eine weitere Tote und der Täter hat ein Problem. Er weiß nicht, wohin mit der Leiche.«

»Er steht unter Zugzwang. Vielleicht wird er unvorsichtig?« Palle nickte Fria aufmunternd zu.

»Wir haben immer noch keine Ahnung, über welches Gebiet sich sein Wirkungskreis erstreckt«, gab Ohlsen zu bedenken.

»Ich halte es für sehr wahrscheinlich, dass die Person, die für die Taten verantwortlich ist, aus der Grenzregion kommt – oder aber kam – und sich hier bestens auskennt«, meinte Fria. »Es ist das eine, jemanden zu überfallen, und etwas ganz anderes, solche Gräber auszuheben, den Aushub wegzuschaffen, das Holz heranzukarren, die Gräber auszukleiden, die Leichen abzulegen und das Grab abzudecken. Das eine kann in ein paar Minuten erledigt sein, das andere dauert Stunden oder Tage. Du kannst nicht überall wild drauflosgraben. Du musst wissen, wer da alles rumrennt. Du musst das lange vorbereiten. Für jemanden auf der Durchreise kaum machbar. Und – der Boden in diesem Wald bei Sønderborg weist eine Eigenschaft auf, die den meisten Böden Süddänemarks fehlt: einen höheren Lehmanteil. Du spürst es, wenn du das Sediment zwischen deinen Fingern zerreibst. Nur deshalb sind die Wände der Grube überhaupt in der Art stehen geblieben. Nur deshalb konnten die Längsrillen angelegt werden. Da kennt sich jemand ziemlich gut aus.«

»Sehe ich auch so.« Mit zufriedenem Gesichtsausdruck lehnte Palle sich zurück.

»Also ein Einheimischer … Wir wissen immer noch nicht, wie er an seine Opfer kommt, worin die Verbindung besteht.«

»Muss es die überhaupt geben? Wir haben die Leben von Celine Schwarz und Lea Schmitz bis aufs Kleinste durchleuchtet und auf den Kopf gestellt, Chef. Das Einzige, was sie gemeinsam haben, ist das Geschlecht und ihr junges Alter. Beides lässt sich durch einen Blick aus dem Autofenster über die Tische eines Cafés hinweg in Sekundenschnelle feststellen.« Oltmann verschränkte die Arme vor der Brust.

»Okay, solange die Spuren keine andere Sprache sprechen, gehen wir also von Zufallsopfern aus. Der Täter stammt aus der Region Flensburg/Süddänemark und …«

»Warum denkt ihr, dass es ein Mann ist?«, unterbrach Fria Ohlsen und schob sich eine der langen Ponysträhnen hinters Ohr.

»Er muss die Opfer überwältigen.«

»Erst mal muss er an sie rankommen. Celine Schwarz' Spur endet nicht in einem einsamen Waldstück, sondern auf einem belebten Bahnhof. Also, wenn *ich* von Fremden angequatscht werde, erst recht aus einem Auto heraus, bin ich wesentlich ruhiger, wenn ich eine Frau vor mir habe.«

»Er muss die Kaltblütigkeit besitzen, die Opfer zu strangulieren und zu erstechen. Statistisch gesehen ist die Zahl der männlichen Täter größer, je mehr Gewalt im Spiel ist.«

»Und wenn die Frauen vorher betäubt wurden und von dem eigentlichen Akt nichts mehr mitbekommen haben? Beide Male wurde nur ein einziges Mal zugestochen. Hört sich nicht nach einem Gewaltexzess an.«

»Das Anlegen der Gräber, das Wegschaffen des Erdaushubes, wir sprechen hier von harter körperlicher Arbeit.«

»Du darfst gern mal auf einer unserer Grabungen vorbeischauen, Ohlsen.«

»Was sagt der Polizeipsychologe?«, unterbrach Oltmann das Wortgefecht.

»Moment!« Palle rollte zum nächsten Rechner und klickte, bis er das richtige Dokument vor sich hatte. »Männlich, zwischen dreißig und sechzig, empfänglich für Rituale, versteht es gut, sich zu organisieren. Wünscht sich, dass seine Botschaft gesehen wird. Der Gutachter hält es für wahrscheinlich, dass wir jemanden suchen, der den Eindruck erweckt, ein sympathischer Mensch aus der Mitte der Gesellschaft zu sein. Oder aber jemanden, dem wir von Natur aus einen Vertrauensbonus gewähren. Sanitäter, Apotheker, Krankenpfleger, Ärzte, Polizisten …«

»Polizisten und Vertrauensbonus? Vielleicht möchte der schlaue Herr Gutachter die Kollegen von der Streife mal begleiten?«, murmelte Oltmann.

»Und du glaubst wirklich, wir suchen eine Frau?« Ohlsen wandte sich Fria zu.

»Vielleicht auch ein Pärchen …«

Sein Blick suchte Oltmann, den Dienstältesten auf der Norgaarder Wache.

Der antwortete mit einem Schulterzucken.

»Kommen wir zu Option Nummer zwei: *Die* Täter haben ihr Opfer schon entführt, jedoch noch nicht getötet.«

»Dann befindet sich jetzt, während wir hier schnacken, eine junge Frau in unmittelbarer Lebensgefahr. Und wir haben nicht den leisesten Schimmer, wo wir nach ihr suchen sollen!« Palles dünne Arme wirbelten in einer verzweifelten Geste durch die Luft. Er stöhnte.

»Wir wissen jetzt, dass die Zeilen auf den Papierfetzen aus dem Grab Sønderborg von Lea Schmitz selbst verfasst wurden. Beim Inhalt sind wir noch nicht viel weiter. Bis auf das Satzfragment *›estimmung. Trauert nicht um mi‹* konnten die Kollegen nur noch einzelne Worte identifizieren. Die aber erhärten den Verdacht, dass es sich um einen Abschiedsbrief handeln könnte«, erläuterte Ohlsen.

»Darf ich die Worte sehen?«, fragte Fria.

Ohlsen nickte und Palle beeilte sich, ihr ein paar Seiten auszuhändigen.

»Wenn wir die Selbstmordtheorie ausklammern, spricht der Abschiedsbrief dafür, dass die Täter ihre Opfer längere Zeit gefangen halten«, mutmaßte sie, ohne den Blick von den Ausdrucken zu heben.

»Ach ja?« Palle hing nahezu an Frias Lippen.

»Um jemanden dazu zu kriegen, das zu schreiben, musst du ihn brechen. Das dauert.«

Das kollektive Schweigen machte es Ohlsen schwer, einfach fortzufahren. Er räusperte sich. »Also gut! Wir suchen nach einer oder mehreren Personen, die aus dem süddänischen oder Flensburger Raum kommen und sich mit den örtlichen Bodenbeschaffenheiten auskennen. Von denen mindestens einer, zeitweise oder regelmäßig, durch intensives Ausüben eines Hobbys oder aus beruflichen Gründen Reisen durch Deutschland unternimmt. Sie müssen außerdem über ein geeignetes Versteck verfügen, wo sie über längere Zeit Menschen gefangen halten können.« Er atmete tief ein. Am Ende dieser Besprechung würde er sein Kontingent an Wörtern für heute definitiv verbraucht haben. »Fällt euch da irgendwer ein? Uns rennt die Zeit davon.«

»Überregionale Vertreter? Handelsreisende, Unternehmensberater, Sicherheitsbeauftragte, Schulungsleiter, projektbegleitende Ingenieure …? Die Liste könnte lang werden.« Oltmann kratzte sich am Kopf.

»Fakt ist, die Person hat einen Wagen zur Verfügung. Schaut euch die ansässigen Firmen an. Wer schickt seine Leute nach Ingolstadt, Oldenburg und Umgebung? Troels und seine Leute werden den dänischen Betrieben auf den Zahn fühlen.«

»Was ist mit den Grabbeigaben, der besonderen Form der Grube?« Fria schob ihre dicken Haare zu einem kurzen Zopf zusammen.

»Wenn wir erst einmal Verdächtige haben, können wir nach Anknüpfungspunkten suchen. Fria, ich fänd's gut, wenn du eng mit der Spurensicherung zusammenarbeiten könntest. Versucht herauszufinden, was das für Längsrillen sind, von welchem Werkzeug sie stammen.«

Fria ließ nickend ihr Haar fallen.

»Ich wäre für Option Nummer drei«, murmelte Palle. »Das Grab ist zwar schon ausgehoben, das Opfer aber noch nicht ausgesucht.«

*

Sinje Cassuben schluckte den letzten Bissen ihres Müsliriegels der Sorte süß und ungesund herunter. Sie hatte zu viel auf den Rippen, das war schon immer so gewesen. Ihr Freund betitelte ihre Kurven als unwiderstehlich und untersagte ihr, sich durch die nächste unnütze Diät zu quälen. Das half. Phasenweise. Dann aber meinte sie, sie müsste unbedingt von den überflüssigen Pfunden runter, und begann wie eine Irre Sport zu treiben. Mit ein bisschen Disziplin musste da doch was zu machen sein. Disziplin. Der zweite Vorname von Ebba Sigmundsen.

Sinje war gern in der Pathologie. Hier ging es ruhig und geordnet zu. Ein eigener Mikrokosmos, abgeschottet von der hektischen Welt. Mit wunderbar klaren Regeln.

Sie blieb in der Tür zum Sektionsraum stehen und beobachtete Hartmuth Boeffel, den jungen Assistenten, wie er rhythmisch wackelnd den Seziertisch reinigte. In gleichmäßigen Abständen froren seine Bewegungen ein, um danach wild zuckend fortgeführt zu werden. Sinje erkannte die kleinen weißen Stöpsel in seinen Ohren und schlich wieder hinaus. Sie fand Ebba Sigmundsen tippend an ihrem Schreibtisch.

»Nur herein, meine Liebe!« Das dicke, auffällig rote Brillengestell tanzte auf ihrer Nasenspitze. »Ich beende eben noch diesen Satz. – Speichern, fertig!« Freundlich lächelnd wandte sich die Rechtsmedizinerin ihr zu. »Was macht die Oberwelt? Seid ihr weiter mit den Wikingermorden?«

»Die Dänen haben noch eine Grube gefunden – leer.«

Ebbas Augenbrauen schnellten in die Höhe. »Nicht gut!«

»Nein. Uns fehlen die Ermittlungsansätze. Und uns rennt die Zeit davon.«

Ebba stand auf und drückte ihr aufmunternd den Oberarm. »Dann tut es mir doppelt leid, dass ich euch mit einem weiteren Fall belasten muss, aber …«

Sinje folgte ihr in die Kühlkammer.

»Dieser junge Mann hier …« Sigmundsen zog die Tür einer Kühlzelle auf und den Boden heraus. »… kam gestern herein. Klar schien, dass er mit dem Fahrrad unterwegs war, als ein dicker Ast auf seinen Kopf fiel.« Sie wies auf ein bemoostes Stück Holz in einem Asservatenbeutel, der auf einem rollbaren Metalltischchen lag. »Der Schlag hatte ein schweres Schädel-Hirn-Trauma zur Folge, an dem er noch vor Ort verstarb. Eigentlich sollte nur die Beteiligung Dritter, also anderer Verkehrsteilnehmer, ausgeschlossen werden.«

Sinje musterte den Leichnam. Dunkle Haare, lange, dünne Statur. Zu jung, um als gestandener Mann durchzugehen.

»Erste Zweifel kamen mir bei der Untersuchung der Kopfwunde.« Ebba wies auf die mit blauen Einblutungen versehene Verletzung. »Es gibt zwar wie erwartet nur eine einzige Fraktur, das Zentrum des Bruchsystems lässt aber auf eine andere Werkzeugoberfläche schließen. Obwohl ich sowohl die zu erwartenden Holzsplitter in der Kopfwunde als auch Blut- und Gewebespuren an besagtem Ast gefunden habe, glaube ich nicht, dass es dieser Ast war, der den jungen Mann erschlagen hat.« Die Rechtsmedizinerin griff nach dem Corpus Delicti. »Zumal die Rinde schon bei vorsichtigem Anfassen abfällt. Hier, an der mutmaßlichen Griffstelle, liegt das Holz blank. Auch oben an der Verdickung gibt es kahle Stellen. Wäre dieser Ast aus großer Höhe kräftig auf etwas aufgeschlagen, wäre die morsche Rinde wohl nur noch auf der Straße zu finden gewesen.«

»Zumal es vorgestern gar nicht so windig war.«

»Das will nichts heißen. Oft bleiben abgebrochene Äste lange Zeit in den Baumkronen hängen. Dann reicht ein mäßiger Windstoß, und schon ist es passiert.«

»Und die Holzsplitter in der Wunde?«

»Müssen nachträglich eingebracht worden sein. Indem man den Ast auf die Wunde gedrückt und höchstwahrscheinlich gedreht hat. Das Zweite, was mich stutzig gemacht hat, war der Todeszeitpunkt. Dieser Mann ist seit mindestens sechsunddreißig Stunden tot. Gefunden wurde er auf einer wenig befahrenen Strecke von einem Schulbusfahrer, der einen dieser kleinen Transporter lenkt, mit denen die weit außerhalb wohnenden Kinder eingesammelt werden.« Ebba sah Sinje vielsagend an. »Ich gehe doch mal davon aus, dass der Schulbus jeden Tag dieselbe Strecke fährt …«

»Warum also wurde der Tote so spät gefunden?«

Zufrieden schob die Rechtsmedizinerin die Leiche zurück in die Zelle.

»Hätten die Totenflecken nicht anders verteilt sein müssen, wenn der Leichnam bewegt worden wäre?«, gab Sinje zu bedenken und hob gleichzeitig beschwichtigend die Hände. »Entschuldigung, reines Interesse.«

Sigmundsen lächelte nachsichtig. »Das stimmt. Es ist davon auszugehen, dass die Position post mortem in etwa die gleiche war. Er muss auf dem Rücken liegend transportiert worden sein.«

»Er lag auf dem Rücken? Mit einer Wunde am Hinterkopf?« Sinje runzelte ungläubig die Stirn.

»Oh, das allein sagt nichts aus. Durch einen herabfallenden Ast tödlich verletzt wäre ein Mensch durchaus noch in der Lage, sich im Fallen von seinem Fahrrad auf den Rücken zu drehen. Kommt auf die Dynamik des Sturzes an.«

»Und dass er sich die Kopfverletzung bei dem Sturz zugezogen hat, ist keine Option?«

»Dann hätten wir ein anderes Frakturmuster. Der Gegenstand, der diesen Bruch verursacht hat, hatte eine geringe Kontaktfläche und muss schwer gewesen sein. Die Gewebeproben befinden sich noch in der Analyse. Mit etwas Glück lassen sich Rückstände des Materials nachweisen.« Ebba ging voraus und bog in einen anderen Raum ab. »Die persönlichen Sachen des Opfers. Kleidung, Papiere, Handy, alles da.«

Sinje nahm die Kiste an sich. »Eine Frage noch! Wenn der Tod vor so vielen Stunden eingetreten ist, musste die Totenstarre weitgehend ausgebildet gewesen sein. Ist es nicht unfassbar schwer, die Leiche in diesem Zustand zu transportieren?«

»Auf jeden Fall.«

»Man braucht ein Transportmittel, das groß genug ist.«

»Und mindestens einen kräftigen Helfer.«

»Ziehen geht nicht?«

Die beiden Frauen sahen sich an. Sinje stellte den Karton ab, öffnete hastig den Deckel und entnahm den Beutel mit den Schuhen des Toten. An den Fersen waren deutliche Abschabungen zu erkennen.

*

SAMANTHA

Die Lüftungsanlage sprang alle dreizehn Minuten und sechsunddreißig Sekunden an. Und das für zwei Minuten dreißig. Samantha hatte gezählt und eine Strichliste geführt, Sekunden und Minuten festgehalten. Seitdem konnte sie die verstrichene Zeit messen. Es lag schwarz auf weiß vor ihr, die Abstände zwischen den Fragerunden wurden kürzer. In den letzten zwölf Stunden war Marleen dreimal bei ihr gewesen. Die Fragen waren immer abartiger geworden.

Stell dir vor, deine Freundin und du, ihr hättet nur noch eine

Flasche Wasser. Wer sie trinkt, überlebt. Für beide reicht es nicht. Würdest du sie sterben lassen?

Wollte Marleen wissen, wie sehr ihr der Fehltritt mit Jobst leidtat? Was sie tun würde, um es wiedergutzumachen? Sterben gehörte sicher nicht dazu!

Samantha hatte alles versucht, um der Maskenfrau zu signalisieren, wie sehr sie manche Ereignisse in ihrem Leben bereute. Falls die richtigen Antworten dabei gewesen waren, hatte die Entführerin es sich jedenfalls nicht anmerken lassen.

Das Geräusch war leise. Doch mittlerweile waren Samanthas Sinne sensibilisiert. Die Tür öffnete sich. Marleen trat ein und deutete auf den Stuhl. Samantha setzte sich.

Aufschreiben!, befahl die Computerstimme.

Das war neu. Samantha griff nach Stift und Papier.

Egal, wie sehr ich mich bemühe, ich werde immer nur ein Werkzeug sein, ein Mittel zum Zweck. Meinen Wert bestimmen andere. Mein Leben ist mehr Schein als Sein. Ich bin schwach und werde es immer bleiben. Demütig nehme ich meinen Platz ein, denn das ist meine Bestimmung …

Schon nach dem zweiten Satz hatte Samantha aufgehört zu schreiben. Die letzten Worte gingen im Rauschen ihres Blutes unter. Ihr Brustkorb war zu klein für ihr hämmerndes Herz. Was sollte das? *Demütig nehme ich meinen Platz ein? Die spinnt doch!* Ohne weiter nachzudenken, federte Samantha hoch, stürzte sich auf die Maskenfrau und rang sie nieder. Ihr Knie bohrte sich in den Magen der Gegnerin. Ein dumpfes Stöhnen unter der Gummihaube gab ihr Zuversicht. Doch dann traf sie ein harter Ellbogencheck im Gesicht, und sie musste loslassen. Zeit, die Marleen nutzte, um aufzustehen und fluchtartig den Raum zu verlassen.

Samantha rappelte sich hoch und tastete vorsichtig ihr Gesicht ab. Eine glänzend rote Spur zog sich über ihre Fingerkuppen. Sie schmeckte Blut.

»*Shit!*« Sie robbte zur Toilette, riss Papier ab und drückte es auf Lippen und Nase. Aufgewühlt lehnte sie sich an die Wand. *Du verdammtes Stück Scheiße! Ich hätte dir deinen abartigen Schädel einschlagen sollen!* Die Wut war übermächtig. Sie schrie, so laut sie konnte. So lange, bis ihr die Luft wegblieb.

Erschöpft schloss sie die Augen. War das wirklich Marleen? Samantha versuchte in sich hineinzuhorchen, dem nachzuspüren, was sie gefühlt, was sie gerochen hatte. Es war alles so schnell gegangen. Sie hatte anderes zu tun gehabt, als sich auf das Gefühl ihrer Finger zu konzentrieren. Aber Marleen? *Das ist sie gar nicht! Verdammt noch mal, das ist sie nicht.*

Sie war irgendeiner fremden Irren ausgeliefert, die ihre kranken Spielchen mit ihr trieb. *Wofür? Und was passiert jetzt, wo ich sie angegr–* Der Gedanke stockte unvermittelt, als ihre Augen den Gegenstand entdeckten. Samantha ließ das blutige Papier fallen und kroch eilig darauf zu. *Ja! Oh mein Gott!* Ein Schlüsselbund! Er musste der Maskenfrau bei ihrem Kampf aus der Tasche gerutscht sein.

Mit zitternden Händen hob Samantha ihn auf. Es waren zwei Schlüssel daran befestigt. »Bitte, bitte, bitte!« Die Finger wollten ihr kaum gehorchen, als sie den kleineren in das Schloss ihrer Fußfessel schob. »Komm schon, komm schon!« Warum ließ er sich nicht drehen? Doch dann – endlich – machte es leise Klack und die Metallmanschette ließ sich aufdrücken. Ungläubig starrte Samantha erst auf ihren Fuß, dann zur Tür und dann auf den größeren der beiden Schlüssel. Konnte das …? War das möglich? Mit weichen Knien ging sie auf das Türblatt zu. Sie wollte den Schlüssel schon ins Schloss stecken, da kam ihr ein verrückter Gedanke. Wenn der Schlüssel für diese Tür hier, in ihren Händen lag, konnte die Maskenfrau unmöglich abgeschlossen haben. Mit angehaltenem Atem legte sie ihre Finger um die Kante des Türblatts und zog.

*

NETTIE

Sie hatte vergessen, wie dunkel die Dunkelheit war. Und wie kalt. Belle zitterte in ihren Armen. Warum hatten sie das blöde Loch im Zaun auch so spät entdeckt? Vielleicht wären sie längst in der Stadt, bei freundlichen Menschen, die ihnen halfen, ihnen zu Essen gaben, wenn das verdammte Tor nicht abgeschlossen gewesen wäre. Netties Füße schmerzten. Die Arme auch. Eigentlich gab es keine Körperstelle, die nicht wehtat. Sie wusste nicht einmal, ob sie in die richtige Richtung gingen. Die drohenden Baumgerippe links und rechts des Weges wollten nicht enden. Und selbst die waren kaum noch zu erkennen. Was sollte Nettie bloß machen, wenn das letzte Licht der Dämmerung weg war? Verschluckt von der Nacht? Ängstlich warf sie einen Blick zurück. Nein, auch das Loch im Zaun würden sie nicht wiederfinden.

Belle versuchte, sich aus ihren Armen zu befreien.

»Hör auf zu zappeln, du bist schwer genug!« Nettie zog die Nase hoch. Sie wollte nicht weinen, aber das war alles so ungerecht! Belle war keine große Hilfe! »Ich kann dich auch hierlassen und ohne dich weitergehen! Das wär eh besser. Du bist ein Klotz am Bein, Perdita! Ohne dich wär ich viel besser dran.« Wütend setzte Nettie die Kleine auf den kalten Asphalt und ging ein paar Schritte rückwärts. Die dumme stumme Pute war doch selbst schuld. Wer wollte denn seine Kleider nicht anbehalten?

Nettie hatte sich fest vorgenommen, sich einfach umzudrehen und zu gehen. Doch es ging einfach nicht. So starrte sie auf die mit der Dunkelheit verschmelzenden Umrisse des Mädchens, das mit ausgestreckten Armen auf sie zuwankte.

Plötzlich blitzten zwei Lichtkegel auf. Und dann hörte Nettie es auch, das Auto. Schnell hob sie Belle auf ihre Hüfte. Da kamen sie, die Menschen, die sie retten würden. Sie durften sie nicht übersehen! Wenn das Auto einfach an ihnen vorbeifuhr, war alles aus. Entschlossen stellte sich Nettie mitten auf die Fahrbahn.

*

Ein Gutes hatte Ohlsens karges Büro ja, es gab garantiert nichts, das einen ablenken konnte. Die Geräusche der anderen Ermittler drangen nur verhalten zu ihnen durch.

»Dein Handy!«

Fria hob den Kopf und sah, wie Ohlsen sich müde die Augen rieb. Tatsächlich wanderte ihr Mobiltelefon zuckend über seinen Schreibtisch. Der Name ihres Vaters leuchtete ihr entgegen. »*Hej*, Eskild!«

»Fria, Lieblingstochter! Ich wollte mich nur vergewissern, dass du deinen alten Herrn nicht vergisst. Am Sonntag, wie immer?«

»Sonntag? Ich weiß noch nicht …«

»Jetzt ist es aber mal gut! Dass Troels uns versetzt, kann ich gerade noch verstehen, aber du? Du wirst doch wohl am Ostersonntag einmal die Arbeit ruhen lassen können!«

Ostern, das hatte sie glatt vergessen! »Nein, ja, natürlich komme ich. Das weißt du doch! Was soll ich mitbringen? Ich könnte was kochen oder backen …«

»Lass mal, Kaja und Helle haben sich angeboten. Und ich backe was Schönes. Ich nehme an, du bist noch nicht zu Hause? Mach Feierabend! Dann bis Sonntag.«

»Bis Sonntag. Ach, Papa? Hast du einen Tipp, was ich Ninna und Erene schenken könnte?«

»Frag deine Schwägerin! Es wäre eh schön, wenn du dich mal bei Kaja melden würdest.«

»Ist gut. Nacht, Papa!« Seufzend legte Fria das Handy zurück auf den Schreibtisch.

»Ärger mit dem Freund?« Ohlsen blickte sie über den Rand des Monitors hinweg an.

»Mit dem Freund?« Verständnislos zog sie die Augenbrauen zusammen. Bis ihr einfiel, dass Ohlsen von ihrer dänischen Unterhaltung kaum etwas verstanden haben dürfte. Sie lachte. »Schlimmer! Mit dem Vater. Ich hab total vergessen, dass Sonntag der alljährliche Osterbrunch ansteht. Und jetzt habe ich nicht mal ein Geschenk für meine Nichten. Wenigstens ist das Festtagsbuffet nicht in Gefahr, den Schwägerinnen sei Dank!« Sie schob die Hände in den Nacken und begann in kreisenden Bewegungen zu kneten.

»Ostern? Jetzt Sonntag? Nicht dein Ernst!«

Fria sah Ohlsens erschrockenen Gesichtsausdruck und musste lachen.

Sinje steckte den Kopf durch die Tür. »So, ich mach Feierabend. Keine Chance, den Schulbusfahrer heute noch zu erreichen.«

»Den Schulbusfahrer?«

»Der den jungen Mann auf der Straße gefunden hat. Ich hab dir den Bericht auf den Schreibtisch gelegt.«

»Ja, ja, stimmt, der erschlagene junge Mann. Ich bin noch nicht dazu gekommen …« Ohlsen fuhr sich durch das dichte Haar. »Das stellen wir hintenan. Wie weit sind wir mit der Liste der Firmen?«

»Die von der deutschen Seite steht. Nur bringt uns das leider wenig. Über Ostern erreichst du da niemanden.« Sinje hob grüßend die Hand und verschwand.

Ohlsens verschlossenes Gesicht sprach Bände.

»Wir wissen nicht, ob sie schon ein weiteres Opfer in ihrer Gewalt haben.«

»Ich kann nicht drei Tage tatenlos herumsitzen, bis diese gottverdammten Feiertage vorbei sind! Wir müssen wissen, welche ortsansässigen Firmen Außendienstler beschäftigen und wer von denen wann in Oldenburg oder Ingolstadt gewesen sein könnte. Das ist unsere einzige Spur. Die Täter tun uns sicherlich nicht den Gefallen und legen Ostern eine Pause ein!« Er verließ das Büro. Fria hörte seine energischen Schritte, mit denen er den Flur entlanglief. Müde klappte sie ihr Notebook zu, ließ es in die Tasche gleiten, zog sich die Jacke über und ging ihm hinterher.

»Ich weiß, es ist Karfreitag!«

Schon lange bevor sie das Großraumbüro betrat, hörte sie Ohlsens Stimme.

»Aber wir müssen damit rechnen, dass sich bereits eine weitere Frau in Gefangenschaft befindet, die jederzeit umgebracht werden kann. Erdrosselt und erstochen, wie Lea Schmitz und Celine Schwarz.«

Fria bog um die Ecke und sah in Palles und Oltmanns betretene Gesichter.

»Also grabt weiter! Wir brauchen eine Spur, die uns zu ihr führt!«

»Ohlsen!« Fria berührte sanft seinen Arm. »Lass uns alle nach Hause gehen und ein bisschen auftanken.«

Erst dachte sie, er würde sie wütend anfahren, doch dann sanken seine Schultern herab. »Fria hat recht. Wir sehen uns morgen. Und …« Seine Augen drückten den Dank aus, den er nicht über die Lippen brachte.

»Wir alle, Ohlsen!« Fria war noch einmal zurück in sein Büro gegangen. »Es hilft keinem, wenn du über irgendwelchen Fundortfotos oder Listen brütest.«

»Seit wann wissen Archäologen, was einem Polizisten hilft?«, brummte er und verschanzte sich hinter seinem Rechner.

»Du vergisst, dass meine gesamte Familie aus Polizisten besteht. Los, fahr die Kiste runter und komm! Wir schauen bei Pinyin vorbei und nehmen uns was zu essen mit.«

»Es ist Karfreitag.«

»Ich glaube, das schert die Buddhisten wenig.«

*

NETTIE

Noch nie hatte sie ihn so wütend erlebt. Der, der sich gerne Doktor nannte, der, den sie nicht verärgern durfte, hatte sein ausdrucksloses Gesicht und seine tonlose Stimme gegen einen Sturm aus bösen Wörtern getauscht, so laut, dass Nettie sich ganz klein gemacht und den Kopf unter ihren Armen versteckt hatte. Dabei war es nicht ihre Schuld, dass Belle jetzt krank war. Nettie hatte alles richtig gemacht. Sie hatte Belle warme Sachen angezogen, Essen eingepackt und das Mädchen die meiste Zeit getragen. Obwohl sie viel zu schwer war. Und obwohl sie dadurch kaum vorwärtsgekommen waren.

Belle war an allem schuld. Sie hatte sich die Kleider heruntergerissen. Aber natürlich war Nettie die, die bestraft wurde.

Sie dachte an die letzten Stunden und wie das Auto auf sie zugefahren war. Es war keine schöne, liebe Frau gewesen, die ausgestiegen war und sich gefreut hatte, Nettie und Belle mit in ihr gemütliches, warmes Heim zu nehmen. Es war der Doktor.

Und jetzt lag Belle in ihrem Bettchen. Die blauen Lippen waren wieder rosa. Ihre Bäckchen leuchteten rot statt weiß, und warm war sie auch, richtig warm. Nur bewegen wollte sie sich nicht.

»Wenn sie stirbt, ist das allein deine Schuld.« Der Doktor steckte das Fieberthermometer in die Plastikhülle und sah Nettie an. Sein Gesicht und die Stimme waren in die alte Monotonie zurückgefallen, nur in seinen Augen meinte Nettie noch etwas von dem Zorn zu erkennen. Ob er sauer war, weil Belle krank geworden war? Oder weil sie ihn allein lassen wollten? Vielleicht hatte er Angst vor dem Alleinsein?

»In der nächsten Woche wird es keine Telefonate mit deinen Eltern geben. Und Fernsehen ist auch gestrichen. Du musst lernen, für das, was du tust, die Konsequenzen zu tragen.«

Tränen schossen ihr in die Augen. Das war gemein! Sie brauchte den Fernseher. Und die Telefonate mit Mama. Sie musste ihr sagen, dass sie nach Hause wollte, dass sie es hier nicht mehr aushielt.

Verzweifelt starrte sie auf Belles reglosen Körper. Das war alles ihre Schuld. Sollte sie doch sterben!

Dann funkelte sie den Doktor böse an, ballte die Fäuste und begann zu schreien. Es war zusammenhangloses Zeug, das da aus ihrem Mund quoll, doch das war ihr vollkommen egal. Es musste raus, bevor sie platzte.

»Reiß dich zusammen! Oder du zwingst mich dazu, dich vor dir selbst zu schützen.«

Oh nein, er wollte sie wieder ans Bett binden! Sie wusste, dass er ernst machen würde und dass sie sich beruhigen musste. Doch das machte sie nur noch wütender.

Ich werde dich umbringen, ja, das werde ich!

*

SAMANTHA

Kälte zog durch ihren dumpfen Körper. Sie erinnerte Samantha an die Baumbesetzung im letzten Winter, als sie zu verhindern versucht hatten, dass eine alte Allee gefällt wurde. Mit anderen Umweltaktivisten hatte sie sich in die Baumkronen gehängt und tagelang ausgeharrt. Trotz warmer Kleidung war es schon nach wenigen Stunden unerträglich kalt geworden. Ihre Beine, Füße, Zehen und Finger waren taub gewesen vor Kälte. Wenn sie an den Moment dachte, an dem man sie in ein beheiztes Polizeipräsidium verfrachtet hatte, zog sich immer noch alles in ihr zusammen. Sie hätte nie gedacht, dass Wärme solche Schmerzen auslösen könnte.

Benommen drehte sie sich auf die Seite. Scheiße, sie wusste echt nicht, was schlimmer war! Der eiskalte Luftzug, den sie am

Rücken spürte, oder der nicht minder frostige Wind, der über die restlichen Bereiche ihres Körpers strich. Nur mit Mühe konnte sie die Augen offen halten. Auch das Fokussieren scheiterte ein ums andere Mal. Warme Lichtpunkte. Wenn sie doch bitte aufhören würden, so umherzutanzen! Es war, als schrie ihr inneres Ich sie an, endlich aufzustehen, doch Arme, Beine, alles war bleischwer und ihre Muskeln wollten nicht gehorchen. Selbst ihr eigenes Stöhnen hörte sich fremd an. Sie konzentrierte sich aufs Atmen. Ein, aus, ein … Die tanzenden Lichtpunkte verharrten einen Augenblick, gewannen an Schärfe und verschwammen wieder zu einer dicken, diffusen Wolke. Als sie das das nächste Mal taten, formierten sie sich zu einem Bild, das Samantha schon Hunderte Male gesehen hatte.

»Der Hafendamm. St. Jürgen.« Schwerfällig richtete sie sich auf. Ihr Kopf dröhnte. Je mehr der Nebel von ihr abließ, desto heftiger schmerzte es hinter ihrer Stirn. Verwirrt lösten sich ihre Augen von der beleuchteten Kirche, folgten den sich spiegelnden Lichtern des Hafenbeckens bis zu dem Ding, auf dem sie lag – der rostigen Plattform in der Nähe des Museumshafens. Das kurzatmige Schluchzen raubte ihr die Kraft, um aufzustehen. Egal, es zählte nur eins: Sie war in Flensburg, sie war frei!

ELF

»Ich hab doch gesagt, Karfreitag ist hier alles dicht. Ob Herr Pinyin nun Daoist, Buddhist, Moslem oder Christ ist!« Ohlsen blickte sehnsüchtig auf die dunklen Scheiben des winzigen Restaurants. Sein Magen würde sich jeden Moment selbst auffressen, so viel stand fest.

»Dann werden wir wohl herausfinden müssen, was mein Kühlschrank noch hergibt«, befand Fria und wendete den R4 schwungvoll.

Als sie die Treppe zu ihrer Wohnung hochstiegen, überkam Ohlsen ein seltsames Gefühl. Es war Monate her, dass er das letzte Mal hier gewesen war.

»Ist lange her«, sagte sie, als könnte sie seine Gedanken lesen, während die Schlüssel klimperten und sie aufschloss.

»Bølle!« Der absolut beste Vertreter seiner Art! Ohlsen ging in die Hocke und ließ sich auf den freudigen Begrüßungstanz des dreibeinigen Energiebündels ein.

»Er hat dich vermisst!« Fria legte ihre Tasche auf die Ablage und warf ihre Jacke in die Garderobenecke. »Was trinkst du? Ein helles Lager oder ein Flens Keller?« Sie steuerte die Küche an.

Ohlsen folgte ihr langsam durch den Flur. Das erste Zimmer auf der rechten Seite war Martens Atelier. Ohlsen erinnerte sich gut daran, wie er diesem außergewöhnlichen Menschen zum ersten Mal beim Malen zugesehen hatte. Zugegeben – das war nicht seine Welt. Er hatte keine Ahnung von Kunst. Und den Menschen, die sie erschufen, ging ein eigentümlicher Ruf voraus.

Und doch hätte er Marten stundenlang zuschauen können. »Was nimmst du?«, rief er Fria nach und blickte neugierig durch die halb geöffnete Tür des Ateliers.

Gedanklich von jetzt auf gleich ausgebremst blieb er stehen. Auf einem runden, mit Stoff bezogenen Hocker saß ein Mann. Nackt.

In diesem Moment wandte dieser sich ihm zu und lächelte breit. »Für mich gern ein helles Lager.«

Instinktiv überkam Ohlsen eine vollkommen überzogene Scham. Als ob er noch nie einen nackten Mann gesehen hätte! Dennoch blieb er wie angewurzelt stehen, den Blick durch den Raum schickend, als suchte er etwas.

»Ohlsen, Wahnsinn, du hier?« Marten kam hinter einer riesigen Leinwand hervor und eilte auf ihn zu. Kurz vor ihm stockte er, schien es sich dann doch wieder anders zu überlegen und umarmte ihn überschwänglich. »Poul? Das hier ist Ohlsen. Der lange Arm von Flensburg! Und Ohlsen? Das ist Poul-Aage, mein Model, meine Muse, mein Neuanfang, mein Licht.« Er winkte den Nackten heran.

Fria hatte nicht übertrieben. Poul war mindestens einen Kopf größer als er und deprimierend muskulös. Mit dem zum Dutt gebundenen blonden Haar und dem Vollbart wirkte er ziemlich archaisch. Die Ungezwungenheit, mit der er in seine Jogginghose schlüpfte, der federnde Gang, mit dem er auf ihn zukam … Ohlsen fühlte sich plötzlich wie ein Zwölfjähriger, der bei den Großen mitmischen wollte, es aber nicht konnte.

»*Hej!*« Poul packte Ohlsens Oberarme und drückte ihn herzlich. »Schön, dich kennenzulernen, langer Arm von Flensburg!« Seine ebenmäßigen Zähne strahlten ihn an. »Du bist also Frias Freund?«

Bevor Ohlsen antworten konnte, stand sie auch schon neben ihm, hielt ihm die Bierflasche und Marten ein Glas Rotwein hin. »Poul?«

»Ich nehm ein Bier.«

»Kommt sofort! Ähm, in der Küche, im Backofen, stehen die Reste eines unfassbar gut riechenden Auflaufs.«

»Der nur auf euch wartet! Bedient euch, wir hatten schon.« Poul zog Marten zu sich heran.

Fria seufzte selig. »Ihr rettet uns das Leben, ungelogen!« Bølle vorneweg eilte sie zurück in die Küche.

Der Auflauf war in Rekordzeit verputzt und Ohlsen bereits beim dritten Kellerbier. Bølle lag zusammengerollt neben ihm auf der Bank und stellte sich schlafend, während der Kommissar ihm das Fell kraulte. Sie hatten es schön hier, Fria und Marten. Ohlsen mochte die Sitzecke in der Küche, die Altbauwohnung mit den hohen Decken und alten nordischen Fliesen. Sie war gemütlich. Nicht so wie sein Fischhus, aber trotzdem schön.

Fria schien seinen Blick zu bemerken und lächelte ihn an. »Ich weiß noch immer nicht, wie du so wohnst.«

»Es ist alles ein wenig kleiner – und niedriger.«

»Hm.« Ihr Lächeln beibehaltend griff sie nach ihrer Flasche und verließ den Raum.

»Ich wette, diese Aussicht hast du nicht!«, hörte er sie rufen.

Ohlsen nickte den beiden Männern am Tisch zu, nahm seinerseits seine Flasche und folgte der Stimme bis auf den Balkon. Das Fördemeer lag schwarz glänzend vor ihnen, nur erleuchtet vom gewaltigen Licht des Vollmondes. Einige wenige Wolken eilten über den nächtlichen Himmel.

»Magisch, oder?«

Das war es. Am liebsten hätte er sich auf die Holzbank gesetzt und stundenlang nur aufs Meer geschaut. Wenn es bloß nicht so verdammt kalt gewesen wäre.

»Warte, ich hole uns Jacken und Decken«, sagte sie, drückte ihm ihre Flasche in die Hand und verschwand im Haus.

Minuten später saßen sie nebeneinander, den Blick aufs Meer

geheftet, und beschränkten sich darauf, kalte, leicht salzige Luft zu atmen. Sacht und rhythmisch schlugen Wellen gegen das Festland, manchmal begleitet von einem dezenten Glucksen. Eine tiefe Ruhe erfasste Ohlsen, und zum ersten Mal seit Stunden gab es keine Gedanken, keinen Ermittlungsdruck und keine Sorge, irgendetwas übersehen zu haben. Sein Kopf war angenehm leer.

Keine Ahnung, wie lange sie so gesessen hatten. Irgendwann schob sich Martens Kopf durch die Balkontür. »Wir gehen schlafen, ihr Süßen. Ohlsen, schön, dich mal wieder hierzuhaben. Ich hoffe, du kommst nun öfter.« Er schob eine Thermoskanne und zwei Gläser auf die Bank. »Bevor ihr erfriert.« Dann schloss sich die Tür.

Ohlsen griff nach der Kanne, schraubte den Deckel ab und roch. Die Kälte hatte seine Arme und Finger steif werden lassen. »Grog! Mit ordentlichem Schuss, fürchte ich.«

»Hauptsache, schön heiß.« Fria hielt ihm beide Gläser hin und sah ihm beim Einschenken zu. »Ich frage mich die ganze Zeit, warum sie das tun …«

Ohlsen wusste sofort, wovon sie sprach. Die Frage nach dem Motiv für die Frauenmorde. »Weil sie es können? Manchmal ist die Lösung so einfach wie grausam. Es gibt kranke Menschen, deren Motive wir nicht nachvollziehen können.«

»Aber, ich sag jetzt einfach mal *zwei*, die sich zusammentun, um so etwas durchzuziehen? Wie finden zwei gleichermaßen Kranke zueinander?«

»Sagt dir der Fall Bosseborn etwas? Besser bekannt als das Horrorhaus von Höxter. Ein Mann und seine Ex-Frau haben jahrelang Frauen, die sie über Kontaktanzeigen anlockten, in einem Haus gefangen gehalten und brutal gequält. Zwei von ihnen haben das nicht überlebt. Während der Täter zuvor schon wegen Freiheitsberaubung und schwerer Körperverletzung aktenkundig geworden ist und auch besagte Ex-Frau schwer misshandelt hat, lautete ihr Profil wie folgt: als Kind tierlieb, IQ von einhundertzwanzig, hohes Pflichtbewusstsein. Manche Verbindungen sind toxisch, manche Menschen ihrem Partner hörig.«

»Du glaubst also auch an ein Pärchen?«

»Entweder das, oder wir haben es mit einem extrem wandelbaren Täter, einer sehr intelligenten Täterin zu tun, die oder der es versteht, zwei junge Frauen, einfach so und ohne aufzufallen, aus ihrem Umfeld zu pflücken.«

»Was, wenn die Lackiererei, bei der Lea Schmitz gearbeitet hat, von demselben Servicetechniker besucht wurde, der auch für den Kindergarten von Celine Schwarz zuständig war?« Fria umschloss das Glas mit beiden Händen und nippte an ihrem Grog.

»Bei der großen Entfernung zwischen beiden Orten? Was sollte der denn warten?«

»Eine besondere Art von Sicherheitssystem. Eine Brandschutzmaßnahme, zum Beispiel eine Sprinkleranlage. Software, die nicht jeder hat, was weiß ich?« Sie stellte ihr Glas ab, stand auf und ging zur Tür. »Bin gleich wieder da. – Was zum Teufel …«

Er sah, wie sie an der Balkontür rüttelte.

»Das gibt's doch nicht! Er hat uns ausgeschlossen!« Sie begann, gegen die Scheibe zu hämmern. »Marten!«

»Warum sollte er das tun?«

»Automatismus. Wahrscheinlich hat er's nicht mal gemerkt.« Unruhig trippelte sie auf der Stelle herum. »Und ich muss so dringend, hab schon viel zu lang gewartet!« Wieder trommelte sie gegen die Scheibe. Dann griff sie stöhnend zu ihrem Handy und tippte eine Nachricht. »Komm schon, Marten, tu mir das nicht an!«

»Wie wär's mit dem Blumentopf? Ich guck auch weg.« Um die Sache für Fria nicht noch peinlicher zu machen, beugte Ohlsen sich weit über die Reling und sah nach unten. Ob er es auf das Geländer des Balkons unter ihnen schaffen würde? »Wer wohnt hier drunter? Meinst du, die lassen mich mitten in der Nacht rein?«

»Vergiss es, Ohlsen!«

Er registrierte, wie sie zum Blumentopf hinüberschielte. Gleichzeitig hielt sie sich das Handy ans Ohr. »Jetzt geh ran!«

Drinnen hörten sie den Hund bellen, sahen, wie er aufgeregt hinter der Scheibe herumsprang.

»Bølle, mein Schatz, hol Marten! Wo ist Marten?«

Tatsächlich verschwand der Mischlingsrüde, und kurz darauf tauchte ihr Mitbewohner hinter der Tür auf.

»Du hast uns ausgeschlossen!« Fria fuchtelte wild mit den Armen, bis er verstand und öffnete.

»Ich bring dich um, Marten«, rief sie und peste an ihm vorbei.

*

SAMANTHA

Wie an Fäden gezogen lief Samantha die Rote Straße entlang, am Rum- und am Teehaus vorbei. Der historisch gepflasterte Teil des berühmten Ochsenweges war menschenleer.

Das alles kam ihr vor wie ein Traum. Vielleicht war es das auch? Durch irgendein Scheißkraut war sie am Hafen eingeschlafen und hatte halluziniert. Samantha zog ihr Handy heraus, aber der Akku war leer. Wenn sie nur wüsste, welcher Tag heute war.

Das Ganze war viel zu real!

Mit klopfendem Herzen blieb sie stehen. Ihre Schlüssel! Hektisch kramten ihre Finger danach und tatsächlich – sie fanden sie in ihrer rechten Jackentasche. Schlüssel, die ihr im Gefängnis gefehlt hatten. In ihrem Albtraum. *Also doch ein Traum?* Samantha lief weiter.

Der Geruch der Gummimaske, das Brummen des Lüfters, die monotone Computerstimme … Wieder blieb sie stehen, fuhr sich mit der rechten Hand durchs Haar und starrte nach unten auf ihre Füße. *Füße – die Fußfessel!* Zitternd hockte sie sich hin und schob den weiten Schlag des linken Hosenbeins nach oben. Trotz der schummrigen Straßenbeleuchtung waren die roten Abschürfungen gut zu erkennen. Gleichzeitig bemerkte sie das dünne Bändchen an ihrem linken Handgelenk, an dem ein schmaler Streifen Papier baumelte. *Carpe diem.* Nur zwei Worte auf einem winzigen Stück Zellulose. Und plötzlich war alles wieder da.

Sie hatte versucht zu fliehen. Die Tür ihres Gefängnisses war tatsächlich unverschlossen gewesen. Samantha erinnerte sich, wie sie sie vorsichtig aufgezogen hatte. Und dann?

Wie ein Blitzlichtgewitter spuckte ihr Gehirn Bilder, Gerüche und Geräusche aus. Die Maskenfrau, die sich über sie beugte. Der ekelhafte Geruch nach Gummi und viel zu süßem Parfum. Rot geschminkte Lippen neben einer verrutschten Maske. Und eine helle, eindringliche Stimme, die trotz ihres Flüsterns keinen Widerspruch duldete. Die Worte klebten in Samanthas Gehirn, als wollten sie nie wieder einen anderen Gedanken zulassen.

»Du wirst niemandem hiervon erzählen! Du warst mit fremden Party-People unterwegs und hast dir tagelang irgendwelches Zeug reingezogen. An mehr kannst du dich nicht erinnern. Redest du – stirbst du! Ich sehe jeden deiner Schritte. Ich kann dich jederzeit wieder herholen. Also: *Carpe diem*, Samantha.«

Danach war es schwarz um sie geworden.

*

»Moin!« Die Kollegin strahlte Ohlsen an, der sich mittlerweile am dritten Pott Wachmacherkaffee festhielt. Die spärlich beleuchtete Kaffeeküche der Wache war der perfekte Ort, um verhalten in den Ermittleralltag zu starten.

»Moin, Sinje.«

»Das mit dem Krafttanken hat wohl nicht so richtig hingehauen?«

Er spürte, wie ihre hellgrünen Augen ihn musterten. »Wie man's nimmt. Ein paar Stunden aufs Meer schauen müssten eigentlich reichen.« Er wusste, dass es eher ein müdes Lächeln war, das sich quälend langsam über sein Gesicht zog. Drei Stunden Schlaf waren definitiv zu wenig gewesen. »Willst du gleich anfangen? Versuch dich kurz zu halten. Wir brauchen all unsere Kraft für die Frauenmordserie.«

Sinje Cassuben räusperte sich, um die Aufmerksamkeit der Norgaarder Kollegen auf sich zu ziehen.

Auf der Beamerleinwand hinter ihr waren Fotos eines jungen männlichen Toten, seines Personalausweises und eines morschen Asts zu sehen.

»Der Tote heißt Laurenz Koch, Alter achtundzwanzig, wohnhaft in Flensburg, Student an der EUF, der Europauniversität Flensburg. Gefunden wurde er zusammen mit seinem Fahrrad letzten Donnerstag auf dieser Landstraße.« Sie blendete eine Karte ein. »Genau hier! Von einem Schulbusfahrer. Koch wurde erschlagen. Todesursache: schweres Schädel-Hirn-Trauma. Zuerst wurde vermutet, dass dieser Ast ihn tödlich getroffen haben könnte. Man hat Splitter davon in seiner Kopfwunde gefunden. Außerdem konnten Kochs Blut- und Gewebeproben auf dem Holz nachgewiesen werden. Ebba Sigmundsen zufolge ist der Tod jedoch schon mindestens zwanzig Stunden vor dem Auffinden der Leiche eingetreten, und die Frakturen an seinem Kopf passen nicht zur Oberflächenbeschaffenheit des Astes. Wir müssen also davon ausgehen, dass Laurenz Koch erschlagen und dort abgelegt wurde, um es wie einen Unfall aussehen zu lassen. Um den Eindruck zu verstärken, wurde ihm der Ast in die Kopfwunde gedrückt. Die Eltern sind über den Tod ihres Sohnes informiert. Ihrem Vernehmen nach befand er sich gerade in einer intensiven Prüfungsvorbereitungsphase. Selbst über Ostern wollte er nicht nach Hause kommen, sondern hatte sich einer

Lerngruppe angeschlossen. Laut Aussage der Universität – ich hatte Glück, einen seiner Professoren trotz des Feiertags erreichen zu können – glänzte Koch nur durch eines: Abwesenheit. In den letzten zwei Semestern hat er weder Scheine gemacht noch Kurse besucht. Offizielle Lerngruppen gibt es über Ostern auch keine. Ob sich privat einige Studenten zusammengetan haben, wird sich hoffentlich bald klären lassen. Zu seinen Nachbarn hatte Koch keinen Kontakt. Obwohl direkt unter ihm eine Vierer-WG wohnt, deren Mitglieder seinem Alter entsprechen. Ich habe die Jungs befragt. Sie sagen, man wäre nicht auf einer Wellenlänge gewesen. Sie empfanden Laurenz Koch als *lost* und *cringy*.«

»Klar, was auch sonst. Sinje, bitte!« Ohlsen lehnte sich seufzend zurück.

Palle grinste. »Verloren und peinlich.«

Ohlsen hob dankend den Arm.

»Die Handydaten des Opfers befinden sich noch in der Auswertung«, fuhr Sinje fort. »Eine Auffälligkeit lässt sich aber schon jetzt feststellen.« Sie klickte auf einen Ordner, und auf der Leinwand erschien ein Mosaik aus vielen kleinen Bildern von ein und derselben Frau. »Die waren auf seinem Handy.«

»Wissen wir, wer sie ist? Seine Freundin?« Oltmann rückte neugierig näher.

»Die Eltern wissen von keiner Freundin. Das heißt natürlich nichts, aber auch die Jungs aus der WG schwören, Zitat, *wenn der Koch eine mit nach Hause gebracht hätte, hätten wir das mitgekriegt*. Dem gehässigen Gelächter nach zu urteilen, haben sie ihm wohl keine Beziehung zugetraut.« Sinje tippte auf ein paar der Fotos. »Und habt ihr die Perspektive bemerkt, aus der die Bilder gemacht worden sind? Der Fotograf, in diesem Fall wahrscheinlich Laurenz Koch, war meistens ziemlich weit weg. Es gibt wenige Bilder, auf denen sie direkt in die Kamera sieht.«

»Na, bei einigen war er ziemlich nah dran.« Ohlsen wies auf die obere rechte Ecke des Bilderreigens, auf ein formatfüllendes Porträt.

»Nicht wirklich«, widersprach Sinje, während ihre Augen die Fotoreihen durchgingen. »Allesamt Ausschnittsvergrößerungen aus anderen Bildern. Ah, hier zum Beispiel. Siehst du? Er hat die Totale großgezogen und ein Bildschirmfoto von ihrem Gesicht gemacht.«

»Der Typ hat das Mädel gestalkt!« Palle zog die Augenbrauen hoch.

»Von welchem Ausmaß sprechen wir?«, fragte Ohlsen.

»Das Handy ist voll mit Bildern von ihr – nur mit ihr.«

»Finde heraus, wer sie ist. Vielleicht war es Notwehr und sie musste sich gegen seine zudringlichen Avancen wehren. Oder es gibt einen eifersüchtigen Freund.«

Sinje nickte, schloss ihre Ordner und nahm zwischen Palle und Oltmann Platz.

Ohlsen übernahm. »Gut, kommen wir zu unserem Hauptproblem, den Frauenleichen von Sønderborg und Flensburg. Mit unserer Entdeckung des leeren Grabes haben wir den Tätern mit Sicherheit in die Suppe gespuckt. Fragt sich, wie lange sie brauchen werden, um sich eine neue geeignete Gegend zu erschließen, und ob diese Verzögerung mögliche neue Opfer vorerst schützt. Wie ihr alle wisst, verlief die Suche nach weiteren Leichen oder Gruben im Bereich der Fundstelle von Celine Schwarz negativ.«

»Celine war die Erste, das ist von der Rechtsmedizin bestätigt. Vielleicht wurden die Täter in Flensburg gestört, sodass sie nach Dänemark ausgewichen sind«, mutmaßte Oltmann.

»Oder der Boden war einfach nicht geeignet. Sand rutscht beim Graben ständig nach. Palle, wie steht es mit der Liste der vermissten Frauen?«

»Also, ich bin die Datenbank deutschlandweit nach folgenden Kriterien durchgegangen: erstens weiblich, zweitens zwischen sechzehn und vierzig und drittens Eingang der Meldung innerhalb der letzten zwölf Monate. Wahrscheinlich können wir den Zeitraum sogar auf die letzten sieben Monate eingrenzen.«

»Wie kommst du darauf?«

»Wir finden ein leeres, vorbereitetes Grab. Wir gehen davon aus, dass der oder die Täter die Opfer über Tage oder Wochen gefangen halten. Lea Schmitz wurde vor sieben Monaten als vermisst gemeldet und laut Obduktionsbericht einen oder zwei Monate später in Sønderborg begraben. Wie wahrscheinlich ist es, dass unsere Täter mehr als eine Frau gleichzeitig gefangen halten? Und selbst wenn, werden es doch wohl kaum mehr als zwei sein, richtig? Wenn es also bereits ein weiteres Entführungsopfer geben sollte, ist die Wahrscheinlichkeit hoch, dass die Vermisstenmeldung aus dem letzten halben Jahr stammt.«

Ohlsen nickte fast schon erleichtert. Endlich etwas, bei dem sie ansetzen konnten. »Das ist gut! Das ist wirklich gut. Wie viele Namen bleiben?«

»Vier. Eigentlich waren es fünf, aber eine junge Dame ist gestern Nacht von allein wieder aufgetaucht. War fünf Tage verschwunden. Stammt sogar aus der Gegend.«

»Schön, wenn etwas wider die Statistik auch mal mit einem Happy End ausgeht«, murmelte Oltmann.

Palle trat an den Rechner und ließ vier Fotos auf der Leinwand erscheinen.

Für einen Moment schauten alle schweigend in die jungen Gesichter, als sei dort die Antwort zu finden.

»Sie kommen aus Kremmen, in der Nähe von Neuruppin in Brandenburg, aus Mönchengladbach, aus Plauen in Sachsen und aus Berlin-Kreuzberg.« Palle tippte nacheinander auf jedes Foto. »Die Ermittlungsakten zu allen vieren findet ihr im Ordner *Wikingermorde*.«

»Okay, Palle, klemm dich dahinter. Sammele so viele Infos über die Vermissten wie möglich, sprich mit den Kollegen, die

die Fälle bislang bearbeitet haben. Vielleicht stößt du auf irgendetwas … Oltmann, wir arbeiten die Liste der regional ansässigen Firmen ab. Feiertage hin oder her. Wir stehen den Chefs so lange auf den Füßen, bis sie uns Zugang zu ihren Belegschaftsdaten gewähren. Mit ein wenig Glück war einer ihrer Angestellten zur passenden Zeit in der Nähe von Ingolstadt, Oldenburg, Kremmen, Mönchengladbach, Plauen oder Berlin. Außerdem rufst du bitte bei den Arbeitgebern von Lea Schmitz und Celine Schwarz an und fragst nach Vertretern, die regelmäßig oder im passenden Zeitraum vorbeigekommen sind. Und du, Sinje, kümmerst dich um den Fall Laurenz Koch. Versuch den Busfahrer zu erwischen. Wir müssen wissen, ob es sein kann, dass er den Leichnam auf einer seiner früheren Touren übersehen hat.«

»Wieso war der überhaupt unterwegs?«, fragte Palle und blickte in drei fragende Gesichter. »Es sind Osterferien.«

»Sinje?«

»Ich check das.«

»Wurden außer den Holzsplittern an Laurenz Koch noch weitere Spuren sichergestellt?«

»Fremd-DNA in Form von Haaren. Die Auswertung läuft.«

»Immerhin! Ich wünschte, die hätten wir im Sønderborg-Fall auch.«

»*Wikingermorde*, Chef. Alle fallrelevanten Daten laufen unter dem Decknamen *Wikingermorde*«, ereiferte sich Palle.

Ohlsen ignorierte Oltmanns breites Grinsen. »Was ist mit den fahrenden Schrotthändlern, den *Piepenkeerls*?«

»Sind schwerer einzufangen als 'ne Horde Flöhe. Ich bleib dran.«

»Dann los!« Während die Kollegen ausschwärmten, rief Ohlsen Frias Bruder an. »Moin, Troels, wie weit seid ihr mit der Liste der Firmen auf eurer Seite?«

*

Fria schritt durch den leeren Bürotrakt des Ørerup-Museums. Bølle stürmte voran. Villads war nicht da, also konnte er auch nicht meckern. Am Wochenende zu arbeiten war gar nicht so übel, fand sie. Das Telefon schwieg, Alberte brauchte niemanden, der ihr sagte, was sie tun sollte, und es gab keinen Villads, der einem ständig auf die Finger sah. An solchen Tagen konnte man richtig was wegschaffen.

Sie musste an Eskild denken, der den Kopf schütteln würde, wenn er wüsste, dass sie wieder einmal Dienst außer der Reihe machte.

Damals hatte sie geglaubt, sie hätte ihn enttäuscht, als sie die Polizeilaufbahn abgebrochen hatte. Ausgerechnet sie, als einzige Frau der Familie, war nicht stark genug für den Polizeidienst. Deshalb hatte sie lange gezögert. Heute wusste sie, wie dumm ihre Gedanken gewesen waren. Ihr Vater wollte, dass sie glücklich war. Insgeheim war er sogar froh, dass sie sich all den Gefahren nicht aussetzte, da war Fria sich sicher. Auch Matthis war erleichtert gewesen. Er konnte noch heute nicht leiden, wenn sie sich in Ermittlungen hineinfuchste. Matthis hatte Angst um sie, hätte sie am liebsten im Archiv des Museums eingesperrt. Nur Troels schien es zu bedauern, dass Fria nicht mehr bei der Truppe war.

Sie schüttelte die Gedanken ab. Bis um zwei wollte, nein, musste sie sich ausschließlich mit dem Konzept der kommenden Ausstellung befassen. Die Finanzierung stand auf wackeligen Füßen, was ihr etwas Sorge bereitete. Und dass es für die wichtigste Leihgabe, das Stück, an dem sich die gesamte Ausstellung orientieren sollte, noch immer keine schriftliche Zusage gab, ließ sie auch nicht besser schlafen.

Während Bølle es sich zu ihren Füßen bequem machte, vertiefte sie sich in ihr Dokument.

*

SAMANTHA

Den ganzen Morgen waren ihre Mitbewohner wie die Katzen um sie herumgeschlichen, versuchten das Unfassbare zu begreifen. Das versuchte Samantha auch. Alles war anders, selbst die Plakate und Bücher, die Schreibtischlampe aus Recyclingmaterial und der alberne Jumpsuit, der auf ihrem Bett lag, wirkten fremd, als gehörte all dies einer anderen, unbekannten Person.

Ein leises Klopfen ließ sie zusammenzucken. Leo lugte durch den Türspalt. »*Hej!*« Sie schlüpfte in den Raum, hockte sich neben sie und griff vorsichtig nach ihrer Hand. Am liebsten hätte Samantha ihre weggezogen. Konnten sie sie nicht einfach in Ruhe lassen?

»Die anderen sind mächtig sauer. Aber das legt sich schon. Wir haben uns einfach unfassbare Sorgen gemacht.«

Samantha sah die Gesichter von Leonie, Tänzer und Nina noch deutlich vor sich, als sie plötzlich wieder in der gemeinsamen Wohnung gestanden hatte. Sie sahen aus, als hätten sie einen Geist gesehen. Erst hatten sie geschrien und geweint vor Freude und waren Samantha um den Hals gefallen, doch schon bald war das Warum in den Vordergrund getreten. »Wo zum Teufel warst du die ganze Zeit?« Die Antworten, die Samantha ihnen angeboten hatte, waren nicht die, die sie hören wollten. Kein Wunder, wer wollte schon gesagt bekommen, dass die beste Freundin sich dermaßen abgeschossen hatte, dass sie es nicht mal auf die Kette bekommen hatte, sich zu melden?

»Es tut mir wirklich leid. Ich weiß, das war das Allerletzte. Von jetzt an lasse ich die Finger von schrägem Zeug.«

»Und du weißt nicht mal, wer dabei war? Oder bei wem du gepennt hast? Ganze fünf Tage lang? Bist du sicher, dass …«

Das Läuten der Türklingel unterbrach sie.

Samantha stöhnte. »Wer auch immer das ist, ich will niemanden sehen. Noch mehr Standpauken verkrafte ich gerade nicht.«

Hinter der Tür waren Stimmen zu hören, eine Sekunde später stand Tänzer in ihrem Zimmer. Man sah ihm an, dass er eigentlich zornig gucken wollte, doch die Ratlosigkeit überwog. »Polizei. Für dich!«

Samanthas Puls schoss nach oben. *Polizei?* Was wollten die hier?

Ich sehe jeden deiner Schritte.

Hinter Tänzer schob sich eine Frau ins Zimmer. Vielleicht zehn, fünfzehn Jahre älter als sie. Sie trug ihr rötliches Haar zu einem Zopf gebunden. Keine Uniform.

»Moin, Sinje Cassuben von der Kripo Flensburg.«

Kripo?

Auch Nina kam ins Zimmer.

Hinter ihr noch ein Typ. Verschränkte Arme. Richtig, die Bullen kamen ja immer zu zweit. Das Sprechen überließ er seiner Kollegin.

»Samantha Svoboda, richtig?«

Was für krasse Augen die hatte! Samantha brachte nicht einmal ein Nicken zustande. Verfolgte nur, wie sich die Frau den Schreibtischstuhl heranzog und sich direkt vor ihre Nase setzte.

»Ich würde gern allein mit Ihrer Mitbewohnerin sprechen.« Die Polizistin sah Tänzer, Nina und Leo nacheinander an.

Die Körpersprache ihres Kollegen war ebenfalls mehr als eindeutig.

»Wieso? Was wollen Sie von Sam?«

Samantha hasste es, wenn Leo sie Sam nannte.

»Es ist nur eine Zeugenbefragung. Wir können Sie auch gern mit aufs Revier nehmen …?«

Ich sehe jeden deiner Schritte.

»Nicht nötig. Leute, lasst uns das schnell hinter uns bringen«, bat Samantha und hörte selbst, wie brüchig ihre Stimme klang.

Widerwillig zogen sich die drei zurück.

Der Polizist blieb im Türrahmen stehen, sicher, um alles im Blick zu haben. Nicht, dass Nina ihn noch mit Antistressbällen bombardierte! Das Bild entlockte Samantha ein Lächeln.

»Was ist so komisch?«

»Was wollen Sie?«

»Sagt Ihnen der Name Laurenz Koch etwas?«, fragte die Frau.

Laurenz wer? »Nein. Sollte er?«

Die Beamtin zog ihr Handy heraus und hielt ihr ein Foto unter die Nase.

Was wollte die denn jetzt mit dem? »Kenn ich nicht.«

»Sicher? Noch nie gesehen? Sie studieren an derselben Uni.«

»Wissen Sie, wie viele da jeden Tag rumrennen?«

Die Cassuben wischte über ihren Bildschirm und hielt ihr erneut das Handy hin. »Das sind doch Sie, auf all diesen Fotos … Die haben wir auf Kochs Handy gefunden.«

Samanthas Hals wurde trocken. Was ging denn hier gerade ab? *Dieser Loser!* Aber es war doch eine Frau, die sie gefangen gehalten hatte! Was hatte dieser Spanner damit zu tun? Und woher …?

»Sie hatten also nie Kontakt zu Laurenz Koch? Haben nichts von seiner Obsession gemerkt?«

»Wohl kaum, den hätte ich mir vorgenommen. Kann sein, dass wir mal auf derselben Demo waren. Aber sonst …«

»Wir würden gern das Bewegungsprofil Ihres Handys auslesen. Und wir bräuchten eine DNA-Probe.«

»Ganz sicher nicht! Wieso, was ist denn mit diesem Koch?«

»Er ist tot.«

Kann mich mal irgendjemand wecken? Samantha fühlte sich wie kurz vor einem Fieberschub. »Und da kommen Sie zu mir? Ich kenn den Typen doch nicht einmal!«

»Wo waren Sie letzten Mittwoch?«

*

Grübelnd betrachtete Fria die Archäologenkelle. Als sie in dem Grab in Sønderborg gestanden hatte, war ihr als Erstes dieses Werkzeug in den Sinn gekommen. Allerdings war es schwierig, die Maße der Spuren aus dem Grab mit denen des Werkzeugs zu vergleichen. Viel hing von dem Winkel ab, mit dem es geführt wurde.

»Ich denke, es ist Zeit für einen direkten Vergleich, Bølle. Komm!« Freudig mit der Rute wedelnd begleitete sie der Hund aus dem Gebäude hinaus ins Freie. »Wir müssen nur eine geeignete Stelle finden.« Ihr Blick wanderte über den Besucherparkplatz des Museums, die lange Einfahrt und die Straße entlang bis zu einem kleinen Waldgebiet ein paar Hundert Meter entfernt. »Lust auf einen Spaziergang?« Einen Spaten und die Kelle in der Hand marschierte sie los.

Immer wieder blieb sie stehen und prüfte, wie stark die Erde durchwurzelt war, wie schwer es war, mit der Kelle in den Boden zu kommen.

»Hier, das sieht doch gut aus.« Die obere Schicht war locker, die darunter ohne dickere Wurzeln. Also fing sie an. Die ersten zwanzig Zentimeter mit dem Spaten, den Rest mit der Kelle. Bølle ließ sich nicht zweimal bitten und buddelte in einiger Entfernung kräftig mit.

Fria fluchte. So klein das Loch war, ständig fiel es in sich zusammen. Sie wechselte die Stelle, versuchte erneut ihr Glück. Endlich blieb der Spatenstich einer Wand stehen. Extrem vorsichtig strich Fria sie glatt. Besser gesagt, sie versuchte es. Immer wieder lösten sich kleinere Klumpen und hinterließen ungewollte Löcher. Es dauerte seine Zeit, bis Fria die Fläche so vorbereitet hatte, dass sie die Kelle darübergleiten lassen und das Schmuckelement der Längsrillen anbringen konnte. Zufrieden richtete sie sich auf. Jetzt nur keine Erosion auslösen. Auch wenn der Abstand zwischen den Rillen nicht hundertprozentig stimmte, das Ergebnis war überzeugend. Mit dem geeigneten Boden und etwas Übung würde sie auch den Abstand millimetergenau hinbekommen. Es war alles eine Frage des Winkels. Fria machte ein paar Fotos und drückte sich aus der Hocke in den Stand. Die Hose an ihren Knien war beinahe so dreckig wie ihre Hände. Fria blickte auf Bølles erdige Nase und die schlammigen Pfoten. »Wir sollten versuchen, unentdeckt ins Museum zu kommen!«

Zurück an ihrem Schreibtisch nahm sie sich den Reisebericht von Ibn Fadlan vor. Der lückenhaft überlieferte Text des arabischen Gesandten berichtete unter anderem von einer Bestattungszeremonie, der Fadlan beigewohnt hatte. Ein Oberhaupt der Wikinger war verstorben. *Sie fragten seine Mädchen: Wer will mit ihm sterben? Und eine stimmte zu.*

»Deiner Beschreibung zufolge waren die Männer der Rus, die schwedischen Wikinger, die nach Russland eingewandert waren, also das unsauberste Volk, das du kanntest. Sie umgaben sich mit Sklavinnen, die alle ihre Bedürfnisse zu befriedigen hatten«, murmelte Fria. Sie las, wie Fadlan gesehen haben wollte, dass Hunde, Pferde, Ochsen und Hühner mit Schwertern getötet und zerteilt und auf das Schiff des Verstorbenen geworfen wurden, welches zuvor an Land gezogen worden war. Und wie die auserwählte Sklavin bewacht und mit Rauschmitteln gefügig gemacht wurde. Wie sie auf das Schiff gehoben und von sechs Stammesangehörigen vergewaltigt und erwürgt wurde, während eine alte Frau, der Todesengel, sie gleichzeitig erstach. »Schon seltsam, du erwähnst mit keinem Wort die freien, teils hoch angesehenen Frauen der Rus. Außerdem fehlen uns Nachweise darüber, dass überhaupt Sklavinnen für ihre Herren geopfert und mit ihnen begraben worden sind. Ob dein Bericht überhaupt etwas mit der Wahrheit zu tun hat? Oder hat er bloß der Unterhaltung deiner Landsleute gedient?« Fria las weiter. Am Ende sollte ein nackter Angehöriger des Toten das Schiff angezündet haben und laut Reisebericht waren in nicht einmal einer Stunde Schiff, Wikingeroberhaupt und Mädchen nur noch Asche.

Fria lehnte sich zurück. Fadlans Tote waren nicht vergraben worden, sondern mit dem Schiff verbrannt. Falls dieses Ereignis so überhaupt stattgefunden hatte. Sie sah Bølle an. »Wenn unsere Täter sich wirklich an dem Reisebericht von Ibn Fadlan orientieren, warum wurden Celine und Lea in ihren Gräbern dann nicht verbrannt? He?«

Bølles Augen hefteten sich erwartungsvoll an sein Frauchen, seine Rute wedelte stürmisch.

»Weil man das Feuer über große Entfernung gesehen hätte.« Fria schob seufzend ihre Haare zusammen. »Vielleicht sollten wir uns doch einmal mit dem Kollegen Wagner unterhalten.«

Wenn die Täter sich solche Mühe bei der Ausgestaltung der Grabstätte gaben, mussten sie diesem Punkt eine große Bedeutung beimessen.

*

JULIA

Was hatte sie falsch gemacht? Diese eine Frage ließ sie nicht mehr los. Sie wusste genau, dass es an ihr lag. Und doch kam sie einfach nicht darauf, was es war.

Sie war auf alle seine Forderungen eingegangen, hatte geduldig sämtliche Fragen beantwortet, geschrieben, was er ihr aufgetragen hatte, ihm folgsam seine Schlüssel überreicht, die er in ihrem Zimmer verloren hatte, und doch hatte er sie verlassen.

Sie wusste nicht, wie lange es her war, dass er sie besucht hatte. Sie wusste nur, so lange hatte er sie noch nie allein gelassen. Sie ertrug den Gedanken nicht, er könnte niemals wiederkommen.

Sie ertrug es nicht, allein zu sterben.

Die Kette ihrer Fußfessel klirrte leise, als Julia sich auf die Seite drehte, die Knie bis zum Brustkorb hochzog, mit beiden Armen ihre Beine umschlang und die Augen schloss.

ZWÖLF

»Wo habe ich *die* junge Dame denn schon mal gesehen?«, fragte Palle Sinje, als sie die Tür des Vernehmungsraumes hinter sich zuzog.

»Auf den Handybildern des Toten Laurenz Koch. Samantha Svoboda, die Frau, die er gestalkt hat. Ich musste sie mitnehmen. Sie verweigert einen DNA-Test und kann sich angeblich nicht mehr erinnern, wo sie am Mittwoch gewesen ist. Ich warte auf das Go von der Staatsanwaltschaft und auf ihren Rechtsbeistand. Den hat sie nämlich verlangt. Na ja, als Umweltaktivistin wird es nicht das erste Mal sein, dass sie … Palle, hörst du mir überhaupt zu?«

Ihr Kollege stand mit abwesendem Blick neben ihr und machte Anstalten, an seiner leeren Kaffeetasse zu nippen. »Sag noch mal!«

»Was? Dass sie als Umweltaktivistin schon öfter mit der Polizei …?«

»Nee, den Namen.«

»Samantha Svoboda.«

Stirnrunzelnd eilte er an ihr vorbei ins Großraumbüro.

Sinje folgte ihm.

Er kramte in einem Stapel Papier und tippte dann auf den durchgestrichenen Namen auf einer Liste. »Hier! Die weiblichen Vermissten. Samantha Svoboda aus Flensburg, vor fünf Tagen spurlos verschwunden und gestern wieder aufgetaucht.«

»Wenn das nicht interessant ist! Von wem vermisst gemeldet?«

»Von einer Leonie Kramer, ihrer Mitbewohnerin. Ich drucke dir alles aus, was wir haben.«

Sinje sammelte die Unterlagen zusammen und steuerte den Verhörraum an. »Schauen wir mal, was Samanthas Verschwinden mit dem Tod von Laurenz Koch zu tun hat.«

*

NETTIE

»Warum bewegt sie sich nicht?« Nettie trat von einem Bein auf das andere. Belle sah viel kleiner aus als sonst, wie sie da in ihrem Bettchen lag. Als ob sie sich langsam auflösen würde. Das durfte sie nicht. Sie durfte Nettie nicht allein lassen, hier, bei ihm, in diesem schrecklichen Haus.

»Ihr Körper kämpft gegen das Fieber an. Dafür braucht er all seine Energie.«

Nettie sah dem Doktor dabei zu, wie er das triefend nasse Handtuch um das Bein der Kleinen wickelte, dann ein trockenes nahm und den Vorgang wiederholte. Dasselbe machte er mit dem zweiten Bein.

»Hast du gut zugesehen? Das machst du jetzt jede Stunde ein Mal.«

»Und wenn ich's nicht richtig mache? Stirbt sie dann?«

»Sie muss viel trinken. Immer wenn du die Wadenwickel erneuerst, flößt du ihr ein wenig von dem fiebersenkenden Tee ein. Ich hab dir gezeigt, wie das geht.« Er erhob sich.

»Und wenn ich das nicht schaffe?« Zum ersten Mal seit langer Zeit wünschte sie sich, dass er im Haus blieb und sie nicht mit Belle allein ließ.

Sein Gesicht blieb ruhig und ausdruckslos wie immer. »Dann müssen wir Perdita abholen lassen. Und dann wird sie nicht wiederkommen!«

»Warum gibst du ihr keine Medizin? Du bist Doktor! Du kannst sie gesund machen!« Aufgebracht rannte Nettie im Raum umher. Ihre Arme wirbelten wild durch die Luft.

»Sie hat Medizin bekommen.«

»Deine Medizin bringt nichts! Sie funktioniert nicht richtig. Du musst ihr was Besseres geben!« Nettie stellte sich ihm in den Weg, als er den Raum verlassen wollte. Die Wut in ihr drin tat weh, sie brannte. Gleichzeitig schmeckte sie das Salz der Tränen. »Du bist schuld, wenn sie stirbt!«, wetterte sie deshalb und zog geräuschvoll die Nase hoch. Ob sie ihn verärgern durfte oder nicht, war ihr scheißegal. Belle war das Einzige, was zählte. Ohne Belle würde sie es hier keine Minute länger aushalten.

»Du hast sie nackt mit nach draußen genommen, mitten in der Nacht. Deshalb ist Perdita jetzt schwer krank. Warum hast du das gemacht?«

Da war sie also, die Frage nach dem Warum, die Nettie schon viel früher erwartet hatte. »Ich … wir wollten zu Mama und Papa«, log sie.

»Du wolltest deine Eltern besuchen? Mitten in der Nacht?« In seinem Blick veränderte sich etwas. »Ich hab dir gesagt, dass ich es nicht leiden kann, wenn du lügst.«

»Immer wenn ich frage, heißt es – heute nicht! Nie darf ich sie sehen! Ich will zu meinen Eltern!« Mit in die Hüften gestemmten Händen schrie sie ihn an. Feine Speicheltröpfchen trafen ihre Wangen und das Kinn.

»Reiß dich zusammen! Das liegt nicht an mir. Sie wollen dich nicht.«

»Das ist nicht wahr!«

»So wie ich das sehe, hast du zwei Möglichkeiten. Entweder du bist schlau und siehst ein, wie gut du es hier hast, oder du verschwindest und gehst vor die Hunde.«

»Vor die Hunde?«

»Du wirst da draußen nicht überleben. Ohne Dach über dem

Kopf, ohne etwas zu essen. Hast du vergessen, was mit Perdita passiert ist?«

Nettie stand da wie ein Stier. Den Kopf nach unten geneigt. Ob ihre Augen böse funkelten, wusste sie nicht. Ein Stier war stark. Er hatte Hörner, konnte schnell rennen. Den hielt keiner so schnell auf. »Ich kann also gehen? Wenn ich will …?« Leider war sie kein Stier.

Er kam ihr unangenehm nah. »Niemand hält dich davon ab. Nur eines – wiederkommen brauchst du dann nicht.«

»Das große Tor ist abgeschlossen.«

»Reine Schutzmaßnahme. Ich kann dich gern rauslassen. Aber denk dran, das funktioniert nur ein einziges Mal und nur in die eine Richtung. Bist du erst durch das Tor, gibt es kein Zurück.«

»Und Belle?«

»Bleibt hier. Du schaffst es nicht einmal, auf dich selbst aufzupassen.« Damit ließ er sie stehen.

Die Wut ertrank in einem Gefühl, das viel mehr wehtat, von dem Nettie aber nicht wusste, wie man es nannte.

*

Oltmann stellte Sinje und Samantha je einen Becher Kaffee vor die Nase und setzte sich hinten in den Verhörraum.

»Ich weiß nicht, was das bringen soll. Ich habe Ihnen alles gesagt, was ich weiß.«

»Vielleicht wiederholen Sie noch einmal, was Sie meiner Mandantin eigentlich vorwerfen?«, bat die Anwältin, die Oltmanns Kaffee dankend abgelehnt hatte.

Sinje schlug die Akte auf. »Laurenz Koch, ein Kommilitone Ihrer Mandantin, wurde tot aufgefunden, erschlagen. Laut Gerichtsmedizin verstarb er am frühen Mittwochmorgen. Die Ermittlungen weisen darauf hin, dass Koch Ihrer Mandantin nachgestellt hat. Er schien geradezu besessen von ihr. Den

Handyfotos nach muss er jede freie Minute damit verbracht haben, Frau Svoboda zu verfolgen. Hat sich nicht mal Zeit fürs Studium genommen. Von alldem will Ihre Mandantin nichts bemerkt haben.«

»Ist das strafbar?« Samanthas Stirn lag in tiefen Falten.

»Natürlich nicht. Wir würden nur gern ausschließen, dass Sie etwas mit dem Tod von Herrn Koch zu tun haben.«

»Warum sollte ich den Freak umgebracht haben?«

»Vielleicht war er es leid, aus der Ferne zuzuschauen, und ist übergriffig geworden? Wenn Sie sich nur gewehrt haben, fällt das unter Notwehr.«

»Gut, ich würde gern ein Vieraugengespräch mit meiner Mandantin führen.« Die Anwältin zupfte den Kragen ihrer Bluse zurecht.

»Gern.« Sinje verließ vor Oltmann den Verhörraum. »Es wäre wirklich gut, wenn sie die Svoboda dazu kriegen könnte, einem DNA-Abgleich zuzustimmen.«

Die beiden betraten das Großraumbüro.

»Wie läuft's?« Palles quadratisches, koboldartiges Gesicht tauchte hinter seinem Monitor auf.

»Sie berät sich mit ihrer Anwältin. Und bei euch?«

»Die meisten Firmen zeigen sich kooperativ und trotz der Feiertage hilfsbereit.« Er drehte ein Stück Papier so, dass sie die durchgestrichenen Zeilen sehen konnte. »Bislang noch keine Treffer.«

»Die Nadel im Heuhaufen.« Oltmann zog sich einen Stuhl heran. Er wirkte müde.

»Wolltest du nicht die Lebensumstände der vier Vermissten durchleuchten?« Sinje schenkte sich ein Glas Wasser ein.

»Hab ich. Die Erleuchtung ist ausgeblieben. Habe noch ein paar Anfragen bei den Dienststellen laufen.« Palle zuckte mit den Schultern. »Da Oltmann schon anfing zu schielen, dachte ich, ich löse ihn ab und schicke ihn lieber zu dir ins Verhör.«

»Du bist ein echter Freund.« Oltmann grinste gequält.

»Wir wären dann so weit.« Der Kopf der Anwältin erschien im Türrahmen.

Sinje und Oltmann folgten ihr in den Verhörraum und nahmen ihre alten Positionen ein.

»Also, was brauchen Sie von meiner Mandantin?«

»Eine Auskunft darüber, wo sie sich letzten Mittwoch aufgehalten hat.«

»Die kann sie Ihnen leider nicht geben. Sie wissen, warum.«

»Sie bleiben also dabei, sich nicht erinnern zu können, wo Sie von Montag, den elften bis Freitag, den fünfzehnten, gewesen sind? Und mit wem Sie die Tage verbracht haben?« Sinje sah Samantha in die Augen.

»Ich bin nicht stolz darauf. Aber es ist nun mal passiert. Ich war schon ziemlich zugedröhnt, als wir los sind. Der Rest verschwindet in einer dicken Nebelbrühe. Keine Gesichter, keine Orte, keine Erinnerung. Mein Grundgefühl sagt mir, dass wir Spaß hatten. Mehr ist da nicht. Langsam in die Realität zurückgefunden habe ich erst, als ich gestern unten am Hafen aufgewacht bin. Keine Ahnung, wie ich da hingekommen bin, echt nicht! Und ich hätte nie gedacht, dass ich fünf Tage weg war.«

»Wir würden gern Ihre Handydaten auswerten.«

»Find ich nicht so gut. Muss das sein? Da sind verdammt private Sachen drauf.«

»Wir könnten herausfinden, wo Sie gewesen sind, und das könnte Sie entlasten.«

»Und wenn der Freak zufällig im selben Funkmast eingeloggt war, bin ich fällig, oder was? Sie wissen doch jetzt, dass er mir wie so 'n Hündchen hinterher ist.« Die Befragte schüttelte energisch den Kopf.

»Wenn Sie sich nicht erinnern, wie wollen Sie dann mit Sicherheit wissen, dass Sie Laurenz Koch nicht doch umgebracht haben?«

Samantha sah ängstlich zu ihrer Anwältin hinüber. »Ich wusste doch, dass ihr mir einen Strick draus drehen wollt! Ich bin doch keine Mörderin, nur weil ich mir ein bisschen was reingedrückt habe.«

»Dann stimmen Sie einem DNA-Abgleich zu! Wir haben Fremd-DNA an Laurenz Koch sicherstellen können.«

Die Anwältin nickte ihrer Mandantin zu.

»Also gut, aber dann lassen Sie mich in Ruhe!«

Sinje sah, wie unwohl sich Samantha Svoboda fühlte. »Der Kollege Schmidt ist auch ganz vorsichtig«, beruhigte sie und beobachtete, wie Oltmann das Stäbchen mehrfach durch die Mundhöhle der Verdächtigen gleiten ließ. »Wir würden gern noch einen Drogentest durchführen.«

»Was? Nein, wofür? Sie haben, was Sie wollten. Das reicht jetzt!« Die Befragte sprang auf.

»Sie haben bereits zugegeben, Drogen konsumiert zu haben. Ihnen wird kein Nachteil daraus erwachsen und wir wüssten, was Sie fünf Tage lang außer Gefecht gesetzt hat.«

»Muss ich das machen?« Samantha sah ihre Anwältin an.

»Nein. Aber überlegen Sie es sich. Es könnte Ihre Aussage untermauern.«

»Ich will nach Hause! Jetzt!«

*

»Ich hab hier was!« Ohlsen stürmte ins Großraumbüro der Norgaarder Polizeistation. »Ruf mal eine Karte von Deutschland auf, Oltmann!«

Sinje, Palle und Ohlsen scharten sich um Oltmanns Stuhl.

»Jesper Bech, zweiunddreißig, arbeitet für einen hiesigen Autoteilezulieferer, und zwar im Außendienst. Er ist regelmäßig in München, Leipzig und Berlin. Aber auch ab und zu in Bremen und Hamburg. Hab ich gerade von der Personalleitung seiner Firma erfahren. Sein Arbeitgeber stand auf einer der Listen.«

»Der Mann kommt rum! Von Bremen bis zu Lea Schmitz nach Oldenburg sind es keine fünfzig Kilometer. Und hier!« Palle fuhr mit dem Finger in der Luft die Strecke zwischen München und Leipzig nach. »Da kommt man ja fast schon automatisch durch Ingolstadt durch.«

»Und direkt an Plauen vorbei«, ergänzte Oltmann und tippte auf eine Markierung östlich der A9.

»Wir brauchen die Zeiten! Wann war der Typ in München und so weiter?« Sinjes Zähne knabberten konzentriert an ihrer Unterlippe.

Ohlsen nickte. »Ich treffe mich in einer halben Stunde mit Bechs Chef an der Firma. Sinje, der Koch-Fall muss pausieren, ich will dich dabeihaben.«

»Kein Problem, da brennt nichts an. Am vielversprechendsten erscheint mir eh, auf den DNA-Abgleich von Frau Svoboda zu warten.«

»Sehr gut! Palle, welche der vier Vermissten ist die aus Plauen?«

»Die hier!« Der Kollege ging zum Whiteboard und wies auf eine Frau mit kurzem blondem Haar. »Paula Hartmann, vierunddreißig, seit der vergangenen Silvesternacht vermisst. Angeblich gab es einen Streit mit ihrem Freund auf einer privaten Silvesterparty. Worauf sie irgendwann verschwunden war. Wann genau, daran will sich keiner der Gäste erinnern. Die Nacht war weit fortgeschritten, der Alkoholpegel dementsprechend.«

»Was ist mit dem Freund?«

»Der hat sich nach dem Streit anderweitig vergnügt, dafür gibt es etliche Zeugen. Will so gegen fünf Uhr morgens nach Hause gekommen sein. Seine Freundin hat er dort nicht angetroffen.«

»Heißt, sie haben zusammengewohnt.«

Palle nickte.

»Und dann hat er die Polizei verständigt, oder ist er sie selbst suchen gegangen?«, fragte Sinje.

»Nichts von alledem. Er hat sich schlafen gelegt. Er dachte, sie wäre immer noch sauer auf ihn und hätte bei einer Freundin übernachtet. Erst als Paula Hartmann am Neujahrsabend immer noch nichts von sich hatte hören lassen, hat er alle Verwandten und Bekannten durchtelefoniert. Keiner von denen hatte sie getroffen oder eine Ahnung, wo sie sich aufhielt. Am späten Abend kam es dann zur Vermisstenmeldung. Die Auswertung der Mobildaten hat ergeben, dass Paulas Handy die halbe Nacht auf Wanderschaft war, quer durch Plauen. Das letzte Mal hat es sich von weit außerhalb eingewählt. Da ist aber nichts außer Feldern, Wiesen und einer Bundesstraße. Die hat zwar eine Bushaltestelle, so spät fuhr da aber kein Linienverkehr mehr. Trotz eines Aufrufs an die Bevölkerung gab es keine Meldungen über die Sichtung der Vermissten im Zeitraum nach der Party. Hinweise kamen einige, aber keine eindeutigen. Die meisten Leute, die sich um diese Zeit auf dem Heimweg befanden, waren selbst sturzbesoffen und sich nicht sicher, ob sie wirklich Paula Hartmann gesehen hatten. Sogar die nahe gelegene Weiße Elster, ein Fluss, der mitten durch Plauen fließt, wurde abgesucht, da man zunächst vermutete, Paula Hartmann könnte versehentlich hineingefallen und ertrunken sein. Immerhin war auch sie nicht mehr nüchtern. Nichts. Auch ein paar Kilometer weiter flussabwärts kein Leichenfund. Paula Hartmann und ihr Handy sind seitdem verschwunden.«

»Glaubst du, sie ist auf dem Nachhauseweg ihrem Mörder in die Arme gelaufen?« Sinje zog die Stirn kraus. »Wir müssen wissen, ob Jesper Bech über Silvester in Plauen und Umgebung war.«

»Vielleicht war sie blau, wütend und verletzt und ist ein bisschen durch ihr Heimatdorf gerannt? Bis zu dieser Bushaltestelle, wo sie sich hingesetzt hat und vielleicht sogar eingeschlafen ist. Und da ist unser guter Herr Bech dann am frühen Morgen langgefahren und hat seine Chance gewittert.« Palle durchbohrte die Luft mit seinem Zeigefinger.

»Das reicht!« Ohlsen trat einen Schritt zurück. »Palle, du recherchierst den Weg, den Paula Hartmann normalerweise von der Party nach Hause genommen hätte! Sinje und ich schauen uns den Arbeitsplatz von Herrn Bech an. Ich will so viele Informationen wie möglich in der Hand halten, bevor wir ihn vernehmen. Oltmann, du lässt den Knaben durch die Datenbank laufen!«

*

»Schön, dass das geklappt hat!« Fria grüßte freundlich in die Kamera.

Der Mann auf dem Monitor lächelte. Seine hohe Stirn war so gut wie faltenfrei, genau wie der Rest seines rundlichen Gesichts. »Ich hoffe, Sie verstehen, dass ich mich zunächst rückversichern musste. Hauptkommissar Ohlsen hat mich zu strengster Verschwiegenheit verpflichtet.«

»Natürlich. Haben Sie die Fotos erhalten?« Fria überlegte, ob sie den Kollegen Wagner schon mal auf einer Fachtagung getroffen hatte. Die ausgeprägten Lippen, die halb über die Ohren gewachsenen dunkelblonden Haare, die an manchen Stellen schon grau wirkten, die randlose Brille … Nein, nicht dass sie wüsste. Seinen Namen kannte sie indes gut. Stefan Wagner war als Privatgelehrter schon für diverse Museen tätig gewesen.

Sie sah, wie sich der Hintergrund um die Ränder seiner Gestalt veränderte. Ihr Kollege hatte für diese Videokonferenz einen virtuellen Hintergrund eingefügt, der mit seinen Bewegungen nicht ganz mitkam.

»Die Bilder von der Grube? Ja, erstaunlich! Und auch die stammt von dem mutmaßlichen Täter?«

Sein Gesicht näherte sich, nahm den ganzen Monitor ein. Er hob den Kopf, als könne er nur durch den unteren Teil seiner Brille scharf sehen. Wenn er so weitermachte, würde Fria jedes seiner Nasenhaare einzeln zählen können.

»Davon müssen wir ausgehen, ja. Was sagst du, ähm, sagen Sie zur Form?«

»Kommt der eines Schiffes schon sehr nahe. Wo, sagten Sie, liegt dieses Grab? In Sønderborg? Erstaunlich, dass der Boden dort eine solche Konstruktion hergibt. Ich hätte gedacht, dass das Sediment noch während des Grabens zurück in die Grube rieselt. Was sind das für feine Rillen? Ein Muster?«

»Darüber wollte ich mit dir sprechen. Ich habe Vergleichsflächen angelegt. Warte, ich schicke dir auch davon ein paar Aufnahmen.« Sie drückte auf *Senden.* Mist, hatte sie Wagner gerade geduzt? »Ist Ihnen während Ihrer Arbeit schon mal ein solches Muster untergekommen? Verbinden Sie irgendeine Assoziation damit?«

»Als Erdabdruck? Nein.«

»Und sonst?«

»Rillen und geometrische Linien als Schmuckelemente hat es immer gegeben. Das muss ich Ihnen nicht sagen.« Er biss sich auf die Unterlippe, als müsste er sich konzentrieren. »Ah, Ihre Mail ist angekommen. Dann wollen wir mal! Anhang öffnen, ja. – Na, das sieht doch sehr ähnlich aus. Womit haben Sie die Struktur erzeugt? Welches Werkzeug haben Sie genommen?«

»Eine Archäologenkelle. Der Winkel stimmt noch nicht ganz. Das Ergebnis hängt sehr von der Handführung ab.«

»Das Wichtige ist, dass er stimmen *könnte.*«

Fria nickte entschieden. »Das sehe ich ganz genauso.«

»Die Frage, die nun zu stellen wäre, lautet: Gibt es ein weiteres Werkzeug, mit dem sich dieses Muster ebenso gut und gleichmäßig erzeugen ließe? Und ich fürchte, auch diese müsste man ehrlicherweise mit ja beantworten.«

Da hatte er zweifelsfrei recht. »Fiele dir da etwas ein?«

»Nicht direkt. Aber Werkzeuge mit einer breiten, glatten Fläche und einem oder mehreren spitzen Enden gibt es wahrscheinlich in vielen Gewerken.«

»Warum machen die Täter sich die Mühe und modellieren diese Grube wie ein Schiff? Was denkst du, äh, Sie?« Fria lächelte entschuldigend. Blödes deutsches Rumgesieze!

»Die Täter? Konnte ermittelt werden, dass es mehrere sind?«

»Der oder die Täter. Nein, einwandfrei ermittelt nicht. Man hält es aber für möglich.«

Wagner wiegte den Kopf. »Die Frage nach dem Warum. Hauptkommissar Ohlsen hat mich da auch schon um eine Einschätzung gebeten. Ich weiß nicht, wie es Ihnen geht, aber ich tue mich damit sehr schwer. Warum könnte ein Mensch aus dem einundzwanzigsten Jahrhundert Gräber auf diese Weise anlegen? Ehrlich gesagt fällt mir dazu wenig ein. Ebenso wenig wie zu der Frage, warum jemand junge Frauen umbringen sollte. Ich glaube, ich bin der Falsche, um mich in den Kopf und die Seele eines Mörders hineinzuversetzen. Würde das Grab aus dem siebten Jahrhundert stammen, wäre ich mehr als verwirrt und würde mich wahrscheinlich auf die sinnlose Suche nach etwas Vergleichbarem machen.«

Fria lächelte. Sie verstand genau, was er meinte. Aus Historikersicht war an dieser ganzen Inszenierung nichts Verwertbares. »Sie wissen, dass die Frauen erwürgt und erstochen wurden? Was ist mit Ibn Fadlan?«

»Sie wissen, dass die Beschreibung des arabischen Gesandten angezweifelt werden darf? Welcher Teil seiner Texte der Wahrheit entspricht und welcher nur dazu diente, seine Landsleute zu unterhalten, entzieht sich unserer Kenntnis.«

»Vielleicht ist das dem Täter ja egal? Er liest diese unglaubliche Geschichte, und … keine Ahnung … es löst etwas in ihm aus. Er möchte ebenso viel Macht besitzen, möchte, dass junge Frauen bereit sind …«

»Ihm in den Tod zu folgen? Sie vergessen eines!«

»Das Fehlen der männlichen Leiche, ich weiß. Und in Brand gesetzt wurden die Toten auch nicht.« Fria seufzte. »Aber wofür dann? Wofür dieser ganze Aufwand? Warum legt er, legen sie die Leichen nicht einfach im Wald ab?«

»Tja, wenn wir das wüssten, nicht wahr? Sie sehen mich ratlos, werte Kollegin. Wobei ich durchaus nachvollziehe, dass Sie der besonderen Art der Bestattung eine hohe Bedeutung beimessen.«

»Ich denke, das müssen wir! Wenn *du* gerade jemanden umgebracht hättest, nicht im Affekt, sondern planvoll und mit voller Absicht, dann würdest du doch sicher alles daransetzen, nicht aufzufallen, sondern die Leiche so schnell und unauffällig wie möglich loszuwerden, richtig?«

»Ich täte gut daran, schließlich will ich nicht erwischt werden.«

Super, Kollege Wagner ließ sich auf ihr Gedankenspiel ein. »Unsere Täter aber gehen hohe Risiken ein. Sie graben nicht nur tiefe Löcher und treiben lange Pfähle in den Boden, sondern formen so etwas wie einen Bootsrumpf und kleiden ihn mit Holz aus, das sie irgendwie zu den Gruben transportieren müssen. Das dauert Stunden bis Tage und könnte jederzeit auffallen. Der Grund dafür muss für den oder die Täter so schwer wiegen, dass sich das Risiko in ihren Augen lohnt.«

»Es könnte einen ganz besonderen Kick für mich bedeuten, zu wissen, dass ich jederzeit erwischt werden kann.« Wagners Augen zogen sich zu kleinen Schlitzen zusammen.

Fria gefiel, dass er sich weiterhin an der Perspektive des Täters versuchte. »Du glaubst, die Täter legen es darauf an?«

»Ehrlich gesagt weiß ich nicht, was ich glauben soll. Ich dachte nur …«

»Nein! Ich meine, ja, das ist gut, mach weiter!«

Er räusperte sich. »Ich … diese jungen Frauen hätte jeder gern. Jeder Mann wäre froh, wenn er auch nur eine von ihnen besitzen könnte. Aber nur ich weiß, wo sie sind. Sie sind für mich gestorben. Ich sammele sie wie kostbaren Schmuck.« Er seufzte. »Keine

Ahnung, liebe Frau Svensson, ich glaube, das ist nicht sehr seriös, was ich hier von mir gebe!«

Fria lächelte ihn ermutigend an. »Mag sein, aber etwas Fantasie beim Brainstorming hat noch nie geschadet. In einem könntest du recht haben: Der Fokus liegt auf den Frauen. Es könnte um seine oder ihre Beziehung zu ihnen gehen. Er – oder sie – liebt Frauen, bereitet ihnen ein Grab, gibt ihnen Geschenke mit auf den Weg ins Jenseits. Gleichzeitig ist da der Zwang zu töten, und zwar gleich auf zwei verschiedene Arten.«

»Vielleicht ist es jemand, der die Frauen hasst, weil er in der Vergangenheit tief enttäuscht wurde?«

»Würde sich jemand so viel Mühe mit dem Grab für eine Frau geben, die er hasst? Unfähigkeit zu lieben in dem Sinn, wie wir Liebe verstehen, das ja. Ein gestörtes Verhältnis zu Frauen, das auch, aber Hass – ich glaube nicht. Es gab vielleicht keine persönliche Beziehung zwischen Täter und Opfer, aber diese Frauen stehen für etwas. Sie verkörpern eine ganz bestimmte Eigenschaft.«

»Unerreichbarkeit?«

»Na ja, erreicht hat er sie ja. Ich sage jetzt einfach mal *er*, gleichbedeutend für Mensch. Er hat sie aus ihrem Umfeld gerissen. Sie sich quasi gepflückt, irgendwo, wo es ihm gerade gefiel. Dann er hat sie mitgenommen und mit hoher Wahrscheinlichkeit über Tage oder Wochen gefangen gehalten. Und er hat sie dazu gebracht, ihren eigenen Abschiedsbrief zu verfassen.«

»Es gibt einen Abschiedsbrief?«

»Es wurden Fragmente gefunden, die diesen Schluss nahelegen.«

»Und darin erklären die beiden Frauen, dass sie freiwillig aus dem Leben geschieden sind oder sich das Leben nehmen wollten, oder was?«

»Subtiler. Obwohl die Worte *trauert nicht um mich* durchaus vorkommen.«

»Und ein Suizid mit Helfershelfern …?«

»Wird ausgeschlossen.«

»Tja, liebe Kollegin Svensson, ich fürchte, da bin ich mit meinem Fachlatein am Ende. Zusammenfassend können wir wohl nur sagen, dass der Fall eher etwas für den Psychologen als für uns Archäologen ist.«

»Trotzdem danke ich dir, Ihnen, sehr, dass Sie sich die Zeit genommen haben. Woran arbeitest du gerade?«

Sie sah ihn lachen und wurde rot. »Es tut mir leid. Ich verfalle immer wieder ins Du. Bei uns in Dänemark ist es nicht so kompliziert.«

»Ein sehr sympathischer Zug. Ich recherchiere gerade für einen Heimatverein zum Thema …«

Während Wagner ihr begeistert von seinen Entdeckungen erzählte, war Fria mit ihren Gedanken bei den toten Frauen. Die große Frage war, für wen gaben sich die Täter so viel Mühe mit den Gräbern? Für sich selbst, weil es ihnen wichtig war? Für die Frauen, um ihnen zu huldigen oder den Weg ins Jenseits zu bereiten? Oder gab es da noch einen weiteren Adressaten, eine Person, eine Gruppe oder gar die Öffentlichkeit, für die diese so abscheulich getöteten und auf eine befremdliche Art beerdigten Frauen gedacht waren? Um was auszulösen? Aufsehen? Angst unter jungen Frauen?

Die plötzliche Stille holte Fria in das Gespräch zurück. »Das hört sich spannend an. Darf ich dir noch eine Frage stellen? Mit der Bitte, das zu antworten, was dir als Erstes durch den Kopf schießt.«

»Ich versuch's.«

»Deine spontane Assoziation zu dem Begriff *weiblich*?«

»Lebenspenderin.«

Fria zog überrascht die Augenbrauen hoch. »Okay …«

»Nicht umsonst heißt es Mutter Natur, und zwar, wie ich mich zu erinnern glaube, weltweit in allen Sprachen.«

»Ist das nicht eine etwas arg reduzierte Sicht auf die weiblichen Fähigkeiten?«

»Sie verstehen mich falsch. Frauen, Männer, Menschen, alle haben unzählige Fähigkeiten. Frauen haben sich Zugang zu fast allen männerdominierten Bereichen verschafft. Es gibt nichts mehr, was sie nicht erreichen könnten. Doch das, was unverrückbar mit ihnen verbunden bleibt, mit jeder von ihnen, vorausgesetzt, sie ist gesund, ist die Tatsache, dass sie Leben schenken können. Das können wir Männer nicht. Wir können höchstens eine Technologie erschaffen, die Leben im Reagenzglas entstehen lässt. Da fällt mir ein, das wäre ein interessanter Vergleich: Wie viele Leben werden uns weltweit in einem Jahr durch Frauen geschenkt? Und wie viele durch Männer genommen?«

*

Ohlsen zog seine Mütze tiefer ins Gesicht. Der Fahrtwind ließ ihn bei jedem Tritt schnaufen. Am Ende der befestigten Straße angekommen sprang er vom Rad und schob es durch den nassen Sand bis zu seiner Bank. Dort ließ er es einfach fallen. Dann fing er an zu rennen. Erst auf das Wasser zu, dann daran entlang, nur begleitet vom Licht des hellen Mondes, von kalten Böen und dem Fauchen der Wellen.

Bald schon blieb er stehen, riss sich die Mütze vom Kopf und stieß einen zornigen Schrei aus. Wohin er und seine Ermittler auch liefen – nichts als Sackgassen! Jesper Bech kam als Täter nicht infrage. Er war am Tag des Verschwindens von Lea Schmitz nicht im Raum Oldenburg unterwegs gewesen, sondern nachweislich seinem Job in Flensburg nachgegangen. Zum Zeitpunkt von Celines Verschwinden hatte er sogar eine OP am Kreuzband gehabt und lag gut überwacht in einem Krankenhaus. Der Bech hatte maximal ein Ticket wegen Falschparkens!

Wieder entfuhr Ohlsen ein kurzer, wütender Schrei. Er dachte an die Fotos, die im Büro an ihrem Whiteboard hingen, an die vier vermissten Frauen, von denen eine vielleicht genau in diesem Moment betete, jemand möge sie finden und retten. Aber alle noch so kleinen Ansätze, denen sie nachgegangen waren, verliefen im Sand. Sie hatten die Leben von Celine Schwarz und Lea Schmidt auf den Kopf gestellt, ihr Umfeld durchleuchtet, nach Gemeinsamkeiten gesucht. Hatten die Leichenfundorte einschließlich Umgebung abgesucht, Anwohner befragt und diese Liste von Firmen abgeackert. Von all den vielen Außendienstlern kam nicht einer infrage! Auf dänischer Seite sah es ähnlich deprimierend aus. Und auch die Hintergrundrecherche zu den vier vermissten Frauen hatte keinen neuen Ansatz gebracht. Konnten sie also wirklich nichts anderes tun, als abzuwarten, bis irgendwo die nächste Leiche auftauchte?

Wolkenfetzen und weiße Schaumkronen schimmerten im dramatischen Licht des Mondes. Ein abgestorbener Baum, vom Wind zur Seite gedrückt, reckte seine kahlen Äste Richtung Meer. Abseits des hellen Streifens verschmolzen Horizont und Ostsee, versank die Förde im Schwarz der Nacht. Es war alles da. Es war nur nicht zu sehen.

Was ist es, das ich erkennen müsste?

Die Böen, die durch Strandhafer und Bäume fuhren, lieferten sich einen akustischen Wettstreit mit dem Tosen der Wellen. Ihr Rauschen überlagerte alles andere. Die zarten Geräusche von verborgenem Leben.

Was hatte er im Fall der toten Frauen überhört? Es musste etwas geben!

Ohlsen kehrte um. Einzelne Windflüchter drängten sich in seinen Fokus. Ihre Kronen schienen ihm die Richtung weisen zu wollen.

Wenn es doch so einfach wär.

Gegen den Wind ankämpfend stapfte er zurück zu seiner

Bank. Mit Grauen dachte er an den nächsten Tag. Eine Pressekonferenz am Ostersonntag, was konnte es Schlimmeres geben? Andererseits war das vielleicht ihre einzige Chance, die Ermittlungen auf den richtigen Weg zu bringen. *Die Krähe* hatte recht gehabt, nachdem der Artikel im *Nordschleswiger* erschienen war, wurden sowohl die Rufe nach einer Stellungnahme als auch die Spekulationen über einen Frauen meuchelnden Serientäter lauter. Jetzt hieß es die Bevölkerung beruhigen und gleichzeitig als Informationsquelle nutzen. Vielleicht gab es ja doch jemanden, der sich an eine ungewöhnliche Begegnung in der Nähe der Grabstätten erinnerte?

Außerdem hatten sie ja immer noch Fria! Sie kannte sich mit diesem Archäologenkram echt aus. Und sie hatte polizeilichen Spürsinn, schon von Haus aus. Wenn jemand einen entscheidenden Hinweis ausbuddeln und seiner Bedeutung auf die Spur kommen konnte, dann sie. Hoffte er. *Irgendetwas muss dieser Wikingerkram aus den sonderbaren Gräbern ja zu bedeuten haben!*

Mit einem tiefen Seufzer ließ er sich auf die Bank fallen. Seine dichten Locken wurden vom Wind hin und her geworfen, versperrten ihm ein ums andere Mal die Sicht. Vielleicht war es an der Zeit, dem Wildwuchs etwas entgegenzusetzen!

Beinahe hätte er das Klingeln seines Handys überhört. Ohne daraufzuschauen, nahm er den Anruf an.

»Ja?«

»Bist du in See gestochen, Liebster? Du hörst dich an, als befändest du dich mitten in einem Sturm!«

»Lies!« Allein ihre Stimme reichte, um ein paar Stresshormone abzuwerfen. »Gönne mir ein bisschen Strand.«

»So schlimm?«

»Wir befürchten weitere Opfer, haben aber nichts, an dem wir ansetzen können«, schrie er gegen den Wind an.

»Dann ist es j… …ut, dass …ch zu dir komme.« Er verstand

sie kaum. Und das lag nicht nur an dem Getöse um ihn herum. Die Verbindung war plötzlich furchtbar schlecht.

»Wann?«

»Morgen …ahre ich lo… …mme mit dem …zug von …«

»Lies, Schatz, ich verstehe dich kaum. Du kommst ganz abgehackt an. Schreib mir doch 'ne Nachricht, ja? Oder lass uns übers Festnetz sprechen. Ich bin in einer Viertelstunde zu Hause.«

*

SAMANTHA

Samantha saß in der Fensternische in ihrem Zimmer und starrte auf die Kreuzung unter sich. Der feucht glänzende Asphalt, die im Wind wippenden Bauampeln mit ihrem wechselnden Licht, all das war besser als das, was sie sah, wenn sie die Augen schloss. Selbst die Kälte der Fensterbank, die bereits durch die dünnen Boxershorts, durch Haut und Fleisch bis zu ihren Knochen durchgedrungen war, hatte etwas Beruhigendes. Sie erinnerte sie in jeder Sekunde daran, wo sie war – bei sich zu Hause. Auf ihrer Matratze dagegen hatte sie kaum liegen können. War sie kurz eingenickt, war sie einen Moment später wieder hochgeschreckt in der Erwartung, die Wände ihres Gefängnisses würden sie anstarren.

Ich sehe jeden deiner Schritte.

Was, wenn die Maskenfrau gesehen hatte, dass Samantha heute bei der Polizei gewesen war? Wenn sie gesehen hatte, wie man sie abgeholt hatte?

Ich sehe jeden deiner Schritte. Ich kann dich jederzeit wieder herholen.

Nervös schüttelte sie ihr linkes Bein. Wieder und immer wieder, als müsste sie die Fußfessel loswerden.

»Ich muss hier weg. Ich kann hier nicht bleiben.« Aber wie sollte sie das ihren Eltern beibringen? Was sollte aus ihrem

Studium werden? Die Bitch machte alles kaputt, und sie konnte nichts dagegen tun.

Und wenn sie doch alles der Polizei erzählte?

Samantha schüttelte den Kopf. Wer würde ihr so eine Geschichte glauben? Sie sah die Polizistin Cassuben vor sich.

Frau Svoboda, Sie wollen uns also wirklich weismachen, Sie seien die letzten fünf Tage in einem Raum ohne Fenster gefangen gehalten, jeden Tag mit warmem Essen, Wasser und Butterkeksen gefüttert worden und wüssten weder wo noch von wem?

Ja, wenn ich es Ihnen doch sage! Mein Fuß war angekettet. Hier, sehen Sie die Abschürfungen?

Wurden Sie vergewaltigt? Hat man Sie geschlagen oder anderweitig körperlich misshandelt?

Nein, mir wurden Fragen gestellt. Lauter krankes Zeug. Als würde jemand einen Verhaltenstest mit mir machen.

Und dann hat man Sie also einfach wieder freigelassen. Im Vertrauen darauf, dass Sie schon nicht zur Polizei gehen würden. Wozu? Frau Svoboda, warum sollte irgendjemand so etwas mit Ihnen machen?

Das weiß ich doch nicht! Sie sind die Polizei, finden Sie's raus!

Ist es nicht eher so, dass Sie vertuschen wollen, was am vergangenen Mittwoch wirklich passiert ist? Dass Sie, vielleicht sogar ohne Absicht, Laurenz Kochs Leben beendeten, indem Sie ihm einen schweren Gegenstand über den Kopf schlugen?

Nein! So glauben Sie mir doch! Die Maskenfrau hat gesagt, sie könnte mich jederzeit wieder entführen. Sie müssen mich schützen!

Das werden wir, sobald Sie uns die Wahrheit gesagt haben.

Das ist die Wahrheit!

Frau Svoboda, erst erzählen Sie uns, Sie wären mit Unbekannten mitgegangen und hätten fünf Tage lang so viel Rauschmittel konsumiert, dass Sie sich an nichts erinnern können, und jetzt kommen Sie uns mit dieser abstrusen Entführungsgeschichte. Vielleicht können Sie verstehen, dass Sie nicht sehr glaubwürdig wirken. Zumal

Sie für den Mord an Laurenz Koch kein Alibi haben. Den Mord an dem Mann, der Sie seit Monaten verfolgt hat.

Samantha bemerkte die Tränen nicht, die von ihrem Kinn auf die Fensterbank tropften und den Granit dunkel färbten.

Sie konnte nicht zur Polizei gehen! Sie musste die Wahrheit für sich behalten.

DREIZEHN

»Was dagegen, wenn ich mitgehe?«

Fria sah erstaunt hoch. »Poul! War ich zu laut?« Sie klickte die Leine an Bølles Halsband.

»*Nej*. Ich kann nicht so lang schlafen wie Marten. Liegt am Job. Bin das nicht gewohnt.«

Fria hielt ihm einladend die Wohnungstür auf.

Er folgte ihr ins Treppenhaus.

»Was machst du eigentlich genau da am Hafen?«

»Stauen, laschen und löschen.« Er zwinkerte ihr zu. »Waren annehmen, Lkw und Importcontainer entladen, Papiere kontrollieren, so was.«

»Im Schichtdienst?«

»Klar, der Hafen schläft nie.«

»Bestimmt ein harter Job.«

»Bin die meiste Zeit draußen, das ist gut. Ich hab's nicht mit Büros und so.«

»Ja, da kann einem schon mal die Decke auf den Kopf fallen.« Der Wind packte direkt in ihre Kleidung. Fria zog die Mütze aus der Jackentasche und stülpte sie über. »Wenn wir dort runtergehen, dauert es nicht lange, und wir sind am Strand.«

Seine Augen folgten ihrem ausgestreckten Finger. »Ja, okay.«

Vor ihnen lag ein Stück Siedlungsstraße, deren weiterer Verlauf sich in einem Linksknick aus ihren Augen verlor. Dahinter eine Wiese umrahmt von klein gewachsenen Bäumen, alle zur selben

Seite geneigt. Je näher sie ihr kamen, desto besser war der schmale Pfad zu erkennen, der von der Siedlung wegführte.

Schweigend gingen sie nebeneinanderher.

Ein unauffälliger Seitenblick sagte Fria, dass er es ebenso genoss wie sie. Die Sonne stand noch tief, der Tag war wunderbar jung, wie ein unbeschriebenes Blatt, das darauf wartete, mit Erinnerungen gefüllt zu werden.

»Marten und du, ihr wohnt unglaublich schön«, meinte Poul, als der Strand in Sicht kam.

Das schräge, noch kalte Sonnenlicht warf lange Schatten auf den Sand. Am Horizont waren die Umrisse eines großen Frachtschiffs zu erkennen.

»Das ist wahr.« Fria löste Bølles Leine. Der flitzte sofort los. »Wir hatten viel Glück und Martens Vater das passende Kleingeld.«

»Er ist was ganz Besonderes.« Poul hatte seinen Blick in die Ferne gerichtet. »Marten.«

»Ja, das ist er.«

Im feuchten Sand waren etliche Spuren auszumachen von Möwen und Krebstieren und auch von Dingen, die das Meer angespült oder wieder zu sich geholt hatte. Der Himmel war wolkenlos, mit ein bisschen Glück konnte das Ostereiersuchen heute unter freiem Himmel stattfinden.

Bølle kam mit einem Stück Treibholz auf sie zugerannt und warf es Poul vor die Füße. Dieser hob es auf und schleuderte es weit von sich.

»Er hat dich gut erzogen«, meinte Fria lächelnd und steckte beide Hände tief in ihre Taschen. »Hat Marten dich schon vorbereitet?«

»Vorbereitet?«

»Ostersonntag schleppe ich ihn traditionell mit zu meiner Familie. Ich weiß nicht, wer mit mehr Feuereifer bei der Eiersuche ist, er oder die Kids …«

»Kein Problem. Ich werde … ich hab noch das eine oder andere zu tun.«

»Was? Nein! Du kommst natürlich mit! Die Frage sollte lauten, ob er dich auf meine Familie vorbereitet hat.«

Jetzt grinste Poul übers ganze Gesicht. »Nein, muss man das?«

»Ich hätte gern mit Ja geantwortet, weiß aber nicht, ob das überhaupt möglich ist. Was ist mit dir? Hast du Geschwister?«

»*Nej.*«

Die Hoffnung, dass er ein wenig von sich preisgeben würde, blieb unerfüllt. »Dann hoffe ich, du hast starke Nerven! Ich habe drei Brüder, zwei Schwägerinnen und zwei Nichten. Und natürlich Eskild, meinen Papa. Was ist mit deinen Eltern? Leben sie noch in Dänemark? Du kommst aus Blokhus, richtig?«

»Nein. Also, ja, ich komme aus Blokhus, aber die Eltern … Sag mal, wann willst du denn los?«

Fria sah auf die Uhr. »In zwei Stunden. Ich fahre kurz noch rüber nach Norgaard zur Wache. Um elf sollten wir beim Brunch sein. Vielleicht kriegst du Marten dazu, dass wir einigermaßen pünktlich loskommen?«

*

NETTIE

Sie roch seltsam.

Nettie schlug angewidert die Bettdecke zurück. Belle – sie stank ein bisschen so wie Papa, wenn er tagelang im selben fleckigen Hoodie auf dem Sofa gesessen hatte. Nach Krankheit und faulem Gemüse. Ob so der Tod roch? Aber Papa war ja nie gestorben.

Nettie versuchte durch den Mund zu atmen und zog die nassen Handtücher von Belles Beinen. Schöne Schweinerei! Mittlerweile war das Laken bis zu den Rändern nass. Die Matratze war es bestimmt auch. Nettie zuckte mit den Schultern. Sie tat nur das, was der Doktor ihr befohlen hatte. Sie nahm die Tücher, ging ins Badezimmer, ließ sie klatschend ins Waschbecken fallen und drehte den Wasserhahn auf. Die tropfenden Tücher weit von sich haltend lief sie zurück zum Kinderbett. Als Belles Beinchen bedeckt waren, zog sie die Decke darüber. Trockene Handtücher gab es längst keine mehr.

Nun kam der schwierigste Teil. Sie musste machen, dass Belle den Tee schluckte. Wie sollte das gehen, wenn Belle sich nicht bewegte? Das hätte Nettie dem Doktor gleich sagen können, dass das nicht klappen würde.

So gut sie konnte, zog sie das Kind hoch, versuchte, es mit dem einen Arm festzuhalten und mit der anderen Hand die Tasse an das Gesicht des Mädchens zu drücken. *Jetzt kippen!* Natürlich floss alles am Mund vorbei, am Kinn entlang, den Hals herunter und über Netties Arm. *So ekelig!* Genervt ließ sie das Kind zurück in die Liegeposition gleiten. »Ich glaube, du schläfst erst mal!«

*

Die Stimmung auf der Norgaarder Wache war gedrückt.

Ohlsen stellte jedem schweigend einen Pott Kaffee hin, und nicht einmal Palle protestierte, obwohl er noch einen vollen vor sich stehen hatte. Dass keiner seiner Kollegen Ohlsens kurz geschorenen Schädel kommentierte, zeigte, wie frustriert alle waren. »Warten wir auf Oltmann?« Ohlsen fiel ein, dass der ihn um ein Gespräch gebeten hatte, zu dem es immer noch nicht gekommen war. Er musste unbedingt daran denken, ihn später darauf anzusprechen.

»Wir sollen anfangen, er jagt noch den *Piepenkeerls* hinterher.« Palle schien zu überlegen, welchen der beiden Kaffeebecher er zum Mund führen sollte.

Ohlsen nickte Sinje zu, damit sie begann.

»Gut, der Fall Laurenz Koch. Besser gesagt, nicht gut! Die DNA von Samantha Svoboda stimmt nicht mit der von den Haaren überein, die wir auf seiner Leiche gefunden haben.«

»Mist! Und jetzt?«

»Fangen wir wieder bei null an. Vielleicht lagen wir falsch, und sein Tod hatte nichts mit seiner Obsession für Samantha zu tun? Eine Genehmigung, ihr Handy einzukassieren und ihr Bewegungsprofil abzufragen, kriegen wir so jedenfalls nicht.«

»Und wenn sie es zusammen mit einer ihrer Freundinnen getan hat? Mit dieser Mitbewohnerin, dieser Leonie zum Beispiel?« Palle hatte sich entschieden und nahm einen Schluck. »Vielleicht stammen die Haare von ihr?«

»Oder von Nina, oder von einer Kommilitonin, oder einer Freundin aus der Umweltschutzorganisation, oder, oder, oder. Die Staatsanwaltschaft wird uns wohl kaum einen Massen-DNA-Test genehmigen, nur weil der Tote einen Haufen Fotos von Samantha hatte.« Sinje seufzte. »Ich werde gleich zu Kochs Wohnung fahren und mich dort noch einmal gründlich umsehen. Außerdem gilt es, mit den Studenten der EUF zu sprechen, um mehr über die Lebensumstände und das Wesen des Toten herauszufinden. Das gestaltet sich leider gerade schwierig. Über Ostern sind viele zu Hause, und die, mit denen ich bislang sprechen konnte, sagen alle das Gleiche: Laurenz Koch sei ein seltsamer Kauz gewesen, der immer nur allein abgehangen hätte. Wie es aussieht, hatte der Typ keinerlei soziale Kontakte.«

»Und seine Eltern?«

»Scheinen völlig ahnungslos gewesen zu sein. Denen hat Laurenz vorgespielt, er würde fleißig studieren und wäre Teil einer Freundesgruppe von Studierenden.«

»Was ist mit sozialen Kontakten aus der Heimat? Woher kam der Junge eigentlich?« Ohlsen rieb sich mantraartig über den Kopf.

»Aus Niedersachsen, einem Kaff bei Hannover.«

»Gut, Sinje, ich darf dich mit dem Koch-Fall allein lassen? Nimm dir Lundberg zur Verstärkung.«

Die Kollegin nickte.

»Kommen wir zu den *Wikingermorden*. Ihr habt es mitgekriegt, unsere größte Hoffnung Jesper Bech scheidet als Täter aus. Er war der einzige Außendienstler, den wir finden konnten, der für eine hier ansässige Firma arbeitet und sowohl im Raum Oldenburg als auch in Ingolstadt tätig ist. Troels Svensson hatte leider auch keine besseren Nachrichten. Kein passender Verdächtiger bei den grenznahen dänischen Firmen.«

Es klopfte leise. Alle drehten sich zur Tür, in der die Leiterin des Ørerup-Museums stand und grüßend den Arm hob. »*Hej!*«

Fria! Vielleicht hatte sie … Ohlsen eilte ihr lächelnd entgegen. »Moin! Komm, setz dich zu uns. Hast du was Neues? Über die Rillen in der Grube?«

Er spürte ihren Blick auf seinem kurz rasierten Schädel.

»Ich habe mich mit Stefan Wagner zusammengesetzt, eurem Experten für Nordistik. Aus unserer Sicht gibt es keine Parallelen zu historischen Vorlagen, aus denen wir Rückschlüsse auf die aktuellen Fälle ziehen können. Die Rillen sind gewollt und sehr präzise in die Wände des letzten Grabes gezogen worden. Das könnte mithilfe einer Archäologenkelle ausgeführt worden sein. Ich habe eine Vergleichsfläche angelegt.« Sie ließ Fotos herumgehen. »Andererseits gibt es auch in anderen Gewerken Werkzeuge, die geeignet wären. Wagner und ich sind uns einig, dass es den Tätern möglicherweise egal ist, beim Anlegen der Gräber erwischt zu werden, sie legen es vielleicht sogar darauf an. Das Risiko und der Aufwand sind enorm. Und ich glaube, Letzterer ist noch gestiegen.«

Ohlsen runzelte die Stirn. »Der Aufwand? Wie kommst du darauf?«

»Ich habe mir die Fotos der beiden vorigen Gräber noch einmal angesehen. Bei Lea und Celine waren sie zwar eingestürzt, trotzdem gab es ja kleine intakte Bereiche. An keiner Stelle waren Schmuckrillen zu erkennen. Bei keinem der beiden Gräber.«

»Das heißt, er steigert sich in der Ausgestaltung der letzten Ruhestätte.«

»Oder das Opfer, für das er die dritte Grube ausgehoben hat, ist etwas ganz Besonderes.«

Ohlsens Kopf wandte sich den Fotos der vier vermissten Frauen zu. Wie von Fäden gezogen folgten die Köpfe der anderen. Welche von ihnen war die Nächste?

»Könnte er das Loch für sich selbst gebuddelt haben? Vielleicht tut er uns ja den Gefallen und bringt sich um …« Palle grinste gequält.

»Darauf können wir nicht hoffen«, murmelte Ohlsen.

»Ich glaube, es hat etwas damit zu tun, was er in den Frauen sieht«, fuhr Fria fort. »Da wir keine Verbindung von Lea zu Celine gefunden haben, können wir davon ausgehen, dass es auch zwischen Täter und Opfern keine persönliche Beziehung gegeben hat. Er hat sie zufällig ausgewählt, weil sie irgendetwas hatten, das sie für ihn geeignet erscheinen ließen.«

»Beide waren jung und in etwa gleich alt. Ähnliche Haarfarbe.« Palle gähnte verhalten.

»Celine arbeitete als Erzieherin, sie kümmerte sich um kleine Kinder, Lea um ihren behinderten Bruder. Ihre soziale Ader, könnte das der Punkt sein?«

»Für solche Infos müsste der Täter die Frauen längere Zeit beobachtet haben, ich weiß nicht …« Fria schüttelte den Kopf. »Dafür liegen die Heimatorte der beiden einfach zu weit auseinander.«

»Geht es also rein um das Optische? Muss es eine Frau sein, die der ähnlich sieht, die er nicht haben kann?« Ohlsen konnte sich gut vorstellen, was gerade in den Köpfen der anderen vorging. Jeder verglich die Gesichter von Celine Schwarz und Lea Schmitz mit denen der vier vermissten Frauen.

»Wenn dem so wäre, würde Paula Hartmann herausfallen. Sie ist über dreißig und hat kurze hellblonde Haare.«

»Und hier, Julia Krause auch. Achtzehn und rothaarig, sieht aus wie ein Kind.«

Alle blickten ratlos auf die beiden verbliebenen Gesichter.

»Was, wenn es nicht die Optik ist, sondern das, was ihn von den Frauen unterscheidet?« Fria schob die Haare hinter ihrem Kopf zusammen.

»Wie meinst du das?«

»Ich weiß nicht ... Er klaut sich Frauen von der Straße, und das Ende ist immer dasselbe, er manipuliert sie so lange, bis sie in einem Abschiedsbrief beteuern, freiwillig aus dem Leben geschieden zu sein.«

»Wir wissen nicht, ob Celines Brief auch ein Abschiedsbr...«

»Psst!«, unterbrach Ohlsen Palle und hob den Arm, um ihn zum Schweigen zu bringen.

»Und dann tötet er sie. Er bricht ihnen das Zungenbein und sticht ihnen einen scharfen Gegenstand ins Herz.« Fria sah Ohlsen direkt in die Augen. »Er hasst die Frauen nicht. Er liebt es, sie zu manipulieren. Er liebt die Macht, die er über sie hat. Und das dürfen und sollen wir ruhig sehen. Deshalb die auffälligen Bestattungen. Wir sollen hinsehen.« Sie griff nach der Ausgabe einer Zeitung, drehte das Titelblatt so, dass alle einen Blick darauf werfen konnten, und ließ sie zurück auf den Schreibtisch fallen. *Entführt, ermordet, verscharrt! Wer schützt unsere Töchter?* Die Headline leuchtete in roter Druckfarbe. »Vielleicht hat er sich deshalb für Grabbeigaben aus dem Frühmittelalter entschieden, weil er glaubt, er passe besser in eine Zeit, in der Männer die Geschicke der Frauen bestimmt haben?«

»Dazu könnte passen, dass die bisherigen Opfer recht jung waren«, ergänzte Palle zögerlich, nachdem längere Zeit niemand etwas gesagt hatte. »Junge Menschen lassen sich leichter manipulieren.«

»Was Julia Krause wieder ins Spiel brächte.« Ohlsen betrachtete das Foto, die rotbraunen Haare des Mädchens, das kindliche Gesicht, den verhaltenen Blick. *Mein Gott, achtzehn!*

»Es tut mir leid, dass ich nicht mehr beitragen konnte«, flüsterte Fria, als die anderen den Raum verlassen hatten. Völlig unerwartet kam sie ihm so nah, dass Ohlsen den Atem anhielt. Mit einer kaum wahrnehmbaren Berührung strich sie über die Stoppeln seiner Haare. »Frohe Ostern, Ohlsen …« Es lag ein verdächtiger Glanz in ihren Augen, als sie sich abwandte und ging.

Wie vom Donner gerührt stand er da und sah ihr nach. *Ohlsen, du Idiot!* Das letzte Mal, dass er sich die Haare so kurz rasiert hatte, hätte sie beinahe ihr Leben verloren. Sie und – Tilda. Diese fünf Buchstaben würden ihn für immer mit Fria verbinden. Ohlsens Fäuste ballten sich, bis die Fingerknöchel weiß hervortraten.

*

»Was macht du?« Leonie kam in die Küche und wies mit einem Kopfnicken auf Samanthas geöffnete Zimmertür und das Chaos, was dahinter zu erkennen war.

»Ausmisten.«

Leonie füllte den Wasserkocher, stellte ihn an, zog zwei große Tassen aus dem Schrank und bestückte sie mit Teebeuteln. Dann drehte sie sich zu Samantha und sah sie nachdenklich an. »Wir sind doch immer noch gut miteinander, oder?«

»Klar.« Samantha wagte nicht hochzusehen.

»Ich glaube dir nicht, dass du dich an nichts erinnerst.«

Sie soll aufhören zu reden!

»Hör mal, du kannst mir alles sagen, das weißt du.«

Als ob!

»Hat dieser Freak, der, der jetzt tot ist, hat der dir … was getan?«

»Spinnst du? Nein!«

»Wer dann?«

Lass mich in Ruhe!

»Samantha, bitte, du benimmst dich so seltsam, seit du wieder hier bist. Du musst dich jemandem anvertrauen. Du gehst sonst kaputt!«

Sie spürte die Tränen, die nicht mehr aufzuhalten waren. »Du würdest mir eh nicht glauben.«

Leonie nahm sie fest in den Arm. »Jedes Wort, ich schwöre!«

Ob sie nicht doch ...? Es täte so gut. Und Leonie war ihre beste Freundin, konnte schweigen wie ein Grab.

Redest du – stirbst du! Ich kann dich jederzeit wieder herholen.

»Es tut mir leid, ich kann nicht.« Samantha befreite sich aus der Umarmung. Sie konnte die Enttäuschung ihrer Freundin förmlich spüren.

Diese atmete tief aus und hielt ihr eine der Teetassen hin. »Dann versprich mir wenigstens, dass wir dieses Jahr wieder auf das Festival in München gehen.« Sie lachte. »Musik ist gut für die Seele.«

*

Es sah komisch aus, wie der hünenhafte Thor auf der Rückbank ihres R4 klemmte. Aber er und Marten hatten unbedingt nach hinten gewollt. Frias Mitbewohner schlief friedlich, den Kopf an Pouls Brust gelehnt. Sie selbst hing ihren Gedanken nach, traf im Rückspiegel ab und zu auf zwei Augen, die zu verstehen schienen, dass ihr momentan nicht nach reden zumute war.

Ohlsen so zu sehen, mit den kurz geschorenen Haaren, das war ein Schock gewesen. Als hätte jemand ein riesiges Loch in ihre Schutzmauer gerissen. Dahinter war alles so frisch, so roh, als hätte der Heilungsprozess nicht einmal begonnen. Sie wischte sich über den feuchten Augenwinkel. Wieder trafen sich Pouls und ihre Blicke im Rückspiegel. Sie versuchte ein Lächeln. Auf dem Weg zur Familie, um das Osterfest zu feiern, das Fest der Auferstehung. Wie passend.

Sie bog in die schmale Straße ein, an deren Ende das alte, weiß getünchte Haus lag, in dem sie aufgewachsen war. Ein rechteckiger Kasten mit vielen kleinen Fenstern, Holzläden, einer weiß gestrichenen Veranda und einem verwunschenen Dachboden, auf dem ihre kindliche Fantasie so manches Abenteuer erlebt hatte.

In der Wagenkolonne ihrer Brüder fehlte nur noch ein Fahrzeug – ihres.

Schon beim Öffnen der Haustür wehte ihnen eine fröhliche, tumultartige Stimmung entgegen. Jais jagte Ninna und Erene vor sich her, die seine Verfolgung mit lautem Kreischen kommentierten. Bølle war nicht mehr zu halten und stürmte bellend los.

»Darf ich vorstellen? Meine bekloppte Familie!« Fria hob die Arme und seufzte übertrieben.

Poul blieb neben ihr stehen. »Genau richtig.«

Marten drückte sich zwischen ihnen hindurch und rannte Jais und den Mädchen hinterher. Das Geräusch, das er dabei machte, trieb das Kreischen der Kinder in schmerzhafte Sphären.

»Erene! Ninna! Ihr sprengt Opas Trommelfell!« Eine in Pastelltönen gekleidete Frau hob beschwichtigend die Arme.

»Das ist Kaja, die Mutter der beiden Sirenen und Frau meines ältesten Bruders Troels.« Fria ließ ihren Blick suchend durch den Raum gleiten. »Der, wie zu erwarten, nicht da ist. Er ist *Politikommissær* und arbeitet zusammen mit Ohlsen an einem grenzübergreifenden Fall. Helle«, Fria wies auf eine Dunkelhaarige, die neben Kaja trat, »ist mit Matthis verheiratet, unserem *Staatsadvokaten*. Das ist der dahinten, neben meinem Papa.« Stirnrunzelnd nahm sie wahr, auf welche Weise ihre Schwägerinnen die Köpfe zusammensteckten und sie und Poul musterten. Poul, den muskulösen Wikinger, und Fria, die ewige Singlefrau!

»Fria, Lieblingstochter, wen hast du uns denn mitgebracht?« Eskild kam lachend auf sie zu und streckte Poul die Hand entgegen.

»Poul-Aage Justesen, ich hoffe, ich komme nicht ungelegen?«

»Frias Freunde sind uns immer willkommen.«

»Martens, Papa, Poul ist Martens Freund.«

»Ach? Auch gut.« Er ging in die Knie und kraulte Bølle, der ihn mit der Nase angestupst hatte. »Setzen wir uns. Ich komme um vor Hunger!«

Nach dem Brunch ging es zum Suchen in den Garten. Fria war erleichtert, als sie sah, dass ihre Geschenke, die sie während des Frühstücks noch schnell versteckt hatte, bei Ninna und Erene gut anzukommen schienen. Bølle musste so lange drinnen warten, er hätte sonst alles verraten.

Danach saß Marten, wie üblich, mit den Mädchen auf dem Boden und inspirierte sie zu immer neuen Spielen. Kaja und Helle hingegen genossen sichtlich Pouls uneingeschränkte Aufmerksamkeit.

»Wüsste ich nicht, dass der Junge schwul ist, würde ich mir jetzt Sorgen um meine Ehe machen«, scherzte Matthis. Sein dunkelblondes Haar war kurz rasiert. Dafür ließ er sich neuerdings einen Bart stehen. »Und auf den bist du mit einem Löffel Hundefutter losgegangen?« Lachend nahm er Fria in den Arm und drückte sie an sich. »Du traust dich was!«

Sie genoss seine Umarmung. Bei ihm kam sie sich wenigstens nicht vor wie ein Zwerg. Jais, Troels und Eskild hatten bei der Größenverteilung eindeutig zu laut ›hier‹ geschrien.

»Lass uns mal in die Küche gehen und die Kaffeemaschine anschmeißen«, schlug sie vor.

Nach und nach trudelten auch Jais und Eskild ein.

»Es läuft nicht gut in eurem Fall?« Ihr Vater goss sich einen Schluck Milch in die Tasse.

»Ja, leider.«

»Ihr glaubt also, dass sie schon ein weiteres Opfer in ihrer Gewalt haben?« Matthis sah sie über den Rand seiner Kaffeetasse hinweg an. Mit diesen runden Gläsern seiner neuen Brille sah er noch intellektueller aus.

»Davon müssen wir ausgehen.«

»Sie? Ihr glaubt wirklich, dass es mehrere Täter sein könnten?«, fragte Eskild.

»*Ich* dachte das eine Zeit lang. Weil die Frauen sich anscheinend einfach so mitnehmen ließen, glaubte ich, es müsste sich um eine weibliche Person handeln. Welche Frau steigt schon zu einem fremden Mann ins Auto? Ohlsen und sein Team meinten, die Brutalität der Tötungsakte und die schwere körperliche Arbeit, die mit dem Anlegen der Gräber einhergeht, sprächen eher für einen Mann. So lautet auch die Einschätzung des Polizeipsychologen.«

»Also habt ihr euch auf ein Pärchen geeinigt.« Eskild lehnte sich rücklings an die Küchenarbeitsplatte.

Fria nickte. »Mittlerweile bin ich mir nicht mehr so sicher. Können zwei Menschen in gleichem Maße derart auffällig unauffällig agieren? Vielleicht haben wir es einfach mit einem extrem wandelbaren Charakter zu tun?«

»Was meinst du mit auffällig unauffällig?« Jais kratzte sich ratlos die Schläfe.

»Am helllichten Tage, auf einem belebten Bahnhof und mitten aus einem Park heraus entführt er die beiden Opfer. Es muss Dutzende Augenzeugen gegeben haben. Aber niemandem ist etwas aufgefallen. Über mehrere Stunden oder Tage hinweg hebt er die Gräber in Flensburg und Sønderborg aus, karrt große Mengen Erde von A nach B und Berge an Holz heran. Er verkleidet die Gruben mit Latten oder nimmt sich Zeit, die Seiten mit Schmuckelementen zu verzieren. Aber niemand will etwas bemerkt haben. Kann es überhaupt zwei Menschen geben, die dieselbe geschickte Dreistigkeit an den Tag legen?«

»Schon krass, dass niemandem etwas aufgefallen ist!« Jais klopfte rhythmisch auf die Arbeitsplatte. »Nicht mal ein Auto, das in der Nähe der Gräber geparkt hat?«

»Es ist mehrere Monate her, dass die Leichen verscharrt worden sind«, gab Matthis zu bedenken. »Wer soll sich daran noch erinnern?«

»Wenn ein Täter so überlegt vorgeht, wenn er ein dermaßen krankes Verhältnis zur weiblichen Bevölkerung hat, dann war er doch schon vor diesen Taten auffällig, oder, Matthis?« Als Staatsanwalt war ihrem Bruder sicher der eine oder andere verhaltensgestörte Angeklagte in Erinnerung geblieben.

»Davon ist auszugehen. Sollte er aber nicht straffällig geworden sein, wird es schwierig, ihn zu finden.«

»Bist du in deiner Karriere solchen Menschen begegnet? Mit einem gestörten Verhältnis zu Frauen? Tätern, die schwer manipulativ unterwegs waren? Es gibt doch bestimmt Gemeinsamkeiten im Werdegang dieser Tätertypen!«

»Mit Sicherheit. Das Problem ist nur, du kommst an die Persönlichkeitsprofile potenzieller Täter nicht ran. Dafür müssten dir sämtliche Psychologen der Region ihre Unterlagen zur Verfügung stellen. Und wenn du Pech hast, hat der Typ nie einen besucht. Dann weiß nur sein engstes Umfeld Bescheid. Und da wird gern mal geschwiegen.«

»*Der* Typ? Und wenn es sich um eine Frau handelt? Ihr Mädels könnt gegenüber euren Geschlechtsgenossinnen auch ganz schön brutal agieren«, wandte Jais ein.

»Wohl wahr«, murmelte Fria.

»Wie sieht's mit den Grabbeigaben aus? Kann man hier nicht ansetzen?«

»Es lässt sich nicht zurückverfolgen, wo sie gekauft wurden. Du bekommst sie bei zig Anbietern im Internet. Ich hab mich mit einem Kollegen zusammengesetzt, der sich, solche Funde betreffend, noch besser auskennt. Aber auch er ist ratlos. Historisch passt es einfach nicht zusammen. Entweder, der Verstorbene war reich und hoch geachtet, dann wurde er mit dem Besten und Teuersten begraben, was er hatte, oder er war mittellos, ein Niemand, dann gab es eben nichts. Eine Ratte und billiger Tand entbehrt jeder historischen Grundlage. Was immer es auch zu bedeuten hat, es lässt sich mit unserem Fachwissen nicht erklären.«

»Und wenn ihr an die Öffentlichkeit geht?«, schlug Eskild vor.

»Schon passiert. Ich komme gerade von der Pressekonferenz.« Troels war unbemerkt in die Küche gekommen. »Bis heute Abend wissen es ganz Dänemark und Deutschland. Ohlsen sah keine andere Möglichkeit. Wir hoffen, der Aufruf bringt den entscheidenden Hinweis. Habt ihr noch was zu essen für einen ausgehungerten Kommissar?«

»Aber sicher!« Eskild nahm seinen Sohn zur Begrüßung fest in den Arm.

Noch bevor die anderen es ihm gleichtun konnten, sah Troels' Frau Kaja durch die Tür. »Hockt ihr schon wieder zusammen und wälzt Kriminalfälle?«

Ihr Mann und Eskild hoben entwaffnend die Arme, und alle marschierten brav an ihr vorbei ins Esszimmer. Als Fria auf Kajas Höhe war, nahm ihre Schwägerin sie beiseite. »Und du hast Martens Freund wirklich nackt gesehen?«

*

Ohlsen ging die Pressekonferenz immer und immer wieder durch. Er hoffte inständig, dass es kein Fehler gewesen war, sie auf diese Weise abzuhalten. Klar war, dass die Presse das Ganze durch ihre Spekulationen aufheizen würde. Nachdem die Polizei zugegeben hatte, dass der Fall in Sønderborg jenseits der Grenze mit dem in Flensburg zusammenhing, war der Hysterie über einen Serienmörder Tür und Tor geöffnet. Andererseits war das ihre Chance, an *den* entscheidenden Hinweis zu kommen.

Vielleicht erinnerte sich jemand, einen Van oder einen Wagen mit Hänger in der Gegend der Leichenfundorte gesehen zu haben. Vielleicht gab es sogar einen Spaziergänger, der dem Täter im Wald über den Weg gelaufen war, dem Ganzen aber keine Bedeutung beigemessen hatte?

»Chef?« Zeitgleich mit dem Klopfen stand Oltmann auch schon in Ohlsens Büro. »Die *Piepenkeerls*, die rumänischen Schrotthändler, ich habe endlich die richtigen zwei ausfindig machen können. Das mit dem Übersetzen war ein bisschen schwierig, angeblich sprechen sie nicht ein Wort Deutsch, aber dann gab es da eine Bekannte, die der eine angerufen hat …«

»Oltmann!« So aufgewühlt, wie sein Kollege vor ihm stand, musste er irgendetwas herausgefunden haben.

»Sie haben einen Bulli gesehen, zur fraglichen Zeit, am Waldrand, in der Nähe der Grabstätte von Celine Schwarz!«

Auswärtige ohne Deutschkenntnisse, die vor anderthalb Jahren einen Bulli gesehen haben wollten. Ohlsen wagte kaum zu fragen. »Was für ein Fabrikat? Haben wir ein Kennzeichen?«

»Besser!« Oltmann hielt ihm sein Handy hin.

Ungläubig starrte Ohlsen auf das Foto. Ein weißer Bulli mit dem Logo der Universität Hamburg, der Aufschrift *Institut für Geologie* und … »Ein Kennzeichen! Und es ist sicher, dass dieser Bulli in der Nähe unseres Leichenfundortes gestanden hat? Wann?«

»Wir haben den Tag der Aufnahme. Es war der zweiundzwanzigste achte, vier Wochen nach Celines Verschwinden.«

»Ich werd verrückt! Wir müssen die Schrotthändler einbestellen und befragen – oder hast du schon …?« Ohlsen sprang auf. »Was haben sie noch gesehen? Was ist mit dem Fahrer des Bullis?« Er machte ein paar schnelle Schritte auf Oltmann zu, drehte dann aber wieder ab und lief zur gegenüberliegenden Wand, um aus dem Fenster zu sehen. »Es kann natürlich auch Zufall sein, dass die Geologen vor Ort waren. Aber egal, selbst wenn, vielleicht haben die von der Uni was gesehen.«

»Die *Piepenkeerls* waren nicht erpicht darauf, mit auf die Wache zu kommen. Sagen wir es mal so, sie hegen ein angeborenes Maß an Misstrauen gegenüber der Exekutive.«

»Darauf können wir keine Rücksicht nehmen.«

»Da ich verhindern wollte, dass sie über Nacht verschwinden, habe ich ein Treffen auf neutralem Boden organisiert – inklusive offizieller Dolmetscherin.«

Ohlsen nickte stirnrunzelnd. »Das ist so lange her … Weshalb können die sich an den Bulli erinnern? Wieso haben sie überhaupt dieses Foto gemacht?«

»Es kommt durchaus vor, dass jemand dabei ist, Müll zu entsorgen, so ihre Begründung. Wenn Lieferwagen auf einsamen Wald- und Wiesenwegen stehen, gehen sie nachschauen. Im besten Fall hätten sie schon ganze Regalsysteme aus Metall aus dem Busch gezogen. Was anderen Müll angeht … Sie sichern sich ab, wollen nicht ins Visier der Behörden gelangen. Die *Piepenkeerls* werden ja gern für alles verantwortlich gemacht, behaupten sie. Für illegale Müllentsorgung, Einbrüche … Also machen sie Fotos von verdächtigen Fahrzeugen.«

»Unser Glück«, murmelte Ohlsen. »Und – haben sie nachgesehen?«

»Ja, aber keinen illegal abgeladenen Müll finden können. Ihrer Aussage nach sind sie nicht in den Wald hineingegangen, haben sicherheitshalber das Foto gemacht und sind dann weitergezogen.«

»Haben sie jemanden in der Nähe des Fahrzeugs gesehen?«

»Daran können sie sich nicht mehr erinnern.«

»Besorg mir die Nummer vom Geologischen Institut der Uni Hamburg! Wir müssen wissen, wer an dem Tag dort war und warum.«

Oltmann hielt ihm wortlos einen Zettel unter die Nase.

*

»Was hast du gemacht?« Der Doktor atmete genervt aus. Mit ruhigen Bewegungen zog er das Bettlaken hoch und entfernte die klatschnassen Tücher von den Beinen des Kindes. Dann nahm er Belle aus dem Bett und legte sie auf den Teppich. »Bring ihr einen trockenen Pyjama.« Er zog Laken und Bettwäsche ab und warf alles auf einen Haufen.

»Ich hab es genau so gemacht, wie du gesagt hast«, rechtfertigte Nettie sich, während sie im Schrank kramte.

»Perdita wird heute Nacht bei mir bleiben.« Er griff nach dem Fieberthermometer und kontrollierte die Temperatur. Dann nahm er Belle und den frischen Schlafanzug und verließ den Raum.

Netties Herz tat weh, als hätte jemand hineingestochen. Das durfte er nicht. Belle war viel zu klein und zu zart. Wütend rannte sie den beiden hinterher. »Du darfst sie mir nicht wegnehmen, sie gehört mir!«

»Schluss! Du bist nicht in der Lage, dich um sie zu kümmern.« Er drehte sich nicht einmal um zu ihr.

»Und du machst sie kaputt!« Nettie schrie, versuchte zögerlich, nach seinem Hemd zu greifen. Er durfte nicht weitergehen.

Doch er ging.

Da nahm sie das Erste, was sie zwischen die Finger bekam, und schlug mit voller Wucht zu.

*

»Ich find's gut, dass du doch mitgekommen bist.« Leonie hatte sich bei ihr eingehakt und ihren Arm, seitdem sie losgegangen waren, noch nicht ein Mal losgelassen. »Ein bisschen frische Luft wirkt Wunder, hat meine Oma immer gesagt.«

Samantha bezweifelte, dass frische Luft irgendetwas zu ihrem Wohlbefinden beitragen konnte. Die Sonne schien mit einer hartherzigen Arroganz, als ob nie etwas gewesen wäre. Die Häuser der Nordstraße prahlten mit ihren herausgeputzten Fassaden, buhlten um die Gunst der gut gelaunten Touristen. Nur Samantha wusste nicht, wie es mit ihr weitergehen sollte hier in Flensburg. Nervös sah sie sich immer wieder um.

»Ich will echt nicht altklug klingen, aber du benimmst dich wie ein typisches Opfer. Ich weiß ja nicht, was dir passiert ist …«

Was soll dieser Blick?

»… aber du kannst das schaffen! Du kannst aus dieser Opferrolle wieder herauskommen. Du bist stark, Samantha. Und du hast mich! Ich kenne mich mit Psychologie aus, das weißt du. Der menschliche Geist ist zu vielem fähig. Man muss nur die richtigen Hebel ziehen.«

Kann sie nicht einfach aufhören zu reden?

»Komm, ich lade dich auf einen Kaffee ein!« Leonie steuerte ihr Lieblingscafé an, in dem es fair gehandelte Produkte zu umweltschutzrelevanten Preisen gab.

Widerwillig nahm Samantha Platz und sah sich um. Alles war so, wie sie es kannte, trotzdem fühlte sie sich wie eine Fremde. Als käme sie nach langer Zeit mal wieder zu Besuch. Dabei waren es nur fünf Tage gewesen. Fünf Tage vom Jetzt zum Früher.

Ich sehe jeden deiner Schritte.

Warum konnte sie den Mist nicht einfach hinter sich lassen? Die Erinnerung an den Horrortrip in eine Schublade, tief in die dunkelste Ecke ihres Unterbewusstseins sperren?

Weil du immer noch nicht weißt, warum du in diesem Raum warst. Weil du immer noch nicht weißt, ob es endgültig vorbei ist.

Ich kann dich jederzeit wieder herholen.

»Ich bleibe dran, Samantha, bis du dich mir anvertraust. Ich bin deine beste Freundin. Ich werde dich nicht im Stich lassen.« Leonie schob ihr den Kaffeebecher hin.

*

Sinje Cassuben zog sich Schutzhandschuhe über, schloss die Wohnungstür auf und betätigte den Lichtschalter in dem kleinen, fensterlosen Flur. Es war ein beklemmendes Gefühl, die Wohnung eines Toten zu betreten, die Spuren seines alltäglichen Lebens zu betrachten. Zu wissen, vor kurzer Zeit war er noch hier gewesen, hatte von den Tellern gegessen und in dem Bett geschlafen.

Laurenz Koch war noch so jung gewesen. Und trotzdem schon einsam. Inmitten der anderen Studenten und doch allein. Sinje schob die erste Tür auf. Das Schlafzimmer. Ein Bett, ein kleiner Schreibtisch … Den Laptop hatten sie schon bei ihrem ersten Besuch mitgenommen. Die Tür daneben führte in ein winziges Bad. Dann kam man in den Wohnbereich, der eine typische Studentenküche beinhaltete, einen zerschlissenen Zweisitzer und einen Fernseher.

»Nimm du dir Küche und Wohnraum vor, ich gehe ins Schlafzimmer«, wies sie den Kollegen Lundberg an.

Der nickte stumm.

Sinje stellte sich ins Schlafzimmer und ließ den Raum auf sich wirken. Eigentlich sah er aus, wie sie es sich bei einem männlichen Studenten vorgestellt hatte. Die in dunklen Farben gehaltenen Laken zerwühlt, getragene Wäsche lag auf dem Boden verstreut, auf dem Bett und dem Schreibtischstuhl. Der Arbeitsplatz war zwar alles andere als aufgeräumt, sah aber definitiv nicht nach Arbeit aus. Keine Bücher, keine Ausdrucke, die zu seinem Fachbereich gepasst hätten. Ein paar offizielle Briefe, Essenscoupons einer Burgerkette, ein paar Notizzettel, Stifte, Chips für Einkaufswagen, ein Tischkalender, ein Ladekabel. Sinje blätterte den Kalender durch. Ein paar Uhrzeiten, das Kürzel SS und Ortsangaben. SS – Samantha Svoboda.

Er hat sein gesamtes Leben ihrem Rhythmus angepasst. Konnte man so etwas Liebe nennen? Oder nur kranke Obsession?

Sinje fuhr mit dem Finger über das Kalenderblatt der aktuellen Woche zur Spalte des letzten Mittwochs. Kein Eintrag. Sie seufzte. Es wäre auch zu schön gewesen. Schubladen gab es an dem Schreibtisch keine. Sie ging in die Knie und wagte einen Blick unters Bett. Sieh an, drei flache Plastikkisten! Sie zog eine nach der anderen hervor und begann, sie durchzuschauen. Vor zwei Jahren schien Laurenz noch einem Leben als Student nachgegangen zu sein. Die Mappen und Ausdrucke belegten seine Teilnahme an Seminaren. Sie fand Fotos, Eintrittskarten, Infozettel für Studierende, den zu erwartenden Kram.

Lundberg schob den Kopf zur Tür herein. »Ich bin durch. Nichts.« Er fuhr sich durch die roten Haare. »Brauchst du mich hier? Sonst gehe ich ins Bad.«

»Mach das!«

Sinje fächerte eine Loseblattsammlung zwischen ihren Fingern auf, las quer, schob alles wieder zusammen und legte es zurück in die zweite Box. Blieb nur noch Nummer drei. Zwei vollgepinnte Kladden und wieder zahllose DIN-A4-Bögen. *Stopp! Was ist das?*

Sie blätterte ein paar Seiten zurück. Dieser Name! »Ibn Fadlan. Das gibt's doch nicht!« Laurenz Koch besaß tatsächlich eine Zusammenfassung des Reiseberichts dieses arabischen Gesandten, von dem Fria gesprochen hatte. Sinje sah sich die anderen Ausdrucke genauer an. Auch sie enthielten Internetrecherchen zum Thema Wikinger, Bestattungskult des Frühmittelalters, Grabbeigaben und Mythen und Legenden rund um Walhalla. Einige Stellen hatte Koch mit gelbem Textmarker gekennzeichnet. *Ein bekloppter Zufall?* Sinje nahm die restlichen Papiere aus der Box und erstarrte.

Sie erkannte sofort, was in den beiden transparenten Tütchen steckte, die darunter zum Vorschein kamen. Drachenkopffibeln und Amulette, wie sie sie bei Lea und Celine gefunden hatten.

VIERZEHN

JULIA

Julia hielt den Mund unter den Wasserhahn. Obwohl ihr das Trinken schwerfiel, schluckte sie tapfer so viel Wasser, wie sie konnte. Ein voller Bauch würde das schmerzhafte Reiben der Magenwände hoffentlich abmildern.

Warum kommt er nicht wieder? Warum lässt er mich so leiden?

Den Ärmel über den Mund ziehend suchte sie erneut den Blickkontakt zu den Löchern an der Decke. Ob er da war, sie beobachtete? Warum kam er dann nicht zu ihr? Sie hatte doch alles getan, um ihn zufriedenzustellen.

»Ich will nicht verhungern! Ich habe Angst vorm Sterben! Bitte …« Ihre Stimme glich einem Flüstern.

Matt schleppte sie sich zum Tisch, griff nach einem Stift und ging damit zur Tür. Sie hockte sich vor die Stelle, an der sie den Schließmechanismus vermutete, und versuchte, die Spitze des Stifts in den Spalt zu drücken. Immer wieder rutschte sie ab. Die Tür bewegte sich nicht einen Millimeter. Verzweifelt kratzten ihre Fingernägel über das Holz des Türblattes.

*

»Fragst du dich, warum dir das passiert ist? Ausgerechnet dir und keiner anderen?«

»Lass gut sein, Leonie!«

»Im Ernst, fragst du dich das? Das fragen sich alle.«

Samantha starrte ihre Freundin entsetzt an. »Welche *alle*?«

»Du bist nicht die Einzige, Sam!«

»Was weißt du schon! Und nenn mich nicht Sam!«

»Oh, ich weiß eine ganze Menge. Hast du Laurenz wirklich nicht erkannt?«

Laurenz, dieser Loser! »Wie sollte ich?«

»*C'mon!* Er hat dir ständig am Rockzipfel gehangen und dich angeschmachtet. Und auf dieser Party letzten Sommer? Du hast dich übelst lustig gemacht über ihn.«

»Ich war betrunken. Wenn, dann hab ich mich höchstens ein bisschen amüsiert.«

»Ja, auf seine Kosten.«

»Ich kann mich nicht mal erinnern, dass er das war.«

»Er sich aber schon, wie wir beide jetzt wissen. Du hast ihm Hoffnungen gemacht, Sam, das war nicht richtig. Du hast dich sogar von ihm küssen lassen.«

»Bist du krank? Der hat mich gestalkt! Ich bin hier das Opfer! Und was heißt hier Kuss? Der Irre hat ausgenutzt, dass ich so breit war!«

»Ich will ja nur, dass du begreifst, die Dinge passieren nicht ohne Grund.«

»Na, schönen Dank! Jetzt bin ich also auch noch schuld an meiner eigenen …« Samantha stockte.

»Sammy, öffne dich mir, ich kann dir helfen! Was ist in den fünf Tagen passiert?«

»Du glaubst wirklich, dass ich den Koch umgebracht habe, oder?«

Leonie sah sie lange an, nahm dann ihre Hände in ihre. »Wenn, dann wirst du sicher deine Gründe gehabt haben.«

*

Frias Handy klingelte fast zeitgleich mit dem ihres Bruders. »Ohlsen!«

Troels sah auf sein Display, nickte und meldete sich mit seinem Namen. Dann hörte er konzentriert zu.

»Ja?« Auch Fria nahm das Gespräch entgegen und traute ihren Ohren nicht. Ihrem Bruder ging es augenscheinlich ebenso. »Ist gut, wir kommen.«

»Wir nehmen meinen Wagen«, entschied er und lief zu Kaja und den Kindern, um sich zu verabschieden.

»Marten, Poul, ihr müsst ohne mich nach Hause! Nehmt ihr Bølle mit?« Fria warf Poul den Autoschlüssel zu, kehrte zu ihrem Vater zurück und umarmte ihn.

»Eine Spur?«

»Kann sein, dass wir einen der Täter haben.«

Als Zeichen, dass er ihnen gutes Gelingen wünschte, hielt Eskild ihr die Hand mit dem gedrückten Daumen entgegen.

Fria schnappte sich Jacke und Tasche und spurtete hinter Troels her. Während sie zu ihm in den Wagen stieg, versuchte sie, das Gehörte zu begreifen. »Wer hat dich informiert?«

»Oltmann Schmidt.«

Fria nickte. Ostersonntag hin oder her, in Norgaard waren garantiert alle Ermittler versammelt.

Minutenlang sagte keiner etwas.

»Falls er allein gehandelt hat, ist es jetzt vorbei.« Troels sah verbissen auf die Straße.

»Wir müssen den Ort finden, an dem er die Frauen festgehalten hat!« Als Fria daran dachte, dass es weitere Gefangene geben könnte, die nun sich selbst überlassen waren, zog ein kalter Schauer über ihren Rücken.

In der Norgaarder Wache wimmelte es wie in einem Ameisenhaufen. Troels und Fria eilten durch bis ins Großraumbüro.

»Sinje, Palle, ihr wisst, was zu tun ist«, hörte Fria Ohlsen sagen, noch bevor die Rücken der anderen den Blick auf ihn freigaben.

Der Kommissar nickte ihr und ihrem Bruder zu. »Oltmann, du koordinierst die Bearbeitung der Hinweise, die aus der Bevölkerung eintrudeln. Dir stehen fünf Mann zur Verfügung. Wir«, er winkte Troels und Fria heran, »gehen in den Besprechungsraum.«

Während Fria die Tür hinter sich schloss, wanderte Ohlsen mit über dem Kopf verschränkten Armen durch das Zimmer.

»Laurenz Koch.« Er tippte den Rechner an, und das Bild eines jungen Mannes erschien auf der Leinwand. »Wurde vor drei Tagen erschlagen aufgefunden. Sinje hat sich in der Wohnung des Toten umgesehen. Wir dachten nicht, dass die beiden Fälle zusammenhängen, bis …« Ein paar Klicks am Computer, dann erschien die Aufnahme zweier transparenter Tütchen mit brisantem Inhalt.

»Die habt ihr bei ihm sichergestellt? Die sehen exakt so aus wie die Gegenstände, die bei den toten Frauen gefunden wurden.« Troels wirkte angespannt.

»Außerdem Ausdrucke einer Internetrecherche über diesen Ibn Fadlan.«

»Was?« Fria riss erstaunt die Augen auf.

»Du hattest von Anfang an recht!« Ohlsen rieb sich mehrfach über den kurz rasierten Kopf. »Die Spusi ist in Kochs Wohnung und dreht alles auf links. Die IT-Forensik arbeitet mit Hochdruck daran, die Daten seines Handys und Laptops auszuwerten. Sinje bringt Samantha Svoboda her.«

»Samantha wer?«

»Eine junge Studentin, die von Laurenz Koch gestalkt wurde.« Er präsentierte ihnen die Ansammlung von Fotos, die auf Kochs Handy gefunden worden waren. »Und jetzt kommt das Beste: Sie war fünf Tage lang spurlos verschwunden, bevor sie gestern wieder aufgetaucht ist.«

Fria gab einen Laut des Erstaunens von sich. *Eine Frau, der die Flucht gelungen war? Konnte sie sie in das Versteck führen? Gab es also doch Hoffnung für die, die womöglich noch verschleppt war?*

»Wir haben sie schon einmal befragt«, fuhr Ohlsen fort. »Da wussten wir allerdings noch nicht, dass Laurenz Koch unser Frauenmörder sein könnte. Frau Svoboda gab an, sie sei nach einer ausufernden Party mit Fremden mitgegangen und habe sich so extrem mit Rauschmitteln zugedröhnt, dass sie sich fünf Tage bei niemandem gemeldet habe. Wo sie die fünf Tage verbracht habe, wisse sie selbst nicht. Da Laurenz Koch sie nachweislich gestalkt hat, haben wir angenommen, er wäre zudringlich geworden und sie hätte ihn im Affekt umgebracht. Die Geschichte hätte sie sich nur ausgedacht, um nicht mit dem Tötungsdelikt in Verbindung gebracht zu werden.«

»Wenn sie ihm entkommen ist, warum ist sie dann nicht zur Polizei gegangen?«, fragte Troels.

»Das wird sie uns hoffentlich in ein paar Minuten erzählen.«

»Habt ihr auf Kochs Handy auch Fotos von Celine und Lea gefunden? Hat er sie ebenfalls gestalkt?« Fria fuhr sich nachdenklich durchs Haar.

»Nein. Vielleicht hat er die Bilder gelöscht, nachdem er die Frauen umgebracht hat. Die IT ist dran. – Troels, könntest du mit dem Foto von Laurenz Koch noch mal zu Nielas Kvist und Jonna Svane fahren? Frag sie, ob sie ihn schon mal gesehen haben! Vielleicht klopfst du auch noch an ein paar weitere Türen.«

Troels nickte. »Ja, klar. Wissen wir schon, was Koch in Oldenburg und Ingolstadt gemacht hat?«

Ohlsen schüttelte den Kopf. »Wir stehen noch ganz am Anfang.«

Das Telefon klingelte. »Kripo Flensburg, Hauptkommissar Ohlsen?« Der Ermittlungsleiter hörte einige Sekunden schweigend zu. »Danke für die schnelle Rückmeldung. Schicken Sie uns bitte trotzdem die Fahrzeugbriefe aller auf die Uni Hamburg zugelassenen Kraftfahrzeuge inklusive Kennzeichen. Und die personenbezogenen Daten derer, die Zugang zu den Wagen haben. Ja, danke. Moin!«

Die fragenden Gesichter ließen ihn ausführen: »Fahrende Schrotthändler haben ein Fahrzeug fotografiert, das zur besagten Zeit in der Nähe von Celine Schwarz' Grab geparkt war.« Ohlsen kramte sein Handy heraus und zeigte ihnen die Aufnahme. Der Wagen nebst Logo war gut zu erkennen. »Problem – im Fuhrpark der Uni Hamburg gibt es keinen weißen Bulli.«

»Gut möglich, dass das Logo und der Schriftzug auf einem Magnetschild angebracht sind.« Fria zog den Ausschnitt des Bildes größer. »So was lässt sich sehr einfach und schnell bei jeder Internetdruckerei anfertigen und nach Belieben ans Auto heften und wieder abziehen.«

»Was ist mit dem Kennzeichen?« Troels wies mit dem Finger auf die deutlich sichtbare Buchstaben-Zahlen-Kombination.

»Werde ich als Nächstes checken lassen.«

»Halt mich auf dem Laufenden!«, bat Troels und verabschiedete sich.

»Was kann ich tun?«, fragte Fria.

»Ich möchte dich beim Verhör von Samantha Svoboda dabeihaben. Wenn es um die Grabbeigaben und den Bezug zum Reisebericht des arabischen Gesandten geht, könnte ich Hilfe gebrauchen.«

*

Nettie wusste, dass es Zeit wurde. Viel zu lange hatte sie sich herumschubsen lassen, statt selbst zu entscheiden. Niemand traute ihr etwas zu, alle hielten sie für blöd, für unterbelichtet, aber sie hatte dazugelernt. Sie hatte sich genau angesehen, wie starke Frauen zu sein hatten. Und sie würde nicht zulassen, dass Belle von dem, den sie nicht verärgern durfte, kaputt gemacht wurde.

Von dem, den ich nicht verärgern darf! Nettie schnaubte. Ihre Mutter hatte ihr das eingetrichtert. Warum glaubte die eigentlich, dass es für Nettie und Belle besser wäre, beim Doktor zu leben, als zusammen mit den Eltern im Campingwagen? Beides war schlimm, überall wurde sie behandelt wie eine Gefangene.

*

»Meine Mandantin und ich hätten gern gewusst, warum wir schon wieder hier sitzen, Herr Ohlsen!« Dem Gesicht der Anwältin war anzusehen, dass ihr Geduldsfaden zum Zerreißen gespannt war.

»Es tut mir leid, wir wären Ostersonntag auch lieber bei unseren Familien, aber die Sachlage hat sich grundlegend geändert. Frau Svoboda, würden Sie bitte einen Blick auf diese Gegenstände werfen?« Ohlsen schob den beiden Frauen Fotos von den Amuletten und Drachenkopfnadeln hin, die man bei Laurenz Koch sichergestellt hatte.

Samantha sah kaum hin.

»Erkennen Sie die?«

»Nein, was soll das sein?«

»Diese Schmuckstücke haben wir bei Laurenz Koch gefunden.«

»Kommissar Ohlsen, meine Mandantin hat hinreichend erklärt, dass sie mit Laurenz Koch keinerlei Verkehr hatte. Also was soll das hier?« Die Miene der Anwältin verfinsterte sich zusehends.

»Einen Moment noch! Frau Svoboda, genau solche Gegenstände haben wir bei zwei toten Frauen gefunden, die vor ihrer Ermordung mehrere Tage lang gefangen gehalten wurden. Kommt Ihnen das irgendwie bekannt vor?«

Die Veränderung, die sich auf Samanthas Gesichtszügen abzeichnete, war erstaunlich. Mit einem Mal aschfahl, mit zitternden Händen und Augen, die die Angst nicht verleugnen konnten, wirkte die Studentin, als fiele sie jeden Moment vom Stuhl.

»Erzählen Sie uns, was wirklich passiert ist in den fünf Tagen Ihres Verschwindens!«

Samanthas Lippen bewegten sich, als formten sie Worte. Zu hören war nichts.

»Ich will ganz ehrlich zu Ihnen sein. Das muss aber unter uns bleiben …« Verschwörerisch beugte Ohlsen sich über den Tisch und senkte die Stimme. »Wie Herr Koch ums Leben gekommen ist, steht auf unserer Prioritätenliste momentan nicht an erster Stelle.« Er setzte sich wieder auf. »Wir nehmen an, dass er in die Morde an zwei Frauen verwickelt war und – was im Hinblick auf seinen Tod besonders tragisch ist – mindestens eine weitere gefangen hält. Wir müssen wissen, wo! Und Herr Koch kann es uns nicht mehr sagen.«

»Aber, der war das nicht. Die Irre war viel klein…« Samantha stockte.

Ohlsen bemerkte ihre schnelle, flache Atmung. »Wir müssen die Frau finden, Frau Svoboda, bevor sie in ihrem Verlies verhungert und verdurstet.«

Die Studentin schlug sich die Hände vors Gesicht. Das Schluchzen und die bebenden Schultern ließen Ohlsen innehalten. Die junge Frau musste sich erst einmal beruhigen.

»Ich besorg mal Kaffee«, flüsterte Sinje, die neben Fria hinten im Verhörraum gesessen hatte, und ging leise hinaus.

Die Anwältin kramte ein Päckchen Taschentücher hervor und hielt es ihrer Mandantin hin.

»Es gibt noch andere?« Samantha schnäuzte sich leise und tupfte sich die Augen trocken.

»Davon müssen wir ausgehen.«

»Die beiden toten Frauen …« Ihr Zittern wurde stärker.

»Lassen Sie uns bei den Lebenden bleiben. Ihre Aussage kann uns dabei helfen, die verschleppte Frau zu retten. Sie wurden entführt, richtig?«

Sie nickte. Mit zusammengesunkenen Schultern und gesenktem Kopf begann Samantha Svoboda zu erzählen. Wie sie in dem Raum aufgewacht war, mit der Fußfessel am Bein. Sie beschrieb ihr Gefängnis bis ins letzte Detail. Erzählte von der seltsamen Stimme vom Band und den immer abstruser werdenden Fragen. Und der Gestalt hinter der Gummimaske. »Ich habe sie ganz genau studiert. Deswegen bin ich mir sicher, das kann nicht Laurenz Koch gewesen sein. Der war viel zu groß. Die Maskenfrau war kleiner, sie hatte langes rotblondes Haar und trug ein widerlich süßes Parfum.«

Ohlsen versuchte, das Gehörte einzuordnen. Was bezweckte die Täterin mit all den Fragen, mit denen sie ihre Opfer traktierte? »Können Sie uns genau beschreiben, wie Ihre Entführung vonstattengegangen ist? Wurden Sie angesprochen?«

»Nein. Ich war auf einer Party.« Sie verzog das Gesicht zu einem gequälten Grinsen. »Nicht alles war gelogen. Ich hatte einiges getrunken, war aber zu aufgewühlt, um sofort nach Hause zu gehen. Also bin ich los – zum Hafen.«

»Und Sie waren allein unterwegs?«

Sie nickte. »Ich weiß, das war nicht gerade schlau, aber bis jetzt …«

Ohlsen merkte, wie sie erneut gegen die Tränen ankämpfte.

»Ich gehe oft zum Hafen. Da gibt es eine Plattform mitten auf dem Wasser. Sich da hinzulegen und in den Sternenhimmel zu schauen ist – war immer toll. Und dann … irgendwas war an meiner Schulter. An mehr kann ich mich nicht erinnern. Zu mir gekommen bin ich erst wieder in diesem schrecklichen Zimmer.«

Ohlsen atmete tief aus. »Erzählen Sie uns von Ihrer Flucht! Wie kam es dazu?«

»Ich habe nie aufgegeben. Ich hab Strategien entwickelt, wie ich die Maskenfrau überwältigen kann. Das Problem war der verdammte Schlüssel für die Fußfessel. Selbst wenn ich die Irre überwältigt hätte, ich wär da nicht weggekommen! Also habe ich auf meine Chance gewartet. Und die kam dann auch. Die Schlüssel sind ihr unbemerkt aus der Hosentasche gerutscht.«

»Einfach so?« Fria schlug sich erschrocken die Hand vor den Mund. Sie hatte so gebannt zugehört, dass sie vergessen hatte, wer hier die Fragen stellte.

»Nein, wir haben miteinander gerungen. Mir sind die Nerven durchgegangen, da hab ich sie angegriffen. Sie konnte sich befreien, hat Hals über Kopf den Raum verlassen. Und dann lag er da, der Schlüsselbund. Der kleinere Schlüssel war tatsächlich für die Fußfessel. Shit, ich war so froh!« Bei der Erinnerung daran schüttelte Samantha unmerklich den Kopf. »Der zweite, ich hoffte so, dass er ins Türschloss passt … Ich wollte es gerade ausprobieren, da fiel mir ein, wie überstürzt die Maskenfrau rausgerannt war und dass *ich* ja jetzt den Schlüssel hatte. Sie konnte also gar nicht abgesperrt haben. Und tatsächlich – die Tür war unverschlossen.« Samantha sank in sich zusammen und schwieg.

Ungeduldig wartete Ohlsen darauf, dass sie weitersprach, aber ihre Lippen blieben geschlossen.

»Frau Svoboda, was haben Sie gesehen, als sie durch die Tür gegangen sind?«

*

Marten saß mit Frias Schwägerinnen Helle und Kaja in der Hollywoodschaukel, die leicht hin- und herschwang. Mittlerweile war es so warm, dass sie die Jacken ausgezogen und nur eine dünne Wolldecke über ihren Beinen liegen hatten. Alle drei hielten den Blick auf die Mitte des Gartens gerichtet, wo Matthis, Jais und Poul beisammenstanden und sich lachend unterhielten.

»Er ist toll, oder?« Marten seufzte.

Die beiden Frauen nickten begeistert.

»Ich habe in meinem Leben noch nie einen so schönen Menschen getroffen. Es gibt keinen zweiten wie ihn.«

»In der Antike hätte er bestimmt den Bildhauern Modell gestanden.«

»Ich glaube nicht, dass Marten Pouls fabelhafte Figur meint«, rügte Helle ihre Schwägerin und drückte Martens Arm. »Wir freuen uns, dass ihr euch gefunden habt. Ein toller Mann, sympathisches Lachen, offen und herzlich.«

»Mama, Helle! Ihr müsst unbedingt sehen, was wir Bølle beigebracht haben!« Erene und Ninna kamen angestürmt. Der Hund sprang aufgeregt um sie herum, wartend, was als Nächstes passieren würde. Das ältere der beiden Mädchen stellte sich kerzengerade hin. »Bølle? Sitz!«

Ninna passte genau auf, was ihre große Schwester tat. »Sitz!«, bekräftigte sie.

Der Hund gehorchte. Die Zunge hing ihm seitlich aus dem Maul.

Erene malte mit dem Zeigefinger einen Kreis in die Luft. »Bølle? Rolle!«

»Rolle!«, äffte die Kleine nach und wackelte mit ihren Fingern.

Das Tier warf sich auf den Rücken, strampelte mit allen drei Beinen, sprang wieder auf und nieste zweimal laut.

Erene hockte sich enttäuscht vor den Hund und schimpfte ihn aus. »Mann, Bølle! Wir haben das jetzt so lange geübt!«

Ninna kniete sich neben sie. »Mann, Bølle!«

Ihre ältere Schwester ignorierte sie. »Der konnte das! Echt! Eben hat er sich zweimal um sich selbst gedreht.« Erene sah ihre Mutter beschwörend an.

»Gedreht. So!«, bekräftigte Ninna, legte sich ins Gras und machte es vor.

»Bestimmt hat er das.« Die Frauen lachten. »Vielleicht gebt ihr ihm ein wenig Wasser? Ich finde, er sieht sehr durstig aus«, schlug Kaja vor. Die Mädchen liefen mit dem Hund in Richtung Terrassentür davon.

Poul kam zu ihnen herüber, ging vor Marten in die Knie und griff nach seinen Händen. »Ich würde gern fahren«, murmelte er leise.

»Ihr wollt schon? Wie schade. Es ist so schönes Wetter, und es ist doch noch früh. Und es gibt Kuchen. Wir …«, setzte Kaja an.

»Komm, wir setzen frischen Kaffee auf. Ich muss eh nachsehen, ob die Kinder die Küche geflutet haben.« Helle stand auf. »Kaja?«

Die folgte ihr widerstrebend. »Ist doch wahr! Wär doch schade, wenn die beiden schon fahren«, sagte sie leise im Weggehen.

»Gönnen wir ihnen ein bisschen Zweisamkeit«, hörte Marten Helle noch sagen, während er versuchte, Pouls Gesicht zu lesen. »Was ist los?«

Sein Freund erhob sich. »Können wir?«

»Klar, wenn du mir sagst, weshalb du es plötzlich so eilig hast.« Marten schob die Decke beiseite. »Ist es wegen Matthis und Jais? Haben sie irgendwas gesagt, das …?«

»Nein, ich will einfach nur fahren. Jetzt!«

»Okay.« Warum war er plötzlich so? Unsicher schritt Marten voran. Irgendwas musste passiert sein, und wie damals hatte er es nicht kommen sehen. Marten spürte, wie all das Schöne der vergangenen Tage ins Wanken geriet. Er wollte nicht zurück in das dunkle Loch, aus dem er gerade erst hervorgekrochen war. Was war das Glück doch für ein zerbrechliches Konstrukt. Trotz der Fragen, die in ihm brannten, blieb er stumm. Jetzt nur nichts schlimmer machen! Poul durfte ihn nicht verlassen.

Sie verabschiedeten sich von Eskild, Helle und Matthis, Jais und Kaja und den Kindern, packten Bølle ein und fuhren Richtung deutsche Grenze.

Poul sah unfassbar ernst aus, wie er mit eingezogenem Kopf auf dem Fahrersitz von Frias R4 klemmte und sich mit der Revolverschaltung abmühte.

»Sprich mit mir! Hab ich was falsch gemacht?«

»*Nej.*« Der scharfe Ton, mit dem er das Wort herauspresste, sagte etwas anderes.

Die nächsten Kilometer fuhren sie schweigend.

»Poul, können wir bitte reden? Ich kann das so nicht. Es muss doch irgendeinen Grund haben, warum du plötzlich so … so …«

Das Gesicht seines Freundes blieb ernst. Er griff nach Martens herumflatternder Hand. »Beruhig dich. Es liegt nicht an dir. Mit uns ist alles in Ordnung.«

»Aber …«

»Vertrau mir. Frias Familie ist toll, aber ich musste da weg. Gib mir ein bisschen Zeit.«

Zeit? Was heißt das? Dass er eine Pause braucht von mir? Von uns? Martens Gedanken fingen an zu schwimmen.

Kurze Zeit später überquerten sie die Ortsgrenze von Klüfterhöft. Poul fand einen Parkplatz direkt vor der Wohnung. Er drückte Marten die Autoschlüssel in die Hand, beugte sich zu ihm und gab ihm einen Kuss. »Wir sehen uns morgen.« Dann stieg er aus und ging.

*

Samantha Svoboda und ihre Anwältin hatten die Wache verlassen. Sinje, Ohlsen und Fria saßen noch immer im Verhörraum, einem kleinen, fensterlosen, viel zu schlecht ausgeleuchteten Zimmer, das mit einem Tisch und fünf Stühlen ausgestattet war.

»Sie ist nicht geflohen.« Fria fuhr sich durch das dicke Haar.

»Nein. Die Täterin hat sie gehen lassen. Die Maskenfrau muss Samantha betäubt und am Hafen abgelegt haben. Aber warum? Warum wird Samantha freigelassen, und die beiden anderen bringt sie um?«

»Ist sie das wirklich? Freigelassen worden?« Fria begann, auf und ab zu laufen. »Für mich liegt Samantha Svoboda nach wie vor an der Kette, einer emotionalen Kette. Selbst als wir ihr mitgeteilt haben, dass sie unter Mordverdacht steht, hat sie vehement geschwiegen. Die Entführerin hat so viel Macht über ihr Opfer, dass sie die echten Ketten nicht mehr benötigt.«

»Sie spielt ein perfides Spiel.« Sinje drehte konzentriert an dem schmalen silbernen Ring an ihrer linken Hand. »Sie weiß, dass Samantha nichts Hinweisgebendes berichten kann. Nichts, was die Täterin identifizieren könnte. Keine Anhaltspunkte zum Ort, an dem die Opfer gefangen gehalten werden. Außer einem grau gestrichenen Flur hat Frau Svoboda bei ihrem Fluchtversuch ja nichts erkennen können, bevor sie überwältigt wurde. Die Maskenfrau fühlt sich verdammt sicher.«

»Genau!« Fria stoppte ihren Rundlauf für einen Moment und sah Sinje in die markanten grünen Augen. »Und das Spiel ist noch nicht vorbei. Ich gehe noch weiter und behaupte, die Täterin hat ihre Schlüssel gar nicht zufällig verloren! Das war ein Test. Sie wollte wissen, ob Samantha sie ihr brav aushändigt, sie liegen lässt oder einen Fluchtversuch wagt. Das grausame Spiel mit der Hoffnung. Wie eine Katze, die der halbtoten Maus für einen kleinen Moment das Gefühl gibt, sie könnte überleben, obwohl ihr Schicksal längst besiegelt ist. Die Drohung *Ich kann dich jederzeit wieder herholen,* ich glaube, die sollten wir sehr ernst nehmen. Die Täterin ist noch nicht fertig mit ihr. Diese Psychofragen, der Umstand, dass die Opfer mit Wasser und Nahrung versorgt wurden, es ist, als halte die Maskenfrau sich *Versuchsmenschen*, um ihr Verhalten zu erforschen, um auszutesten, wie gut sie sich manipulieren lassen. Wie viel Macht sie über die Opfer bekommen kann. Erinnert ihr euch an das *Carpe diem, Samantha!*, von dem Frau Svoboda uns erzählt hat? Also, ich weiß nicht, wie ihr das seht, aber für mich hört es sich nach der Aufforderung an, das bisschen Zeit, das die Täterin ihr in der Außenwelt gewährt, zu nutzen.«

»Scheiße.« Sinje starrte erschrocken Ohlsen an. Der drehte sich auf dem Absatz um und verließ eilig den Raum. »Palle? Wir brauchen Personenschutz für Samantha Svoboda, sofort!«

»Es könnte eine Chance sein, die Entführerin zu schnappen«, sinnierte Fria. »Mir ist nur nicht klar, wie eine einzelne Frau in der Lage sein soll, den betäubten, schweren Körper einer anderen auf die Plattform am Hafen zu schleppen. Laurenz konnte ihr nicht mehr helfen, der war längst tot. Ohlsen, warte mal!«, rief sie und eilte dem Ermittlungsleiter nach.

Zwei Räume weiter griff in diesem Moment ein junger Beamter nach dem klingelnden Telefon. »Kripo Flensburg, Außenstelle Norgaard, was kann ich für Sie tun?« Er riss das vollgeschriebene obere Blatt vom Notizblock und zückte seinen Stift. Seitdem die Öffentlichkeit aufgefordert worden war, Verdächtiges in Bezug auf die beiden Leichenfundorte zu melden, stand das Telefon nicht mehr still.

»Oh, hören Sie, die Verbindung ist furchtbar schlecht. Ich verstehe Sie kaum. Ah, jetzt, so ist es besser. Wie war Ihr Name?« Er notierte *Lies Kallsen*. »Ja … und Sie möchten Hauptkommissar Ohlsen sprechen? Das tut mir leid, er ist gerade sehr beschäftigt. Vielleicht mögen Sie mir …? Ach, privat, verstehe. Einen Moment, bitte.« Er legte sie in die Warteschleife und versuchte es erst in Ohlsens Büro, dann bei Oltmann.

»Was gibt's?«

»Telefon für den Chef.«

»Ist gerade ganz schlecht. Ist's wichtig? Irgendwas zum Fall?«

»Nö.«

»Dann muss das warten.«

Der junge Beamte holte Ohlsens Freundin aus der Warteschleife. »Es tut mir sehr leid, hier ist gerade die Hölle los. Kann er Sie später zurückrufen? – Ja, kein Problem, ist notiert. Ich geb's weiter, vielen Dank und auf Wiederhören.«

Oltmann sprang auf, als Ohlsen, gefolgt von Fria, das Großraumbüro betrat. »Chef? Das Kennzeichen von dem Bulli aus Hamburg, du weißt schon, dem von der Uni, das wurde vor über vier Jahren als gestohlen gemeldet.«

»Vor vier Jahren …« Ohlsen rieb sich nervös über seine weichen Haarstoppeln. Die Täter hatten das verdammt lange geplant. »Was ist mit dem Rechner und dem Handy von Laurenz Koch?«

»Keine Fotos von Celine Schwarz und Lea Schmitz. Auch nicht unter den gelöschten Daten. Die IT konnte alle Bilder wiederherstellen. Keine Recherchen über Ibn Fadlan oder den Bestattungskult der Wikinger und auch kein nachweisbarer Kauf von Drachenkopfnadeln oder Amuletten im Internet.« Palle hatte sich auf seinem Bürostuhl neben den Schreibtisch geschoben, um seine Kollegen besser sehen zu können. »Er könnte einen Uni-Rechner benutzt haben«, spekulierte er. »Oder den eines Internetcafés. Aber warum sollte er das tun? Beim Ausheben der Gräber geht er auf volles Risiko, hat dann aber Angst, dass man ihm bei seinen Internetrecherchen auf die Schliche kommt? Wie passt das zusammen?«

Oltmann zuckte mit den Schultern. Er wirkte müde.

Auch Sinje schien sich keinen Reim darauf machen zu können. Schweigend trat sie näher.

»Noch was. Die IT-Forensiker sagen, es wurden Apps von Kochs Handy gelöscht.«

»Weiß man, welche?«, erkundigte sich Ohlsen.

»Spiele-Apps, welche für Bildbearbeitung …«

»Koch brauchte den Platz, er brauchte mehr Datenspeicher«, mutmaßte Oltmann.

»… und eine Tracking-App! Gelöscht am Tag seines Todes«, fuhr Palle mit seiner Aufzählung fort, nicht ohne das Wort Tracking gewichtig in die Länge zu ziehen.

»Kann man die Daten wiederherstellen?«

»Schwierig. Die IT sagt, die App wiederherzustellen sei kein Problem. Sind die Daten vor dem Deinstallieren allerdings gelöscht worden, sieht es schlecht aus. Es sei denn, die App hinterlässt Spuren in einer Cloud. Die Kollegen tun ihr Bestes.«

Ohlsen nickte nachdenklich. Sein Blick streifte Fria, die gebannt zuzuhören schien.

»Und die ITler haben noch etwas gefunden … Über Kochs Rechner wurde eine Drohne bestellt. Und zwar nicht auf seinen Namen, sondern auf den des Mieters in der Wohnung darunter.«

»Haben wir diesen Mieter überprüft? In welcher Beziehung steht er zu Laurenz Koch?«

»Bislang dachten wir, in keiner. Der Mann soll nur selten da sein. Ist angeblich beruflich viel unterwegs.«

Ohlsen schickte Palle einen mahnenden Blick, den er mit »Bin dran!« beantwortete.

»Geht das so einfach? Etwas im Namen eines anderen zu ordern? Spätestens beim Bezahlen muss das doch auffallen.« Sinje lehnte sich an Palles Schreibtisch.

»Das Ding konnte per Rechnung bestellt werden, keine Vorkasse, keine Anzahlung. Gehen wir mal davon aus, der besagte Mieter wusste nicht, was sein Nachbar trieb. Wenn Laurenz Koch das Gerät angenommen hätte, wäre das dem Zusteller erst mal nicht aufgefallen. Auf so eine gekritzelte Unterschrift, die man mit dem Finger in das Gerät des Paketboten malt, kann man nichts geben. Der Mieter hätte eine Zahlungsaufforderung bekommen, der er natürlich nicht nachgekommen wäre. Problem, er müsste nachweisen, dass er das Ding weder bestellt noch bekommen hat. Schwierig.«

»Na ja, wir konnten ja auch beweisen, dass Laurenz die Drohne über seinen Rechner bestellt hat«, wandte Palle ein.

»Wir hatten ja auch ein berechtigtes Interesse, das uns ermöglicht hat, den User und seine Daten offenzulegen«, erklärte Sinje.

Ohlsen sah Palle an. »Du sagtest *Wenn Laurenz das Gerät angenommen hätte*. Wieso hätte?«

»Laut Lieferstatus kommt es erst nach Ostern an.«

»Laurenz Koch stalkt seit einem Jahr Samantha Svoboda. Er bestellt diese Drohne. Wofür, können wir uns denken. Warum nicht auf seinen Namen? Viele Menschen besitzen so was. Das ist weder auffällig noch strafbar.«

»Das kann ich vielleicht erklären«, schaltete Oltmann sich ein. »Der Typ war blank. Er hätte sich diese Drohne definitiv nicht leisten können.«

»Kann man anhand der Geldflüsse erhöhte Ausgaben für Nahrungsmittel erkennen? Immerhin wurden die Opfer über längere Zeit versorgt. Oder gibt es einen Beleg über den Kauf von Pfosten oder Holzlatten für die Gräber?«

Oltmann schüttelte den Kopf. »Nichts.«

»Die KT sagt, die Latten wären bei der Verarbeitung nicht neu gewesen«, bemerkte Sinje.

»Er ist Student. Er hat kein Auto. Keinen Garten oder Keller, in dem er so etwas lagern könnte.« Ohlsen schnaubte genervt. »Was sagt das Bewegungsprofil seines Handys? War er in den besagten Zeiträumen in Oldenburg und Ingolstadt?«

»Negativ.« Palle zuckte entschuldigend die Schultern. »Die IT vergleicht aktuell sein Profil mit dem des Handys von Samantha Svoboda.«

»Und wenn Laurenz Koch nur für die Bestattungen zuständig war? Wenn alles andere durch die Maskenfrau gemanagt wurde?

Sie hat die Sachen besorgt, er war nur für die Durchführung zuständig? Sie ist es auch, die die Frauen in ihr Auto lockt und herbringt.« Sinje ließ einen von Palles Kugelschreibern um sich selbst kreisen.

»Wie haben die beiden kommuniziert? Wie zueinandergefunden? Koch hatte null Sozialkontakte. Instagram, Tiktok und Co. waren für ihn nur Instrumente, um sich die Filmchen anderer anzuschauen. Es gib so gut wie keinen Austausch von Textnachrichten, weder über Apps noch über soziale Netzwerke, auch nicht über E-Mail. Verdammt!« Ohlsen ließ sich in einen leeren Bürostuhl fallen. »Außerdem, warum sollte Koch da mitmachen? Was hat er davon?«

»Sie verspricht ihm Samantha. Sie ist sein Lohn. Und er darf zugucken«, spekulierte Sinje. »Und für ihre Kommunikation hatte er ein zweites Handy, das sie ihm weggenommen hat, nachdem sie ihn umgebracht hat.«

»Würde bedeuten, er muss an dem Ort gewesen sein, wo die Frauen gefangen gehalten wurden. Und er muss an beiden Leichenfundorten gewesen sein. Was sagt sein Handyprofil – das, auf das wir Zugriff haben?« Ohlsens hoffnungsvoller Blick traf Palle.

»Sein Mobiltelefon war noch nie in Sønderborg. Und das Gerät ist seit anderthalb Jahren in seinem Besitz.«

»Beim Anlegen der Gräber könnte er es in seiner Wohnung gelassen haben«, wandte Sinje ein.

»Und beim Ausspähen der Lage auch, oder was?« Ohlsen schüttelte frustriert den Kopf. »Die Existenz eines zweiten Handys ist reine Spekulation. Fakt ist, es gibt nur zwei Dinge, die Laurenz Koch überhaupt mit den Wikingermorden in Verbindung bringt. Dass die Frau, die er stalkt, für fünf Tage verschwindet, und die Grabbeigaben unter seinem Bett.«

»Wir glauben aber schon, dass die Maskenfrau auch für das Verschwinden der beiden anderen Frauen verantwortlich ist, oder?« Palles Augen wurden groß. »Also, alles andere wäre schon ein sehr schräger Zufall.«

»Samantha hat keine Anhaltspunkte dafür nennen können, dass vor ihr andere Frauen in dem Raum gefangen gehalten wurden. Sie konnte mit den Wikingerbräuchen nichts anfangen und hat die Grabbeigaben noch nie gesehen.«

»Aber die Briefe, Ohlsen. Die Maskenfrau hat Samantha Briefe schreiben lassen. Die Toten hatten handgeschriebene Papiere auf ihrer Brust.« Sinjes aufgebracht gestikulierende Hände unterstützten ihre Worte. Ihr Pferdeschwanz schwang im Takt ihrer Bewegungen.

»Okay, ihr habt ja recht. Ich wollte nur nicht, dass wir in die falsche Richtung laufen.«

Falsch. »Was, wenn Laurenz Koch einfach zur falschen Zeit am falschen Ort war?«

Alle drehten sich erstaunt zu Fria um.

»Wie meinst du das?«

»Ich finde, Ohlsen hat recht, es muss uns schon stutzig machen, wie wenige Verbindungen es von Laurenz zu den Wikingermorden gibt. Kein nachweisbarer Kontakt zu Lea oder Celine. All sein Tun fixierte sich ausschließlich auf Samantha. Und dann wird er erschlagen und wir finden die Tütchen mit den Drachenkopfnadeln und Amuletten unter seinem Bett. Die Recherchen dazu hat er aus Vorsicht nicht vom eigenen Rechner aus durchgeführt, die Objekte selbst aber in seiner Wohnung gelagert?«

»Ein Bauernopfer?« Sie hatte Ohlsens volle Aufmerksamkeit.

»Was, wenn die Frauenmörder sich ausgerechnet seine Samantha als nächstes Opfer ausgesucht hatten? Wenn er Zeuge der Entführung geworden ist? Ich meine, er war Samanthas Schatten, hat sie 24/7 verfolgt.«

»Warum hat er nicht die Polizei gerufen?«

»Weil er weiß, um wen es sich bei den Entführern handelt? Weil er die Dinge selbst in die Hand nehmen und seine Samantha retten will? Weil ihm niemand etwas nimmt, das ihm gehört? Keine Ahnung, wie Stalker so ticken.«

»Und du meinst, das ist schiefgegangen und die Entführer haben ihn umgebracht?« Ohlsen beugte sich konzentriert vor, ließ den Kopf auf seinen Händen ruhen.

»Möglich wär's doch. Sie werden sich über ihn schlaugemacht, vielleicht Samanthas Fotos auf seinem Handy entdeckt haben. Oder sie haben sich ihre Informationen unter Androhung von Gewalt geholt«, mutmaßte Fria. »Seine Wohnungsschlüssel wird er bei sich gehabt haben. Es wäre ein Leichtes gewesen, die Beweisstücke unter Laurenz' Bett zu platzieren.«

»Der Tote hatte seine Schlüssel bei sich, als man ihn fand.«

»Sie haben sie sicher zurückgelegt, nachdem sie in der Wohnung fertig waren.«

»Ebba Sigmundsen sagt, Koch ist am Mittwoch letzter Woche gestorben. Gefunden wurde seine Leiche erst vierundzwanzig Stunden später«, rief Sinje ihnen in Erinnerung.

»Genug Zeit also.« Fria blickte von einem Ermittler zum anderen.

»Kochs Tod hätte leicht als Unfall durchgehen können. In dem Fall wären wir nie darauf gekommen, seine Wohnung zu durchsuchen«, wandte Ohlsen ein.

»Stimmt. Ist aber nicht von Bedeutung. Die Entführer wären Laurenz los gewesen. Ihre Tat hätte keine weiteren Ermittlungen zur Folge gehabt. So aber, dank eurer fähigen Frau Sigmundsen, konnten sie ihre Taten einem Mann in die Schuhe schieben, der Frauen nachstellt. Wie passend.«

Ohlsen setzte sich auf, atmete tief ein und hörbar wieder aus. »Gewagte These. Aber nicht undenkbar. Wir werden beide Ansätze weiterverfolgen. Dafür müssen wir wissen, wo Herr Koch genau war in den letzten Tagen vor seinem Tod. Palle?«

»Die meiste Zeit war sein Handy über den Funkmast eingewählt, der auch seine Wohnung abdeckt. Außerdem war er im

Twedterholz.« Der Beamte rief eine Übersichtskarte auf und drehte den Monitor so, dass alle gut sehen konnten. »Ihr kennt das große Waldgebiet in der Nähe der Küste wahrscheinlich. Die Funkmastendichte ist dort nicht sehr hoch, was unseren Suchbereich groß macht. Es gibt mehrere kleine Siedlungen, den Wald, einzelne Höfe und Häuser und den Küstenabschnitt.«

»Da war Koch wann?«

»Am Dienstagabend, bis weit in den Mittwoch, dem Tag, an dem er starb. Das war das letzte Mal, dass sich sein Handy eingewählt hat. Beziehungsweise das vorletzte. Das letzte Signal kam von einer Zelle, in deren Bereich die Landstraße liegt, auf der wir den Toten gefunden haben.«

»Sein Mörder hat das Signal ausgestellt und erst wieder aktiviert, als er den Armen auf der Straße abgelegt hat, mein Gott.« Sinje war sichtlich erschüttert.

»Weil es seltsam gewesen wäre, wenn wir bei einem so jungen Menschen ein heruntergefahrenes Handy gefunden hätten. Offline ist in der Generation gleichbedeutend mit tot.« Ohlsen schlug sich mit beiden Händen auf die Oberschenkel und stand auf. »Okay. Wir müssen wissen, was Laurenz da draußen gemacht hat. Dass er über Nacht im Twedterholz eingeloggt war, spricht dafür, dass dort etwas ist, was uns einen entscheidenden Schritt weiterbringt – vielleicht sogar das Versteck der Frauen. Palle, Oltmann, ich will, dass ihr die Gegend auskundschaftet, eine Liste der Anwohner erstellt, die dort gemeldet sind. Welche Gebäude kämen für ein Versteck infrage? Setzt euch mit dem Forstamt in Verbindung. Fragt nach Hütten oder alten Bunkern. Sinje, du gräbst in Kochs Vergangenheit. Vielleicht gibt es einen abgelegenen Ort, zu dem er eine besondere Verbindung hatte. Außerdem will ich wissen, mit wem er Umgang hatte. Ja, ich weiß, er hatte kaum Sozialkontakte, aber vielleicht müssen wir einfach weiter in die Vergangenheit gehen. Eine Freundin von früher, eine alte Liebe … Eventuell gibt es dieses zweite Handy, über das sie kommuniziert haben. Sprich mit allen, die ihn kannten! Nimm Lundberg mit. Ich werde mich mit dem Psychologen zusammensetzen, der die Aussagen von Frau Svoboda bearbeitet. Die Fragen, denen Samantha ausgesetzt war, sollten ihn interessiert haben. Vielleicht kann er mir mehr zum Motiv der Maskenfrau sagen. Palle? Ich will umgehend informiert werden, wenn die IT mit Svobodas Handy fertig ist. Sobald der Abgleich der Verbindungsdaten von Svoboda und Koch vorliegt und die IT was zur Tracking-App sagen kann.« Er wandte sich ab, um den Raum zu verlassen.

»Ohlsen, können wir …« Fria machte Anstalten, ihm zu folgen. Sein plötzlicher Richtungswechsel ließ sie stoppen.

»Ach, und Palle! Was ist mit der Observation von Frau Svoboda? Die Staatsanwaltschaft weiß Bescheid?«

Palle schob sich hinter den Rechner. »Ja.«

Ohlsen sah, wie der Kollege mehrfach auf die Maus drückte.

»Da! Ja, wir haben das Go.«

»Gut, dann lass uns die Teams einteilen, bevor Frau Svoboda wieder verschwindet.«

»Ohlsen?« Fria startete einen neuen Versuch.

»Sollten wir sie nicht informieren? Samantha Svoboda, meine ich – dass wir sie zu ihrem Schutz observieren?« Sinje hob die Hand und sah entschuldigend zu Fria herüber.

»Ich weiß nicht, ob wir ihre Angst nicht unnötig verstärken, wenn sie erfährt, dass wir mit einer erneuten Entführung rechnen.«

»Es ist *die* Chance, das Versteck der Entführer ausfindig zu machen und das letzte Opfer, falls eins gibt, zu befreien. Wenn deine Ermittler geschickt vorgehen, niemand mitbekommt, dass ihr die Svoboda beschattet und ihr nicht eingreift, wenn sie sich Samantha holen.«

Ohlsen konnte nicht fassen, was Fria gerade vorgeschlagen hatte. Sein Team und er starrten die Dänin entgeistert an.

Fria wollte Samantha Svoboda als Köder benutzen?

»Ihr dürft sie erst befreien, wenn sie euch zu dem Versteck geführt haben.«

FÜNFZEHN

Der Frühling war da, eindeutig. Von jetzt an konnte man der Natur im südlichen Dänemark beim Wachsen zusehen. Troels Svensson steuerte den Dienstwagen von der Landstraße auf die Schotterpiste, die zum Fiskerhof von Nielas Kvist und Jonna Svane führte.

Seine Kollegin Ida Therkildsen ließ ihren Blick aufmerksam über die Hofanlage gleiten. »Was erwartet uns?«

»Die beiden sind nicht ohne. Durchaus gewaltbereit. Da wir ihnen aber nur ein Foto zeigen werden und ihnen keine Straftat unterstellen, denke ich, sie werden uns mit der ihnen eigenen Sturheit und Ignoranz antworten. Sie werden uns auflaufen lassen, und wir werden unverrichteter Dinge wieder fahren.« Troels zuckte mit den Schultern. »Versuchen müssen wir's trotzdem.« Er parkte den Wagen und stieg aus.

Ida folgte ihm zur Wohnungstür.

Er klingelte, hämmerte gleichzeitig gegen das Türblatt. Wie bei seinem letzten Besuch rührte sich nichts. In seinem Rücken drehte die Kollegin sich suchend um.

Troels wies sie mit einer Handbewegung an, sich die angrenzenden Stallungen vorzunehmen. »Ich umrunde das Wohngebäude.« Er deutete auf die Funkgeräte. »Sag Bescheid, wenn du einen von ihnen entdeckst. Warte dann, bis ich bei dir bin. Keine Alleingänge.«

Sie nickte.

Bis zur Hausecke konnte er sie im Blick behalten.

Ida war klug und konnte sich durchsetzen, wenn es darauf ankam. Trotzdem hatte es lange gedauert, bis Troels sie guten Gewissens in die gleichen gefährlichen Situationen geschickt hatte, wie er es mit ihren Kollegen tat, wenn er eine Ermittlung leitete. Und das lag nicht daran, dass sie eine Frau war. Sie sah einfach so schrecklich zart und hilfsbedürftig aus. Ihre großen Augen glichen denen eines Rehs, von dem man ja auch nicht erwartete, dass es sich verteidigen konnte. Wäre wenigstens ihr Auftreten das eines kratzbürstigen Alphatiers, hätte sich der Beschützerinstinkt vielleicht beruhigt zurücklehnen können, aber das Gegenteil war der Fall. Ida zeichnete sich durch Sanftmut und Besonnenheit aus. Und doch standen ihr dasselbe Vertrauen und dieselbe Behandlung zu wie ihren Kollegen. Troels tat sein Bestes. Und eines musste man ihr lassen: Sie hatte sich dessen immer würdig erwiesen.

Er sah, wie sie gegen die Stalltür hämmerte, hörte, wie sie nach den Bewohnern rief und dann im Gebäude verschwand. Er zückte das Funkgerät. »Wie sieht's aus?«

»Niemand zu sehen.« Es knackte kurz in der Leitung.

»Verstanden.«

Troels schritt an der Längsseite des Wohngebäudes entlang, spähte dabei in jedes Fenster. Er wunderte sich schon längst nicht mehr darüber, wie manche Leute so hausten. Ob Nielas und Jonna die Bedeutung des Wortes Putzen überhaupt kannten, war angesichts der Zustände fraglich. An einer Seitentür mit dreckigen kleinen Fenstern blieb er stehen und klopfte erneut. »Nielas Kvist? Jonna Svane? Troels Svensson von der Polizei Granskov. Ich hätte noch eine Frage.«

Im Gebäude blieb es still. Ob sie noch mal wiederkommen mussten?

»Ida?«, fragte er. Das Funkgerät rauschte. »Ida, hörst du mich?«

»Klar und deutlich. Hast du sie?«

»Negativ.«

»Ich gehe jetzt in den hinteren Teil des Stalls.«

»Verstanden.« Troels sah kurz um die nächste Hausecke, die außer hochstehendem Unkraut nichts zu bieten hatte, und wandte sich einer Remise zu. Das etwas windschiefe Bauwerk war zu zwei Dritteln einsehbar. Ein kleiner Trecker, aufgetürmte alte Autoreifen, ein grün lackierter Tank und unordentlich gestapeltes Holz fanden darin Platz. Nur der hintere Teil war nach allen Seiten geschlossen, bildete eine Art Schuppen. Nachdenklich blieb Troels vor dem Holzhaufen stehen. Seine Finger fuhren über die Kanten einer langen Latte. Viele Bauern, holzverarbeitende Betriebe, Bauhöfe, ja selbst Gartenbesitzer hatten irgendwo eine Ecke, in der sie Holz lagerten. Er wandte sich dem Schuppen zu, rüttelte vorsichtig an der Tür. Sie war verschlossen. Also machte er sich daran, die Remise einmal zu umrunden.

»Bist du vollkommen bescheuert?«, zischte Nielas und sah wütend auf die leblose Gestalt zu seinen Füßen. »Du kannst doch keinen *Strisser* umhauen!«

»Ging nicht anders, sie hat mich erwischt. Sie hat sie gesehen.«

»Und jetzt? Was sollen wir jetzt machen, Jonna?«

»Laufen lassen können wir sie nicht. Dann sind wir dran.«

»Du willst einen *Strisser* umbringen? Dafür gibt es ›lebenslang‹! Sie werden sie suchen. Mit Sicherheit hat sie ihren Kollegen gesagt, wohin sie geht. *Lynhurtigt* ist Verstärkung hier und nimmt uns die Bude auseinander. Die glauben uns doch nie, dass wir nicht wissen, wo die Frau abgeblieben ist!«

»Hör auf zu jammern, Nielas! Ich lass mir was einfallen. Sieh lieber zu, dass du den anderen erwischst! *Strisser* kommen nie allein.«

Jonna beugte sich zu der bewusstlosen Polizistin hinunter, griff nach ihren Armen und zog sie hinter sich her.

Nielas verfluchte diesen Tag. Es sah Jonna nach. Der Körper der Beamtin hinterließ neben einer ziemlich eindeutigen Schleifspur eine zweite Fährte aus kleinen roten Tropfen auf dem staubigen Hallenboden. Wenigstens hielt sich die Blutung der Kopfwunde in Grenzen.

Hinter der Remise gab es nichts als wilde Wiese. Troels griff erneut zum Funkgerät. »Ida?« Ein Knacken und Rauschen. »Ida, bitte kommen!« Beunruhigt machte er sich auf den Weg zum Nebengebäude. »Ida, gibt es Probleme?« Er beschleunigte seinen Schritt.

Nielas erkannte den Polizisten sofort wieder. Das war der Typ aus Granskov, der den scheiß Deutschen dabeigehabt hatte. Den würde er nicht ohne Weiteres überwältigen können. Unbemerkt stahl er sich zurück und eilte zu Jonna. Im Vorbeilaufen schnappte er sich das Pflanzholz, einen mit einer scharfen Metallspitze versehenen Stiel. Jonna war bis in die Waschküche gekommen, einem quadratischen Raum mit betoniertem Boden und Abfluss. Die Polizistin lag regungslos am Boden.

»Was ist? Wo ist der andere?«, fuhr sie ihn an, während sie einen Bund Kabelbinder aus dem Regal zog.

»Den lassen wir zu uns kommen. Der wird der Schleifspur folgen. Hier, zieh sie in eine sitzende Position, verschanz dich hinter ihr und halt der Alten die Spitze an den Hals!« Er reichte ihr das Pflanzholz, fummelte am Holster der Bewusstlosen herum und zog ihre Dienstwaffe heraus. »Ich verstecke mich hinter der Tür.«

Sie brauchten nicht lange zu warten.

Nielas hörte ein erschrockenes Schnaufen, dann ein Stampfen und die erwartbare Leier.

»Hände weg von meiner Kollegin! Jonna, lass das spitze Ding fallen! Ida, kannst du mich hören?«

Nielas trat lautlos aus seinem Versteck, sah den breiten Rücken des dänischen Polizisten direkt vor sich. Der streckte beide Arme weit nach vorn und richtete mit Sicherheit seine Waffe auf Jonna.

»Jonna, wenn du sie nicht sofort loslässt und von ihr wegtrittst, werde ich auf dich schießen«, drohte der *Strisser*.

Unbemerkt trat Nielas dicht hinter ihn und drückte ihm den Lauf der Waffe an die Schläfe. »Das würde ich mir gut überlegen. Waffe sichern und fallen lassen. *Sofort!*«

*

Der Kriminalpsychologe Doktor Pascale Fischer hatte sein Büro in Flensburg. Als Ohlsen in die Zielstraße einbog, fiel Fria auf, wie tief die Sonne bereits stand.

»Danke, dass ich dabei sein darf.« Sie stieg aus seinem Wagen und schloss eilig ihre Jacke. Der Wind hatte aufgefrischt. Eigentlich war Ohlsens Plan gewesen, sie in Klüfterhöft abzusetzen. Fria hatte die Fahrt jedoch genutzt und ihm die Vorteile ihrer Anwesenheit bei dem Gespräch unterbreitet. Das war nicht weiter schwierig gewesen, sie wusste, er hasste lange Diskussionen.

Ohlsen nickte ihr zu und klingelte an dem schlichten, modernen Gebäude.

Eine große Frau mit kurzen, dunklen Haaren öffnete die Tür.

»Ohlsen, Kripo Flensburg. Frau Svensson unterstützt uns in beratender Funktion, wir sind mit Doktor Fischer verabredet.«

»Steht vor Ihnen. Pascale Fischer, kommen Sie herein!« Sie reichte ihm die Hand.

Fria hätte laut loslachen können, so sehr amüsierte sie Ohlsens perplexer Blick. Wenn Realität und Erwartungen nicht zusammenpassten. Hinter einem männlichen Vornamen sollte gefälligst auch ein Mann zu finden sein. Er war so leicht zu durchschauen, das mochte sie an ihm.

Sie folgten der Psychologin durch einen langen weißen Flur bis in ein Büro.

»Es tut mir sehr leid, dass wir Sie an einem Ostersonntagabend stören müssen. Wir befürchten, unsere Täter halten eine weitere Frau gefangen. Sie könnten sie jederzeit töten.«

Frau Fischer nickte und wies auf zwei Besucherstühle, die vor ihrem Schreibtisch aufgereiht waren. »Setzen Sie sich doch!«

Sie selbst nahm auf der anderen Seite Platz.

»Sie haben das gesamte Material sichten können?« Als sie wieder nickte, fuhr Ohlsen fort: »Wir würden zunächst gern Ihre Einschätzung dazu hören, ob wir es mit einem oder mehreren Tätern zu tun haben.«

»Es hat sie natürlich gegeben, die Fälle, in denen sich ein Pärchen zusammengetan hat, um anderen Schaden zuzufügen, ohne Zweifel. Die Regel ist es aber nicht. Ich habe mir das Gedächtnisprotokoll der Geschädigten Samantha Svoboda genau angesehen. Ich halte es für glaubwürdig. Sie haben es hier mit einem extrem intelligenten Täter zu tun, Herr Ohlsen. Leider setzt er seine Intelligenz auf destruktive, also zerstörerische Art und Weise ein. Das Spiel mit seinen Opfern – Macht auf sie auszuüben, sie zu manipulieren und die Kontrolle zu behalten – und das über einen längeren Zeitraum, das ist eine sehr komplexe Form von Destruktivität.«

»Sie glauben also an einen Einzeltäter?«

»Es besteht eine hohe Wahrscheinlichkeit, ja.«

»Und Handlangerarbeiten? Könnte es jemanden geben, der ihm hilft?«

»Unwahrscheinlich. Solche Menschen verlassen sich nur auf sich selbst. Falls sie Personen für ihre Zwecke benutzen, tun sie das ohne deren Wissen. Sie brauchen die absolute Kontrolle. Mitwisser, die ihnen an Intelligenz unterlegen sind, sind Risikofaktoren.«

»Was bringt jemanden dazu, auf diese Art und Weise vorzugehen? Frauen zu entführen, gefangen zu halten, zu manipulieren und zu töten?«, wollte Fria wissen.

Pascale Fischer seufzte. »Die alte Frage: Was bringt den einen dazu, seine herausragenden Fähigkeiten für etwas Gutes und

Wertvolles zu verwenden, während der andere sie für etwas Destruktives, Böses einsetzt? Darüber wurde und wird viel geforscht. Oftmals summieren sich Gründe auf, die in der Vergangenheit der Täter zu suchen sind. An- und Vorzeichen gibt es immer. Die Frage ist, wie bereit ist das Umfeld, sie zu sehen? Im Grunde genommen geht es um die Wahl, die wir treffen. Gelingt es uns, mithilfe unserer Entscheidungen eine Aufwertung des eigenen Ichs zu erreichen, oder müssen wir andere unterdrücken und leiden lassen, um besser dazustehen? Letzteres lässt sich besonders bei Tätern mit einer narzisstischen Persönlichkeitsstörung feststellen. Betroffene können sich nur höherwertig fühlen, indem sie alle um sich herum zerstören.«

»Nicht alle. In unserem Fall nur Frauen«, wandte Ohlsen ein.

»Das ist richtig. Das ist seine Art, mit uns in Kommunikation zu treten. Wir Menschen drücken uns durch verschiedenste Mittel aus. Durch Kleidung, Frisuren, Schmuck, Besitztümer und Sprache. Ihr Täter tut das über seine Verbrechen.«

»Und das bedeutet? Was will er uns sagen? Dass er ein verdammter Psychopath ist und in den Knast gehört? Ich hab's begriffen. Er kann aufhören und sich stellen.« Ohlsen wirkte genervt.

»Es geht um Antizipation und Manipulation, lieber Herr Kommissar. Es geht darum, vorherzusehen, wie andere Menschen in bestimmten Situationen reagieren werden, um sie bestmöglich zu manipulieren. Darum, einen Menschen so weit zu bringen, dass er eine Handlung begeht, die er nie begehen wollte. Und genau dazu dienen die Fragen, die der Täter seinen Opfern stellt.«

»Er bringt sie dazu, diese Briefe zu schreiben«, ergänzte Fria.

Die Kriminalpsychologin nickte. »Ihre Zeugin, Frau Svoboda, hat zu Protokoll gegeben, sie wäre sich vorgekommen, als würden Versuche an ihr ausgeführt, Verhaltenstests. Sie habe die Hoffnung gehabt, dass sie, wenn sie alles richtig machen würde, zur Belohnung die Freiheit bekäme. Ich glaube nicht, dass der Täter die Frauen erforscht. Falls er durch irgendeine Reaktion seiner

Opfer neue Erkenntnisse über weibliche Verhaltensweisen erhält, nimmt er diese sicher gern an, um sie zukünftig für seine Zwecke zu gebrauchen. Aber die Fragen, ihre Abfolge, ihr Aufbau sprechen dafür, dass es ihm rein darum geht, die Frauen nach seiner Fasson zu steuern. Er empfindet Befriedigung darüber, dass sie erwartungsgemäß reagieren. Sie physisch zu verletzen, sie hungern oder dürsten zu lassen, ist ihm zu gewöhnlich, zu einfach. Er liebt es, Macht über den weiblichen Geist zu besitzen.«

»Der Schlüssel für die Fußfessel, der der Entführerin angeblich aus der Hosentasche gerutscht ist … Ich glaube da an kein Versehen. Ich glaube, die Täterin hat den Köder absichtlich ausgeworfen, um zu sehen, wie Samantha reagiert«, äußerte Fria.

Pascale Fischer lächelte. »Sehr gut möglich. Das würde zum Täterprofil passen.«

»Warum hat die Täterin Samantha freigelassen?«

»Schwer zu sagen. Um das Spiel in die Außenwelt zu tragen? Um zu beweisen, dass die Macht weiterhin besteht, auch außerhalb des Gefängnisses? Wie den Beschreibungen der Zeugin zu entnehmen ist, hat sie sich während der Gefangenschaft nicht unterkriegen lassen. In der Freiheit aber legt sie all die typischen Verhaltensweisen eines traumatisierten Opfers an den Tag. Geht nicht zur Polizei, spricht mit niemandem darüber. Sie fühlt sich nirgends sicher, will am liebsten das Studium abbrechen und aus Flensburg wegziehen. Fakt ist, der Täter begleitet sie weiterhin jede Minute ihres Lebens, es ist ihr unmöglich, sich von ihm zu lösen. Das gefällt ihm.«

»Aber um das mitzuverfolgen, um zu erfahren, wie es in Frau Svoboda aussieht, muss er irgendwie mit ihr in Kontakt bleiben. Er muss sie beobachten oder Teil ihres Umfeldes sein, richtig?«, warf Ohlsen ein.

»Daran würde ich nicht allzu viele Hoffnung knüpfen, Herr Kommissar. Vermutlich reicht ihm die Annahme, dass es so ist. Er ist der, der weiß, wie Frauen ticken. Er ist derjenige, der sie zu allem bewegen kann. Er steht weit über ihnen, das hat er mehrfach bewiesen, so sein Credo. Menschen wie er, die ihre herausragende Intelligenz dazu benutzen, ihre Fantasien in die Wirklichkeit umzusetzen, sind hochgradig gefährlich. Sie agieren analytisch, kontrolliert und hochmanipulativ.«

»Wie lebt so jemand? Wie bewegt er sich in der Gesellschaft?«

»Ich verstehe, dass Sie gern eine Beschreibung hätten, die Sie direkt zu Ihrem Täter führt ... Aber da muss ich Sie enttäuschen, ich weiß es nicht.«

»Sie sagen, er sei außerordentlich intelligent. Dann schätze ich mal, dass wir es mit einem gut situierten, beruflich erfolgreichen Menschen zu tun haben.«

»Möglich. Vielleicht ist aber auch genau das Gegenteil der Fall. Wenn er Schwierigkeiten hat, sich einer Struktur oder Führungskräften unterzuordnen, kann es sein, dass er schon früh im Leben gescheitert ist. Intelligenz ist nicht gleichzusetzen mit beruflichem Erfolg.«

»Wie sieht es mit dem sozialen Umfeld aus? Könnte es sein, dass so jemand verheiratet ist, Familie hat?« Fria strich sich eine Strähne aus dem Gesicht.

»Eher unwahrscheinlich. Ich denke, Ihr Täter lebt allein.«

»Sie sprechen die ganze Zeit von einem Täter, in der männlichen Form.« Ohlsen runzelte die Stirn.

»Richtig. Ich denke, Sie haben es mit einem Mann zu tun. Ich sage das aufgrund empirischer Daten, die wir in ähnlich gearteten Fällen in der Vergangenheit sammeln konnten.«

»Frau Svoboda glaubt jedoch, eindeutig eine Frau erkannt zu haben«, entgegnete er.

»Meines Wissens hat der Täter die Maske nie abgelegt, oder? Und gesprochen hat er auch nicht. Die Fragen kamen von einem Tonband.«

»Ja, das stimmt. Aber kurz bevor das Opfer freigelassen wurde, konnte es einen Blick hinter die verrutschte Maske erhaschen, auf einen rot geschminkten Mund. Das süße Parfum, die Figur, die langen Haare. Frau Svoboda schien sich ziemlich sicher zu sein, eine Frau vor sich zu haben.«

»Nur allzu oft sehen wir Menschen das, was wir sehen sollen. Denken Sie immer daran, Ihr Täter ist …«

»Hochintelligent, ich weiß«, beendete Ohlsen. »Ich habe Ihnen die Akte unseres Toten Laurenz Koch schicken lassen. Hatten Sie schon Zeit, sie durchzusehen?«

Doktor Fischer nickte.

»Und?«

»Sie wollen wissen, ob ich ihn für Ihren Täter halte?« Pascale Fischer sah erst Ohlsen, dann Fria an. »Nein.«

»Warum? Ist er Ihnen nicht intelligent genug?«

Sie lächelte nachsichtig. »Ihr Bericht sagt wenig über seine Intelligenz aus. Sein aktenkundiges Verhalten jedoch, die Art, wie er Frau Svoboda nachgelaufen ist, sie gestalkt hat, sogar versucht hat, sie zu küssen, als sich ein geeigneter Moment bot, zeigt genau das Gegenteil von dem, was unser Täterprofil ergeben hat. Herr Koch hat es nicht verstanden, Frau Svoboda so zu manipulieren, dass sie seinen Neigungen entsprochen hätte. Er musste warten, bis sie betrunken und bekifft war, um ihr einen Kuss abzuringen. Nein, der junge Mann scheint zwischen die Fronten geraten zu sein. Ich denke nicht, dass Ihr Täter irgendeine persönliche Beziehung zu seinen Opfern hat. Sie sind beliebig austauschbar. Sie dienen einzig und allein seinem Narzissmus.«

»Sie sagten, er kommuniziert mit uns. Die sonderbare Art der Gräber, die Grabbeigaben, was denken Sie, wozu dient das alles?«, fragte Fria.

»Er fühlt sich unsagbar mächtig. Er möchte, dass das gesehen wird.«

»Aber warum ausgerechnet durch die schlechte Kopie einer Wikingerbestattung? Bedeutet ihm der frühmittelalterliche Kult etwas?«

»Mag sein. Kann aber auch sein, dass er eine beliebige Ausdrucksform gewählt hat. Eine, die in diese Gegend passt. Eine, die ihm die Aufmerksamkeit der Polizei und vielleicht sogar der gesamten Öffentlichkeit sichert. Am wichtigsten wird ihm sein, dass die Abschiedsbriefe bemerkt wurden.«

»Von denen war so gut wie nichts mehr übrig. Beinahe wäre dieser Teil seines Plans gescheitert.« Ohlsen zog zweifelnd die Augenbrauen hoch.

»Vielleicht hatte er damit gerechnet, dass die Leichen früher entdeckt werden. Dass dem nicht so war, wird ihn nicht schrecken. Diese Art von Täter hat Zeit. Sie tun nur sehr selten etwas Unüberlegtes. Das macht es so schwer, ihrer habhaft zu werden.«

»Sie glauben also, er wird weitermachen. Obwohl er nun im Fokus steht? Obwohl es nun schwieriger für ihn wird, die Leichen auf die gewohnte Weise zu bestatten? Die Menschen in der Umgebung sind sensibilisiert. Die Telefone auf der Wache, über die Meldungen verdächtiger Fahrzeuge eingehen, stehen nicht mehr still.«

»Das wird er. Möglich, dass er seine Methode ändert, anpasst. Ich glaube nicht, dass sein Schwerpunkt auf dem Beerdigungsritual liegt. Möglich ist auch, dass er für eine gewisse Zeit pausiert.«

»Ist es nicht wahrscheinlicher, dass die Abstände zwischen den Taten geringer werden? Unser erstes Opfer ist vor fast zwei Jahren verschwunden, das zweite vor gut einem halben Jahr. Dazwischen liegen anderthalb Jahre. Zwischen Opfer Nummer zwei und Samantha Svoboda nur ein halbes Jahr«, führte Ohlsen seine These aus.

»Wir wissen nicht, ob es nicht noch weitere Opfer gibt«, flüsterte Fria.

Ohlsen seufzte und rieb sich die Stirn. »Also gut. Frau Doktor Fischer, Sie sagen, in der Vergangenheit dieser Täter seien immer Anzeichen zu finden, die solchem Verhalten vorausgehen. Wie sieht es mit der Gegenwart aus? Kann ich ihn erkennen, wenn er vor mir steht? Würden Sie den Mann enttarnen können, wenn er sich in Ihrem Umfeld aufhielte? Was ist mit seiner sozialen Kompetenz? Wie unauffällig bewegt er sich inmitten der Gesellschaft? Bewegt er sich überhaupt oder kapselt er sich ab?«

Wieder lächelte Pascale Fischer. »Wenn diese Täter alle einem bestimmten Muster folgen würden, wäre es einfach, nicht wahr? Dominanz, Macht, Manipulation und Kontrolle, das ist es, was sie auszeichnet. Zur Manipulation gehört leider auch, dass sie sich ihrem Umfeld in einem anderen, angemessenen Licht präsentieren. Hier kommt wieder die Intelligenz ins Spiel. Ihr Täter weiß, was die Gesellschaft von ihm erwartet. Es geht einzig allein darum, ob er diesen Erwartungen auch gerecht werden will. Will, nicht kann. Bedeutet, er könnte sich vollkommen zurückziehen und aus dem Fokus nehmen, gesellschaftlich unsichtbar werden – oder aber er passt sich seinem Umfeld an und lebt vermeintlich normal unter uns. Diese Fassade über längere Zeit aufrechtzuerhalten, ist allerdings extrem anstrengend, deshalb liegt die Vermutung nahe, dass er allein lebt.«

Grübelnd saß Ohlsen da.

Auch Fria brauchte einen Moment, um das Gehörte sacken zu lassen. »Heißt, wir können nur Beweise sammeln und darauf hoffen, dass ein überaus intelligenter Mann irgendwann einen Fehler macht?«

»Vermutlich. Es tut mir leid. Wie hoch die Wahrscheinlichkeit eines Fehlers liegt, hängt sehr davon ab, wie stark Ihr Täter auf seine eigene Sicherheit achtet. Wenn er das Umfeld, in dem er sich bewegt, gut kennt, kann er sich bei der Umsetzung der Tat Zeit lassen. Je unbekannter das Terrain, desto schneller muss er handeln, desto höher die Gefahr, einen Fehler zu begehen.«

Ohlsen atmete tief durch und erhob sich. »Gut, bis hierhin erst einmal vielen Dank für Ihre Ausführungen, Frau Doktor Fischer.«

Fria und er verabschiedeten sich und folgten ihr nach draußen.

»Es gibt zu jeder Regel immer Ausnahmen, lieber Herr Kommissar. Alles, was ich Ihnen soeben erörtert habe, fußt auf Erfahrungswissen. Das heißt leider nicht, dass es zwangsläufig auch auf Ihren Täter zutreffen muss. Es bleiben bloße Einschätzungen, ausgehend von Ihren Gesprächsprotokollen und Ermittlungsergebnissen. Bedenken Sie das bitte.«

Ohlsen nickte. »Das werde ich.«

Die ersten Minuten der Rückfahrt schwiegen sie. Ohlsen starrte einfach geradeaus, Frias Augen folgten den vorbeiflitzenden Lichtern. Die Nacht hatte es zu dieser Jahreszeit noch immer eilig, die Wärme und Helligkeit des Tages zu verdrängen.

»Wenn sie recht hat und Laurenz Koch dem Täter in die Quere gekommen ist, besteht immer noch die Chance, dass Koch uns zu ihm und damit auch zum Versteck der Frauen führt«, tröstete Fria.

»Hmm.«

»Nach wie vor ist es ultrawichtig, herauszufinden, wo im Twedterholz Laurenz Koch sich kurz vor seinem Tod aufgehalten hat. Er hat an Samantha gehangen wie eine Klette. Wenn einer mitgekriegt hat, dass sie entführt wurde, dann er.«

»Hmm.«

»Und wenn der Täter bei Koch in der Wohnung war, um die fingierten Beweise auszulegen, die Tütchen mit den Drachenkopfnadeln und Amuletten, dann hat er vielleicht Spuren hinterlassen! Habt ihr die Tütchen auf Fingerabdrücke prüfen lassen? Was ist mit den Nachbarn? Haben die vielleicht jemanden gesehen, der nicht ins Haus gehörte? Im Treppenaufgang, im Eingangsbereich der Wohnanlage? Am Mittwoch oder Donnerstag der letzten Woche?«

»Hmm.«

Fria sah Ohlsen von der Seite an. Es war offensichtlich, wie sehr es in ihm arbeitete. Vorsichtig legte sie ihre Hand auf seine. »Wir kriegen den. Narzissten wollen bewundert werden. Er wird einen Fehler machen.« Sie zog die Hand zurück.

»Fragt sich nur, wann. Und ob die Frau, die er gerade in seiner Gewalt hat, bis dahin überlebt«, brummte er.

»Vielleicht hat er momentan gar keine. Pascale Fischer hat gesagt, es sei durchaus möglich, dass der Täter wegen des Rummels eine Zeit lang pausiert.«

»Möglich … Ich brauche Gewissheit, Fria.«

Eine Viertelstunde später hielten sie vor Frias Wohnung.

»Möchtest du noch auf ein Glas Wein mit raufkommen?«

Er wirkte abgekämpft, vermied Augenkontakt. »Ich glaube, ich … Lass uns das verschieben, ja?«

»Klar. Ohlsen, du rettest diese Frau nicht, indem du dir die Nacht um die Ohren schlägst.«

Er starrte auf das Lenkrad. Sie sah seine Kieferknochen arbeiten.

»Nicht doch ein Schlückchen Wein zum Entspannen? Den Fall lassen wir im Auto. Komm schon!« Sie stieg aus.

Er rang sich ein Lächeln ab und folgte ihr in den ersten Stock des Altbaus.

Als sie die Tür aufschloss, sprang ihr nicht nur ein freudig erregter Bølle entgegen, sondern auch ein vollkommen aufgelöster Mitbewohner.

»Poul? Poul, bist du's?«

»Marten? Was ist los? Poul hat doch gar keinen Schlüssel.« Stirnrunzelnd versuchte sie, ihren Mitbewohner aufzufangen, der sich einfach fallen ließ. »Oder hat er?«

Marten saß vor ihr auf dem Boden. »Was? Nein, hat er nicht. Fria, ich glaube, er verlässt mich!«

Sie hockte sich neben ihn. »Wie kommst du denn darauf?«

»Er war mit einem Mal so seltsam. Hat mich hier abgesetzt und ist dann einfach weg. Er hat nicht mal mit mir gesprochen.«

Fria gab Ohlsen einen Wink, damit er ihr half, Marten von der Türschwelle in die Wohnung zu verfrachten. »Lass uns doch erst einmal reinkommen, dann können wir die Tür schließen.«

Ohlsen half Marten hoch.

Zusammen bugsierten sie ihn in sein Schlafzimmer.

»Setz dich! Seit wann war Poul denn *seltsam*?«

»Wir waren noch bei Eskild. Ich hatte ihn gerade noch lachen sehen. Es war ein so schöner Nachmittag! Dann kam er plötzlich herüber und meinte, er wolle fahren – sofort. Ich dachte schon, Jais und Matthis hätten ihn verärgert, aber Poul hat das bestritten. Auf der Fahrt durfte ich ihn nicht einmal ansprechen. Fria, ich habe das Gefühl, es passiert schon wieder. Ich verliere ihn und hab keinen Plan, warum!«

»Mach dir keinen Kopf, Marten. Ich spreche mit Jais und Matthis. Das wird sich alles einrenken.«

Bølle sprang auf Martens Schoß, der sofort seinen Kopf im Fell des Hundes vergrub.

Fria schob Ohlsen vor sich her in Richtung Küche.

»Ich sollte besser fahren.«

»Erst gönnen wir uns jetzt ein gutes Glas Rotwein.« Sie zog die Tür der Vorratskammer auf, suchte eine Flasche aus, drückte sie samt Korkenzieher ihrem Gast in die Hand und nahm zwei Gläser aus dem Schrank.

Ohlsen schenkte ein und setzte sich. »Er benimmt sich so …«

Fria konnte seine Ratlosigkeit gut verstehen. »Wie ein Teenager.« Sie nahm einen großen Schluck. »Jep. Sein unkonventionelles Wesen, diese jugendliche Art, die Welt zu sehen, machen ihn und seine Kunstwerke so besonders. Kann aber auch verdammt anstrengend sein.« Sie lächelte versöhnlich. »Himmelhochjauchzend und zu Tode betrübt – willkommen in unserer Welt.«

»Wie alt ist Marten eigentlich? Ich könnte ihn nie schätzen.«

»Einunddreißig.«

»Nicht dein Ernst!«

»Moment! Ich frage ihn mal eben, ob er auch ein Glas will.« Sie huschte aus der Küche.

Als sie zurück war, hatte Ohlsen das Glas bereits geleert. »Er ist tatsächlich mit Bølle im Arm eingeschlafen. Darf ich dir nachschenken?«

»Nein. Muss ja noch fahren. Werd dann auch …« Er schob sich in Richtung Wohnungstür.

Frias Handy klingelte. Auf dem Display leuchtete Kajas Name auf. Um diese Zeit?

»Ja, dann … Wir sehen uns morgen.«

»Ich denke, die Polizeiberaterin darf einen Tag Pause machen. Genieß den Ostermontag, Fria!«

Hatte er mal darüber nachgedacht, ob sie das überhaupt wollte?

Das Telefon lärmte unerbittlich weiter, das nervtötende Ding. Andererseits war es schon ungewöhnlich, dass Kaja sich bei ihr meldete, zumal sie sich vor ein paar Stunden erst gesehen hatten.

Ohlsen winkte ihr, griff nach seiner Jacke und war schon so gut wie im Flur, als Fria das Gespräch annahm.

»Fria? Troels, er ist verschwunden!« Die Panik ließ Kajas Stimme kippen.

Während Fria verstört zuhörte, lief sie dem deutschen Polizisten nach. »Ohlsen!«

SECHZEHN

JULIA

Die verdammte Tür hatte sich nicht einen Millimeter bewegt. Zwei Fingernägel hatte sie sich abgerissen, einen davon bis weit ins Nagelbett hinein, mehr war nicht passiert. Und noch immer gab es nichts außer dem Brummen der Lüftungsanlage und der zunehmenden Anzahl ihrer Selbstgespräche. Obwohl sie mittlerweile fast zwanghaft Wasser trank, rieben ihre Magenwände immer stärker aneinander. Julia versuchte, die Übelkeit auszublenden. Aber selbst dafür fehlten ihr die Mittel. Wie sollte sie sich auch ablenken?

»Wo bist du? Ich hab Hunger!« Julia biss die Zähne aufeinander und starrte auf das kleine Loch über der Tür. Der Irre, er sah ihr bestimmt die ganze Zeit zu. »Was ist? Komm her! Komm zu mir und sieh mir in die Augen! Oder bist du zu feige?«

Ohne das Loch aus den Augen zu lassen, ging Julia zum Waschbecken und trank ein paar große Schlucke. »Der soll sich nur noch einmal hier blicken lassen! Ich nehm seine eigene beschissene Kette und dreh ihm den Hals um«, murmelte sie. »Ist mir scheißegal, ob ich danach verrecke. Ich geh nicht allein. Ich nehme den verdammten Psycho mit!« Sie drehte den Hahn zu und ging nach vorn gekrümmt zurück zur Matratze. Wenigstens könnte der Irre dann keine weiteren Menschen mehr quälen.

Tränen liefen über Julias Wangen. Sie schniefte, schnappte kurzatmig nach Luft. »Ja, genau so werde ich es machen, du

Monster! Ich werde die sein, die dich stoppt! Und wenn sie uns irgendwann finden, werden sie über mich sprechen, nicht über dich. Sie werden mich feiern für meine Heldentaten. Sie werden …«

Da – die Tür öffnete sich! Julia konnte es nicht fassen War das real oder träumte sie?

*

Stig Bjerregaard von der Granskover Polizei rannte nervös in der Wache umher. In wiederkehrender Bewegung strich er sich die langen Ponysträhnen aus dem Gesicht. Seit Stunden gab es keine Nachricht von seinem Chef und Ida, sie waren nicht erreichbar. Nun war es an ihm, die stellvertretende Leitung zu übernehmen. Es war das erste Mal. Und ihm saß verdammt noch mal die Angst im Nacken, Fehler zu machen. Fehler, die wertvolle Zeit kosten würden. Fehler, die die Unversehrtheit seiner Kollegen in Gefahr bringen konnten. Immer und immer wieder ging Stig seine Anweisungen durch. Er hatte zwei Einsatzkräfte zum Fiskerhof rausgeschickt, um festzustellen, was dort vorgefallen war. Ein weiteres Team hatte sie begleitet, als Verstärkung im näheren Umfeld. Es gab jemanden, der den Hintergrund von Nielas Kvist und Jonna Svane durchleuchtete und auch andere mögliche Ziele ins Visier nahm. Schließlich hatten Troels und Ida das Foto des toten Laurenz Koch noch anderen zeigen wollen.

»Stig!«

Er fuhr herum und sah Fria auf sich zueilen. Sie flog ihm direkt in die Arme. »Wir finden sie, mach dir keine Sorgen.« Er drückte sie fest an sich, bemerkte dann den deutschen Kommissar.

»Was wisst ihr?«

Ihre Augen, die schönsten blauen Augen, die er je gesehen hatte, waren voller Sorge. Er wusste, er würde sich nie verzeihen, wenn ihrem Bruder etwas zugestoßen war. Ohne nachzudenken, begann er auf Dänisch die Situation zu erläutern.

»Bitte, könntet ihr auf Deutsch …?«, warf Ohlsen ein.

»Entschuldigung. Es gibt keinen Kontakt zu Troels und Ida. Wir haben den Funkmast, über den sich ihre Diensthandys das letzte Mal eingewählt haben. Das Dienstfahrzeug konnte ebenfalls geortet werden.« Stig tippte mit dem Finger auf die Karte, die ausgebreitet vor ihm lag. »Es wurde hier gefunden, am Rande einer Schonung. Nebenan haben wir diese Siedlung. Vier Kollegen suchen die Gegend ab, klingeln an jeder Tür.«

»Die Diensthandys?«

»Befinden sich nicht im Auto. Es ist fast drei Stunden her, dass der Mast ihre Signale auffangen konnte.«

»Nicht gut. Das ist gar nicht gut«, murmelte Ohlsen und fuhr sich nervös über den kurz rasierten Schädel.

»Zwei weitere Kollegen sind bei Nielas Kvist und Jonna Svane auf dem Fiskerhof.«

»Seit wann?«

»Vor zehn Minuten eingetroffen. Troels und Ida wollten den beiden das Foto des toten Laurenz Koch zeigen und sie fragen, ob sie ihn gesehen haben, ob er ihnen bekannt vorkommt. Danach wollten die beiden noch andere Anwohner in der näheren Umgebung abklappern. Wir …«

Das stationäre Funkgerät knackte.

Jais meldete sich. »Haben die Kollegen nicht angetroffen. Vom Dienstfahrzeug keine Spur. Wir haben Kvist und Svane befragt. Sie bestätigen, dass Troels und Ida bei ihnen waren. Sie sagen, nachdem sie keine Auskünfte über Laurenz Koch geben konnten, wären die beiden wieder gefahren.«

»Den Wagen haben wir. Er steht zirka sechs Kilometer nordöstlich von euch. Die Kollegen sind dran. Wann sollen Troels und Ida den Fiskerhof verlassen haben?«

»Vor drei Stunden.«

Stig wandte sich Ohlsen zu. »Er sagt, Troels und Ida haben Kvist und Svane vor drei Stunden verlassen.«

»Wie glaubwürdig ist das?« Der deutsche Kommissar warf ihm einen bedeutungsvollen Blick zu. »Ich war mit Troels dort, auf dem Fiskerhof. Die Bewohner halten nicht viel von der Polizei.«

»Wissen wir.« Stig schob sich vor das Mikro. »Jais? Seht euch ein bisschen um auf dem Hof. Bleibt zusammen. Kvist und Svane sind aktenkundig.«

»Verstanden.« Nach einem leisen Knacken herrschte Funkstille.

Ohlsen stellte sich direkt neben Stig. »Ist es klug, Jais mit der Suche nach seinem Bruder zu beauftragen?«, flüsterte er, während er Fria zu beobachten schien, die einer Polizistin bei der Hintergrundrecherche zu Kvist und Svane zusah. Die Fotos der Fiskerhof-Bewohner leuchteten ihnen von dem Monitor aus entgegen. »Troels könnte verletzt sein oder Schlimmeres.«

»Wir sind momentan nicht gerade überbesetzt. Und Jais hätte sich eh nicht davon abbringen lassen«, flüsterte Stig zurück.

*

JULIA

Dieser Duft! Nie zuvor hatte Julia warmes Essen so wahrgenommen. Jedes Gewürz, jede Zutat meinte sie herausriechen zu können. Wie unter Hypnose starrte sie auf das Tablett in den Händen des Maskenmannes. Die Computerstimme hallte durch den Raum, doch Julias Körper konzentrierte sich nur auf eines – an diesen wunderbar gefüllten Teller zu gelangen.

Das Tablett hatte den Tisch noch nicht berührt, da hatte Julia das Essen an sich gerissen und schaufelte und stopfte. Ohne groß zu kauen, schluckte sie enorme Bissen einfach hinunter. Ein paarmal war sie kurz davor, alles wieder auszuspucken. Ihr Hals wurde eng, sie glaubte, ersticken zu müssen. Wie eine Wahnsinnige kämpfte sie dagegen an und trieb die Brocken durch ihren Hals, bis sie endlich wieder atmen konnte. Erst als das letzte Krümelchen abgeleckt war, hob sie den Kopf und suchte den Blick des Maskierten.

*

»Habe die GPS-Daten des Dienstwagens ausgelesen«, meldete sich eine Stimme über den Polizeifunk. »Demnach stand das Fahrzeug fast zwei Stunden vor dem Fiskerhof.«

»Zwei Stunden?« Fria suchte Stigs Blick. »Um ein Foto zu zeigen und zu verneinen, dass man Laurenz Koch gesehen hat?« Ihr Herz zog sich zusammen. Sie machte ein paar schnelle Schritte auf Ohlsen zu und hielt ihm auffordernd die geöffnete Hand hin. »Die Autoschlüssel!«

Der nickte nur und eilte los.

Fria hörte gerade noch, wie Stig zwei weitere Kollegen rausschickte und versuchte, die beiden Einsatzkräfte vor Ort zu erreichen.

Jede Sehne, jeder Muskel ihres Körpers war angespannt, während sie in Ohlsens Wagen in Richtung Sønderborg rasten. Obwohl er diesseits der Grenze keinerlei Befugnisse hatte, sie nicht einmal in einem dänischen Dienstfahrzeug saßen, trat er das Gaspedal voll durch. Die Verwirrung der Autofahrer, die einem unter Alarm fahrenden deutschen Zivilfahrzeug ausweichen mussten, nahm Fria nicht wahr. Sie betete. Sie bat. Sie bettelte. Bislang war ihre Familie von tragischen Ereignissen bei Polizeieinsätzen verschont geblieben. Sie würde alles dafür geben, wenn das so bliebe.

Obschon Ohlsen die Strecke in Bestzeit bewältigt hatte, war Fria jede Minute endlos vorgekommen. Endlich bremste der Wagen hart ab, schlitterte noch ein Stück, um schließlich auf dem Innenhof des heruntergekommenen Gehöfts zum Stehen zu kommen. Unbewusst registrierte sie, dass der Pick-up der Bewohner fehlte. Dafür parkte ein Auto der dänischen Polizei vor ihnen. Kurz erlaubte sie ihrem Herzen die trügerische Hoffnung, es könnte Troels' Wagen sein. Doch gleichzeitig wusste sie, es war der seiner Kollegen, die nach ihm suchten.

Fria sprang vom Sitz und rannte los, dicht gefolgt von Ohlsen.

Sie hörte ihn rufen. »Fria! Fria, warte!«

Wo? Wo waren sie? Das Scheunentor des Stallgebäudes stand offen, und Fria hielt darauf zu. Sie stoppte, sah sich um. Doch die Halle war leer.

Ohlsen hatte sie eingeholt. »Kopflos … macht keinen Sinn«, schnaufte er. »Lass uns Jais und seinen Kollegen suchen! Wir müssen wissen, was sie bislang unternommen haben.«

»Der Boden. Siehst du das?« Fria starrte auf den großen dunklen Fleck, der sich einmal quer durch die Halle zog. »Das ganze verdammte Ding ist staubig, nur hier ist alles nass.« *Åh nej, Troels …*

»Das muss nichts heißen. Wir …«

Sie hörten aus Richtung des Wohnhauses Stimmen auf sich zukommen. Dann sahen sie Jais in Begleitung von Svane und einem weiteren dänischen Polizisten.

»Fria!« Ihr jüngster Bruder wirkte nicht sonderlich überrascht. Er nickte Ohlsen zu. »Im Wohnhaus keine Spur.«

»Was hat der deutsche *Strisser* hier zu suchen?«, knurrte Jonna.

»Wo ist Kvist?« Ohlsens misstrauischer Blick scannte die Umgebung.

»Fährt angeblich in der Gegend rum. Sie meint«, Jais nickte in Richtung Jonna, »er bräuchte mal 'ne Pause von ihr.«

»Was haben Troels und Ida hier zwei Stunden lang gemacht, he?« Fria ging ein paar forsche Schritte auf die Hofbesitzerin zu.

Die verschränkte die Arme. »Sie waren nur ein paar Minuten hier. Haben nach dem Deutschen, diesem Koch, gefragt und sind dann wieder weg.« Ihr Blick war überheblich. »Hab ich alles schon den beiden Hübschen hier gesagt. Also, was wollt ihr noch hier?«

Fria trat einen weiteren Schritt vor. »Schwachsinn! Das GPS des Dienstfahrzeugs sagt etwas anderes.« Der Abstand war auf eine Armlänge geschrumpft. Beide Frauen starrten sich an.

Ohlsen verstand nichts von alldem, wohl aber, dass die Luft zwischen ihnen knisterte. Vorsichtig schob er sich zwischen sie.

»Wie lange die beiden noch in ihrem Auto gesessen haben, weiß ich doch nicht. Hat mich nicht interessiert«, brummte Svane, ohne den Blick abzuwenden.

»Und was ist das?« Fria wies auf den dunklen Fleck auf dem Boden.

Jais und sein Kollege begannen der Spur zu folgen.

»Hab was verschüttet. Und dann sauber gemacht. Ist das strafbar?«

»Was sagt sie?«, schaltete Ohlsen sich ein.

»Sie will uns weismachen, sie hätte was verschüttet.«

»Was? *Hvad?*«

Statt einer Antwort erntete der deutsche Kommissar einen spöttischen Blick.

Jais kam zurück. »Darauf darfst du gern antworten, Svane!«

»Brennnesseljauche.«

»Riecht man gar nicht.«

»Nee, jetzt nicht mehr.«

»Was ist hinter dieser Tür?« Jais' Kollege stand auf der gegenüberliegenden Seite der Halle und rüttelte an einem Knauf.

»Die Waschküche.«

»Und die schließt du weswegen ab?«, fragte Frias Bruder.

»Weil da scharfe Reinigungsmittel und Pflanzengift lagern. Wir wollen ja nicht, dass herumstreunende Kinder zu Schaden kommen, richtig?«

»Aufmachen!«, befahl Jais.

Sichtlich genervt zog Jonna einen alten Schlüssel aus der Hosentasche und sperrte betont langsam auf.

Der Raum dahinter war klein, mit Regalen, einem trogartig tiefen Waschbecken und einem Abfluss ausgestattet. Auch hier war der Boden an einigen Stellen dunkel und von Staub befreit.

Svane schien Frias zweifelnden Blick bemerkt zu haben. »Die Kanne mit der Jauche war zu voll. Hab die Sauerei erst bemerkt, als ich schon in der Waschküche war.«

Fria sah sich hektisch um. Bis auf die in den Boden gezogene Nässe – nichts! Kein Hinweis auf Troels und Ida. Und auch nicht der Hauch eines Jauchedüftchens. Die Pforte nach draußen war geschlossen. Fenster gab es keine. Selbst die Tür zur Halle war verriegelt gewesen. Da der Boden noch nicht abgetrocknet war, konnte die Säuberungsaktion noch nicht lange her sein. Es müsste bestialisch stinken. *Svane lügt wie gedruckt!* »Was hast du mit ihr gemacht? Wo ist der Rest der Jauche?«

»Hab ich im Garten verteilt. Wie man das halt so macht mit Dünger.«

»Wo? Zeig's mir!« Fria nickte in Richtung Außentür. »Kannst du die bitte öffnen?«

»Dahinter ist nur Unkraut.«

»Mach schon«, wies Jais sie an.

Svane schnaubte, tat aber, wie ihr geheißen.

»Also, wo hast du die Jauche ausgebracht?« Fria trat nach draußen. Unkraut gab es in der Tat eine Menge, nur nichts, das sich zu düngen lohnte.

»Na, überall ein bisschen. Verbessert den Boden. Demnächst grabe ich hier alles um und baue Gemüse an. Alles Bio!«

Fria ging in die Hocke. Keine Gießspur, kein beißender Geruch.

»Das kannst du vergessen, Kindchen! Das versickert sofort.« Während Jais und sein Kollege sich weiter umsahen, steuerte Ohlsen auf die Remise zu. Er blieb vor dem umbauten Teil stehen und rüttelte an der Holztür. »Was ist hier drin?«

»Rasenmäher, Gartengeräte und so 'n Zeug.« Jonna drehte sich weg. »Ah, ich glaube, Nielas ist zurück.« Sie schickte sich an, zur Scheune zurückzukehren. »Am besten, ihr löchert den noch ein bisschen. Ich denke, ich war kooperativ genug.«

Ohlsen hob ratlos die Arme, um zu signalisieren, dass er nicht verstanden hatte, was die Hofbesitzerin gesagt hatte.

Fria stellte sich ihr in den Weg. »Aufmachen!«

»Muss ich mir hier Anweisungen von einer Museumstante geben lassen?« Jonna baute sich drohend vor Fria auf.

»Ich kann die Aufforderung gern noch mal wiederholen«, eilte Jais Fria zur Hilfe. »Mach schon, Jonna!«

»Ich mach gar nichts mehr. Komm mit einem Durchsuchungsbeschluss wieder! Und jetzt runter von meinem Hof!«

»Den haben wir schneller, als dir lieb ist.«

»Meinetwegen.« Ihre Arme machten eine wegwerfende Geste.

Jais winkte Ohlsen, er möge ihnen folgen. Dann zogen er und sein Kollege sich langsam in den Stall zurück.

Fria näherte sich dem Schuppen, atmete tief ein und legte ein Ohr an die Bretterwand. Stille. Wenn die beiden da drin waren, müsste man sie dann nicht hören? *Nur, wenn sie leben.*

Fria schluckte ihre Angst herunter. Warum sollten Jonna und Nielas zu Polizistenmördern werden?

Widerstrebend machte auch sie sich auf den Weg zurück in die Scheune.

Durch die Halle hindurch konnte sie Nielas auf sich zukommen sehen.

Wäre nur dieses beklemmende Gefühl nicht gewesen.

Sie hatte schon einmal eine Chance verstreichen lassen. Später, in all den Nächten, die ihr den immer gleichen Traum beschert hatten, hatte sie sich richtig entschieden. Jede Nacht wieder. Aber eben nur im Traum. In der Realität ließ sich die Zeit nicht zurückdrehen.

Wie betäubt schritt sie durch die Halle. Vorbei an Eimern, Kanistern, Leitern, Schlauchwagen und Werkzeug. Einer Säge, einem Farbquirl, einem Meißel, einer Brechstange …

Brechstange!

Während Fria wahrnahm, wie die anderen Nielas erreichten, sah sie sich selbst nach der Brechstange greifen, umdrehen und zur Remise zurücklaufen.

»He!« Der erboste Schrei kam von Jonna.

Fria ließ sich nicht beirren, setzte das Eisen knapp unter der Schließe an und drückte mit aller Kraft. Beim dritten Mal gab das Schloss nach. Die Tür sprang auf.

*

Es war, als tropfte irgendwo Wasser. Leise und gleichmäßig. Marten blinzelte. Während er sich fragte, welches der Bilder in seinem Kopf der Realität entsprach und welches in den gerade verblassenden Traum gehörte, setzte das Plätschern aus. Seine tastende Hand fühlte Vertrautes. Seine Augen erkannten die schemenhaften Umrisse seines Schlafzimmers. Das seltsame Geräusch begann von Neuem. Das war kein Wasser. Immer wacher werdend erkannte Marten das Schlecken des Hundes. »Ach, Bølle!« Marten seufzte. »Wenigstens du bist noch da.«

Angesprochen unterbrach der Mischlingsrüde die Fellpflege und stupste ihn mit feuchter Nase an.

Langsam kam die Erinnerung zurück. Poul, der plötzlich so anders gewesen war und ihn letztendlich ohne Erklärung stehen gelassen hatte.

Marten setzte sich auf und lauschte nach Geräuschen, die verrieten, ob Fria und Ohlsen noch in der Wohnung waren. Anscheinend nicht.

Von Bølle gefolgt schlich er durch die dunkle Wohnung und vergewisserte sich. Wieso mussten ihn ständig alle verlassen?

Mit einem Glas Rotwein bewaffnet ging er zurück in sein Schlafzimmer, ließ sich auf die Bettkante sinken und starrte auf den riesigen Schrank, dessen geöffnete Flügeltüren dunkel zurückstarrten.

»Du willst wissen, was los ist? Dann beweg deinen Arsch und find es raus!« Vielleicht brauchte Poul seine Unterstützung – seine Hilfe?

Marten knipste das Licht an, stand unentschlossen vor Hosen, Blusen, Shirts und Pullovern. Was war das richtige Outfit, um Poul zurückzugewinnen? Musste er das überhaupt? Poul hatte gemeint, es läge nicht an ihm. Mit ihnen wäre alles in Ordnung. Das sagte sich schnell, auch wenn dem nicht so war. Andererseits, wenn es wirklich nicht um ihre Beziehung ging, sondern um seinen Job, um die Familie, von der Marten so gut wie nichts wusste?

Er entschied sich für eine kobaltblaue Schlaghose, einen eng anliegenden moosgrünen Pullover mit V-Ausschnitt und den dünnen Trench mit hohem Kragen. Dazu Turnschuhe. Ein Hauch von Parfum, dann konnte es losgehen. Die Adresse hatte er. Es wäre das erste Mal, dass er in Pouls Wohnung wäre.

Unschlüssig stand Marten im Flur. Bølle saß erwartungsvoll vor ihm. »Es kann nicht schaden, wenn Fria weiß, wo ich bin, oder?«

Er lief ins Atelier, zog einen Streifen Papier hervor und schrieb seiner Mitbewohnerin eine Nachricht. Die legte er auf den Küchentisch. Dann nahm er sein Handy und rief ein Taxi.

*

Sie würde dieses Gefühl nie vergessen. Den Stress, die Hektik, die in ihr tobten. Angst und Hoffnung, die ihren Körper gleichermaßen für sich beanspruchten. Und dann das erste Bild, das ihre Netzhaut traf. Der Moment – scheinbar eingefroren. Fria hatte das Gefühl, minutenlang in der offenen Tür gestanden zu haben, dabei war sie direkt in den kleinen Verschlag gestürmt. Zu Ida, die mit geschlossenen Augen an Troels gelehnt dalag. Zu ihrem Bruder, der mehr liegend als sitzend versucht hatte, seine Kollegin mit seinem Körper zu stützen. Seine Augen, die Fria über den Knebel hinweg anflehten. Die tumultartigen Geräusche von draußen schienen weit entfernt. Fria erinnerte sich später nicht, ob sie überhaupt etwas gedacht hatte. Sie befreite ihren Bruder von seinen Fesseln und dem brutal eng geschnürten Knebel. Und während Troels sich um Ida kümmerte, rief Fria den Rettungswagen. Erst jetzt bemerkte sie Ohlsen. Er war da, half Troels dabei, Ida ins Freie zu tragen. Seltsamerweise fielen keine Worte. Die brauchte es nicht. Wichtig war, dass sie alle heil hier herauskamen. Und da war auch Jais. Der jüngste ihrer Brüder war kurz davor loszuheulen. So wie früher und doch ganz anders, denn nur Fria konnte sehen, wie er um Fassung rang. Sie kannte ihn so gut.

Vor dem Verschlag lag Jonna auf dem Bauch, die Hände hinter dem Rücken mit Handschellen fixiert. Ihr Gesicht war rot vor Anstrengung. Sie schrie irgendwas. Ihr erboster Mund spie Worte. Aber es war, als hätte jemand den Ton abgestellt. Weiter hinten rannte Nielas davon. Jais' Kollege hatte ihn fast eingeholt.

Wie in Zeitlupe drehte Fria sich um und betrachtete Troels und Ohlsen, die sich noch immer um Ida bemühten. War ihr Bruder wirklich in Ordnung? Ihre Augen tasteten seinen Körper ab, beobachteten, wie er sich bewegte. Keine Verletzungen, kein Blut. Ihr Blick wanderte weiter zu Ida. Mittlerweile lag sie in der stabilen Seitenlage. Eine Wunde am Kopf. Ohne Bewusstsein. Sie würde es schaffen … das musste sie einfach!

Nielas war überwältigt, Jais auf dem Weg, seinem Kollegen zu Hilfe zu eilen. Langsam kam der Ton zurück. Die zeternde Jonna, die Rechtsbelehrung für Nielas, Troels und Ohlsen, die ihre nächsten Schritte besprachen.

In Fria stieg Wut auf. Wofür? Wofür das alles? Was hatten Jonna Svane und Nielas Kvist mit Troels und Ida vorgehabt? Freiheitsberaubung und Körperverletzung gegenüber Polizisten, das gab ein saftiges Strafmaß. Das musste den beiden doch klar sein.

»Sie hat sich angeschlichen. Das war ein Reflex. Ich konnte nichts dafür. Ich wollte sie nicht verletzen«, jammerte Svane.

Fria hockte sich neben sie. »War es auch ein Reflex, zwei Polizeibeamte gefesselt und geknebelt in die Remise zu sperren? Du hättest Hilfe holen können.«

»Ich hab Panik gekriegt. Die Polizei hat unsereins doch auf dem Kieker. Die drehen alles so, wie es ihnen passt, und wir gehen in den Knast, obwohl wir nichts gemacht haben.«

»Nichts gemacht?« Frias Stimme wurde laut. »Ihr …«

»Lass gut sein, Fria.« Troels war bei ihr und legte ihr beruhigend die Hand auf die Schulter. »Wir nehmen sie mit. Wir werden unsere Antworten kriegen.«

*

JULIA

Eigentlich hätte Julia aufgeregt sein müssen. Denn der Maskierte hatte ihr eröffnet, er würde sie bald gehen lassen. Julia hatte alles richtig gemacht. Sie hatte die Tests bestanden. Hatte alle Fragen beantwortet und einen letzten Brief verfasst. Sie hatte sich die Freiheit verdient. Vor Glück wäre Julia dem Maskenmann am liebsten um den Hals gefallen. Noch immer kribbelte es leicht in ihrem Bauch, wenn sie an das bevorstehende Wiedersehen mit ihrer Familie dachte. Zum Greifen nah.

Und eigentlich hatte sie es doch gut gehabt. Sie war bekocht, ja, wenn man es genau nahm, sogar richtiggehend bedient worden. Dass der Mann sie so lange allein gelassen hatte, dafür hatte er sich entschuldigt. Mehrfach. Er meinte, er sei am Kommen gehindert worden. Im Grunde konnte er also gar nichts dafür. Das Kribbeln verblasste, bis es sich in einer tiefen Entspannung verlor. Julia war erleichtert. Sie wusste jetzt, dass es nicht ihr Verhalten gewesen war, das ihn dazu bewogen hatte, wegzubleiben. Ein wunderbares Gefühl. Sie konnte stolz auf sich sein. Zufrieden gab Julia sich ihrer inneren Ruhe hin, der angenehmen Schwere, die einen erfasste, kurz bevor der Schlaf Körper und Geist ins Land der Träume entführte.

Langsam, begleitet von einem tiefen Atemzug, schloss sie ihre Augenlider.

*

Marten konnte sich absolut nicht vorstellen, was Fria und Ohlsen daran reizte, fremde Menschen zu observieren oder in die Abgründe ihrer Leben zu blicken.

Er saß auf den Treppenstufen eines hässlichen Häuserblocks in einer Gegend von Flensburg, in der er nie zuvor gewesen war und in die er definitiv nicht passte. Die dreistöckigen Wohnblocks, viele von ihnen in einem schäbigen Grau, reihten sich aneinander, als wollten sie alles Schöne abwehren. Defekte und zugenagelte Scheiben, Graffitischmierereien, achtlos weggeworfener Müll. Gegen das hier war die Gegend, in der ihre Altbauwohnung lag, das reinste Paradies.

Die Adresse war korrekt. Glaubte er. Sicher war er sich nicht. Denn der Platz neben den Klingeln, der für die Namensschilder vorgesehen war, war leer. Die meisten Mieter hatten offenbar kein Interesse daran, von der Post als Adressaten ausfindig gemacht zu werden.

Marten hatte die Klingeln schweren Herzens durchprobiert. Einmal war der Summer gegangen, und er war ins Haus geschlüpft. Das Treppenhaus roch abscheulich. Marten war vor jede Tür getreten, hatte nach Anhaltspunkten dafür gesucht, dass sich dahinter Pouls Wohnung verstecken könnte, aber keine gefunden. Nachdem er an mehreren vergebens geklingelt und geklopft hatte – selbst die Person, die den Summer betätigt hatte, schien nicht wissen zu wollen, wem sie aufgemacht hatte –, hatte er sich frustriert wieder nach draußen getrollt.

Er beschloss, seinem Freund eine Nachricht zu senden. Die beiden grauen Häkchen zeigten, dass sie angekommen war. Blau färben und damit signalisieren, dass sie gelesen worden war, wollten sie sich aber nicht.

Da saß er also, im Dunkeln, auf einer kalten Steintreppe. Wenn Poul Nachtschicht hatte, konnte Marten lange warten. Andererseits war er sich sicher, dass sein Freund gesagt hatte, er habe das ganze Osterwochenende frei.

Marten drehte den Kopf und blickte die Hausfassade hoch. Möglich, dass seine große Liebe hinter irgendeinem dieser Fenster saß.

»Oder er ist unterwegs. Wo auch immer. Vielleicht wohnt er gar nicht hier. Mist! Was mach ich jetzt?«, murmelte er. Woher wusste Fria immer so genau, was zu tun war? Grübelnd beobachtete er die Menschen, die durch die Straßen liefen. Die meisten starrten ihn unverhohlen an.

Obwohl die Bevölkerung dieses Stadtteils ganz offensichtlich eine große kulturelle Vielfalt aufwies, fiel Marten auf wie ein bunter Hund. Da half es auch nicht, dass er Bølle mitgenommen hatte – zum Schutz. Zur seelischen Unterstützung. Und damit der arme Kerl nicht allein zu Hause bleiben musste.

Meistens bekam Marten die Blicke anderer gar nicht mit. Schließlich war er ein vollkommen normaler Mensch. Er war einer von vielen. Jetzt, hier, an dieser ungemütlichen Straßenecke, war das plötzlich anders. Hier machten sie ihm sogar ein bisschen Angst. Mit einer Hand streichelte er Bølles Kopf, mit der anderen schickte er Fria eine Nachricht.

Die Fünfergruppe schälte sich so plötzlich aus der Dunkelheit, dass er zusammenzuckte.

»Was haben wir denn da? Einen Paradiesvogel und ’nen dreibeinigen Köter. Süß!«

*

Es war spät, als sich die Wahrheit – die vorläufige Wahrheit – der Geschehnisse auf dem Fiskerhof herauskristallisierte. Ida Therkildsen war bei Bewusstsein und konnte noch im Krankenhaus eine Aussage machen. Sie hatte Jonna Svane dabei überrascht, wie sie verdächtige Päckchen in ein Versteck, ein quadratisches Loch im Boden der Waschküche, gepackt hatte. Die Polizistin vermutete, dass es sich dabei um Drogen handelte. Jonna und Nielas bestritten das. Um sich Zeit zu verschaffen, hatten sie Ida und Troels eingesperrt. Während ganz Granskov nach den beiden suchte, hatte Nielas die Drogen weggeschafft, so viel schien sicher. Er war es auch gewesen, der das Dienstfahrzeug vom Hof gefahren und ein paar Kilometer weiter abgestellt hatte. Jonna war ihm mit dem Pick-up gefolgt und hatte ihn wieder mit zurückgenommen. Die Handys der beiden Polizisten hatten sie entwendet und in der Nähe der benachbarten Siedlung in den Wald geworfen. Beides gaben sie zu. Angeblich war all dies in Panik geschehen, weil Jonna *aus Versehen* eine Polizistin verletzt hatte. Auf die Frage, was sie denn mit Troels und Ida vorgehabt hätten, antworteten sie: »Nichts! Freilassen natürlich. Wir brauchten nur ein wenig Zeit, um nachzudenken.«

Die Spurensicherung würde ihren Hof nebst Geländewagen auseinandernehmen. Sollten die Waschküche und der Pick-up jemals mit Drogen in Berührung gekommen sein, würden sie das nachweisen.

Fria war tief im Autositz versunken. »Was für eine Nacht! Ich bin so froh, dass Ida wieder gesund wird! Und dass Troels nichts passiert ist. Ich dachte wirklich, dieses Mal wäre es so weit …«

»Die Sorge fährt immer mit.« Ohlsen nickte. Die bange Frage, die sich jeder irgendwann stellte. Wie viele Einsätze verliefen noch glatt, bis der eine kam, bei dem etwas schiefging? Und wenn er kam, wie schlimm würde es werden? Gedanken, die bei der Berufswahl selten eine Rolle spielten.

Die Straßen waren wie leer gefegt. Ihre Heimat, Sønderjylland – oder Süderjütland, wie die Schleswiger sagen würden –, flog im Licht der Scheinwerfer an ihnen vorbei.

»Hast du dir den Schuppen angesehen?«

Er sah zu ihr hinüber, wirkte erschöpft. »Du meinst die Wände.«

Fria nickte. »Schallisoliert. Deshalb konnten wir Troels nicht hören. Wozu zum Geier brauchen Svane und Kvist einen schallisolierten Schuppen?«

»Ehrlich gesagt will ich gar nicht wissen, was die beiden neben dem Drogenhandel noch so treiben.«

»Der Raum, er passt nicht zu den Beschreibungen, die wir von Samantha Svoboda haben.« Sie bedachte ihn mit einem Seitenblick.

»Nein. Ich glaube auch nicht, dass die beiden was mit den Frauenmorden zu tun haben.«

»Nicht, wenn herausragende Intelligenz ein Persönlichkeitsmerkmal unseres Täters ist.« Fria lächelte müde.

»Warten wir ab, was die Spurensicherung findet.«

Nachdem er sie abgesetzt hatte, schloss Fria die Tür ihres Mehrfamilienhauses auf und scrollte durch ihre ungelesenen Nachrichten. *Drei allein von Marten.*

Das Licht im Treppenhaus flackerte leicht. Lesend stieg sie die Treppen hoch. Erst an ihrer Wohnungstür begriff sie, was Marten ihr sagen wollte. Sie zog die Tür wieder zu und eilte die Treppe hinunter zu ihrem Wagen. Würde diese Nacht denn gar kein Ende nehmen?

Sie wollte gerade einsteigen, als ein alter, aufgemotzter Audi die Straße heraufkam und mehrfach hupte. Erstaunt verfolgte Fria, wie die Türen aufflogen und ein paar bullige Männer ausstiegen. Einer von ihnen setzte Bølle auf dem Boden ab, der außer sich vor Freude auf Fria zustürmte. Marten kroch aus dem Auto und verabschiedete sich mit einer kompliziert aussehenden Choreografie aus Abklatschen, Ghettofaust und angedeuteter Umarmung. Die Männer stiegen wieder ein und brausten davon, nicht ohne noch dreimal kräftig zu hupen.

Marten strahlte übers ganze Gesicht. »Poul habe ich nicht gefunden. Aber in der Gegend, wo er wohnt, da leben gute Typen.«

*

Fria steuerte auf die Tür des Ørerup-Museums zu. Der Wind rüttelte die frühlingsgrünen Bäume und Büsche ordentlich durch. Er kam vom Meer, war kalt und böig. Frias Haare wirbelten um ihren Kopf. Bølle jagte einem getrockneten Blatt hinterher. Ein perfekter Ostermontag. Die Luft klar, der Himmel blau. Die Sonne tauchte die Landschaft in ein freundliches Licht. Links von ihr erstreckte sich ein großer Buchenwald. Daran angrenzend warteten die landwirtschaftlichen Flächen darauf, dass sich der Frühling endlich dauerhaft durchsetzte und Wärme und Licht brachte. Das Meer konnte man nicht sehen, auch dann nicht, wenn man aus dem obersten Stockwerk des Museums schaute. Und doch war es nur ein paar Kilometer entfernt und prägte diese wunderschöne Landschaft. In Dänemark war es nie weit bis zur Nord- oder Ostsee.

Frias Gedanken wanderten zu den Bildern der vergangenen Nacht. Lächelnd schüttelte sie den Kopf. Marten erstaunte sie immer wieder. Einerseits war er unbedarft wie ein Kind. Setzte sich als nichtbinäre Person einfach nachts in einen Stadtteil, der als sozialer Brennpunkt bekannt war. Andererseits gaben ihm die Erlebnisse doch recht! Ein Trupp arabisch anmutender Männer hatte sich seiner angenommen, ihn außerordentlich freundlich behandelt und ihn sogar nach Hause gefahren. Marten hatte gemeint, die Gespräche wären ungemein interessant gewesen. Und immerhin wisse er jetzt, dass er vor dem richtigen Haus gesessen und an der passenden Wohnung geklingelt habe. Der Name Poul-Aage Justesen sei den Männern zwar kein Begriff gewesen, der Beschreibung nach kannten sie ihn aber. »Sie nennen ihn *den Wikinger*! Und stell dir vor, Fria, sie haben mich eingeladen. Ich denke, ich werde die Einladung annehmen.« Marten wirkte stolz.

War das nun naiv oder bewundernswert?

Fria schloss die Tür zum Bürotrakt auf. Gleichzeitig kontrollierte sie ihr Handy. Immer noch keine Antwort von Troels! Sie tippte seine Nummer an und wartete, bis die Verbindung stand.

»Fria, *hej*!«

»*Hej!* Wie geht's dir?«

»Das nächste Mal nehme ich mir Ostern frei.« Sie hörte ihn lachen. »*Nej*, alles gut.«

»Was ist mit Ida?«

»Bleibt noch ein paar Tage im Krankenhaus. Die Kopfwunde musste genäht werden. Dazu eine Gehirnerschütterung … Aber das wird.«

»Was ist mit Kvist und Svane? Könnt ihr ihnen was nachweisen?«

»Wir haben Spuren von Kokain gefunden. In ihrem Geländewagen. Leider ist die Karre so alt, dass sie über kein Navi verfügt. Sonst wüssten wir jetzt, wo Nielas es hingebracht hat. Da Ida sich sicher ist, dass sie die verdächtigen Päckchen gesehen hat, wird das Ganze wohl auf eine Anklage wegen Drogenhandels hinauslaufen.«

»Und Körperverletzung und Freiheitsberaubung, Widerstand gegen die Staatsgewalt …« Fria schritt den Flur entlang. »Was ist mit den Frauenmorden? Denkst du …?«

»Eher nicht. Aber man weiß ja nie. Die Spusi untersucht den Hof auf Spuren von Samantha Svoboda. Außerdem will Ohlsen ihr Fotos zeigen, vom Schuppeninnern, von Kvist und Svane. Vielleicht erkennt sie ja doch was wieder.«

»Dann ruh dich heute ein wenig aus. Grüß Kaja und die Kinder! *Hej!*«

»Hej, hej!«

Da war das Team aus Granskov wohl ganz zufällig im Zuge einer anderen Ermittlung in ein Drogenversteck gestolpert. Verrückte Welt!

Fria bog in die kleine Küche ein, bestückte die Kaffeemaschine und drückte auf *On*. Da hörte sie jemanden lachen. Stirnrunzelnd ging sie weiter, erst an Albertes Raum vorbei, dann an Villads' Arbeitszimmer. Tatsächlich! Irgendjemand war in ihrem Büro. Erstaunt blieb sie im Türrahmen stehen.

»Alberte?«

Ihre Kollegin schreckte hoch und sah sie bestürzt an. »Fria, wir, ich …«

»Dr. Klein? Was machen *Sie* denn hier?« Fria ging um ihren Schreibtisch herum, an dem der Metallurg saß, und warf einen Blick auf ihren Monitor. Darauf waren die Fotos der beiden Grabstätten zu sehen – die Gruben, in denen Lea Schmitz und Celine Schwarz gelegen hatten.

»Frau Svensson! Entschuldigen Sie bitte, das ist allein meine Schuld. Ich habe so lange gequengelt, bis Alberte, äh, Frau Lind, mir Zugriff gewährt hat. Sehr spannend! Wie fühlt sich das an, wenn man als Geschichtswissenschaftlerin helfen kann, Mörder dingfest zu machen? Sie müssen mir unbedingt von Ihrer Arbeit als Beraterin der Polizei erzählen.«

Fria stand wie vom Donner gerührt da und starrte auf seinen

breit lachenden Mund. Ihr Blick wanderte zu Alberte. »Das sind höchst sensible Inhalte, die nicht für Ihre Augen bestimmt sind. Alberte, bist du eigentlich wahnsinnig, polizeiinterne Informationen von einem laufenden Fall herumzuzeigen?«

Bis eben noch hatte ihre Kollegin so ausgesehen, als wollte sie im Erdboden versinken, nun aber hob sie pikiert den Kopf. »Wenn das hier alles *so* geheim ist, dann erklär mir doch mal, was das Zeug auf dem Museumsrechner zu suchen hat!«

»Meine Damen, bitte!« Der Metallurg stand auf und hob beschwichtigend die Arme. »Frau Svensson, ich entschuldige mich in aller Form bei Ihnen. Ich war einfach zu neugierig. Ich interessiere mich sehr für solche Dinge, wissen Sie? Ich weiß, wir hätten Sie vorher fragen müssen. Ich verspreche Ihnen, ich schweige wie ein Grab.«

*

In der Polizeistation im deutschen Norgaard roch es nach frischem Kaffee und warmem Gebäck. Der Chef musste seine Mannschaft bei Laune halten.

»Die Hintergrundrecherche zur Kindheit und Jugend von Laurenz Koch hat leider nichts ergeben. Alles absolut unauffällig«, berichtete Sinje und gähnte verhalten. »Entschuldigung. Ein typischer Einzelgänger. Kein Mitglied in einer festen Clique oder einem Verein. Er …«

»Ihr glaubt nicht, was die IT auf Kochs Rechner gefunden hat!« Palle stürmte auf Sinje und Ohlsen zu und wedelte aufgeregt mit einem DIN-A4-Blatt. Während die beiden das Papier studierten, führte Palle weiter aus. »Das ist eine Halteranfrage. Gestellt von Laurenz Koch bei der örtlichen KFZ-Zulassungsstelle. Einen Tag, bevor er ermordet wurde.«

»Der Fahrer eines Wagens mit Flensburger Kennzeichen ist durch eine große Pfütze gefahren und hat Kochs Mantel ruiniert.

Und?«, fragte Sinje. »So knapp, wie Koch bei Kasse war, wollte er bestimmt ein bisschen Geld rausschlagen.«

»Das dachten die Kollegen auch, deshalb haben sie die Mail erst einmal hintenangestellt.« Palle zog vielsagend die Augenbrauen hoch. »Aber jetzt kommt's! Guckt mal, um wen es sich bei dem rüpelhaften Autofahrer handelt – und wo er wohnt!«

SIEBZEHN

Immer noch fassungslos saß Fria vor ihrem Rechner und starrte auf den Monitor. Nicht nur, dass Alberte und der Metallurg *Wolfi*, Dr. Wolfgang Klein, sich privat kannten und die Ostertage zusammen verbrachten. Nein, sie nutzten den Ostermontag dazu, sich Zugang zu Frias Computer zu verschaffen, zu ihren privaten Dokumenten, um ihre Neugier zu befriedigen! Sollte Klein nicht eigentlich in Berlin sein? Und seit wann verbrachte Alberte mit ihm ihre Freizeit? Waren sie sich bei der Probenentnahme nähergekommen, oder war da schon vorher was gelaufen? Das ging Fria eigentlich nichts an. Aber dass Alberte fallrelevante Polizeiinformationen weitergab, das schon!

Fria konnte genau nachvollziehen, welche Dateien die beiden geöffnet hatten. Ausnahmslos die, bei denen es um die Wikingermorde ging. Angeblich, weil *Wolfi* die Fälle in der Presse verfolgt hatte. Als es hieß, in Sønderborg sei eine Frauenleiche gefunden worden, habe er sich an Frias Rekonstruktion des Glasgefäßes erinnert und eins und eins zusammengezählt. Und Alberte hatte ihn nur zu gern mit Insiderwissen beeindruckt – so wie sie ihn angesehen hatte!

Ob Fria Troels Bescheid geben musste? Stig hatte ihr den Stick mit den Fotos der Spurensicherung ohne seine Zustimmung gegeben.

»Das gibt Ärger …«

Andererseits, Klein war nicht involviert. Journalist war er auch nicht. Und Fria hatte ihm sehr deutlich zu verstehen gegeben, was passieren würde, wenn er irgendetwas davon weitertragen würde. Und was hatte er schon gesehen? Ein paar leere, halb eingestürzte Gruben. Gut, sie wusste nicht, was Alberte ihm noch alles erzählt hatte. Über die Gegenstände, die sie in den Gräbern gefunden hatten. Aber auch Alberte kannte nur einen Bruchteil der Fakten, viel hatte Fria im Museum nicht erzählt.

Ihre Kollegin und der Metallurg! Ein seltsames Paar. Sie groß, mit kräftigem Knochenbau, das lange braune Haar zum Dutt gedreht, in ihren altmodisch wirkenden knielangen Röcken, und daneben dieses kleine, zierliche Männlein.

Fria seufzte. »Warum nicht?« Wahrscheinlich war *Wolfi* genau der Seelenmensch, nach dem Alberte sich die ganze Zeit gesehnt hatte.

*

Ohlsen saß neben Sinje und hielt sich das Handy ans Ohr. Sie fädelte sich in den Verkehr ein. Der war längst nicht so dicht wie sonst. Ostermontag eben.

»Doktor Wagner? Ja, Hauptkommissar Ohlsen, entschuldigen Sie die Störung an diesem hochheiligen Feiertag.«

»Kein Problem. Was gibt es Dringendes?«

»Es haben sich neue Erkenntnisse ergeben. Und Fragen, die Sie uns hoffentlich beantworten können. Dürfen wir zu Ihnen kommen?«

»Geht das nicht am Telefon?«

»Nicht wirklich, ich würde Ihnen gern etwas zeigen. Sind Sie zu Hause?«

»Nein, in meinem Flensburger Büro.« Er nannte ihnen die Adresse.

Ohlsen beendete das Gespräch und funkte Oltmann an. »Der Skandinavistik-Experte Dr. Stefan Wagner ist nicht zu Hause, nicht an der Adresse, die Laurenz Koch von der Zulassungsstelle bekommen hat. Nimm Palle und fahr zu Wagners Haus im Twedterholz. Seht euch im Außenbereich unauffällig um. Wir treffen ihn gleich in seinem Stadtbüro.« Ohlsen legte das Handy beiseite.

Sinje gab die neue Adresse ins Navi ein und wendete den Wagen. »Chef, der Wissenschaftler, den *wir* hinzugezogen haben, soll der Frauenmörder sein? Dein Ernst? Findest du das nicht ein bisschen abwegig? Der Typ ist nicht aktenkundig und seine Vita absolut unauffällig.«

»Abwegiger, als dass dieser Historiker ausgerechnet den Mantel *des* Mannes versaut hat, der Kontakt zu Samantha Svoboda hatte? Des Mannes, dessen Handy im Twedterholz eingeloggt war, ganz in der Nähe von Wagners Haus, in der Zeit, in der er ermordet wurde? *Der* Tote, von dem wir glauben, dass er zu jeder Zeit wusste, wo seine angebetete Samantha zu finden war? Nein.«

»Wie willst du vorgehen?«

»Wir werden Wagner fragen, wo er sich im Zeitraum der Entführungen von Lea Schmitz und Celine Schwarz aufgehalten hat. Diese Privatgelehrten reisen bestimmt viel. Je nachdem, welches Museum, welcher Heimatverein ihre Expertise benötigt. Außerdem zeigen wir ihm das Foto von Laurenz Koch.«

»Einen Durchsuchungsbefehl für Wagners Haus und Büro werden wir bei der dürftigen Indizienlage nicht bekommen«, wandte Sinje ein. »Nur weil Koch eine Halteranfrage gestellt hat und sein Handy darauf schließen lässt, dass er sich zum Zeitpunkt seines Todes im Twedterholz aufgehalten hat, wo irgendwo auch Wagners Haus steht … Das Einzugsgebiet des Funkmasts ist riesig. Koch könnte überall gewesen sein.«

Ohlsen brummte etwas, das wie »Weiß ich« klang, fügte dann aber hinzu: »Denk an die Einschätzung der Kriminalpsychologin! Männlich, alleinstehend, hohe Intelligenz! Laut Überprüfung ist Wagner ledig, hat keine Kinder. Er selbst hat mir erzählt, dass er allein lebt. Eine gewisse Intelligenz dürfen wir ihm zuschreiben, denke ich. Laurenz Koch hatte das Kennzeichen *seines* Wagens. Der Junge hielt sich im Einzugsbereich von Wagners Haus auf, als er starb. Und wir glauben, dass Koch gesehen hat, wer Samantha entführt hat. Klingt für mich ziemlich schlüssig. Sinje, mit unserer Anfrage bei einem fachlichen Berater haben wir uns, ohne es zu ahnen, den Wolf im Schafspelz mit ins Boot geholt!«

*

NETTIE

Sie hatte die beiden Männer längst bemerkt.

Nettie verbarg das halbe Gesicht hinter der Wand, mit der anderen Hälfte stand sie vor der Fensterscheibe und tat, als zählte sie. Belle und sie spielten Verstecken. Da die Kleine noch nicht zählen konnte, musste immer Nettie suchen. Aber das machte nichts. Sie war einfach nur glücklich, dass es ihrem Mädchen wieder besser ging. Der Husten war noch ganz schön schlimm, Belle kam schnell aus der Puste, aber verstecken ging super. Und Bilderbücher gucken. Und Bauklötze stapeln. Oft fielen der Kleinen mittendrin die Augen zu. Dann schlief sie lange, und Nettie langweilte sich. Aber sie riss sich zusammen. Sie wollte alles dafür tun, dass Belle wieder gesund wurde. Und der Doktor hatte ihr ganz genaue Anweisungen gegeben, was sie machen musste. Belle brauchte viel Schlaf. Viel gesundes Essen und genug zu trinken.

»Siebzehn, neunzehn, dreiunddreißig, fünfundvierzig …« Nettie beobachtete, wie die beiden Männer durch das schmiedeeiserne Gitter blickten. Dann trennten sie sich. Der eine ging nach rechts, dem konnte sie mit den Augen bis zur großen Tanne folgen. Der andere, der nach links ging, war sofort verschwunden. Warum waren es eigentlich immer Männer, die Interesse an diesem Haus hatten? Frauen wären Nettie lieber gewesen.

Sie fühlte, wie jemand an ihrer Hose zog.

Belle blickte zu ihr auf, verzog ihr niedliches Puppengesicht und quengelte lautlos.

Nettie zog das Mädchen hoch, nahm es auf den Arm. »Ja, du hast recht. Tut mir leid, ich hab mich verzählt.«

Belle rieb sich mehrfach die Augen.

Nettie wusste mittlerweile, dass es das sichere Zeichen dafür war, dass das Mädchen müde war. »Komm, ich bringe dich ins Bett. Wenn du ausgeschlafen hast, spielen wir weiter, ja?«

Nettie beeilte sich. Sie musste unbedingt wissen, was die beiden Männer wollten. Ob sie den Einbrecher suchten? Sie hoffte nicht. Mit zweien würde sie nicht fertigwerden.

*

Sinje parkte gegenüber dem alten Universitätsgebäude aus Sandstein. An seinem Eingang prangten diverse goldfarbene Tafeln mit den wohlklingenden Bezeichnungen der Fakultäten, die in dem stattlichen Bau untergebracht waren. Wagner hatte ihnen den Weg zu einem Nebeneingang beschrieben. Dort klingelten sie wie geheißen und warteten.

»Wir müssen mit Fria sprechen«, murmelte Ohlsen, als rede er zu sich selbst.

»Weshalb?«

»Weil sie vor Kurzem ein längeres Gespräch mit Wagner hatte.«

Es summte, die Tür sprang auf. Eine Stimme rief, sie sollten hoch in den zweiten Stock kommen.

Der Mann, der sie empfing, trug einen schlichten grauen Anzug und ein weißes Hemd. »Hauptkommissar Ohlsen, kommen Sie herein.« Er nickte Sinje zu, machte eine einladende Bewegung und ging voran. Er führte sie durch einen schlichten Flur bis in ein vollgestopftes Büro. Alte Holzaktenschränke, deren Türen sich unter der Last der Bücher, Ordner und Papiere nicht mehr schließen ließen. Auf zwei Tischen stapelte sich Fachliteratur. Irgendwo schimmerte das Licht eines Monitors. Wagner nahm ein paar Bücher von einem Stuhl, packte sie oben auf einen anderen Stapel und bot den Beamten an, sich zu setzen.

Ohlsen sah Sinje an.

Die schüttelte den Kopf.

Der Privatgelehrte verschwand hinter seinem Schreibtisch. »Was kann ich denn nun für Sie tun?«

Die Ermittler stellten sich so, dass sie Blickkontakt mit dem Verdächtigen aufnehmen konnten.

Ohlsen zog ein Foto aus der Innentasche seiner Jacke und legte es auf die vor Wagner ausgebreiteten Papiere. »Kennen Sie diesen jungen Mann?«

Der Skandinavistik-Experte nahm das Bild auf und studierte es gründlich.

»Nein. Also, ich weiß natürlich nicht, ob er in einer Veranstaltung oder einem Seminar von mir war, das könnte sein, ich habe kein gutes Gedächtnis für Gesichter. Vielleicht hat er als Studierender an einer meiner Gastvorlesungen teilgenommen. Aber bewusst wahrgenommen habe ich ihn nicht. Das Gesicht sagt mir nichts. Wer ist das?«

»Sagt Ihnen der Name Laurenz Koch etwas?«

Wieder schien der Gelehrte ernsthaft nachzudenken, bevor er antwortete. »Nein, tut mir leid.«

»Sie wurden also nie von jemandem seines Namens beschuldigt, seinen Mantel ruiniert zu haben, indem Sie rücksichtslos durch eine Pfütze gefahren sind?«

»Bitte? Was für eine Pfütze?«

Ohlsen schob Wagner die E-Mail der Kraftfahrzeugzulassungsstelle hin. »Koch hat Sie ausfindig gemacht. Über Ihr Kennzeichen. Warum?«

Stirnrunzelnd las der Geschichtswissenschaftler die Zeilen der Mail. »Mich ausfindig gemacht? Ich verstehe nicht. Was ist denn mit diesem jungen Mann? Ich dachte, Sie hätten Fragen zu Ihrem Fall, zu den Frauenleichen und den Repliken?«

»Der junge Mann ist tot. Gestorben, als er Sie in Ihrem Haus im Twedterholz aufgesucht hat.« Ohlsen wusste, er lehnte sich weit aus dem Fenster. Vielleicht brachte er Wagner ja dazu, einzuknicken.

»Wie bitte? Sie müssen sich irren! Dieses Gesicht sagt mir nichts, und ich hatte auch keinen Besuch. Das wüsste ich doch! Wann soll das gewesen sein?«

»Vergangenen Mittwoch.«

»Definitiv nicht! Wie kommen Sie überhaupt darauf, dass der Junge bei mir gewesen sein könnte?«

»Das verraten uns seine Handydaten. Heutzutage lassen sich Bewegungsprofile erstellen, die ziemlich genau nachweisen, wer wann wo gewesen ist.«

»Aha …« Wagner wirkte sichtlich verwirrt. »Und was heißt das jetzt?«

»Wir würden uns gern in Ihrem Haus umschauen.«

»In meinem Haus umschauen …« Immer noch schien der Gelehrte nicht zu begreifen, worum es eigentlich ging. Ohlsen beschlich ein seltsames Gefühl. Entweder der Mann war ein verdammt guter Schauspieler, oder hier stimmte was nicht.

Wagner kratzte sich am Kopf. »Ja dann. Jetzt? Also wollen Sie jetzt in mein Haus?« Er lief unschlüssig um seinen Schreibtisch herum, als suchte er etwas. Dann blieb er plötzlich stehen. »Was glauben Sie denn in meinem Haus zu finden?«

»Spuren von Laurenz Koch.«

»Dem toten jungen Mann?« Wagner nahm seine Aktentasche, kramte darin, fand anscheinend, wonach er gesucht hatte, und ging voraus. »Sie werden keine finden. Weil er ja nie bei mir war. Warten Sie …« Wieder stoppte er abrupt, sodass Ohlsen, der ihm gefolgt war, beinahe in ihn hineingelaufen wäre. »Sie glauben aber nicht, dass ich irgendetwas mit dem Tod dieses Jungen zu tun habe, oder?« Wagner schüttelte entgeistert den Kopf. »Nein, das glauben Sie nicht!«

»Sagen Sie, wo waren Sie am neunzehnten Juni zweitausendzwanzig?«

Vollkommen verdutzt sah Wagner ihn an. »Zweitausendundzwanzig? Woher soll ich das jetzt noch wissen? Und warum fragen Sie?«

»Bitte beantworten Sie einfach unsere Frage, Herr Doktor Wagner!«

»Es tut mir wirklich leid, aber ich bewahre meine Terminkalender nicht jahrelang auf. Und mein Gehirn ist auch kein Computer.« Leicht ungehalten hielt er auf den Aktenschrank zu und zog nach kurzer Suche einen Ordner heraus.

Ohlsen las *Steuer* und die Zahl *zweitausendzwanzig* auf dem Rücken.

»Wenn Sie Glück haben, war ich da auf Dienstreise. Dann müssten sich die Belege über Hotelkosten und Spesen hier finden lassen.« Er blätterte. Nach einer Weile schien er das Richtige gefunden zu haben. Er hielt Ohlsen den Ordner hin. »Hier, ich war in Frankfurt. Vom achtzehnten bis zum zwanzigsten. Bei einem *Colloquium Prähistoricum*. Ich selbst habe referiert.«

»Wir hätten gern den Ansprechpartner des Colloquiums und die Buchungsbestätigung des Hotels.«

»Ich verstehe immer noch nicht. Wozu?«

»Wir würden gern etwas ausschließen.«

»Darf ich wenigstens erfahren, was?«

»Wie sieht es mit dem Oktober einundzwanzig aus? Sinje …« Ohlsen sah Hilfe suchend zu seiner Kollegin hinüber, die ihnen das genaue Datum nannte.

Wagner legte den ersten Ordner ab und griff zu einem zweiten, der mit der Zahl *zweitausendeinundzwanzig* beschriftet war. »Es wäre äußerst freundlich, wenn Sie mir sagen könnten, worauf das hier hinauslaufen soll!« Nach kurzem Blättern schob er Ohlsen den Ordner hin. »Zu der Zeit war ich für zwei Tage in Wolfsburg. Ein Auftrag des dortigen Kulturamtes. Also, was unterstellen Sie mir?«

»Sie sind mit Ihrem Wagen gefahren? Dem Kraftfahrzeug mit dem amtlichen Kennzeichen …?« Ohlsen las die Buchstaben-Zahlen-Kombination aus der Mail ab.

»Nein. Ich pflege im Allgemeinen die Bahn zu nehmen. Warum?«

»Vielen Dank. Wir werden das überprüfen. Sollten Ihre Angaben korrekt sein, werden wir Sie nicht weiter behelligen. Können wir jetzt bitte zu Ihnen nach Hause fahren?«

Wagner zögerte.

Sinje warf Ohlsen einen entschuldigenden Blick zu. »Sie müssen uns natürlich nicht in Ihr Haus lassen. Es handelt sich hierbei um eine freiwillige Maßnahme. Aber Sie würden uns damit sehr helfen.«

»Herr Doktor Wagner?« Ohlsen studierte die Mimik seines Gegenübers.

Der Mann mit der hohen Stirn und der randlosen Brille starrte auf seine Hände.

Der Kommissar wollte seine Bitte gerade wiederholen, als Wagner tief durchatmete und zu ihm aufblickte. »Ich muss Ihnen ein Geständnis machen!«

*

NETTIE

Belle lag im Kinderbett. Sie war direkt eingeschlafen.

Nettie überlegte fieberhaft. Die beiden Männer, wo waren sie? Und warum hatten sie nicht geklingelt? Warum schlichen sie ums Haus herum? Ihr Auto stand noch immer unten, vor dem Gittertor.

Nettie erinnerte sich an den Einbrecher. An das hässliche Geräusch, mit dem die schwere Stange auf seinen Kopf geknallt war. Das Blut. Das alles wollte Nettie nicht noch einmal erleben. Aber was sollte sie tun, wenn die Männer es zu Belle und ihr ins Haus schafften? Aufgeregt ging sie ihre Optionen durch. Was hatte sie gelernt? Dass kein Überraschungsangriff ohne Probleme blieb. Menschen zu beseitigen musste lange und gründlich geplant werden, wollte man Erfolg haben. Sie brauchte eine Zwischenlösung. Sie musste die beiden daran hindern, sich frei zu bewegen. Sie musste sie in eine Falle locken und einsperren. So lange, bis sie wusste, wie es weitergehen sollte. Oder bis der Doktor wieder da war. Der wäre nicht begeistert, aber kümmern müsste er sich. Den Einbrecher hatte er ja auch weggeschafft. Nettie schlich von Fenster zu Fenster und beobachtete die Umgebung. Jetzt musste sie die beiden erst einmal finden.

*

Das Licht flutete sein Schlafzimmer, drang bis nach hinten ins Atelier. Zum wiederholten Mal ging Marten die Reaktion durch, mit der er Poul empfangen wollte. Und zum wiederholten Mal schmiss er alles über den Haufen. Erst hatte er gemeint, Gleichgültigkeit wäre angemessen. Sollte Poul ruhig glauben, Marten wäre egal, weshalb er plötzlich allen die kalte Schulter zeigte und abhaute. Dann schienen ihm Verständnis und Einfühlungsvermögen das Richtige. Vielleicht hatte Poul ein Problem, das ihn schwer belastete? Mit der Zeit würde er sich ihm sicher offenbaren, und Marten konnte helfen.

Minuten später übermannte ihn die Wut. Musste er so mit sich umspringen lassen? Poul konnte sich wenigstens entschuldigen. Erst sprengte er einen wunderbaren Nachmittag unter Freunden, und dann verschwand er, ohne sich zu erklären. Um das wiedergutzumachen, würde er sich einiges einfallen lassen müssen.

Als die Klingel der Altbauwohnung endlich läutete, hatte Marten fünfmal das Outfit gewechselt und wusste gar nicht mehr, wie er sich Poul gegenüber geben sollte. Er hoffte einfach nur, ihn nicht verloren zu haben.

Ungeduldig wartete er auf dem Treppenabsatz.

Und dann kam seine Muse die Stufen hoch, in Form eines Blumenstraußes auf zwei Beinen. Sein strahlendes Lachen war erst zu sehen, als er das Meer aus Blüten zur Seite kippte. »Es tut mir leid. Gibst du mir noch eine Chance?«

*

»Ich weiß, ich hätte längst etwas unternehmen müssen.« Wagner kratzte sich nervös die Schläfe. »Eigentlich hätte ich das Angebot gar nicht erst machen dürfen. Aber dann waren sie da und ich konnte sie schlecht wieder zurückschicken.« Der Skandinavistik-Experte begann vor Sinje und Ohlsen auf und ab zu laufen.

Die Ermittlerin sandte ihrem Chef einen ratlosen Blick.

»Natürlich hätte ich die zuständigen Behörden einschalten müssen. Spätestens, als ich …« Wagner schloss die Augen und seufzte. »Man wartet immer zu lange, oder?«

»Herr Doktor Wagner, weshalb hätten Sie die Behörden einschalten müssen? Um wen geht es hier?«

Der Angesprochene rieb sich die Stirn. »Ich sagte Ihnen doch, ich würde allein leben, erinnern Sie sich?«

Ohlsen nickte.

»Nun, das stimmt auch – irgendwie. Und irgendwie auch nicht. Meine Haushälterin und ihre Tochter leben mit im Haus. Die Frau hat keinen Schulabschluss, ist sehr jung schwanger geworden und zudem noch geistig eingeschränkt. Ich weiß gar nicht, ob ich das auf diese Art und Weise formulieren darf. Sie ist eben speziell. Ich wollte nur helfen. Aber die Situation wächst mir zugegebenermaßen über den Kopf.«

Ohlsen runzelte die Stirn. »Können Sie das näher erklären?«

»Die junge Dame heißt Annett Pukownik. Ihre Mutter, Andrea Pukownik, hat bei mir geputzt. Andrea hat mir oft von ihrer Tochter erzählt, die zu den Ausgesonderten unserer Gesellschaft gehöre, weil sie den Standardanforderungen nicht entspräche, nichts zum Bruttosozialprodukt beitrage. Die Pukowniks leben in sehr ärmlichen Verhältnissen, wissen Sie? Dann hieß es plötzlich, Annett sei schwanger und jetzt wüssten sie gar nicht mehr, was aus ihr werden solle. Andrea Pukownik fürchtete, man würde ihrer Tochter das Kind wegnehmen. Aufnehmen konnten sie das Enkelkind nicht. Sie und ihr arbeitsloser Mann Harald leben in einem heruntergekommenen Campingwagen.«

»Was ist mit dem Kindsvater?«

»Angeblich ein Jugendlicher aus der Gegend. Ebenfalls mittel- und orientierungslos.«

»Also haben Sie sich angeboten …«

»Ohne darüber nachzudenken, was das eigentlich bedeutet. Ich dachte, so hätte jeder etwas davon. Ich eine Haushälterin, die Eltern Pukownik eine Sorge weniger und Annett und ihr Kind ein besseres Leben.«

»Aber?«

»Annett braucht mehr als ein Dach über dem Kopf. Sie braucht fachkundige Unterstützung und Förderung. Dasselbe gilt für ihre kleine Tochter, die meines Erachtens ebenfalls auffällig ist.«

»Inwiefern?«

»Sie spricht nicht.«

»Was sagen die Ärzte?«

Wagner zuckte hilflos mit den Schultern. »Ich habe keine Kinder. Ich weiß nicht, in welchem Alter kleine Menschen welche Fähigkeiten entwickelt haben müssen, ab wann sie anfangen zu sprechen. Annett schien zunächst gut klarzukommen. Sie hat sich rührend um ihre Tochter gekümmert. Fremden gegenüber benimmt sie sich … na ja, es ist schwierig. Mal zieht sie sich komplett zurück und verweigert die Kontaktaufnahme, manchmal wird sie sogar aggressiv.«

»Heißt das, die beiden haben keinerlei Kontakt zur Außenwelt?«

»Selten. Also zu Annetts Eltern schon.«

»Wie lange? Wie lange geht das schon so?«

»Annett kam, da war ihre Tochter Perdita ein paar Monate alt. Jetzt ist die Kleine drei.«

Sinje wollte zu einer entsetzten Standpauke ansetzen, Ohlsen sah es ihr an. »Ich würde sagen, wir fahren jetzt zu den beiden«, schlug er eilig vor.

Wagner nickte. »Hängen Sie sich einfach hinter meinen Wagen.«

»Was war denn das für eine Geschichte?«, platzte es aus Sinje heraus, als sie die Autotür hinter sich zuschlug.

»Lass uns die Lage vor Ort beurteilen.« Ohlsen folgte dem Auto des Wissenschaftlers, einem schwarzen Škoda. »Seine Haushälterin … könnte sie das fehlende Glied sein? Die Frau hinter der Maske? Vielleicht war Laurenz Koch ihretwegen im Twedterholz?«

»Wagner und seine Haushälterin könnten gemeinsame Sache machen.« Sinje zog die Sonnenblende herunter und warf einen kritischen Blick in den Schminkspiegel. »Aber warum lässt er uns dann ohne Durchsuchungsbeschluss in sein Haus?«

Ohlsen funkte Norgaard an. »Lundberg? Ich brauche alles über ein gewisses Ehepaar Pukownik, Andrea und Harald Pukownik, eine Tochter, Annett. Wohnhaft in Flensburg.«

»Wird erledigt«, tönte es aus den Lautsprechern.

»Außerdem überprüfst du bitte zügig die Angaben von Doktor Stefan Wagner, die Sinje dir gleich schickt. War er in diesen Zeiträumen wirklich dort, wo er behauptet? Wann hat er in den jeweiligen Hotels eingecheckt, wann wieder aus? War er bei den angegebenen Veranstaltungen, und wenn ja, wie lange? Das volle Programm.«

»Ist gut.«

»Und ich brauche jemanden, der die GPS-Daten von Wagners Auto auslesen kann. Sinje schickt dir die Adresse, wo ihr den Wagen findet. Wir sind auf dem Weg dorthin. Zusammen mit dem Hauseigentümer.« Ohlsen beendete das Gespräch.

»Was ist mit einer Verfügung vom Staatsanwalt?«, fragte Sinje, während ihre Finger über die Tastatur ihres Handys flogen.

»Wir bitten Wagner freundlich, uns die GPS-Daten zur Verfügung zu stellen. Bislang war er doch recht kooperativ ...«

»Was mich, ehrlich gesagt, ziemlich stutzig macht.«

Ja, dachte Ohlsen. *Dabei würde der Typ so unfassbar gut ins Profil passen.*

*

NETTIE

Nettie war einmal durchs ganze Gebäude geschlichen, sah die beiden Männer aber erst wieder, als sie, vorn angekommen, aus dem ersten Stock auf das schmiedeeiserne Tor hinunterblickte. Da standen sie, außerhalb des Grundstücks, an den parkenden Wagen gelehnt. Der größere, etwas korpulentere hielt entspannt das Gesicht in die Sonne. Worauf warteten die?

Plötzlich tat sich etwas. Der schwarzer Škoda des Doktors erschien. Jetzt schon? Dahinter: noch ein Auto. Das Tor ging auf, und beide Wagen fuhren hindurch. Auch die beiden Männer stiegen in ihren Wagen und rollten bis vor das Haus. Nettie konnte das Knirschen unter den dicken schwarzen Reifen hören. Ihr Herz klopfte bis zum Hals. Mit vor Schreck aufgerissenen Augen sah sie nicht nur den Doktor aussteigen, sondern drei weitere Männer. Ob sie kamen, um ihr Belle wegzunehmen?

Netties Blick blieb an der einzigen Frau hängen. Sie versuchte, sie zu lesen. Sie war hübsch. Aber war sie auch stark?

»Lassen Sie mich zuerst mit ihr sprechen. Ich weiß nicht, wie sie reagieren wird. Wir haben normalerweise nicht so viele Fremde zu Besuch. Annett? Nettie, wo bist du?« Doktor Wagner legte die Aktentasche auf ein altmodisches, halbrundes Dielentischchen und schritt die Zimmer des Erdgeschosses ab.

Aus dem Augenwinkel heraus bemerkte Ohlsen eine Bewegung und sah zu der breiten, mit grauem Teppich bezogenen Treppe hinüber. Die Frau, die regungslos auf der obersten Stufe stand und auf sie herabblickte, war klein, sehr klein und jung. »Hallo Annett. Ich darf doch Annett sagen, oder? Mein Name ist Ohlsen. Wir sind von der Polizei.«

Wagner kam um die Ecke geeilt.

»Was sagten Sie, wie alt ist Ihre Haushälterin?«, raunte Ohlsen. Er fand, sie sah aus wie ein zwölfjähriges Kind.

»Zwanzig. Noch.« Stefan Wagner lief Annett entgegen. »Nettie. Du brauchst keine Angst zu haben. Die Herren hier wollen uns nur ein paar Fragen stellen. Wo ist Perdita?«

»Sag ich nicht. Belle bleibt bei mir!«

»Belle? Wer ist Belle?«, wisperte Palle.

»Nettie nennt ihre Tochter manchmal so. Wegen des Disneyfilms *Die Schöne und das Biest*, nicht wahr? Keiner will dir dein Kind wegnehmen, Annett.« Mit beschwichtigenden Gesten ging Wagner der jungen Frau entgegen.

»Sie schläft. Du hast gesagt, sie braucht viel Schlaf.«

»Richtig.« Wagner nickte übertrieben. »Perdita ist nämlich erkältet.« Er winkte Annett heran. »Komm, wir machen Tee und Kaffee für unsere Gäste.« Er wartete, sah sie auffordernd an. »Nun komm schon! Die beißen nicht.« Lächelnd ging er voraus in die

Küche. Im Vorbeigehen flüsterte er Ohlsens Team zu, dass es Nettie sicher leichterfallen würde, wenn sie ihr ein bisschen Zeit und Raum ließen.

Ohlsen, Palle und Oltmann folgten Wagners Aufforderung.

Sinje blieb unschlüssig stehen, lächelte Annett freundlich zu. »Dürfte ich wohl Ihre Toilette benutzen?«

Netties Finger zeigte auf einen Raum neben der Eingangstür.

»Danke schön.« Die Ermittlerin ging hinein und setzte sich auf den geschlossenen Klodeckel. Sie musste es schaffen, einen Zugang zu der jungen Frau zu bekommen. Fragte sich nur, wie. Sinje betätigte die Toilettenspülung, drehte den Hahn auf und ließ das Wasser kurz laufen, bevor sie zurück in den Flur trat und erstaunt stehen blieb.

Annett stand direkt vor ihr. Auf ihrem Gesicht vereinte sich eine Art von immerwährender kindlicher Naivität mit den Spuren des Erwachsenseins.

»Hallo. Mein Name ist Sinje Cassuben. Danke, dass wir in Ihrem Haus zu Gast sein dürfen.«

Nettie begann zu kichern. »Du redest komisch, Sinje Cassuben.«

Auch Sinje lachte. »Du hast recht. Zeigst du mir deine Tochter? Ist sie genauso hübsch wie du?«

Netties Augen leuchteten auf. »Du findest mich hübsch?« Die junge Frau griff andächtig in Sinjes rotbraunes Haar. »Du bist auch hübsch.«

Sinje ließ es zu, versuchte, Ruhe und Vertrautheit auszustrahlen.

Annett zog ihre Hand zurück und schien zu überlegen. »Zeigst du mir deine Waffe?« Ihre Augen fixierten das Holster, in dem Sinjes Dienstwaffe steckte.

»Du interessierst dich für Waffen?«

Nettie nickte energisch. »Sie machen, dass man stark ist. Selbst wenn man es in echt gar nicht ist. Zeig her!«

»Wenn du mir deine Tochter zeigst.«

Nach kurzem Zögern erhielt Sinje ein Nicken, zog die gesicherte Dienstwaffe vorsichtig aus dem Holster und präsentierte sie Annett auf den geöffneten Handflächen.

Als die danach greifen wollte, umschloss Sinje die Waffe mit den Fingern. »Nur gucken, nicht anfassen.«

Kurz war es, als verfinstere sich Netties Miene, doch dann begann sie zu lachen, drehte sich um und lief die Treppe hinauf. »Komm, Sinje Cassuben!«

Das Kinderzimmer war schön. Nicht überladen, aber auch nicht spartanisch. Spielzeug lag auf dem Boden verteilt, Kinderbücher, ein Kreisel, Bauklötze und eine Puppe. In einem weißen Holzgitterbett lag die kleine Perdita. Ihre Lippen bewegten sich im Schlaf, als träume sie von einem Berg Süßigkeiten.

»Sie sieht dir ähnlich. Ja, sie ist genauso hübsch wie ihre Mama.« Sinje trat an das Kopfende des Bettes und wurde brüsk zur Seite gezogen.

»Nur gucken! Nicht anfassen!«

Sinje hob abwehrend die Hände. »Ja, du hast recht!« Sie zog ihr Handy aus der Tasche. »Darf ich dir ein Foto zeigen?«

»Was ist drauf? Eine Leiche?«

Sinje hielt erstaunt inne. »Wie kommst du denn darauf?«

Stolz reckte Nettie ihr Kinn vor. »Ich kenne mich damit aus. Polizisten zeigen den Leuten immer Fotos von toten Menschen. Und dann fragen sie Sachen. Ob man den Toten kennt und wo man war und so.«

»Genau. Also, hast du diesen jungen Mann schon mal gesehen?« Sinje rief das Bild von Laurenz Koch auf.

»Das ist der Einbrecher!« Annett fuchtelte aufgeregt mit den Armen. »Er war im Garten. Und dann im Haus. Das durfte er nicht. Ich war stark. Auch ohne so eine schöne Waffe, wie du sie hast.« Ihre Worte überschlugen sich. »Ich hatte die Stange. Sie war schwer.« Nettie kniff die Augen zusammen und hielt sich die Ohren zu.

»Was machen Sie denn da! Hören Sie sofort auf!« Wagner stürmte in den Raum, dicht gefolgt von Ohlsen.

»Wir haben uns lediglich ein wenig unterhalten.«

»Befragt haben Sie sie. Ohne mündigen Beistand. Ohne Anwalt.«

»Sie ist keine Verdächtige, sondern eine Zeugin.«

»Zeugin für was?«

»Das versuchen wir gerade herauszufinden. Sie hat Laurenz Koch erkannt.«

»Schwachsinn! Sie weiß doch gar nicht, was sie sagt!«

»Da wäre ich mir nicht so sicher.«

»Ich mir umso mehr. Erzähl ihnen von dem Postboten, Nettie!«

Doch die schüttelte wild den Kopf, presste sich nur noch heftiger beide Hände auf die Ohren.

»Sie behauptet steif und fest, den Postboten umgebracht zu haben. Mit dem Küchenmesser.«

»Das Blut hat Muster auf die Fliesen gemalt!«, schrie Nettie.

»Da war kein Blut! Wissen Sie, was die Fantasievorstellung ausgelöst hat? Ein neuer Postbote. Der alte hatte sich versetzen lassen.«

ACHTZEHN

Die WhatsApp war kurz gewesen. »Kannst du zur Wache Norgaard kommen?«, hatte Ohlsen ihr geschrieben, und Fria hatte sich umgehend auf den Weg gemacht.

Die Luft knisterte, als sie die Büroräume der Polizeistation betrat. Auf ihr »*Hej!*« erntete sie kaum mehr als ein vereinzeltes Nicken. Selbst Palle schien mit seinem Computer verschmolzen und würdigte sie keines Blickes. Es musste neue Erkenntnisse geben.

Fria linste neugierig durch die offene Tür von Ohlsens Büro. »*Hej, hej!*«

»Moin, komm rein!« Er wies auf einen kleinen runden Tisch mit zwei Stühlen.

Fria setzte sich. Ohlsen wirkte angespannt und müde. Kein gutes Zeichen.

»Wann hast du das letzte Mal mit Stefan Wagner gesprochen?« Er ließ sich ihr gegenüber in den Stuhl fallen.

»Gestern. Per Videokonferenz. Mit deiner Genehmigung.«

Ohlsens Nicken wirkte ungeduldig. »Worüber habt ihr geredet? Gib mir euer Gespräch, so genau du kannst, wieder.«

»Warum? Ist irgendwas ni…«

»Bitte, Fria, mach's einfach!«

»Also, ich hab ihn kontaktiert, weil ich seine Einschätzung zu dem Rillenmuster des letzten Grabes hören wollte. Er fand es erstaunlich, dass der Boden in Sønderborg einer solchen Konstruktion überhaupt standgehalten hat und nicht schon beim Ausheben der Grube in sich zusammengefallen ist.«

»Heißt, er kennt sich in der Region gut aus. Kennt die Landschaft, die Böden.«

»Sicher. Wie alle Archäologen, die sich auf die Erforschung des norddeutschen und skandinavischen Terrains spezialisiert haben.«

»Weiter! Worüber habt ihr noch gesprochen?«

»Wir haben uns über die Entstehung der Rillen unterhalten, über mögliche Werkzeuge und deren Handhabung. Wir waren uns einig, dass es viele gibt, mit denen man das Muster erzeugen kann. Wagner tat sich ziemlich schwer damit, sich in einen Serienmörder hineinzuversetzen, dann aber hat er sich auf eine Art Rollenspiel eingelassen. Um mögliche Beweggründe auszuloten.«

»Verstehe ich dich richtig, er hat so getan, als wäre er der Täter?«

Fria nickte.

»Wie hat er sich gemacht?«

»Nicht sehr überzeugend.« Fria lachte. »Obwohl er durchaus mörderische Denkansätze präsentieren konnte. Als es darum ging, weshalb die Gräber so aufwändig gefertigt sind, meinte er, also in seiner Rolle als Serientäter, es gäbe ihm einen besonderen Kick, jederzeit erwischt werden zu können. Wir haben uns dann zur Motivfrage vorgearbeitet. Mit den Sätzen, die Wagner da rausgehauen hat, könnte er tatsächlich so manchem Täter Konkurrenz machen«, scherzte Fria.

»Die da wären?«

Sie studierte sein ernstes Gesicht. »Ohlsen, du glaubst nicht wirklich, Stefan Wagner ist der Wikingermörder, oder?«

»Die Sätze, bitte!«

»Ich musste ihn geradezu dazu drängen, dieses Rollenspiel mitzumachen. Er ist überhaupt nicht der Typ für …«

»Die Sätze, Fria!«

»Jeder Mann wäre froh, wenn er auch nur eine der Frauen besitzen könnte. Aber nur ich weiß, wo sie sind. Sie sind für mich gestorben. Ich sammele sie wie kostbaren Schmuck.«

Ohlsen atmete hörbar ein.

»Das hat er nicht als er selbst gesagt! Das habe ich ihm in den Mund gelegt. Wir haben uns dann darauf geeinigt, dass es dem Täter wohl um die Frauen geht, um das, wofür sie stehen.«

»Und das wäre?«

»Für Stefan Wagner ist eine Frau in erster Linie eine Lebenspenderin. Eine Lebenspenderin, Ohlsen. Seine letzte Bemerkung hat mich echt ins Grübeln gebracht. Er meinte: *Wie viele Leben werden uns innerhalb eines Jahres von Frauen geschenkt und wie viele von Männern genommen?* Wagner hat, wenn überhaupt, ein Problem mit Männern, nicht mit Frauen, Ohlsen!«

»Laurenz Koch hat Wagner ausfindig gemacht. Über die Halteranfrage zu einem Kennzeichen. Es ist das Kennzeichen von Wagners Fahrzeug. Kochs Handydaten besagen, dass er sich zum Zeitpunkt seines Todes im Twedterholz aufgehalten hat. Dort – welch Überraschung – steht Wagners Haus. Wir wissen, Laurenz Koch hat Samantha Svoboda gestalkt. Er war ihr Schatten. Dabei ging er sehr vorsichtig vor, so, dass seine Angebetete ihn gar nicht bemerkte. Die Chancen stehen verdammt gut, dass Koch gesehen hat, wer Samantha Svoboda entführt hat. Er hat sich das Kennzeichen aufgeschrieben und den Kerl ausfindig gemacht. Das Ende kennen wir.«

Fria saß wie betäubt da und sortierte ihre Gedanken. Konnte das wirklich sein? Sie sah den Monitor vor sich, Stefan Wagner, wie er unbeholfen versucht hatte, sich in den Täter hineinzuversetzen. Gleichzeitig erinnerte sie sich an den Besuch bei der Kriminalpsychologin, hörte Pascale Fischers mahnende Worte: *Manchmal sehen wir Menschen nur das, was wir sehen sollen.*

»Es gibt eine Haushälterin. Sie und ihre kleine Tochter leben mit auf Wagners Anwesen. Annett Pukownik. Sie hat Laurenz erkannt. Sie sagt, er sei bei ihnen eingebrochen.«

Warum sprach er nicht weiter? »Und? Was ist dann passiert?«

Ohlsen rieb sich mehrfach über das Gesicht. »Wissen wir nicht. Wagner bestreitet, Koch zu kennen, auch, dass er im Haus war.

Die Haushälterin, sie ist … sie scheint eine geistige Beeinträchtigung zu haben. Die zuständige Behörde ist benachrichtigt und übernimmt. Wir wissen nicht, ob wir ihre Aussage überhaupt verwerten können oder ob wir sie jemals wieder befragen dürfen. Und das Gebiet, in dem sich Kochs Handy eingeloggt hatte, ist so groß … Wir können nicht belegen, dass er wirklich in Wagners Haus war.« Ohlsen schüttelte den Kopf. »Zu wenig für einen Durchsuchungsbeschluss.«

»Und wenn nicht Wagner, sondern die Haushälterin unsere Täterin ist?«

»Du hast sie nicht gesehen, Fria. Sie lebt in einer Fantasiewelt. Hat wohl jahrelang nur vor dem Fernseher gehockt, sich sämtliche Krimis und Kriminalreportagen angesehen. Sie sagt, sie hätte gelernt, wie man sich unangenehmer Personen entledigt. Sie glaubt, sie hätte den Postboten umgebracht. Er sei zwar sehr nett gewesen, aber sie habe eine Testperson gebraucht. Sie konnte die Tat detailliert beschreiben. Dass der Bote nicht mehr kam, um ihnen die Post zu bringen, empfand sie als Bestätigung. Dabei hatte der sich nur versetzen lassen. Er ist nicht tot. Sie bildet sich das alles nur ein, kann Realität und Fiktion nicht auseinanderhalten.«

»Heißt nicht, dass sie Laurenz nicht getötet haben kann. Wenn er bei Wagner eingebrochen ist und sie erschreckt hat?«

»Sinje konnte eine Haarprobe sichern. Ob von der Kleinen oder ihrer Mutter, wissen wir noch nicht. Ist auch egal. Der DNA-Abgleich läuft. Wenn der genetische Abdruck der Haare, die wir auf Laurenz Kochs Leiche gefunden haben, mit Annett Pukowniks DNA übereinstimmt, bekommen wir den Durchsuchungsbeschluss für Wagners Hütte. Und sein Auto!«

»Was macht eine Frau wie diese Annett bei Stefan Wagner? Sind sie verwandt?«

»Nein. Sie ist die Tochter seiner ehemaligen Putzfrau. Und der Doktor wollte angeblich nur helfen. Sie …«

Palle erschien im Türrahmen. »Die Hotels, die Veranstalter, alle konnten bestätigen, dass Wagner in den genannten Zeiträumen bei ihnen übernachtet beziehungsweise teilgenommen hat. Von den Tagungsorten bis zu den Städten, aus denen die Frauen entführt wurden, sind es mindestens zweieinhalb, wenn nicht dreieinhalb Stunden Autofahrt. One way! Wagners Behauptung, er sei mit der Bahn gereist, scheint auch zu stimmen. Sein Wagen parkte die gesamte Zeit über in der Tiefgarage der Fakultät. Das ist vom System dokumentiert. Den Wagen lässt er dort stehen, weil es von der Fakultät bis zum Bahnhof nicht weit ist.«

Ohlsens Kiefer arbeitete. Wütend schlug er mit beiden Fäusten auf den Tisch.

»Tut mir leid.« Palle zog den Kopf ein und verschwand.

»Und wenn du dich irrst? Hohe Intelligenz ist das eine, aber so wie es aussieht, müsste er Typ Houdini sein.«

Ohlsen schüttelte mantraartig den Kopf und starrte vor sich hin. Dann griff er zum Handy, scrollte, tippte auf einen Kontakt und hielt es sich ans Ohr. Sekunden vergingen. Er schloss die Augen.

Fria blieb einfach still sitzen. Da war mehr. Sie spürte seine Hilflosigkeit. Wie damals.

Er senkte das Handy und sah sie an. »Lies, ich kann sie nicht erreichen. Sie wollte heute Morgen in Norgaard eintreffen. Aus ihrem Hotel hat sie ausgecheckt. Der Zug, in dem sie sitzen sollte, ist planmäßig angekommen. Sie nicht.«

*

NETTIE

Nichts war mehr wie zuvor. Die alte Frau stellte viele Fragen. Zu Belle, zu dem, was sie den ganzen Tag machten, zu dem, den sie nicht verärgern durfte, und zu ihren Eltern. Bald hatte Nettie keine

Lust mehr. Aber die Fragen hörten nicht auf. Dann meinte die Frau mit den grauen Haaren, sie wolle sich starkmachen dafür, dass Nettie und Belle in eine Einrichtung kämen. Einrichtung?

»Belle bleibt bei mir!« Nettie überlegte, was sie machen würde, wenn sie ihr die Tochter wegnehmen würden. Sie konnte sie nicht alle töten.

»Natürlich bleibt sie bei dir«, behauptete die neugierige Frau, die aber auch *alles* wissen wollte! Sogar, was Belle und Nettie aßen, wann sie das taten und wann sie das letzte Mal beim Arzt gewesen waren.

Nettie verstand die Frage nicht. »Der Doktor ist doch jeden Tag hier.« Auch er hatte viel mit den Leuten, die so viel fragten, gesprochen. Nettie hatte ihn beobachtet. Keine Gleichgültigkeit, keine monotone Stimme, zu ihnen war er ganz anders als zu ihr. »Kommt der Doktor auch in die Einrichtung?«

»Nein. Wenn du willst, kann er euch besuchen – und ihr ihn.«

Nettie schüttelte den Kopf. »Wollen wir nicht.«

*

»Du solltest nicht mit mir hier sitzen«, befand Ohlsen.

Frias Gehirn projizierte den passenden Gesichtsausdruck zu seinen Worten. Die Dunkelheit wurde bunt, wenn Erinnerung sie ausschmückte.

Ein hölzernes Klacken in unregelmäßigen Abständen war das einzige Geräusch, das es zu ihnen in die Fahrerkabine schaffte, immer dann, wenn der Wind die Kronen der eng beieinanderstehenden Bäume gegeneinanderschlug. Auch davon hatte Fria ein klares Bild vor Augen.

»Du weißt doch, für Illegales war ich immer schon zu haben.« Sie rutschte etwas tiefer in den Sitz.

»Wieso illegal? Ich verbringe die Nacht – meine Freizeit – in meinem Auto im Wald. Meine Art zu entspannen.«

»Ja! Dass das blöde Haus vom Wagner ausgerechnet hier steht, dafür kannst du ja nichts! Mit einer nicht genehmigten Observierung hat das hier nichts zu tun«, frotzelte Fria.

»Eben.« Zum wiederholten Mal sah Ohlsen auf sein Handy. Dabei schirmte er die Lichtquelle so gut es ging ab.

»Ein Lebenszeichen von Lies?«

»Nein. Keine Antwort auf meine Nachrichten. Bei Anrufen springt sofort die Mailbox an.« Das Licht des Bildschirms erlosch.

Sie hörte ihn stöhnen. Sehen konnte sie tatsächlich nichts. Nicht einmal ansatzweise. Es gab keine Straßenlaternen und die Beleuchtung des Hauses war gegen Mitternacht erloschen.

»Ich sollte mir keine Sorgen machen. Lies ist unberechenbar. Ihr ist bestimmt wieder irgendwas Tolles eingefallen, das sie unbedingt noch mitnehmen muss, bevor sie ins ereignislose Norgaard kommt.«

»Du glaubst, sie ist nicht gern hier?«

»Ich weiß es.«

Das heißt aber nicht, dass du mit ihr weggehen wirst, oder?, war die Frage, die ihr auf der Zunge lag. »Kommt es häufig vor, dass sie sich nicht meldet?«, fragte sie stattdessen.

»Ja. Nein. Ach, wahrscheinlich hat sie gerade keinen Empfang.«

Na klar, tagelang nicht. Diese Lies hielt Ohlsen ganz schön zum Narren. Fria nickte, erinnerte sich dann, dass Ohlsen sie nicht sehen konnte. »Du hast sicher recht. Morgen wird sie sich melden.«

»Wenn das hier vorbei ist, nehmen wir uns 'ne Auszeit. Lies und ich reisen durch die Welt. Drei Monate lang.«

Ohlsen wollte zwölf Wochen auf seine geliebte Einsamkeit und Ruhe verzichten? So viel Zeit mit einer Frau verbringen, die sich nicht die Bohne um seine Bedürfnisse kümmerte? Das konnte doch nur schiefgehen. »Oh, wow! Hört sich nach einem echten Abenteuer an. Habt ihr einen Plan? Oder lasst ihr euch treiben?«

»Wir fliegen nach Neuseeland und nähern uns von dort aus Schritt für Schritt der Heimat an.«

»Neuseeland? Weiter weg geht nicht. Wie lange sitzt man da im Flieger?«

»Vierundzwanzig Stunden.«

»Wessen Idee war das, die Reise?«

»Das kam von uns beiden.«

Irgendwie klang das trotzig.

Fria wurde als Erste wach. Ohlsens Duft, als wäre er ganz nah. Erst jetzt fiel ihr auf, dass sie ihn als angenehm empfand. Sich gut riechen können, ein deutsches Wortspiel. Vorsichtig setzte sie sich auf. Sein dicker Pullover lag ausgebreitet auf ihrem Oberkörper. Er selbst war zur Seite gekippt, das Gesicht gegen das Seitenfenster gelehnt, und atmete ruhig und gleichmäßig. Ob Lies und er heiraten würden? Zusammengeschweißt durch ihre unglaubliche Zeit auf der Weltreise? Andererseits konnte so etwas schnell zur Zerreißprobe für eine Beziehung werden. Ohlsen und die große weite Welt! Puh, man würde sehen. Sie hoffte nur, dass er nicht wegen dieser Frau aus dem deutsch-dänischen Grenzgebiet verschwinden würde. Die Kripo Flensburg würde ihren besten Mann verlieren. Stur, taktlos und wortkarg zwar …

Fria knetete ihre eiskalten Füße. Wagners Haus lag ruhig in der Morgendämmerung. Da begann Ohlsens Handy zu brummen.

Sanft rüttelte sie ihn wach. »*Hej*, guten Morgen. Dein Telefon!«

Schlaftrunken nahm er es entgegen. »Hmm?«

»Moin Chef! Eine eindeutige Übereinstimmung! Der DNA-Abgleich … Das Haar, das wir auf der Leiche von Laurenz Koch gefunden haben, ist mit dem der Haushälterin Annett Pukownik identisch.«

»Ja! Palle, besorg umgehend einen Durchsuchungsbeschluss für Wagners Haus und Auto. Wir warten … äh, wir treffen uns dort.« Ohlsen legte das Handy beiseite, rieb sich die Oberschenkel und blickte zum Haus. »Jetzt haben wir ihn. Der DNA-Abgleich beweist eindeutig, dass Laurenz Koch in Wagners Haus war. Ich wette, wir finden irgendwo da drinnen den Tatort. Und mit ein bisschen Glück Hinweise auf das Versteck der Frauen. Dann wollen wir mal die Spusi anrücken lassen!«

Nachdem er alles Nötige angeordnet hatte, pellte er sich umständlich aus seiner Jacke und zog den dicken Pulli über. »Besser, du bist nicht hier, wenn … Nimm den Wagen. Ich hol ihn mir später wieder.« Er griff nach der Jacke und war draußen.

Fria sah Ohlsen im Rückspiegel immer kleiner werden. Es fiel ihr unsagbar schwer, ihn allein zurückzulassen. Das hatte nichts mit Sympathie zu tun oder damit, dass sie gern mit ihm zusammen war, sondern hatte rein ermittlungstechnische Gründe. Bei der Hausdurchsuchung wäre sie einfach verdammt gern dabei gewesen.

Es war später Abend, als der deutsche Kommissar endlich vor Frias Tür stand.

Ihr Homeofficetag hatte sich als zäh und unproduktiv erwiesen. Fria war mit ihren Gedanken nicht bei der Sache gewesen. Nun brannte sie auf die Neuigkeiten, die er brachte.

Doch Ohlsen schwieg, schlurfte mit hängenden Schultern in ihre Küche, als könnte er kaum sein eigenes Gewicht tragen.

»Marten nicht da?«

»Ist mit Poul arabisch Essen.«

»Aha. Flens! Hast du eins?«

Sie griff in den Kühlschrank und stellte jedem ein Bier vor die Nase. Während sie zusah, wie er langsam, ganz langsam, einen Schluck nach dem anderen trank, glaubte sie jeden Moment zu platzen. Dann, endlich!

»Wir haben Blutspuren nachweisen können, am Kellerabgang. Natürlich wurde sauber gemacht, aber Blut ist ein hartnäckiges Zeug. Die Analyse läuft.«

»Das ist doch gut, oder? Wenn es Kochs Blut ist, könnt ihr Wagner zumindest wegen Totschlags drankriegen.«

»Wir haben das ganze Haus, den Garten, Schuppen und die Garage auf den Kopf gestellt, Fria. Wir haben absolut nichts gefunden. Keine Räume, in denen Frauen gefangen gehalten wurden, keine Gummimaske, keine Wikingerrepliken, nicht einmal Holzpflöcke, nichts, das Wagner auch nur im Entferntesten mit den Wikingermorden in Verbindung bringen würde. Sein Konto ist sauber, seine Handydaten unauffällig. Die Spusi nimmt sich seit Stunden sein Auto vor. Prüft es auf Spuren von Samantha, Lea oder Celine. Bislang sieht es nicht gut aus. Selbst Haare oder Fasern, die rein nach der Optik Laurenz Koch zugeschrieben werden könnten, gibt es nicht.«

»Ist der Wagen kürzlich gereinigt worden?«

»Es weist nichts darauf hin. Die GPS-Daten zeigen Fahrten vom Haus zur Fakultät, zum Discounter oder zu einem Wanderparkplatz.«

»Wanderparkplatz?«

»Wagner geht dort regelmäßig spazieren. Wir waren da. Da ist nichts. Oder anders gesagt, da sind viele. Eine beliebte Strecke unter Naturfreunden. Mit Café. Unmöglich, da mit einer Leiche herumzuspazieren. Laut Navi war Wagners Wagen nicht einmal in der Nähe der Stelle, an der der tote Laurenz Koch abgelegt wurde.«

»Aber wenn er Laurenz Koch nicht weggeschafft hat, wer dann?«

»Ich hab keine Ahnung.« Ohlsen vergrub das Gesicht in den Händen. »Er muss es gewesen sein. Die Pukownik ist dazu nicht in der Lage, außerdem hätte sie keinen Wagen zur Verfügung gehabt, außer seinen.«

»Und wenn Laurenz Koch zwar bei Wagner war, dort aber lebendig wieder rausspaziert ist? Vielleicht finden wir nichts, weil der Kollege es einfach nicht gewesen ist? Weder das mit den Frauen noch das mit Koch.«

»Warum sollte Koch Wagner ausfindig machen? Das Einzige, was den interessiert hat, war Samantha. Wagner *muss* etwas mit ihrer Entführung zu tun haben!«

»Ich muss dir etwas beichten, Ohlsen. Ich habe die Fotos der Spusi, die von den beiden Gräbern, mitgehen lassen, um sie im Museum eingehend zu studieren. In den letzten Tagen hatten wir einen Metallurgen im Haus, Doktor Wolfgang Klein. Ein Mann, der deutschland- und dänemarkweit unterwegs ist. Ich habe ihn dabei erwischt, wie er heimlich an meinem Rechner saß und sich die Daten über die Wikingermorde angesehen hat. Er ist keine eins fünfundsechzig groß, sehr zierlich und wäre *das* perfekte Handmodel. Ein weibliches Handmodel.«

*

Das altehrwürdige Gebäude der Fakultät thronte erhaben in der Sonne. Seine prächtigen Erker reckten sich dem blauen Himmel entgegen. Fria mochte die großen Sandsteinquader der Fassade.

»Ja?«

»Herr Doktor Wagner? Fria Svensson, vom Ørerup-Museum.«

Ein Summen, dann konnte sie die schwere Tür aufschieben. Sie folgte der Treppenführung hinauf. Oben stand der Kollege und blickte ihr kritisch entgegen. Sie konnte es ihm nicht verdenken.

»Frau Svensson. Was verschlägt Sie hierher?« Er streckte ihr die Hand zur Begrüßung entgegen. In Anbetracht der Geschehnisse eine großzügige Geste. Andererseits, Fria hatte sich an den Verdächtigungen gegen ihn nicht beteiligt. Sie folgte ihm in sein Büro. »Ich wollte nach dir sehen und irgendwie … Es tut mir sehr leid, was dir alles unterstellt wurde. Ich habe das Ganze am Rande mitgekriegt. Das muss hart gewesen sein.«

»In der Tat. Man ist wie vor den Kopf geschlagen. Da will man bloß helfen … Ich kann immer noch nicht ganz nachvollziehen, wie die Flensburger Polizei mich mit diesen Frauenmorden in

Verbindung bringen konnte. Und auch dieser junge Mann … den habe ich noch nie in meinem Leben gesehen. Und plötzlich soll der in meinem Haus gewesen sein und – man stelle sich das vor – *ich* soll ihn umgebracht haben! Dass eine Anfrage der Polizei für eine Expertise zu so einem Fiasko führen könnte, hätte ich mir nicht träumen lassen.« Er ließ sich in einen alten Bürostuhl fallen, sprang jedoch sofort wieder auf. »Setzen Sie sich doch, liebe Kollegin.«

Als Fria sich auf dem einzigen weiteren freien Stuhl niederließ, setzte auch er sich wieder.

»Ich habe beschlossen, mich meiner Arbeit zu widmen und keinen Gedanken mehr an diese leidige Sache zu verschwenden. Wie zu erwarten haben sie nichts gefunden. Der Spuk ist also vorbei.«

»Zum Glück!«

»Das war Willkür pur. Es hätte jeden treffen können. Jeden, der sich mit der Bodenbeschaffenheit der Region gut auskennt. Sie zum Beispiel, liebe Frau Svensson. Stellen Sie sich das mal vor!«

»Möchte ich gar nicht. Sag mal, kennst du einen Doktor Wolfgang Klein? Er ist Metallurg und macht auch für mein Museum die Analysen.«

»Schon. Wir hatten zwei-, dreimal miteinander zu tun. Warum? Was ist mit ihm?«

»Ach, er interessiert sich in auffälliger Weise für meine Daten zu den Frauenmorden. Er war sogar unbefugt an meinem Rechner. Ich weiß den nicht einzuschätzen, da dachte ich, du kennst ihn vielleicht.«

»Kennen wäre zu viel gesagt. Was meinen Sie mit ›unbefugt an Ihrem Rechner‹? Ist er eingebrochen?«

»Nein, eher in einem unbeobachteten Moment in mein Büro geschlichen.«

»Was für ein unangemessenes Verhalten!«

»Natürlich musste ich es der Polizei melden. Die Daten unterliegen ja der Geheimhaltung.«

»Natürlich.«

»Ich hoffe nicht, dass der Metallurg was mit den Frauenmorden zu tun hat. Wenn ich bedenke, dass er mit meiner Mitarbeiterin allein im Labor gesessen hat.«

»Glaubt die Polizei, dass er …? Ich hoffe nicht, dass sie schon wieder einen Unschuldigen verdächtigen.«

»Überprüfen müssen sie ihn natürlich. Wenn sie heute einen begründeten Anfangsverdacht finden, werden sie ihn spätestens ab morgen überwachen lassen. Meinte der Kommissar.«

»Das ist doch die Höhe! Der arme Doktor Klein! Wir sollten ihn warnen!«

Fria verzog das Gesicht. »Ich bin zwiegespalten. Einerseits gebe ich dir recht, die Polizei sollte gründlicher prüfen, wen sie verdächtigt. Andererseits, Doktor Klein ist viel unterwegs, in Deutschland und Dänemark. Sollte er sich zur Zeit der Entführungen der beiden toten Frauen in der Nähe ihrer Wohnorte aufgehalten haben, muss dem nachgegangen werden, denkst du nicht? Stell dir vor, unseretwegen gelingt einem Serienmörder die Flucht. Man schaut den Menschen immer nur vor den Kopf, sagt man das nicht in Deutschland?«

*

Ohlsen und Sinje saßen in einer typischen Familienkutsche, silbern, leicht verbeult. Ohlsens Nerven waren zum Zerreißen gespannt. Das Warten war das Schwierigste.

»Die Verfolgung wird das Schwierigste«, murmelte Sinje, richtete ihren Zopf und seufzte. »Wir haben nur diese eine Chance. Wenn der uns entdeckt oder irgendwie misstrauisch wird, war's das!«

Seit Stunden hockten sie an dieser Straßenecke und warteten darauf, dass der Doktor sich in Bewegung setzte. Wenn sie erneut falschlägen, wären sie mit ihrem Latein am Ende. Ohlsen hoffte, dass es keine Frau gab, die auf ihre Rettung wartete. Dass der

Wikingermörder pausierte, so wie die Kriminalpsychologin es in Aussicht gestellt hatte.

Apropos Frau. Ohlsen kontrollierte sein Handy. Immer noch keine Nachricht von Lies. Mittlerweile hatte er ihren letzten Arbeitgeber kontaktiert und mit anderen Industriekletterern gesprochen, die an dem Job beteiligt gewesen waren. Alle hatten ihm versichert, Lies sei nach Hause gefahren. Einer hatte ihm den Kontakt eines weiteren Arbeitskollegen gegeben, der sie zum Bahnhof hatte bringen wollen. Aber auch den konnte Ohlsen nicht erreichen. Erneut beim Tippgeber nachgefragt, meinte dieser, es könnte sein, dass besagter Kollege segeln wäre und keinen Handyempfang habe. Die Nachricht hatte Ohlsen einen Stich versetzt. War sie mit dem Typen auf seinem Boot? Ein spontaner Segelausflug? Glitzerndes Wasser, Sonnenuntergänge, eine gemütliche Koje? Er schüttelte den Kopf. Ja, so etwas sähe ihr ähnlich, aber nicht, ohne ihm Bescheid zu sagen.

»Chef? Es geht los!« Sinje nickte zum gegenüberliegenden Bürgersteig und rutschte in Richtung Fußraum.

Auch Ohlsen machte sich klein. Dann fuhr der Wagen an ihnen vorbei.

Sinje startete den Motor und setzte das Auto langsam in Bewegung.

Ohlsen funkte Palle und Oltmann an, die drei Straßen weiter auf Anweisungen warteten, und gab ihre Position durch.

»Lundberg? Wie sieht es bei euch aus?«

Das Funkgerät knackte leise, bevor die Stimme antwortete. »Alles ruhig.«

Nach kurzer Fahrt bog Sinje ab und überließ Palle und Oltmann die Verfolgung.

Fria lag mehr auf der Rückbank, als dass sie saß. Es wäre fatal, wenn der Wissenschaftler sie hinter den Scheiben erkennen würde. Dass sie überhaupt mit von der Partie war, war Teil eines

Deals. Sie half, den Kollegen aus der Reserve zu locken, dafür durfte sie bei der Aktion dabei sein.

Palle lenkte den Kastenwagen mit der Aufschrift einer Rohrreinigungsfirma.

Fria bat alle Götter, an die sie nicht glaubte, um gutes Gelingen. Und darum, dass sich keine Frau in der Gewalt des Entführers befand. Sie hörte Palle einen Funkspruch absetzten.

»Das Gelände wird zu einsam. Wir könnten entdeckt werden. Halten hier und setzen die Drohne ein.« Dann gab er ihre Position durch.

*

Auch Sinje und Ohlsen verlangsamten ihre Fahrt. Letzterer suchte auf der Karten-App auf seinem Handy die Gegend nach möglichen Verstecken ab. Dann wechselte er in ein internes Videoprogramm. »Palle? Ist die Drohne in der Luft? Könnt ihr die Bilder mit uns teilen?«

»Sekunde! Jetzt. Seht ihr ihn?«, antwortete Palle.

»Ja, stellt sicher, dass ihr den Kontakt zur Drohne nicht verliert.« Ohlsen verfolgte den Wagen des Doktors auf dem Bildschirm. »Wir fahren hier rechts«, wies er seine Kollegin an.

Sinje blinkte, blickte über ihre Schulter und bog in die Straße ein. Nur noch vereinzelt fuhren sie an Häusern vorbei, dafür kamen die typischen, über fünf Meter hohen Knicks in Sicht. Aufgeschichtete Wälle, dicht bepflanzt mit Schlehe, Holunder, Himbeere und Haselnuss, die die Felder nicht nur trennten, sondern ihnen als Schatten- und Feuchtigkeitsspender dienten.

*

Nun fuhr Oltmann. Palle saß in der geöffneten Schiebetür und steuerte die Drohne. Der Fahrtwind blies Fria scharf ins Gesicht.

»Leg einen Zahn zu!«, schrie Palle. »Sonst verlieren wir den Kontakt zur Drohne.«

Nur das nicht! Wieder rief Fria die nordischen Götter an, ihnen beizustehen.

»Stopp!«, dröhnte es aus dem Funkgerät. »Sofort höher mit der Drohne! Er darf den Motor unter keinen Umständen hören.« Ohlsens scharfe Tonlage hatte Oltmann zu einer Vollbremsung veranlasst. Palle wurde zur Seite geworfen, konnte die Steuerung der Drohne aber Gott sei Dank festhalten. Zügig setzte er sich wieder auf.

Erschrocken sah Fria über seine Schulter auf den Monitor. Das Auto des Wissenschaftlers hatte angehalten, wurde immer kleiner, denn die Drohne stieg auf. Dann sahen sie ihn aussteigen und zu einer Bushaltestelle gehen. Kein Blick in den Himmel. Gut, das hieß, er hatte die Drohne noch nicht bemerkt.

»Da steht ein Fahrrad. Da, er schließt es auf.« Dann sahen sie ihn losradeln.

*

So ein Teufel! Ohlsen schüttelte angewidert den Kopf. Ein Fahrrad hatte kein GPS, seinen Standort konnte man nicht nachvollziehen. »Palle, Oltmann? Jetzt ganz vorsichtig. Es besteht die Gefahr, dass er das Brummen des Motors und Surren der Rotoren hört. Bleib auf dieser Höhe und eher hinter, nicht direkt über ihm.«

Wieder knackte das Funkgerät. »Verstanden.«

Sinje setzte ihre Fahrt fort, folgte Ohlsens Anweisungen, um dem Doktor auf den Fersen zu bleiben.

Nach ein paar Minuten sahen sie auf dem Bildschirm, wie der an einer Wiese hielt, sich umsah, ein Weidegatter aufdrückte, das Fahrrad hindurchschob, einer platt gefahrenen Spur durchs hohe Gras folgte und in einem kleinen Waldstück verschwand. Durch das noch lichte Blätterwerk konnten sie das weiße Dach eines Autos erkennen. Und das dreckig dunkle eines Gebäudes.

Wechselte der Doktor ein weiteres Mal das Transportmittel?

»Palle, kannst du erkennen, wie viele Zufahrtswege es gibt?«

»So wie es aussieht, keinen. Auf der anderen Seite schließt sich ein See an. Ich denke, man kommt nur über das Feld zu dem Gebäude.«

»Kannst du sehen, was der Verdächtige macht?«

»Negativ. Traue mich nicht näher ran. Er könnte die Drohne hören.«

»Okay, wo seid ihr?«

»In zwei Minuten am Einsatzort.«

»Stellt euch so, dass ihr nicht entdeckt werdet. Lasst die Drohne in sicherer Entfernung landen und verliert seine Position nicht aus den Augen. Wartet, bis wir da sind. Eintreffen in vier Minuten.«

Schnell war besprochen, wie sie auf das Gebäude vorrücken würden.

Ohlsen wies Fria an, im Wagen zu bleiben.

Leider war die einzige Möglichkeit, auf das Gelände zu kommen, ungeschützt über die Wiese zu laufen. Nur so konnten die Ermittler sich von mehreren Seiten dem Eingang des alten Bauernschuppens nähern. Wie genau das Objekt beschaffen war, war aus der Ferne nur schwer auszumachen. Von Bäumen und Büschen geschützt blitzte hier und da ein Stückchen Wand oder Dach hervor.

Fria saß auf heißen Kohlen. Natürlich durfte sie beim Zugriff nicht dabei sein. Die Ex-Polizistin mit gesundem Menschenverstand begriff und respektierte das. Die engagierte Beraterin verfluchte Ohlsen für so viel Gesetzestreue.

Weitab vom Ort des Geschehens starrte sie in die Natur. Was sie sonst so liebte, dichte Laubholzwälder und wilde Graslandschaften, sperrte sie nun aus. Inmitten all des Grüns ein grelles Funkeln, ausgelöst durch Reflexionen auf dem See, dessen Ausmaße nur zu erahnen waren. Trügerische Idylle.

Was dauerte denn da so lange? Wenn sie den Kollegen gestellt hatten, wenn sich in diesem Wäldchen, in diesem Stall irgendein Hinweis auf die toten Frauen fand, müsste die ganze Aktion längst über die Bühne sein.

Sie verließ den Wagen. Was, wenn sie ihre Hilfe brauchten?

Sie sind zu viert. Alle bewaffnet. Was für eine Hilfe kann ich ihnen da schon sein?

Und wenn der Täter ein Druckmittel hatte? Eine Geisel, die er bedroht und die den Norgaarder Trupp dazu gebracht hatte, die Waffen niederzulegen? Dann käme eine Archäologin aus dem Hinterhalt als Überraschungsmoment gerade recht.

Fria machte sich auf den Weg.

Ohlsen bringt mich um, wenn ich in seinen Einsatz stolpere.

Zügig huschte sie über die Wiese, schlich um das Gebäude herum. Als sie den weißen Bulli erkannte, lief ein Kribbeln durch ihren Körper. Ein weißer Bulli wie der, den die *Piepenkeerls* in der Nähe von Celines Grab gesehen hatten. Ein Vogel zeterte, Wind fuhr rauschend durch Blätter. Aber sonst? Stille! Fria lauschte angestrengt. Nicht einmal Gemurmel. Wo waren nur alle? Sie spähte durch das einzige Fenster. Der Stall war leer. Sich mehrfach umsehend schlich sie zu der Tür, die sich im Scheunentor abzeichnete. Es quietschte verhalten, als sie sie aufschob. Irgendwo im Hintergrund hörte sie leise das Martinshorn eines Rettungswagens.

Da, im Boden, ein Loch – eine geöffnete Falltür. Mit klopfendem Herzen ging sie darauf zu. Treppenstufen, die nach unten führten. Leise nahm sie eine nach der anderen. Und dann hörte sie ihn. Ohlsen, wie er mit fester Stimme Anweisungen gab. Vorsichtig spähte sie um die Ecke. Ein Raum mit einer kleinen Küche. Auf der Arbeitsplatte lag ein hautfarbenes Etwas. Beim

Näherkommen erkannte Fria die zusammengeknautschte Gummimaske. Unbewusst hielt sie den Atem an. In einem geöffneten Schrank ein Pult mit vielen Knöpfen und Reglern und darüber – vier Monitore. Auf dem einen Bildschirm sah sie Palle und Sinje vor etwas hocken. Nein, nicht etwas. Jemandem. Sie erkannte Beine, einen liegenden Körper. Links von ihnen standen Oltmann, Ohlsen und – er. Fria rannte los, vorbei an drei offenen Türen. Der kurze Blick in die Räume dahinter ließ sie schwer schlucken. Sie erkannte Matratzen, kleine Holztische, Waschbecken, all das, wovon Samantha berichtet hatte. Es gab also nicht eins, sondern gleich mehrere Gefängnisse.

Als sie durch die letzte Tür laufen wollte, wäre sie beinahe mit Oltmann zusammengestoßen, auf dessen Gesicht sich Wut und Entsetzen spiegelten. Wortlos eilte er an ihr vorbei.

Kurzatmig blieb Fria im Türrahmen stehen. Und da stand er – Doktor Stefan Wagner! Sein Blick so überheblich, so stolz, als hätte er das Spiel gewonnen. Die Hände auf dem Rücken gefesselt, das Kreuz kerzengerade. *Wie viele Leben werden uns von Frauen geschenkt und wie viele von Männern genommen?*

Ohlsen, wie er sich zu ihr umdrehte. Seine Augen. Was sah sie in ihnen? Trauer oder Erleichterung?

Er machte zwei Schritte auf sie zu, packte ihren Oberarm. Seine Stimme: ein Flüstern. »Nicht Lies. Es ist nicht Lies!«

Fria riss sich los und eilte auf die Matratze zu, vor der Palle hilflos stand und Sinje noch immer hockte. Fria musste an Tilda denken. Ihr Herz zog sich schmerzhaft zusammen.

Dann drehte Sinje sich zu ihr um, gab die Sicht auf die Matratze frei. Das Mädchen, das zu ihren Füßen lag – so blass. Ihre Augen waren geschlossen. Ihr rötlich braunes Haar umrahmte weich, wie frisch gewaschen, ihr jugendliches Gesicht.

»Das ist Julia Kruse, achtzehn Jahre.« Palles Stimme klang mechanisch.

»Ist sie …?«

»Sie hat Puls«, beruhigte Sinje sie. Doch ihre Stimme duldete keinen Aufschub. »Hast du oben Sanitäter ausmachen können?«

»Kommen.« Und wieder fing Fria an zu beten.

NEUNZEHN

Der Besprechungsraum der Norgaarder Wache war bis auf den letzten Platz besetzt. Ohlsen räusperte sich vernehmlich. »Okay, Leute, ich weiß, es gibt noch viel zu tun. Aber das Schwierigste ist geschafft! Wir haben ihn!«

Er bekam lautes Johlen und Klatschen zur Antwort.

»Und wir konnten eine Geisel befreien. Julia Krause wird es schaffen.«

Erneut flutete Begeisterung den Raum.

»Danke für … ach, ihr wisst schon.«

Alle lachten.

»Das gilt auch für die dänischen Kollegen.«

Die deutschen Ermittler klatschten und sahen Troels und Ida an, die stellvertretend angereist waren.

»Und für Fria!«, rief Palle und hämmerte mit den Fingerknöcheln auf den Tisch. »Super Undercovereinsatz!«

Fria hob lächelnd die Hand.

»Okay, dann schnappt euch was vom Frühstücksbuffet, und ran an die Arbeit! Sehen wir zu, dass die Staatsanwaltschaft das bekommt, was sie braucht, um den Kerl seiner gerechten Strafe zuzuführen!«

Stühle wurden gerückt, Gespräche aufgenommen, nach Kaffee und Brötchen gegriffen. Dann leerte sich der Raum allmählich. Nur Troels, Ida, Fria und Ohlsen blieben zurück.

»Was macht dein Kopf?« Fria verzog das Gesicht, als könnte sie Idas Schmerz nachempfinden.

»Wird schon, mein Schädel kann was ab.« Ida fasste sich intuitiv an das große Pflaster, das ihren Hinterkopf zierte.

»Jonna und Nielas sind jedenfalls dran. Wir haben das Drogenversteck gefunden. Aus der Nummer kommen sie so schnell nicht wieder raus.«

»Gut.« Fria nickte zufrieden.

»Also dann …« Troels nahm sie in den Arm und reichte Ohlsen die Hand. »Ich denke, auf dänischer Seite wartet auch noch Arbeit. *Hej!*«

»Ich halte dich auf dem Laufenden«, versprach Ohlsen.

»Dir weiterhin gute Besserung.« Fria drückte Ida zum Abschied. Dann war sie mit Ohlsen allein.

Das Foto von Lies, das er auf seinem Schreibtisch stehen hatte, steckte zwischen zwei rahmenlosen Acrylgläsern. Ohlsen folgte ihrem Blick.

»Du dachtest, er hätte sie. Sie wäre da unten.« Fria fuhr mit dem Finger den Rand des Glases entlang.

»Eigentlich Unsinn. Ich meine, wie hoch war die Wahrscheinlichkeit? Trotzdem, es war ungewöhnlich, dass sie sich gar nicht gemeldet hatte und …« Er seufzte und zuckte mit den Schultern.

»Was ja gar nicht stimmt – dass sie sich nicht gemeldet hat.«

»Richtig. Oh Mann, das ist so typisch für Lies. Da muss nur irgendein Typ mit einem Abenteuer winken, schon ist sie weg. Ein Segeltörn auf der Ostsee!« Ohlsen atmete geräuschvoll aus.

»Keiner konnte ahnen, dass man ihr das Handy geklaut hatte.«

»Ja.«

»Und immerhin hat sie angerufen. Du hättest nur auf den Zettel schauen müssen, den dein Kollege dir hingelegt hat. Wer natürlich so ein Chaos auf seinem Schreibtisch hat …«

»Ja, haltet ihr Frauen nur zusammen! Außerdem lag das nicht am Chaos. So was gibt's bei mir nicht. Der Zettel ist dummerweise zwischen die Fallakten geraten. Lies hätte auch einfach zu mir kommen können wie besprochen.«

»Sie wusste, zu Hause würde sie dich eh nicht antreffen. Denn mal ehrlich, wann warst du das letzte Mal in deinem Fischhus?« Fria sah Ohlsen dabei zu, wie er seine angebissene Brötchenhälfte in Rotation versetzte. »Sie sind nur segeln …«

Er grinste gequält. »Was sonst?«

Einen kurzen Moment schwiegen beide.

»Wie wird man so?« Fria schob sich eine Haarsträhne hinters Ohr.

»Du meinst, wie Wagner? Keine Ahnung. Vielleicht nähern wir uns der Antwort in den weiteren Befragungen. Die Kriminalpsychologin begleitet das Verfahren.«

»Ich fasse es immer noch nicht! Sie hat ihn so gut beschrieben, ohne ihn zu kennen.«

»Das war unser Glück. Ohne ihre Analyse hätte ich überall gesucht, nur nicht bei unserem Skandinavistik-Experten.« Ohlsen schüttelte ungläubig den Kopf. »Der hat unser System dermaßen an der Nase herumgeführt! Absolut keine Fehler. Sein Haus war blitzsauber. Keine Mail, keine Suchanfrage, keine digitale Datenspur, weder von seinem Handy noch von seinen Rechnern, noch vom Navi seines Autos. Das musst du erst mal hinkriegen. Frau Doktor Fischer hatte vollkommen recht. Hohe Intelligenz, Dominanz, analytische Fähigkeiten und Disziplin. Der Typ hat seinen Wagen an diesem Wanderparkplatz abgestellt und das Fahrrad genommen, das keine Datenspur hinterlässt, um zu seinem Versteck zu fahren. Und zwar jedes Mal!«

»Und dort hatte er den weißen Lieferwagen untergestellt, den er benutzt hat, um die Frauen zu entführen, die Gräber anzulegen und die Leichen abzutransportieren.«

Ohlsen nickte. »Er hat alles minutiös geplant. Wenn er auf Beutezug war, hat er als Erstes dafür gesorgt, dass er ein wasserdichtes Alibi vorweisen konnte. Für den Fall, dass er irgendwann doch ins Visier der Fahnder geraten sollte. Dafür musste der Ort der Entführung mindestens dreihundert Kilometer von seinem verbrieften Aufenthaltsort entfernt sein. Er hat die Seminare abgehalten, in den Hotels geschlafen und dann riesige Umwege nach Hause gemacht. Währenddessen stand sein Wagen, der einzige, der den Behörden bekannt war, in der Tiefgarage der Fakultät, was wegen des Überwachungssystems jederzeit beweisbar war. So konnte er behaupten, mit der Bahn gefahren zu sein. Für die er natürlich ein Jahresticket besaß.«

»Was ist mit dem weißen Bulli? Warum wusste niemand davon, und auch nicht von seinem Grundstück mit den unterirdischen Räumen?«

»Weil beides nicht ihm gehört. Der Wagen ist voller Spuren. Von Celine Schwarz, Lea Schmitz und Laurenz Koch. Warum Wagner bei Samantha eine Ausnahme gemacht und sie im schwarzen Škoda mitgenommen hat, keine Ahnung! Auch, dass er eine Frau in Heimatnähe entführt hat, passt nicht.«

»Vielleicht war die Gelegenheit einfach zu verlockend! Samantha meinte doch, sie sei ziemlich betrunken gewesen. Sie ist ihm quasi vor die Füße gelaufen. Mitten in der Nacht, allein, weit und breit niemand zu sehen … Wagner war so überzeugt von sich! Wer sollte ihm schon auf die Schliche kommen?«

»Ja, vielleicht. Der weiße Bulli ist auf einen gewissen Kai Voss zugelassen. Wir suchen nach ihm.«

Frias Augen wurden groß. »Was heißt, ihr sucht nach ihm?«

»Er wurde seit Jahren nicht gesehen. Ist nicht aufgefallen, weil er sich absolut isoliert hat. Ein Prepper. Deshalb auch die Bunkeranlage.«

»Ein Prepper? Sind das nicht die Menschen, die sich auf den Tag X vorbereiten?«

Ohlsen nickte. »Im Falle eines Atombombenabwurfs können sie sich wochen- oder monatelang in unterirdischen Bunkern selbst versorgen. Sie sind autark, was die Strom- und Sauerstoffversorgung angeht, haben Wasser und Lebensmittel gebunkert. Wagner behauptet, Kai Voss und er wären befreundet und Voss hätte ihm alles zur Verfügung gestellt.«

»Und was sagt Wagner zu der Frage, wo sich sein Freund Voss momentan aufhält?«

»Auf einem Treffen mit der Preppercommunity irgendwo in Amerika.«

»Glaubst du ihm?«

Ohlsen zog die Augenbrauen hoch. »Ich glaube eher, der Bunker und Voss' Isolation haben Wagner erst auf die Idee gebracht. Wir lassen das Gelände gerade nach Voss' Leiche absuchen.«

Fria schüttelte entsetzt den Kopf. »Warum hat Wagner die Frauen nicht einfach in der Nähe des Bunkers begraben? Platz gibt es dort genug, und mitbekommen hätte es auch niemand. So aber konnte jederzeit jemand über, besser gesagt in die Gräber stolpern. Wieso überhaupt diese aufwändige Aktion mit den Pfosten, Brettern und dem Rillenmuster? Hat er dazu was gesagt?«

»Hat er. Pascale Fischer hat auch hier recht behalten. Es ging ihm um Sichtbarkeit. Dabei hat er sich ausprobiert. Seiner eigenen Aussage nach war die erste Grube noch recht stümperhaft. Der Flensburger Boden machte ihm zu schaffen, also ist er nach Sønderborg ausgewichen. Hier kannte er sich bestens aus. Dabei war es ihm nicht wichtig, etwas Historisches nachzubauen, sondern er wollte etwas erschaffen, das Ermittler und Öffentlichkeit beschäftigen würde. Er fand es lustig, sich an Ibn Fadlan zu orientieren.«

»Hat er wirklich lustig gesagt?«

Als Ohlsen schwieg, fuhr sie fort: »Ich verstehe nicht, wie er bei den Entführungen so irre vorsichtig sein und beim Bau der Gräber dermaßen auf Risiko gehen konnte. Das macht doch gar keinen Sinn!«

»Für uns nicht, aber für jemanden, der es liebt, Menschen zu manipulieren und zu täuschen, hat gerade das einen besonderen

Reiz. Wagner ist richtiggehend aufgeblüht, als er berichtet hat, wie er in verschiedene Verkleidungen geschlüpft ist, um graben zu können, ohne aufzufallen. Mal als Geologe, mal als Förster, mal als Arbeiter der Glasfaserindustrie. Immer mit der passenden Werbung am Bulli. Er wurde nicht *ein* Mal angesprochen oder gefragt, was er da mache. Wäre das der Fall gewesen, hätte er sich freundlich unterhalten. Hätte sich der Gesprächspartner danach noch an ihn erinnert, hätte diese Erinnerung nichts mit seiner wahren Identität zu tun gehabt.«

Fria dachte an Lea und Celine, die noch ihr ganzes Leben vor sich gehabt hatten. »Wieso sind sie zu ihm ins Auto gestiegen? Warum hat Lea ihren behinderten Bruder allein am See zurückgelassen?«

»Wie er es bei Celine und Lea gemacht hat, wissen wir nicht. Aber Julias Aussage haben wir. Sie wurde von einer jungen schwangeren Frau angesprochen, mit der Bitte, ihr zu helfen.«

»Von einer schwangeren Frau? Wer soll das gewesen sein?«

Statt zu antworten, setzte Ohlsen sich vor das Notebook, das immer noch mit dem Beamer verbunden war, und öffnete einen Ordner. Dann klickte er eine Fotodatei an.

Sprachlos starrte Fria auf die Babybauchattrappe.

»Er hat sich geschminkt, hat sich ausstaffiert, ein Kleid angezogen, eine Perücke aufgesetzt, und schon wurde aus dem Gelehrten eine Hilfe suchende Schwangere. Abgesehen von den Verkleidungen haben wir noch K.-o.-Tropfen und Propofol im Bunker sicherstellen können. Dazu Spritzen. Wagner hat eine Ausbildung zum Rettungsassistenten. Er weiß, wie man Spritzen setzt. So hat er auch die betrunkene Samantha überwältigen und mitnehmen können.«

»Eine Schwangere! Wer misstraut schon einer Schwangeren?«

»Unser Skandinavistik-Experte war ein echtes Chamäleon. Er konnte in beinahe jede Rolle schlüpfen. Du glaubst gar nicht, was für ein Fundus im Bunker gelagert hat. Nicht ohne Stolz hat

Wagner uns erzählt, er habe es nicht eilig gehabt. Habe es mal nicht geklappt und sein anvisiertes Opfer sei nicht zu ihm ins Auto gestiegen, habe er es eben eine halbe Stunde später an anderer Stelle erneut versucht. Wie sehr er die Kunst der Täuschung auf die Spitze getrieben hat, siehst du an der Figur, die er kreiert hat, um den Frauen im Bunker gegenüberzutreten. Er hat sich als Frau verkleidet, die um jeden Preis zu verbergen sucht, dass sie eine ist. Indem er die langen Haare der Perücke hinten im Kragen versteckt hat und das Gesicht hinter einer männlichen Gummimaske. Das etwas zu schwere Parfum, die vermeintlich verrutschte Maske, hinter der rot geschminkte Lippen zu sehen waren. Wer würde hinter alldem einen Typen wie den Privatgelehrten Doktor Stefan Wagner vermuten?«

»Du! Dank deiner Hartnäckigkeit ist Julia frei. Wie konntest du dir nur so sicher sein?«

»Ich hatte schon oft mit Stalkern zu tun. Laurenz Koch war extrem auf Samantha Svoboda fixiert. Sein Leben hatte er komplett nach ihr ausgerichtet. Er hat nichts, ich betone, *nichts* anderes gemacht, als ihr zu folgen oder sie auszukundschaften. Dieser Mann macht Stefan Wagners Haus ausfindig und hält sich circa sechsunddreißig Stunden in der Nähe der besagten Adresse auf. Und das, während Samantha vermisst wird. Der Junge war sich sicher. Deswegen war ich es auch.«

»Was, glaubst du, ist passiert? Hat Wagner Laurenz erwischt und getötet?«

»Möglich. Das Blut auf seiner Kellertreppe stammt auf jeden Fall von Koch. Keine Ahnung, ob wir Wagner je nachweisen können, dass er ihn erschlagen hat. Annett Pukowski schwankt in ihren Aussagen. Sie war auf jeden Fall dabei. Entweder hat sie gesehen, wie er Laurenz Koch getötet hat, oder sie hat die Eisenstange selbst geführt.«

»Wieso hat Wagner sie und ihr Kind bei sich aufgenommen?«

»Nicht aus Nächstenliebe. Menschen wie Annett gehören zu den Schwächsten in der Gesellschaft und sind leichte Opfer. Sie sind ihrem Umfeld ausgeliefert. Sie wissen nicht einmal, welche Rechte sie haben, geschweige denn, wie sie sie einfordern können. Annetts Eltern haben sie immer nur versteckt, sind mehrfach umgezogen, zuletzt in diesen schrottreifen Campingwagen. Im verwilderten Garten eines Pärchens, das für ein paar Kröten wegschaut. Miete und Strom und Anonymität. Annett hat viel vor dem Fernseher gesessen, so viel wissen wir. Nur waren das keine kindgerechten Sendungen. Sie hat konsumiert, was die Eltern gern sahen. True Crime und Gewaltverbrechen. Annett scheint zu glauben, dass man alle Probleme löst, indem man die Verursacher für immer beseitigt.«

Fria wollte sich nicht vorstellen, wie es gewesen sein musste, mit einem Mann wie Wagner unter einem Dach zu leben. »Hat er die Frauen vor ihrem Tod …?«

»Das wissen wir nicht. Julia wurde nicht vergewaltigt.«

Ohlsens Blick ließ vermuten, dass sie dasselbe dachten. »Vielleicht solltet ihr bei Belle einen Vaterschaftstest durchführen.« Fria wurde bei dem Gedanken übel. Warum hatten alle weggeschaut? Warum hatte sich niemand schützend vor die junge Frau gestellt? »Hat dieses kranke Hirn irgendetwas dazu gesagt, warum Lea und Celine sterben mussten und Samantha gehen durfte? Was sollte das Ganze überhaupt, die Fragen, der Abschiedsbrief … er hätte sie doch auch gleich umbringen können!« Sie hatte verärgert ihre Stimme gehoben. Die Wut in ihr wuchs mit jeder Minute, in der sie über all dies nachdachte. Natürlich wusste sie die Antwort. Macht, Manipulation, Dominanz. Aber die Verzweiflung musste raus.

»Stefan Wagner glaubt, dass Frauen für immer an ihre *naturgegebene* Rolle gebunden sind. Leben zu gebären und sich unterzuordnen. Dass einige von ihnen nun zum Mond flögen oder Unternehmen leiteten, würde daran nichts ändern. Am Ende bliebe alles beim Alten. Nicht umsonst seien die großen Machthaber dieser Welt immer noch Männer. Die Zahl der Femizide sei hoch und nehme zu. Selbst die gleiche Bezahlung gleicher Arbeit sei in der westlichen, ach so zivilisierten Welt noch immer nicht erreicht. Männer würden sich das nie gefallen lassen. Weil sie Macher seien, dominant und rücksichtslos. Weil sie ihre Chancen ergreifen würden.«

»Deshalb die Schlüssel. Die der *Maskenfrau* scheinbar versehentlich aus der Hosentasche gefallen sind. Die Chance auf Freiheit.«

Ohlsen nickte. »Auch Julia hat sie bekommen.«

Fria sah ihn fragend an.

»Sie hat sie zurückgegeben zum Zeichen, dass der *Maskenmann* ihr vertrauen kann.«

»Das war ihr Todesurteil, richtig?«

»Wahrscheinlich. Den Brief hatte Wagner Julia schon schreiben lassen. Dank unserer Ermittlungen war er nur noch nicht dazu gekommen, die Sache zu Ende zu bringen, schätze ich.«

Fria vergrub Mund und Nase unter ihren Händen und stöhnte. »Was für ein Monster. Er hätte so weitergemacht, oder?«

Ohlsen nickte. »›Es ist wie beim Angeln. Du brauchst die Rute nur auszuwerfen, egal, wen du fängst, am Ende werden sie alle willig in den Tod gehen. Und zwar, weil wir es ihnen befehlen. Eine ständig nachwachsende Ressource an Opfern. Und wir entscheiden, ob und wie sie leben. Wir sind die Fischer.‹«

»Das hat er gesagt?«

Ohlsen nickte.

Leichenfischer, dachte Fria. Sie wehrte sich dagegen, diesem Psychopathen recht zu geben. Ja, es gab mehr Männer, die Frauen unterdrückten, quälten und töteten, als umgekehrt. Und ja, oft dauerte es viel zu lange, bis Frauen aufbegehrten und sich zur Wehr setzten. Aber es hatte sich viel getan. Und es würde noch viel passieren, denn dies war erst der Anfang. Außerdem glaubte Fria nicht, dass Männer sich in Gefangenschaft sehr viel anders verhalten hätten als Celine und Lea. Am Ende konnte man jeden Menschen brechen.

Ohlsens Handy klingelte. Entschuldigend hob er die Hand und nahm das Gespräch entgegen. »Ohlsen?«

Faszinierend, wie sehr ein paar Worte sein Gesicht zum Strahlen bringen konnten.

»Lies, Schatz, wie geht es dir? Wo bist du?«

Fria lächelte und stand auf, um sich aus dem Raum zu schleichen.

»Nein, kein Problem, ich war eh kaum zu Hause. Ja, deine Nachricht habe ich bekommen. Wie war der Segeltörn? Sicher, ich hol dich ab«, hörte Fria noch, bevor sie die Tür hinter sich schloss.

Oltmann kam ihr entgegen.

»*Hej, hej*«, rief sie, um sich auch von ihm zu verabschieden. Auf sie wirkte er immer wie ein freundlicher alter Bär. Doch gerade blickte er ziemlich ernst drein und nickte ihr bloß kurz zu. Sie verlangsamte ihren Schritt, hörte, wie er an Ohlsens Tür klopfte, sie im gleichen Atemzug öffnete und kurz darauf sagte: »Chef? Entschuldige, aber ich muss jetzt endlich mit dir reden.« Irgendetwas in seiner Stimme ließ sie stehen bleiben und sich umdrehen. Durch die geöffnete Tür sah sie Oltmanns gedrungenen Körper, den breiten Rücken, den kurzen Hals, die grauen Haare. Seine Arme hingen schlaff herunter. Dann löste er sich aus seiner Starre und gab der Tür einen Schubs. Kurz bevor sie ins Schloss fiel, schaffte es noch genau ein Satz bis an Frias Ohren. »Ich habe Krebs.«

*

Die Förde glitzerte. Weiße Segel, die sich ebenso schräg in den Wind neigten wie die dazugehörigen Boote. Als lieferten sie sich exklusiv für Fria ein Rennen. Warme Luft strich sanft um ihre Nase. Sonnenflecken, die nach Sommer schmeckten. Sie saß auf ihrem Balkon und ließ sich von den Booten mitziehen. Weit hinaus. Weg von allem, das ihren Kopf krank und ihr Herz schwer machte.

Bei der Ausstellungskonzeption war sie ein gutes Stück vorangekommen. Die letzten Tage hatte sie versucht, die versäumte Zeit wieder aufzuholen. Es war ihr gelungen, Wagner und seine perversen Verbrechen aus ihrem Gedächtnis zu verbannen. Bis vor fünf Minuten. Da hatte Troels angerufen und ihr mitgeteilt, sie hätten die Leiche von Voss, dem Prepper, auf dem Bunkergelände gefunden. Und das war nicht alles. Der DNA-Abgleich zwischen der kleinen Belle und Stefan Wagner habe ergeben, dass der Privatgelehrte tatsächlich der Vater des Mädchens sei. Was musste Annett in diesem Horrorhaus durchgestanden haben! Ob sie sich gewehrt hatte? Ob sie Nein gesagt hatte? Ob sie überhaupt wusste, dass es ihr zustand, Nein zu sagen? Fria verspürte Wut. Auf Wagner, Annetts Eltern, auf alle, die sich an hilflosen Menschen und wehrlosen Lebewesen vergingen.

Gleichzeitig war sie dankbar. Dafür, dass ihr Plan aufgegangen war. Dass sie es geschafft hatte, die Intelligenzbestie Doktor Stefan Wagner in eine Falle zu locken. Um nicht ständig zu spät zu kommen, war es erforderlich gewesen, den Geschichtswissenschaftler unter Zugzwang zu setzen. Also hatte Fria sich angeboten, ihm zu erzählen, die Polizei hätte nun einen neuen Verdächtigen: Doktor Wolfgang Klein. Den Metallurgen als Köder zu benutzen, hatte sich geradezu aufgedrängt. Und Fria hatte nicht einmal lügen müssen. Trotzdem war ihre Sorge groß gewesen, Wagner könnte ihren Plan durchschauen und ihre Nervosität spüren. Aber Ohlsen hatte recht behalten, Stefan Wagner hatte nicht widerstehen können. Die Gelegenheit, dem Metallurgen noch schnell falsche Beweise unterzujubeln, bevor die Polizei eine Hausdurchsuchung bei ihm durchführen würde, war einfach zu verlockend gewesen. Damit war klar, Stefan Wagner würde sie zu den Beweisen führen. Und für den Fall, dass sie ihn während der Observierung aus den Augen verloren hätten, hätte Lundberg ihn in Kleins Wohnung empfangen.

Die Balkontür flog auf. Marten stand grinsend im Rahmen. »Na? Erst einen Tee oder gleich gekühlten Weißwein?«

Bølle quetschte sich neben seinem Bein durch, sprang auf die Bank und rollte sich seufzend neben Fria zusammen.

»Für Wein ist es noch zu früh. Muss noch arbeiten.«

»Also zweimal Wein, kommt sofort!«

Sie hörte ihn in der Küche hantieren. Ihre Hand strich sanft über Bølles Fell, während ihr Blick wieder hinaus aufs Meer gezogen wurde. Was für ein unfassbares Glück sie hatte! Gut, dass man nie wusste, wann es einen verließ. Lea und Celine, sie waren einfach nur zur falschen Zeit am falschen Ort gewesen. Und Annett? Fria wünschte sich, dass die junge Frau und ihre Tochter endlich die Chance auf ein angstfreies und glückliches Leben bekamen. Ihre Gedanken blieben bei Oltmann hängen. Der nette, gemütliche Bär mit den warmen braunen Augen. Sie schätzte ihn auf mindestens sechzig. Wie viele Kämpfe hatte er als Polizist wohl schon austragen müssen? Jetzt stand ihm sein vielleicht schwierigster bevor. Der Kampf gegen den Krebs. Sie wusste nicht, um welche Art es sich handelte, noch, wie weit fortgeschritten er war. Sie hoffte einfach nur, dass der Kampf nicht aussichtslos war.

»Bist du traurig?« Marten setzte sich neben seine Mitbewohnerin und reichte ihr das leicht beschlagene, verführerisch glitzernde Weinglas. »Vielleicht musst du einfach mal hier raus. Ohlsens Herz hängt an seiner Lies. Auch wenn ich mir sicher bin, dass er dich mag, ich glaube nicht …« Er legte den Arm um ihre Schultern. »Kopf hoch, hm? Andere Mütter haben auch hübsche Söhne.«

Lachend löste sich Fria aus der Umarmung. »Ist das so?«

»Definitiv. Hier!« Er hielt ihr sein Handy hin. »Siehst du diesen verwegenen, stylishen jungen Mann?« Er swipte durch die Fotogalerie.

Die Bilder zeigten ihn in viel zu großen Hosen mit bunten Trägern. Sein Kopf war mit einem Tuch geschmückt. Über dem Fetzen Stoff, den er am Leib trug, flatterte so etwas wie eine Kutte, eine Art Motorradweste mit Emblem.

»Was ist das da unter der Weste?«

»Ein Muscleshirt oder Tanktop oder wie immer du es nennen willst.«

»Man sieht deinen Bauchnabel! Und zwar durch die Halsöffnung.«

»Du meinst, es ist mir ein kleines bisschen zu groß?« In Martens Augen blitzte es schelmisch.

Fria maß mit ihrem Daumen und Zeigefinger wenige Millimeter ab. »Ein bisschen. Wie findet Poul dich in seinen Klamotten?«

»Ich hab's heimlich gemacht, als ich auf ihn gewartet habe.« Während er einen Schluck Wein nahm, zoomte Fria in das Foto hinein. Das Abzeichen auf der Motorradkutte, sie kannte es. War das nicht …? Sie ließ das Handy sinken. Das verhieß nichts Gutes.

NACHWORT und DANKSAGUNG

Leichenfischer ist reine Fiktion. Einige Schauplätze existieren, andere nicht. Die Handlungen und Figuren sind allesamt frei erfunden. Sollte es also zu Übereinstimmungen zwischen Roman und Wirklichkeit gekommen sein, hatte Kommissar Zufall seine Hände mit im Spiel.

Bei der Entwicklung des Werkes haben mich zwei Themen begleitet, die mich auch oder gerade wegen meiner Recherche sehr beschäftigen.

Zum einen Femizide.

Durchschnittlich jeden dritten Tag kommt es in Deutschland zu einem Femizid, der Tötung einer Frau durch ihren Partner oder Ex-Partner. Die Gewalt gegen diese Frauen aber beginnt schon viel früher. Ich weiß nicht, wie es euch geht, aber mich erschrecken diese Zahlen.

Ich habe moderne junge Männer gehört, die sich vergangene Zeiten zurückwünschen, in denen die Frau für Kind und Haushalt zuständig war. Warum? Damit sie, die durch ihre Arbeit draußen in der Welt das Geld erwirtschaften, sich wertgeschätzt fühlen können. Denn eine gut ausgebildete, eigenständige Frau benötige keinen Mann, habe zudem viel zu hohe Ansprüche an ihren Partner.

Natürlich ist mir bewusst, dass diese Stimmen keine mehrheitliche Meinung der männlichen Bevölkerung abbilden. Trotzdem frage ich mich, was eine Gesellschaft ausmacht, in der sich eine ihrer Gruppen nur dann respektiert fühlt, wenn eine andere schlechter gestellt ist? Sollte Wertschätzung nicht aus den eigenen Taten resultieren und Respekt eine Selbstverständlichkeit sein? Fragen, die mich umtreiben.

Was mich ebenfalls nicht loslässt, ist die Rolle meiner Nettie. Auf eine medizinische Diagnose habe ich ganz bewusst verzichtet. Eigentlich ist es irrelevant, warum sie so anders ist, warum ihre einzige Möglichkeit, auf die Grausamkeit des Lebens zu antworten, Fantasien über das Morden sind. Relevant ist nur, dass Menschen mit psychischen Einschränkungen immer wieder auch Missbrauch erleben. Wie unfassbar schrecklich muss es sein, Gewalt zu erfahren, sich aber nicht äußern zu können? Die eigenen Rechte gar nicht zu kennen? Oder aber damit leben zu müssen, dass einem nicht geglaubt wird? Menschen mit einer geistigen Behinderung sind um ein Vielfaches gefährdeter, Missbrauch zu erleiden. Der Grund? Weil sie leichte Opfer sind. Denn es geht einzig und allein um Macht.

Macht ist ein entscheidendes Thema in den Ausführungen meiner fiktiven Kriminalpsychologin Dr. Pascale Fischer. Sollte ich ihr falsche oder überholte Analysen in den Mund gelegt haben, bitte ich um Entschuldigung. Derlei Fehler, wie auch solche, die die Arbeitsweise der Kriminalpolizei betreffen, nehme ich allesamt auf meine Kappe. Selbst du, lieber Finn Grosbøll, konntest nicht verhindern, dass ich von der Realität abgewichen bin und mich schnöder Fantasie hingegeben habe. Danke, dass du mir trotz immenser Sprachbarrieren Einblick in deine Tätigkeiten als dänischer Kriminalpolizist gegeben hast.

Mit dänischem Humor und vielen Insider-Infos über Bodenbeschaffenheiten, archäologische Lieblingsfunde und die tägliche Arbeit einer Museumsangestellten standest insbesondere du mir wieder zur Seite, liebe Lilian Matthes. Ohne dich wäre Fria nichts. Und auch, wenn ich deine Bemühungen, mir die Aussprache meiner eigenen Figuren näherzubringen, sehr schätze, fürchte ich, Ohlsen Ohlsen und ich werden doch irgendwann einen Dänischkurs belegen müssen.

Ein dickes Dankeschön geht an meinen Verlag, an das dtv-Team, das an mich glaubt und mich auf diesem wunderbaren Weg begleitet. Besonders an dich, liebe Karoline. An Silke Jellinghaus, die ein wachsames Auge auf Sprache und Inhalt hatte. An meinen Literaturagenten Peter Molden, der mir mit Rat und Tat und großer Erfahrung zur Seite steht. Und an meine Familie. Allen voran an dich, liebster Ebby, meinen Manager, Fahrer, Security- und Social-Media-Agenten, Testleser, Ratgeber, Stressbomben-Entschärfer und Rücken-Freihalter. Ohne dich wäre ich in der intensiven Schlussphase wahrscheinlich verhungert.

Last, but not least gilt mein Dank den Leserinnen und Lesern, deren positives Feedback mich täglich auf verschiedensten Wegen erreicht. Euch auf Lesungen zu treffen gehört zu den schönen Nebenwirkungen des Schreibens.

Und denkt immer daran: Am Ende ist es eben doch nur reine Fantasie.

Leseprobe

ISBN der gedruckten Ausgabe 978-3-423-26418-1
eBook ISBN 978-3-423-40117-3

Prolog

Es war ein leises Rauschen.

Von Blut, das durch seinen Kopf floss.

Und ein dezentes Knacken, immer dann, wenn der Speichelfluss ihn zu einer Schluckbewegung nötigte. Hinzu kamen seine Atemzüge, jeder einzelne unüberhörbar.

Die Luft an- und die Spucke zurückzuhalten brachte nichts, außer, dass der Puls mit jeder Sekunde ein klein wenig lauter gegen seine Schläfen pochte.

Es gab sie einfach nicht, die absolute Stille. Sie war eine verdammte Lüge. Und das, obwohl das tiefe Schwarz der Nacht alle Farben, Formen und Töne um ihn herum erstickt hatte. Jungfräulicher konnte ein Tag nicht sein.

Kein Lärmen. Kein Plappern. Kein nerviges Gelächter. Immerhin.

Er nahm einen tiefen Atemzug, pumpte seinen Brustkorb auf, bis er meinte, platzen zu müssen, und ließ die Luft abrupt wieder entweichen.

Intensive Gerüche. Nach muffiger Erde und modrigen Algen.

Bakterienfürze. Ein winziges Lächeln huschte über sein Gesicht.

Den Hoodie im Nacken zusammengeknautscht, lehnte er an dem Baum und wartete. Sein Schlafsack raschelte leise.

Da, jetzt ging es los!

Angesäuert bemerkte er, wie der Morgen das Unvermeidliche einläutete und die Nacht verdrängte. Schon trieb die Sonne einen orangefarbenen Keil durch das Schwarz und trennte es in zwei ungleiche Teile.

Frühnebel hing über dem Kleinen Noor.

Dreißig Minuten später packte er seinen Kram zusammen und machte sich auf den Weg. Er ließ die verlandete Bucht rechts liegen und wanderte in Richtung Holnis Kliff.

Auf der kurzen Holzbrücke, die den einzigen Durchlass zur Ostsee überspannte, blieb er stehen. Die Meeresoberfläche der Innenförde glänzte unwirklich, gegossen zu einem riesigen Spiegel. Schon aus Gewohnheit fuhren seine Finger über das rissige Holz des Geländers, bevor er sich löste und seinen Weg fortsetzte.

Wie oft war er diesen schmalen Trampelpfad schon gegangen? Ein großer Schritt über kniehohe Pflanzen, dann stand er inmitten der gelben und orangeroten Klinkersteine, den Überbleibseln der alten Ziegelei. Irgendjemand hatte zwei Dutzend von ihnen zu einer Fläche ausgelegt. Ihr geometrisches Muster wirkte falsch zwischen all den verworrenen Haufen abgestorbener Braunalgen, zwischen Federn, Feuersteinen, Granit und Vogelkot.

Rechts von ihm erhoben sich die steilen, sandigen Hänge des Kliffs. Der schmale Strand davor: leer.

Gut so.

Das Verbotsschild ignorierend ging er weiter. Sanftes Knirschen von zerbrechenden Muscheln begleitete jeden seiner Schritte. Dicke Treibholzstämme, der waagerecht wachsende Baum, der sich mit aller Kraft an den Hang zu klammern schien, die ... Plötzlich blieb sein Blick an etwas hängen, das dort nicht sein sollte. Menschliche Spuren im Sand. In einem Sperrgebiet, zu dem die Öffentlichkeit keinen Zutritt hatte. Wie alt die Abdrücke waren? Schwer zu sagen. Er selbst war schon seit Tagen nicht mehr hier unten gewesen.

Das Stöhnen floss einfach aus ihm heraus. Unbewusst rieb er sich die feuchte Nasenspitze. Was jetzt?

Nachsehen?

Ignorieren und abhauen?

Er gab sich einen Ruck und ging den aufgewühlten Sandstrand entlang bis zu einer Stelle, an dem der dichte Bewuchs der Klippe bis an die Wasserlinie reichte. Hier folgten die Abdrücke nicht, wie anzunehmen gewesen wäre, dem Küstenverlauf.

Natürlich tun sie das nicht.

Wie provozierend ihn die grüne Blätterwand anstarrte! Er wusste genau, was sich in ihrer Mitte versteckte. Und es brachte extrem zwiespältige Gefühle in ihm hervor.

Oft genug hatte er sich eingeredet, dass es nur ein paar blöde Kiffer waren, die sich an diesen seltsamen Ort verkrochen und sich die Birne zudröhnten.

Abgedrehte Spinner!

Er lauschte auf jedes noch so kleine Geräusch. Ein Vogel schrie. Irgendwo schlugen Flügel. Weit entfernt tönte das Signalhorn eines Schiffes. Keine menschlichen Stimmen. Also traute er sich weiter. Unter umgestürzten, kahlen Bäumen und zwischen dichtem Buschwerk hindurch, auf einen Weg, der keiner war. Nur ein paar abgeknickte Äste und die schmale Spur von plattgetretenem Gras ließen erahnen, dass die Richtung stimmte.

Nach zwei letzten Schritten öffnete sich die Vegetation und gab den Blick auf einen kleinen sandigen Platz frei. Und auf große Felsbrocken, angeordnet zu einem Kreis. So ausladend und schwer, dass sie nicht von Menschenhand dorthin gestellt worden sein konnten. Und doch wirkten sie wie ausgerichtet, wie bewusst platziert.

Mit mulmigem Gefühl blickte er auf zwei eng zusammenstehende Granitblöcke, von denen der hintere um einiges höher war als der vordere.

Der Stuhl.

Dort hatte sie gestanden, mit hochgereckten Armen, die Frau.

Die Hexe.

Mit dem wirren weißen Haar und Augen, denen die Pupillen fehlten.

Kranker Scheiß!

Er bekam jetzt noch Gänsehaut. Seit jener Nacht versuchte er, diese Stelle des Kliffs zu meiden. Er war nicht scharf darauf zu erfahren, was die Alte und ihre Anhänger dort trieben. Allein ihre skurrilen Gesänge! In einer Sprache, die er nicht verstand. Man konnte sie hören, unten am Strand.

Schaudernd wollte er sich abwenden, als ihm ein großer dunkler Fleck auffiel. Die Farbe des Sandes … rostrot. Mit hochgezogenen Schultern trat er näher. Sprenkel – auch auf den Felsen.

Steinkreis. Hexe. Opferkult. Sein Gehirn spuckte Bilder.

Das war doch nicht … Blut?

Verdammt viel Blut.

Hatten die Irren etwa eines der Tiere …? Angeekelt ging er in die Hocke, drehte suchend den Kopf. Fanden sich hier irgendwo die Reste eines Kadavers?

Er stockte. Rechts von ihm lag etwas. Es lugte hinter einem der Steinkolosse hervor.

Kein Kadaver!

Von einem auf den anderen Augenblick war er wie gelähmt, hielt instinktiv die Luft an.

Eine Hand. Scheiße, da liegt ′ne verdammte Hand!

Weg! Er sollte einfach nur abhauen, rennen so schnell es ging. Doch sein Körper reagierte nicht.

Stattdessen fraß sich jedes einzelne Sandkorn, das die fremde Haut bedeckte, in sein Gedächtnis.

Einer der zugedröhnten Spinner, der seinen Rausch ausschläft?

Ja, so konnte es sein. Alles ganz harmlos.

Und das Blut?

Wie in Zeitlupe richtete er sich auf, seine Pupillen fixierten die Hand. Sie rührte sich nicht. Kein Zittern, kein Zucken. Mit angespannten Muskeln und wie fremdgesteuert stakste er geradewegs auf die leblos daliegenden Finger zu.

Die Finger einer Frau.

Jeder weitere Schritt, mit dem er den Felsblock umrundete, ließ ihn mehr von dem Körper erkennen, zu dem die Hand gehörte. Er lag auf dem Bauch. Ein Arm ausgestreckt. Lange, glatte Haare, die sich über den nackten Rücken ergossen. Ein schamlos entblößter Po, leicht angewinkelte Beine ... Das stärkste Signal jedoch ging von der Haut aus.

Verdammte Scheiße, was ist mit ihrer Haut?

Die Schlussfolgerung, die sein Gehirn ihm anbot, entlockte ihm einen hysterischen Schrei. Plötzlich schwankte der Boden. Er torkelte weg von ihr. Warum war er hergekommen? Der falsche Ort. Verschwommene Bilder. Er hatte das Gefühl, in einem Meer aus Vaseline zu versinken. Dann machte irgendwer das Licht aus.

EINS

»Helt ærligt, das darf doch echt nicht wahr sein!« Fria Svensson warf sich auf die Seite und griff erneut nach ihrem Handy. Das Display leuchtete grell auf. Zehn vor fünf, genau sieben Minuten später als beim letzten Kontrollblick. Seit über einer Stunde wälzte sie sich in ihrem Bett, ohne wieder einschlafen zu können. Und weshalb? Wegen nichts! Ihre Arbeit im archäologischen Museum war nicht stressiger als sonst, sie hatte keine emotional belastende Aufgabe vor der Brust, und Vollmond war auch nicht. Wobei, dafür war sie eh nicht empfänglich. Wozu also dieser unnütze Schlafentzug?

Sie war spät ins Bett gegangen und sofort eingeschlafen. Keine drei Stunden danach war sie wach geworden. Einfach so. Seitdem flehte ihr Körper um Ruhe, während in ihrem Kopf die Party stieg. Genervt stopfte Fria das Kissen in Form. Für senile Bettflucht war sie ja wohl deutlich zu jung.

Ein zartes Schnaufen kroch die Bettkante hoch, dann vernahm sie das rhythmische, sich langsam entfernende Klackern von Hundekrallen auf Holzdielen. Bølle, ihr dreibeiniger Mischlingsrüde, hatte genug von ihrem nächtlichen Gezappel. Wahrscheinlich flüchtete er sich auf die Küchenbank, um in Ruhe schlafen zu können. Oder zu Marten.

Fria seufzte und starrte an die Zimmerdecke, die sich im spärlichen Licht der Morgendämmerung bereits abzuzeichnen begann. Marten.

Seit fünf Monaten war ihr Mitbewohner jetzt mit Poul zusammen, dem dänischen Hünen, der sein Geld im Flensburger Hafen verdiente. Ein netter Kerl. Äußerlich eine Augenweide, wenn man auf den Typ groß, muskulös und tätowiert stand. Ein echter Klischee-Wikinger, mit Bart und blonden Haaren. Und einem Herzen aus Gold. War das so? Fria musste wie so oft an das Foto denken, das Marten ihr vor ein paar Wochen gezeigt hatte. Ihr Mitbewohner hatte sich selbst dabei fotografiert, wie er sich heimlich durch Pouls Kleiderschrank probiert hatte. Herausgekommen war ein schmächtiger Kerl, der in den Klamotten eines Riesen versank. Zum Schreien komisch.

Wäre da nur nicht die Kutte mit dem Emblem gewesen.

Sie hatte an Martens schmalen Schultern gehangen wie ein Fremdkörper. Trotzdem war er deutlich zu erkennen gewesen, der aufgenähte rot-schwarz-weiße Sticker. Und sofort war da dieser bittere Beigeschmack gewesen, der sich auch jetzt wieder einstellte. So ganz genau wusste Fria zwar nicht, wer oder was sich hinter dem Logo verbarg, aber ihr Bauchgefühl schlug bei jedem Gedanken daran aufs Neue Alarm. Das Ganze lief definitiv in die falsche Richtung. In eine gefährliche Richtung.

Natürlich hatte sie das Internet befragt. Wenn sie sich recht erinnerte, bestand das Emblem aus einer Othala-Rune, der letzten

Rune des Futhark-Systems, und den Zahlen zwei und acht. Wenn sie ihren Erinnerungen trauen konnte. Überprüfen ließen die sich nicht mehr. Denn Marten hatte das Selfie von seinem Handy gelöscht. Er hatte ein schlechtes Gewissen bekommen, weil er ungefragt in Pouls persönlichen Sachen gestöbert hatte. Eindeutig ein Vertrauensbruch. Die Gefahr, dass seine große Liebe durch Zufall über dieses Foto stolperte, war ihm einfach zu groß gewesen, also gab es das Bild nicht mehr.

Und wenn ich mich irre? Wenn es einfach ein paar harmlose geometrische Formen waren, von irgendeinem Designer erdacht, um das Image eines harten Rockers zu transportieren?

Nein, die Raute mit den verlängerten Beinen, oder das X mit Dach, wie immer man die Othala-Rune auch beschreiben wollte, Fria war sich sicher, sie erkannt zu haben. Ebenso sicher war: Die Rune wurde gern und häufig in rechtsextremistischen Kreisen benutzt. Aber was sollte jemand wie Poul, ein toleranter, herzlicher und noch dazu homosexueller Mann mit einer Nazi-Gruppierung zu tun haben? Das war absurd. Eigentlich gab es auf dieses Rätsel nur eine Antwort: Poul wusste gar nicht, was er da im Schrank hängen hatte. Drängte sich die Frage auf, wie er an die Motorradweste gelangt war. So etwas fand man weder in Secondhandshops noch im öffentlichen Handel. Ihre Kutten waren den Gang-Mitgliedern heilig, so viel hatten Frias Recherchen offenbart.

Poul darauf anzusprechen war nicht möglich. Nicht ohne Marten auffliegen zu lassen, denn natürlich würde Poul sich zurecht fragen, wie Fria von seiner Kutte wissen konnte.

Erneut hörte sie sich seufzen, sah auf das Handy – sechs Minuten vor fünf – und beschloss aufzustehen. Statt hier hellwach herumzuliegen, konnten Bølle und sie sich genauso gut auf ihre Morgenrunde begeben. Ganz allein, im ersten Licht des Tages, die Ostsee genießen. Schöner konnte man einen Morgen schließlich nicht beginnen, oder?

*

Sinje Cassuben schielte immer wieder vorsichtig zu ihrem Chef hinüber. Ohlsen Ohlsen wirkte entspannt, ja, irgendwie zufrieden, wie er da in seinem Sitz lehnte und aus dem Seitenfenster auf die vorbeirauschende Landschaft blickte. Seit vier Tagen war der leitende Kommissar der Außenstelle Norgaard zurück im Dienst und hatte noch so gut wie nichts erzählt. Dabei lagen ganze drei Monate Weltreise hinter ihm und seiner Freundin.

Sinjes Blick tastete sich von seinen dunklen Haaren, die stets wirkten, als hätte sich der Nordwind an ihnen ausgetobt, weiter nach unten, bis zu seiner linken Hand, die ruhig auf seinem Oberschenkel lag. Dann glitt er suchend hoch zu den Fingern der rechten, die gedankenverloren über die Innenverkleidung der Autotür strichen. Auch heute: kein Ring. Bei ihrem Chef musste das nichts heißen. Gut möglich, dass Lies und er heimlich auf der Reise geheiratet hatten und Ohlsen es nicht wichtig erschien, den Ehering zu tragen oder auch nur irgendjemanden davon zu unterrichten.

Das würde ihm ähnlichsehen.

Besonders ärgerlich, da sie Wetten laufen hatten. Die gesamte Polizeidienstelle Norgaard war beteiligt. Wettgegenstand war nicht nur, ob Ohlsen und Lies geheiratet hatten, sondern, wer von den beiden dem anderen die Frage aller Fragen gestellt hatte. Ebba Sigmundsen aus der Rechtsmedizin mutmaßte gar, Lies hätte Ohlsen nur aus einem Grund zu dieser Reise genötigt – um Nägel mit Köpfen zu machen.

»Du weißt schon, dass die Kollegen vor Neugier platzen?« Sinje folgte der Holnisser Noorstraße, vorbei an dem kleinen Maritimen Freilichtmuseum, ließ Kobbellück, das zum Leuchtturm von Schausende führte, links liegen und beschleunigte.

»Einen Diavortrag wollte ich euch eigentlich ersparen«, brummte Ohlsen.

Sinje verdrehte grinsend die Augen. Natürlich bezog er ihre Frage nicht auf den Stand seiner Beziehung zu Lies. »Zwischen Diavortrag und absolutem Stillschweigen gäbe es durchaus die eine oder andere Option.« Sie bog in den Ziegeleiweg ein.

»Aber dass es gut war, hatte ich doch schon … Du warst dabei, als Palle gefragt hat.«

Wie er sie ansah! Als wären alle weiteren Informationen nun wirklich zu viel des Guten.

»Gut – Chef, du bist zwölf Wochen unterwegs gewesen. Hast die spektakulärsten Naturschauspiele, die aufregendsten Metropolen der Welt gesehen. Da darf es ruhig etwas mehr sein als ein einsilbiges gut.«

»Milford Sound ist ganz schön.«

»Der riesige Fjord inmitten gigantischer Berge? Neuseelands Traumkulisse … ganz schön also? Was hat dich gestört? Die anderen Touristen?«

»Da waren keine. Es hat wie aus Kübeln geschüttet. Trotzdem schön da.«

Sinje wartete in der Hoffnung, mit ein paar weiteren Impressionen bedacht zu werden.

Doch Ohlsen schwieg.

Vor ihnen tauchte ein Rettungswagen auf. Sinje drosselte das Tempo und hielt sich möglichst weit rechts. Im nächsten Augenblick waren sie aneinander vorbeigefahren.

»Was wissen wir über Verletzungen?«, fragte Ohlsen.

»Noch nichts.« Sie nickte in Richtung Frontscheibe. Die Asphaltierung endete abrupt. An der Seite parkte das Dienstfahrzeug der Kollegen. Ein geschotterter Pfad führte von der Straße fort und verlor sich zwischen Büschen und Wiesen. »Wir müssen den Wagen stehen lassen, ab hier geht's nur zu Fuß weiter.«

Es war seltsam still, als sie über den schmalen Strand auf das Kliff zugingen.

»Wo soll die Stelle sein?« Ohlsens Blick wanderte irritiert umher. Unter anderen Umständen hätte er sich einen Moment genommen und das Panorama der schimmernden Innenförde genossen. Ein wirklich schönes Fleckchen Erde.

»Da hinten.« Sinje wies auf einen Bereich, in dem das Grün die steilen Hänge hinabfloss und bis zur Wasserlinie reichte. »Der Kollege meinte, sie sei vom Ufer aus nicht zu erkennen. Da …!«

Eine uniformierte Person trat aus dem Dickicht und hob den Arm.

Sie schlossen zu ihr auf, folgten ihren Anweisungen und standen kurze Zeit später auf einer zirka acht Quadratmeter großen Lichtung. Mannshohe Findlinge ragten in den Himmel. Überall aufgewühlter Sand.

»Sieben. Es sind sieben Stück und sie bilden einen Kreis. Wie schräg ist das denn?« Sichtlich beeindruckt umrundetet Sinje einen schwarz gesprenkelten Steinkoloss. »Wusstest du von der Lichtung?« Ihr kurzer rotbrauner Zopf wackelte schwungvoll. »Ohlsen, guck dir das an!«

Er folgte ihrer Stimme. In der Kreismitte fanden sich zwei weitere eher gedrungene Steine. Die einzigen beiden mit einer einigermaßen ebenen Fläche auf der Oberseite.

»Unfassbar! Die sehen aus wie ein überdimensionaler Stuhl aus Granit.«

Ohlsen verstand ihre Überraschung, widmete seine Aufmerksamkeit aber längst den beiden Personen, die hinter dem Steinkreis auszumachen waren.

Der junge Beamte in Uniform wirkte erleichtert, als er ihn entdeckte. »Kommissar Ohlsen? Hier drüben!«

»Moin! Was haben wir?« Er betrachtete die Stelle im Sand, an der ihr Körper gelegen haben musste, und runzelte die Stirn.

»Es tut mir leid. Es ging nicht anders, die Sanitäter haben darauf bestanden. Sie haben sie mitgenommen. Aufgrund der unklaren Lage. Es wäre zu gefährlich gewesen ...«

Ohlsen hob beschwichtigend die Hand. Dann musterte er den Mann, der mit hängenden Schultern neben dem Polizisten stand. »Sie haben die Frau gefunden?«

»Ja, genau«, ereiferte sich an dessen Stelle der uniformierte Kollege. »Sein Name ist Raphael Meurer, neunundzwanzig, Mitarbeiter des NABU. Er ist heute Morgen ...«

»Danke«, unterbrach Ohlsen und musterte den Zeugen. Der NABU-Mitarbeiter war ein großer, schlanker Mann mit hohem Haaransatz und grobporiger Haut. Zu seinen Füßen stand ein olivgrüner Rucksack. Daran befestigt: ein aufgerollter Schlafsack. »Herr Meurer, weshalb sind Sie hier?«

Ohlsen hörte, wie Sinje den verstummten Beamten weglotste.

»Haben Sie Fotos von der Frau, von der Auffindesituation machen können? Vielleicht wäre es gut, wenn wir den Bereich hier absperren würden ...« Ihre Stimme entfernte sich immer mehr.

Raphael Meurer war blass wie eine gekalkte Wand und fühlte sich sichtlich unwohl. »Ich sehe nach dem Rechten. Das ist mein Job.«

»Und dafür benötigen Sie einen Schlafsack?« Ohlsen deutete auf Meurers Sachen.

»Oft sitze ich stundenlang an einer Stelle. Vögel zählen oder beobachten. Morgens ist es nass, manchmal saukalt.«

Ohlsen nickte. »Heute auch?« Als er den verständnislosen Blick auffing, ergänzte er: »Vögel zählen?«

»Nein. Ich bin gern früh unterwegs. Dann, wenn noch keiner hier ist. Der Massentourismus ist nicht gut für Holnis.«

Wieder nickte Ohlsen. Auch er liebte die Einsamkeit in unberührter Natur.

»Wissen Sie, was hier gleich wieder los ist? Im Sommer? Bei gutem Wetter? Die Leute trampeln überall rum. Verbotsschilder? Interessieren die doch gar nicht. Unangeleinte Hunde, die den Vögeln hinterherjagen, Touristen, die für ein spektakuläres Foto bis in den letzten Winkel kraxeln und alles platt walzen«, schimpfte Meurer.

»Wann hat Ihre Schicht begonnen?«

Der Befragte senkte den Kopf, seine Erregung fiel in sich zusammen wie ein zerlöcherter Luftballon. »Sie beginnt um acht.«

»Ach, dann sind Sie privat hier?«

»Ich bin Naturschützer, da ist man nie privat. Aber ja, ich wollte noch mal durchatmen, bevor der Trubel losgeht.«

»Hm, und das machen Sie häufiger hier, zwischen diesen … Steinen?«

Jetzt kam wieder Leben in den NABU-Mann. »Was? Nein! Ich bin sonst nie hier. Das ist … Ich will nicht … Der Blick über das kleine Noor ist viel schöner.«

Irgendwas stimmte nicht mit dem. »Das müssen Sie mir erklären. Was wollten Sie ausgerechnet heute Morgen an diesem versteckt gelegenen Platz?«

Ende der Leseprobe